LSJ EDITIONS

Diane
Tome 4

L&J EDITIONS
La saga des enfants des dieux

Linda Saint Jalmes

Diane
Tome 4

LSJ EDITIONS
La saga des enfants des dieux
Roman

~ <u>Les romans de l'auteur disponibles chez LSJ Éditions</u> ~
(Brochés, numériques et audios en cours)

<u>La saga des enfants des dieux</u> (fantastique, aventure, pour adultes) :

1 – Terrible Awena (disponible en audio)
2 – Sophie-Élisa (disponible en audio)
3 – Cameron
4 – Diane
5 – Eloïra

<u>La Saga des Croz</u> (fantastique, aventure, pour adultes) :

1 – La malédiction de Kalaan
2 – Le collier ensorcelé
3 – Val' Aka

Passion Flora (mini-roman érotique, pour adultes)

Les bêtises de Lili (tout public, humour, anecdotes)

The Curse of Kalaan (traduction en anglais US du tome 1 des Croz)
Romances Fantastiques : Nouvelles – édition 1
   <u>Trois nouvelles</u> : Second Souffle, Le Naohïm de Noël, Le prix d'un nouveau monde.

<u>La saga Bhampair</u> (fantastique, dark)

   Bhampair : 1 - Aaron Dorsey
   Bhampair : 2 – Lune Noire *(en cours de préparation)*

LSJ EDITIONS

Le Code de la propriété intellectuelle et artistique n'autorisant, aux termes des alinéas 2 et 3 de l'article L.122-5, d'une part, que les « copies ou reproductions strictement réservées à l'usage privé du copiste et non destinées à une utilisation collective » et, d'autre part, que les analyses et les courtes citations dans un but d'exemple et d'illustration, « toute représentation ou reproduction intégrale, ou partielle, faite sans le consentement de l'auteur ou de ses ayants droit ou ayants cause, est illicite » (alinéa 1 er de l'article L. 122-4). « Cette représentation ou reproduction, par quelque procédé que ce soit, constituerait donc une contrefaçon sanctionnée par les articles 425 et suivants du Code pénal. » Pour les publications destinées à la jeunesse, la Loi n°49-956 du 16 juillet 1949, est appliquée.

© Linda Saint Jalmes
© Illustration de couverture : LSJ.
ISBN : 9782490940325
Dépôt légal : avril 2019

LSJ Éditions
22 rue du Pourquoi-Pas
29200 Brest

Site officiel auteur et boutique :
www.lindasaintjalmesauteur.com

~ Les liens pour suivre Linda Saint Jalmes ~

Site officiel et boutique :
 https://www.lindasaintjalmesauteur.com/
(Dans la boutique du site : Parfum *Awena*)

Facebook :
https://www.facebook.com/LSJauteur
Instagram :
https://www.instagram.com/linda_saintjalmes/
Pinterest :
https://www.pinterest.fr/lindasaintjalmes/
Tik Rok :
https://www.tiktok.com/@linda.saintjalmes_auteur?lang=fr

*À mes deux filles,
mes amours.*

Chapitre I

L'appel du destin

Londres, 26 novembre 1813, quartier de Mayfair

— Oh ! Milady ! Mais où vous cachiez-vous ? Cela fait des heures que l'on vous cherche partout ! s'écria Mlle Anderson, gouvernante dans un premier temps, puis dame de compagnie de la jeune lady de Waldon.

L'interpellée sursauta, comme prise en faute, et tournoya sur elle-même dans un joyeux froufroutement de mousseline, tout en s'évertuant à dissimuler un volumineux objet derrière son dos, sous son opulente chevelure défaite couleur blé.

— Iseabal ! s'exclama-t-elle, avant de pousser un immense soupir et que ses paupières aux longs cils sombres et recourbés, l'espace d'un instant, ne se ferment de soulagement.

Mlle Anderson, un chignon raide poivre et sel bien ancré à l'arrière du crâne, la stature austère dans sa robe droite et simple de serge gris, s'avança d'un pas hésitant en dardant son regard ébahi sur le fouillis incroyable – et inaccoutumé – qui régnait dans les appartements de sa jeune maîtresse.

Celle-ci ne supportait pas le désordre, tout était d'ordinaire rangé à la perfection et aucun grain de poussière n'était perceptible sur les meubles fraîchement cirés par les femmes de chambre. Diane était dans ce domaine-là d'une maniaquerie excessive, presque maladive.

— Mon Dieu ! Mais que s'est-il passé ici ? On dirait qu'un ouragan a élu domicile dans vos appartements !

Diane rit, d'un riche son cristallin, sans plus cacher à sa dame de compagnie le vieux livre suranné qu'elle avait cherché à dissimuler.

— Je l'ai trouvé, Iseabal ! C'était de ce grimoire dont parlaient mes ancêtres écossaises dans leurs différents carnets !

Ce que voyait surtout Iseabal, c'étaient ces épouvantables toiles d'araignées emmêlées à la chevelure soyeuse – autrefois coiffée – de la jeune lady.

— Vous… Vous étiez encore dans cet horrible grenier ? demanda Mlle Anderson, sans pourtant une once de désapprobation dans la voix, plutôt un écœurement certain.

Diane leva ses immenses yeux noisette sur elle, un sourire se dessinant sur l'ourlet sensuel de ses lèvres couleur pêche, pour ensuite illuminer son visage délicat en forme de cœur et à la peau veloutée.

— Oui ! Et je l'ai trouvé ! souffla-t-elle émerveillée, un filet d'émotion à peine retenu dans ses mots.

Mlle Anderson lui retourna son sourire, en plus pincé, et malgré son dédain et sa peur des araignées, passa une main tendre sur les cheveux en désordre.

— Ma belle petite, je suis si heureuse que votre quête soit couronnée de succès. Mais voilà des heures que nous vous cherchons partout. Votre mère ne cesse de s'évanouir et M. le comte essaie de calmer Sa Seigneurie…

— Il est là ? s'offusqua Diane, le rouge lui montant subitement aux joues. J'ai pourtant annoncé à père et mère que je ne voulais plus le voir et qu'il était hors de question que je l'épouse !

« *Il* » n'était autre que le marquis de Wilshire. Un homme riche et influent de la noblesse anglaise, pair du royaume, et répugnant vieux monsieur. De plus, il avait presque le triple de l'âge de Diane qui venait de fêter ses vingt ans !

Elle ne put retenir la vision affreuse du marquis, repoussant, engoncé dans ses habits de satin, la sueur couvrant ses joues et son crâne dégarni, sans oublier ses mains fureteuses et son regard vicieux.

Un mauvais pressentiment déclencha un début de malaise et elle dut s'asseoir en toute hâte au bord de son lit.

— Milady, j'ai la triste nouvelle de devoir vous annoncer que vos parents et Sa Seigneurie ont conclu le mariage. Le marquis de Wilshire est venu apporter le *Times* où figurent la publication des bans et la date très prochaine de vos noces !

— Co... Comment ? suffoqua Diane, totalement stupéfaite, en posant son regard éperdu sur l'austère silhouette d'Iseabal qui était en fait à l'opposé de son apparence ; douce et tendre.

Les couleurs avaient déserté les joues de la jeune lady qui était soudain plus pâle que la mort.

Rompant toute forme de convenance, Iseabal s'élança en direction de Diane, prit place à ses côtés et l'attira d'un air protecteur tout contre elle, la berçant comme quand elle était enfant.

— Pourquoi ont-ils fait ça ? gémit Diane, retenant vaillamment ses larmes brûlantes. Suis-je si peu aimée que mes parents se moquent de me vendre à un être aussi répugnant que Wilshire ?

Iseabal ne put s'empêcher de rire, malgré la triste situation et s'attira un coup d'œil étonné de Diane.

— Oh ma belle princesse, murmura Iseabal, c'est à peu de choses près ce que je leur ai fait savoir ouvertement.

Diane s'écarta pour mieux observer celle qui avait toujours été une vraie mère pour elle.

— Vous avez osé ? Mais...

— Oui ! Et quel bienfait de pouvoir enfin dire ce que l'on a sur le cœur ! Sa Seigneurie est devenue aussi mauve qu'une aubergine, votre père a presque avalé sa langue, et pour une fois, Madame s'est réellement évanouie !

— Iseabal ! Mon Dieu ! Mais qu'avez-vous fait ? ! s'écria Diane, très inquiète pour sa seule véritable amie. Ils vont vouloir se venger, ne vous payeront pas vos gages de ce mois, et...

— Je suis remerciée ! lança Iseabal en redressant la nuque, son annonce claquant comme un coup de fouet aux oreilles de Diane. Ils me donnent le temps de réunir mes effets personnels et de quitter la demeure tout de suite après.

— Non ! s'insurgea Diane qui laissa fuser sa colère et sauta sur ses pieds, avant de faire des allées et venues sur le précieux tapis d'Aubusson, en se torturant nerveusement les doigts.

Iseabal écarquilla les yeux sous ses fins sourcils noirs. Décidément, le comportement de la lady parfaite qu'elle connaissait s'était considérablement altéré. Un fin sourire étira ses lèvres ; enfin, le côté volcanique, vivant du caractère de Diane prenait le dessus. La jeune femme se libérait de son carcan trop strict des convenances.

Iseabal pouvait s'en aller le cœur un peu moins lourd ; Diane en montrerait plus d'un à son futur mari, elle ne se laisserait pas dominer... à moins que celui-ci ne la brise net, d'un coup, et ne tue la flamme à peine née.

À ces pensées, le sourire d'Iseabal s'effaça et une sourde angoisse marqua ses traits.

— Je pars avec vous ! annonça brusquement Diane en venant se poster devant Mlle Anderson qui, heureusement, était encore assise, et qui serait tombée à la renverse s'il en avait été autrement.

— Vous n'y songez guère ! couina-t-elle, à mille lieues de son attitude digne de dame de compagnie.

— Oh que si ! lui retourna Diane, les yeux brillants et son joli visage affichant sa fougueuse détermination. Cela fait des mois que je projette de m'enfuir, reprit-elle, et que je fomente mon départ dans le plus grand secret.

— Mais… commença Iseabal, alors que Diane levait la main pour lui intimer le silence, et se réappropriait la parole :

— J'ai découvert grâce aux carnets de mes aïeules mes réelles origines. Que ce vieux coffre contenant toutes ces merveilles n'ait pas disparu depuis longtemps est un signe pour moi ! Tout cela m'attendait, j'en suis certaine maintenant, et il faut que j'écoute cette voix intérieure qui cherche à me guider. C'est en quelque sorte, l'appel du destin !

— Vous n'y songez pas sérieusement ! souffla Iseabal en se demandant sincèrement si la jeune lady n'avait pas perdu la tête.

— Mlle Anderson, mes aïeules sont natives des Highlands et se disaient elles-mêmes descendantes de bana-b… bana...

— *Bana-bhuidseach !* s'écria Iseabal en se levant brusquement du lit, comme si un serpent venait de lui mordre les fesses.

Diane la dévisagea de ses grands yeux intelligents et ouvrit la bouche sans pouvoir prononcer une parole. Sa dame de compagnie paraissait étrangement troublée.

— Milady, comme vous le savez, je suis également d'origine écossaise et ce que vous avancez signifierait que vous êtes affiliée aux plus puissantes sorcières des Highlands ! Et ce, seulement s'il s'avère qu'elles ont bien pu exister un jour !

— C'est exact et elles existent ! coupa Diane, en serrant ses deux mains pour essayer de juguler l'agitation qui montait en elle, et pour ne pas trépigner peu gracieusement sur place. Ce ne sont pas n'importe quelles sorcières, reprit-elle prestement, elles pratiquaient la magie blanche en communion avec les éléments et leurs Dieux ! Plusieurs Dieux ! s'exclama-t-elle encore. Vous en rendez-vous compte Iseabal ? Et tout cela, sous la seigneurie d'un laird, lui-même descendant d'une lignée d'hommes et de divinités !

— Milady... gémit Mlle Anderson, en s'asseyant pesamment sur le lit et en soutenant sa tête d'une main tremblante. Cela fait partie du folklore écossais, de nos mythes et légendes. Tout cela n'est pas réel !

— Si ! s'offusqua Diane, en marchant vivement dans la direction d'un tas de très vieux carnets, usés par le temps, à la limite de se désagréger tant ils paraissaient menacer ruine.

— Tout est consigné ici, continua Diane. Je les ai tous lus et j'ai enfin découvert *LE* grimoire contenant des formules et... la prophétie !

— Mon Dieu... souffla Iseabal, de plus en plus déroutée. Cependant, sa curiosité allait s'éveillant et prenait le dessus en entendant prononcer le mot « prophétie ».

Après tout, elle était écossaise, et les veillées d'autrefois l'avaient ouverte aux mondes mystérieux qui se profilaient à l'orée des légendes celtiques.

— De quelle prophétie parlez-vous ? chercha-t-elle à savoir.

— Ah ahhh ! s'esclaffa Diane, ne pouvant plus contenir son émoi et son intense état d'exaltation. Voilà... marmonna-t-elle en saisissant précautionneusement un vétuste grimoire, dont quelques bouts de pages s'émiettèrent, malgré la douceur dont elle faisait preuve en les tournant. Cette prophétie est destinée à un fils de clan... Les Saint Clare. Voici ce qu'elle révèle :

« Il est une prophétie, écrite par la main même des Dieux, annoncée à nos plus anciens grands druides, apprise et contée à chaque nouvelle génération de Saint Clare, qui prédit la venue d'une femme exceptionnelle pour un remarquable chef de clan. Cette promise, l'élue, apportera dans son sillage force, prospérité, santé, et portera en son sein un laird d'une puissance jamais égalée : l'Enfant des Dieux. Celui-ci sera reconnaissable à une marque de naissance sur sa nuque. »

— Et ? s'enquit Iseabal.

— Et je suis certaine maintenant que c'est moi, cette

promise ! J'en rêve depuis que je suis petite : un prince charmant m'attend, il m'appelle au travers des voiles du temps, il me prie de le rejoindre et…

Mlle Anderson secoua la tête avec consternation.

— Où le trouverez-vous ce… prince charmant ?

Diane cilla, repoussa une longue mèche blonde derrière son épaule et reposa soigneusement le grimoire près d'Iseabal sur le couvre-lit.

— Justement… c'est là que… euh... cela se complique.

Mlle Anderson ne put s'empêcher de grimacer.

Parce que toute cette histoire ne semblait déjà pas assez compliquée ?

Devant son mutisme, Diane reprit, toujours en bafouillant :

— Je dois… hum... voyager dans le temps, se dépêcha-t-elle de prononcer en faisant un geste rapide de la main, à la façon d'un oiseau prenant son envol.

Ce fut au tour d'Iseabal de battre des cils, avant de rire nerveusement, ce qui ne lui ressemblait guère.

— *Pffuuiitt…* Comme ça ! souffla-t-elle en imitant le geste de sa maîtresse.

Diane hocha la tête tandis que ses joues s'empourpraient joliment.

— Un peu plus que comme ça, en fait. Il faut que je me tienne dans le cercle sacré du clan, sur leurs terres, et que je fasse le vœu d'être aux côtés de mon... Âme sœur. Là, les chemins du temps s'ouvriront et me conduiront vers lui !

— Quelle aventure ! Et cela ne vous fait pas peur de voyager de la sorte ? Et pourquoi devez-vous partir dans... le temps ?

Diane parut déconcertée un instant et afficha une moue trompeusement hardie.

— Non, j'essaye de ne pas y penser, et pour répondre à votre deuxième question, c'est simplement parce que c'est à l'époque des premiers écrits, en l'an 1341, que tout doit se passer. Pourquoi ? Je n'en sais pas plus.

— Simplement... Facile... Tout paraît faisable pour vous ! grimaça Iseabal en secouant la tête et en se levant, son corps semblant brusquement empesé par un poids invisible.

Elle allait partir, rejoindre sa famille dans les Lowlands à Cairnryan, et laisser derrière elle ce bout de femme rêveur ?

Mon Dieu, non !

Au vu de la situation, il était clair que le vieux et pervers marquis de Wilshire briserait cette jolie fleur, aussi sûrement qu'il l'aurait fait d'une fragile brindille.

Iseabal prit sa décision dans l'instant, priant en silence pour que ce soit la bonne.

— Nous vous y emmènerons ! annonça-t-elle d'une voix déterminée.

L'étonnement et le soulagement s'affichèrent alternativement sur le visage de Diane, ses sourcils soyeux se soulevant de surprise alors que ses grands yeux noisette paraissaient s'illuminer de paillettes d'or.

— Nous ? souffla-t-elle.

— Mon mari et moi, marmonna Iseabal sans tenir compte du petit cri abasourdi de Diane. Monsieur Thompson et moi nous sommes unis en cachette il y a de cela une dizaine d'années. Nous avons agi ainsi en connaissance de cause, sachant que vos parents nous auraient remerciés séance tenante s'ils avaient appris la nouvelle.

Monsieur Thompson était le majordome de la famille Waldon. Cette information étourdit quelque peu Diane qui n'avait rien vu venir, et ne s'était jamais doutée de rien. Le couple avait réussi à tromper son monde jusqu'à ce jour !

Diane en fut incongrûment prise d'un fou rire.

Tous les obstacles qui se dressaient sur le chemin menant à sa destinée s'effondraient les uns après les autres, et un souffle euphorisant de liberté s'empara de tout son être.

Elle avait soudain envie de chanter, de danser, de crier son bonheur !

Elle allait réaliser ses rêves !

Diane rejoindrait son prince charmant, vivrait avec lui un amour absolu, et aurait beaucoup d'enfants... Comme dans les récentes parutions des contes des frères Grimm – *Blanche Neige* – ou ceux, plus anciens, de Charles Perrault – *Cendrillon ou la petite pantoufle de verre*[1] –, qu'elle se fournissait, là encore, dans le plus grand secret de ses parents.

— Je ne sais vraiment pas comment nous procéderons, réfléchissait à haute voix Mlle Anderson en sortant Diane de ses songes aux senteurs de roses.

— Ne vous faites aucun souci ! J'ai un plan ! scanda cette dernière en se gaussant de la grimace qu'Iseabal n'avait pu s'empêcher de faire à l'écoute de ses dernières paroles.

— Que Dieu nous vienne en aide, gémit la dame de compagnie en allant vérifier que personne ne les espionnait derrière la porte de la chambre et en y donnant un tour de clef décisif avant de rejoindre sa maîtresse.

L'instant suivant, en bonne conspiratrice rassurée, elle revint sur ses pas et entraîna Diane vers une bergère style Louis XV qui faisait face à la cheminée, où elles s'assirent pour discuter en chuchotant et mettre au point leur évasion.

— Dites-moi tout, se lamenta presque Iseabal, tant elle avait peu confiance dans le « plan » de la jeune femme.

Ce que fit Diane, après avoir souri aux anges.

---

1   *Verre : Graphie exacte utilisée dans l'édition originale de 1697 de Charles Perrault et corrigée en « vair » deux siècles plus tard, par Honoré de Balzac, croyant en une erreur d'écriture.*

Chapitre 2
La fuite

Cela faisait des mois, pour ne pas dire des années, que Diane fomentait patiemment son « évasion » et qu'elle se raccrochait mentalement à ce projet, pour ne pas sombrer dans le désenchantement d'une vie qui ne lui avait jamais appartenu.

Enfant, elle avait eu l'occasion de faire le songe d'un jour meilleur : ce feu follet d'espérance était né lors d'une énième escapade solitaire – tandis que ses parents étaient loin d'elle, la confiant à Mlle Anderson – au cours de laquelle elle avait trouvé une archaïque clef ouvragée cachée sous une pierre, parmi les ruines des remparts de leur vieux château familial, dans le comté de Cornwall[2].

L'antique forteresse avait été construite sur une de leurs propriétés sous le règne d'Édouard I^{er,} et avait été réaménagée un certain nombre de fois depuis, par les comtes successifs.

Diane avait aimé grandir en ces lieux où un passé quelque peu fantasmagorique se rappelait sans cesse à ses rêveries d'enfant, les alimentant d'images enchantées que le monde réel souffrît à lui donner.

Cette clef... mènerait à un trésor ! La petite Diane le pressentait !

Seulement voilà, où pouvait se situer ce trésor ?

---

2 *Cornwall : Les Cornouailles, comté d'Angleterre situé à l'extrémité sud-ouest du pays.*

Des années plus tard, le château subit les affres d'un violent incendie. Le peu d'objets de valeur, les restes d'effets personnels et souvenirs se trouvant dans une division des combles, partiellement épargnée, furent conduits dans la maison fraîchement construite du quartier de Mayfair, à Londres.

Endroit où les Waldon vivaient actuellement.

Diane, arrachée à ses racines, sa clef toujours enfouie dans une des poches de ses robes, chercha alors un nouveau refuge, et le grenier de cette vaste et récente demeure londonienne se vit rapidement octroyer ce titre.

La mélancolie, vicieuse compagne invisible, menaçait de la submerger... Jusqu'au jour où elle découvrit, dans le grenier de cet endroit, un coffre roussi par les flammes, cependant miraculeusement épargné, et fermé par un verrou de la même manufacture ouvragée que sa clef.

La similitude était trop belle ! Ce pouvait-il que le trésor, cherché de tout temps, puisse être simplement endormi dans cette malle ancienne ?

Le cœur battant la chamade, elle avait saisi la tige de métal, chaude à force d'être serrée dans sa paume, et l'avait engagée dans la fine serrure... qui s'ouvrit sans aucun problème.

De surprise émerveillée en béatitude, Diane trouva alors les carnets avec les mots calligraphiés de ses aïeules et son univers bascula au rythme de ses lectures nocturnes et silencieuses !

Grâce à ces calepins, tout devenait possible, comme changer de vie, et suivre son destin qui était irréfutablement ailleurs.

C'était de la folie !

Peut-être que toutes ces notes sur plus de trois générations, de 1341 à 1506, faisaient partie d'une vague illusion collective ? Et pourquoi les ascendances postérieures avaient-elles cessé d'écrire ?

Diane crut pouvoir répondre à ces questions en allant

contempler le grand arbre généalogique de sa famille, reproduit sur le modèle biblique de l'Arbre de Jessé[3], comme le voulait la tradition au Moyen Âge.

Après les trois générations de ces femmes, Niahm, Rionnan et Rachelle, dont elle entendait presque les voix dans son esprit, tous les autres descendants avaient été des hommes. Le lien fort et magique s'était éteint à la naissance du premier mâle...

Et voilà que des siècles plus tard, cet immense secret lui était dévolu. Car... sur ses origines, secret il y avait, les mots des carnets le soulignaient presque à chaque page lue.

Oui, cela pouvait être une supercherie commune, l'envie d'autres femmes de son sang de s'évader d'un quotidien sombre et étouffant qui avait dû ressembler en tous points au sien d'après le vague à l'âme qui filtrait au travers des mots.

Rien qui toucherait la réalité...

Cependant, Diane souhaitait croire désespérément en ces *bana-bhuidseach*, ajouter foi en un avenir qui serait différent pour elle !

Elle ne voulait plus être cette petite lady effacée et si policée, que ses parents s'étaient évertués à créer pour un jour la vendre, lors d'une saison, à un noble fortuné, comme ils l'auraient fait d'une pouliche reproductrice.

La jeune femme ne serait plus leur chose soumise et docile qui suffoquait sous cette fausse image d'elle et qui avait de plus en plus de mal à montrer une indifférence affectée en entendant les siens discourir sur les manants pouilleux qui salissaient leur belle ville de Londres.

Si on les avait écoutés, tous ces pauvres gens auraient tout bonnement été exterminés !

Avaient-ils vu comme elle, ces enfants en haillons, chétifs, et souvent maladifs qui mendiaient un quignon de

---

3 *L'arbre de Jessé : Motif fréquent dans l'art chrétien entre le XIIe et le XVe siècle : il représente une schématisation de l'arbre généalogique présumé de Jésus de Nazareth à partir de Jessé, père du roi David.*

pain dans certains quartiers de la cité ? Et ces femmes faméliques, pour beaucoup de l'âge de Diane, voire plus jeunes, qui vendaient des oranges ou leur corps pour pouvoir survivre ne serait-ce qu'un jour de plus ?

Cette injustice due à la différence des classes sociales lui faisait horreur ! Et cela la rendait d'autant plus amère du fait qu'elle se savait les poings liés, dans l'incapacité de les aider.

Alors, oui !

Diane se raccrochait à ses chimères et avait économisé plus de mille livres en vue de sa fuite prochaine. Cela n'avait pas été si difficile, son comte de père lui donnant de l'argent pour faire des emplettes et ne vérifiant aucunement si celles-ci avaient été réalisées. Elle n'était qu'une brave tête vide après tout, au cerveau si petit qu'il ne pouvait fonctionner correctement, comme s'évertuaient à le dire de la gent féminine de nombreux médecins et savants !

Diane savait son temps compté... Ce qu'un malheureux événement vint confirmer : tout s'était déroulé le soir du grand bal donné par lady Warrington dans sa belle demeure située à Piccadilly, en face de Hyde Park Corner. Juste avant le dîner, le comte de Waldon lui avait présenté l'immonde marquis de Wilshire. Ses yeux lubriques ne l'avaient plus quittée de la soirée, et elle n'avait pas tardé à apprendre que ce soir-là, il avait demandé sa main à son père.

Quelques jours plus tard, elle avait refusé. Oh... si piteusement, que le comte en avait ri quand il lui avait annoncé la requête du marquis, assis derrière son impeccable bureau de merisier lustré, dans son cabinet de travail où finissaient de s'évaporer des effluves âcres de cigare.

— Ne sois pas stupide ! avait ricané le comte de Waldon en contournant le meuble imposant pour tapoter le crâne de sa fille d'une chiquenaude moqueuse.

Et Diane s'était tue en arborant son masque de plus en plus pesant d'indifférence guindée, avait fait une courte révérence, et s'en était retournée vers sa chambre d'une démarche qu'elle espérait détachée.

Cela s'était passé le 10 novembre 1813, quelques jours avant son vingtième anniversaire.

Et depuis ce jour, Diane s'esquivait dès qu'elle le pouvait dans le grenier qui abritait le vieux coffre aux trésors insoupçonnés.

Elle connaissait désormais presque tout de ses origines et savait devoir trouver le grimoire des *bana-bhuidseach* qui la guiderait à l'endroit exact de son départ pour un autre monde... une autre époque !

Dans les bras aimants et tendres de son prince charmant !

C'est ainsi que le 26 novembre, après des heures de recherches infructueuses, après avoir fouillé dans tous les recoins accessibles de la vaste demeure familiale, elle s'était à nouveau tenue devant le grand coffre ouvragé, l'avait entièrement vidé sous le coup d'une impulsion subite, et avait découvert en son fond une petite trappe astucieusement dissimulée.

Retenant son souffle, elle l'avait ouverte et avait enfin aperçu le vieux grimoire.

Si fragile, si usé, que Diane avait mis un moment à s'en saisir. Un geste malheureux et tout serait parti en poussière.

Avidement, elle avait lu en suivant d'un doigt tremblant la calligraphie soignée des incantations magiques, et puis elle avait pris note de la prophétie !

Diane avait su immédiatement que cela la touchait de près et cette conviction la poussait encore plus à rejoindre son... clan.

Mais, où étaient ces terres ? Où devait-elle aller ? Les Highlands étaient si vastes !

Enfin, vers les dernières pages du grimoire, les informations tant attendues lui furent livrées : terres du clan Saint Clare, Loch of Yarrows, comté de Caithness.

Si loin de Londres !

Un instant, Diane en avait été dépitée, mais sa volonté

était revenue et sa décision de partir au plus vite aussi.

Fébrilement, elle était retournée dans sa chambre mise sens dessus dessous par ses fouilles, et c'est là que Mlle Anderson l'avait retrouvée.

La douce folie de Diane avait failli la perdre. Heureusement, c'était Iseabal qui s'était tenue devant elle, et non... son père ou sa mère.

Tout s'était enchaîné si vite après… Et le plan était né !

Ce soir-là, Iseabal l'avait aidée à se changer, Diane avait une dernière fois endossé sa carapace de lady soumise et indifférente, pliée aux convenances, et avait rejoint ses parents, ainsi que le goujat à qui ils la livraient.

À combien d'occasions s'était-elle retenue de tirer la langue au marquis de Wilshire, de le pincer cruellement alors qu'il était assis à ses côtés sur une ottomane et posait sa grosse paume poisseuse de transpiration sur son genou, ou encore de se boucher le nez à chaque fois que les effluves de son haleine fétide l'incommodaient au point d'avoir envie de vomir ?

Ses dents étaient jaunes et pourries ! Brrr...

Diane se secoua mentalement pour revenir au moment présent, le pire était passé et en son for intérieur, elle exultait du coup d'éclat qui allait faire trembler la maisonnée tout entière et ferait de ses nobles et prétentieux parents, la risée de l'aristocratie anglaise.

Le plan était en cours...

Voilà deux jours que Thompson, le majordome, et Mlle Anderson, sa femme, étaient partis.

Au crépuscule du soir de ce 28 novembre, jour actuel, Diane les rejoindrait dans la rue jouxtant les jardins de la propriété.

Il n'y avait aucune crainte à avoir, elle réussirait à s'échapper facilement, car ses proches ne connaissaient rien des réelles humeurs et intentions de leur fille « dévouée ».

Le plus délicat, avait été de cacher ses effets et les

malles contenant les précieux carnets de ses aïeules, dans l'ombre épaisse des hautes haies attenantes au mur du parc, près de la petite porte donnant vers l'extérieur. Plusieurs allées et venues nocturnes pour remplir ses malles, avaient été nécessaires, et toujours avec la peur au ventre.

Quant au grimoire, il ne quittait pas le sac qu'elle conservait consciencieusement auprès d'elle, Diane ayant besoin de le sentir, de le toucher, de savoir que grâce à lui, tout était désormais possible.

Il ne fallait pas que l'histoire des *bana-bhuidseach* soit laissée derrière elle, rien ne devait être oublié, tout devait partir avec elle ! Et puis, elle était dorénavant la gardienne des secrets !

Ce titre qu'elle s'était amusée à se donner traduisait sa joie et rendait difficile les moments où elle retrouvait les siens et devait se composer un état quasi léthargique.

Il était presque minuit et à une heure du matin, Diane serait en route vers sa destinée. Pour l'instant, elle se tenait dans sa chambre et énumérait dans sa tête les ultimes points cruciaux à accomplir avant de s'en aller :

— Lettre à père, fait ! Mille livres de plus pris dans son coffre, fait ! Lettre à l'immonde marquis de Wilshire, fait !

Sur ces dernières paroles prononcées à voix haute, Diane se mit à ricaner de manière peu flatteuse pour une demoiselle.

« *Oh, si seulement je pouvais voir le visage pourceau du marquis se décomposer à la lecture de ma missive !* », songea-t-elle encore en pinçant les lèvres pour ne pas rire.

Il y était écrit d'une calligraphie fine et raffinée, quelques mots qui l'étaient un peu moins et ne lui ressemblaient guère :

« Cher marquis,

Allez donc poser vos gros doigts poisseux sur d'autres genoux. Soignez votre haleine aux effluves d'égouts malsains à l'aide d'une liqueur de menthe, bien que je doute sérieusement que la pauvre puisse agir et faire des miracles ! Changez aussi de tailleur ! Très cher, vous ressemblez à une baleine ainsi engoncé, et vous ne frisez plus le ridicule, vous en êtes devenu le roi !

Bien le bon vent d'une lady qui ne sera jamais vôtre et qui a eu le bon goût de fuir votre répugnante présence.

Diane, lady de Waldon »

Avec un air satisfait, Diane relut quand même, à la lueur vacillante d'une bougie, la missive destinée au comte de Waldon, son père :

« Père,

Mon cœur ne peut plus se taire d'un amour trop longtemps contenu et mon corps ne résiste pas à l'appel de ses sens.

Je suis éprise d'un valet de pied et nous avons résolu de nous enfuir à Gretna Green, pour nous unir dans ce lieu béni des Saints qui ne fait aucun cas de la différence des classes sociales.

Quand vous lirez cette lettre, je serai loin avec mon cher et tendre amant.

Je me suis permis de prélever une partie de ma dot dans votre coffre.

Mille livres sterling me semblent suffisantes pour la vie de bergère à laquelle je me destine avec bonheur. Oh, la joie de toucher la terre et de tondre les moutons pour leur laine et ensuite en confectionner des tissus qui habilleront vos petits-enfants, nombreux... mon amour et moi le souhaitons !

Votre fille aimante et dévouée qui sait à quel point vous l'approuverez.

Post-scriptum : j'ai reposé la clef du coffre dans votre pot à tabac, vous devriez faire attention père, cette cachette *n'est point judicieuse.*

Diane »

« *Et pourquoi père ne m'approuverait-il pas ?* », ironisa pensivement Diane en repliant soigneusement la missive et en se déplaçant à pas de loup dans la demeure endormie.

« *Il aura l'occasion de faire plusieurs crises d'apoplexie avant d'atteindre Gretna Green, en compagnie de celui à qui il me destinait !* », songea-t-elle encore, amère, en arrivant dans le cabinet de travail du comte.

Les lettres disposées bien en évidence sur l'imposant bureau en merisier, elle s'en fut le long du couloir menant aux communs, ouvrit la porte d'un minuscule réduit sans fenêtre, et saisit la lourde cape – dissimulée peu de temps auparavant – qui la protégerait durant le voyage de la froidure hivernale.

Récupérant la bougie qu'elle avait posée sur une console du couloir, Diane reprit son chemin pour arriver dans les cuisines où régnaient un silence paisible et un reste d'odeur des plats qui avaient été proposés au repas du soir.

Pas ceux qu'elle avait eu le droit de manger et qui manquaient de goût, de saveur, de parfum, parce qu'en digne lady elle se devait de rentrer dans le plus serré des corsets, mais des mets riches que ses parents touchaient à peine et que les domestiques jetaient ensuite, car ils en avaient eu l'ordre. On ne resservait jamais deux fois la même chose !

Aucune présence de chien à la maison pour profiter de tout ce gâchis ! Et personne ne se risquait à enfreindre les ordres dans les cuisines, surtout pas les serviteurs soumis : les restes disparaissaient avec les ordures...

Tout cela ne toucherait plus Diane ! Elle partait !

Quiconque ne la connaissant pas, aurait pu l'accuser d'être une fille égoïste et sans cœur d'abandonner ainsi les siens.

Seulement, ils se seraient trompés !

Ses parents étaient des geôliers, cette splendide

demeure sa prison où elle avait appris à force de tapes sur les doigts et sous le menton, à toujours se tenir droite et à suivre à la lettre les lois régies par les convenances.

D'amour, ces lieux et ses habitants en étaient dénués. Seule Iseabal lui avait apporté tendresse, caresses, et bras protecteurs. De quitter cet endroit, ne lui faisaient ni chaud ni froid.

C'était une délivrance et une question de survie...

Diane souffla la mèche de la bougie, couvrit ses blonds cheveux de la large capuche de sa cape, poussa le verrou de la porte et sortit dans la nuit qui se referma sur elle comme un épais manteau sombre.

Le premier croissant de lune dans un ciel nocturne limpide lui permit de se diriger dans le parc, sans se prendre les pieds dans une jardinière ou une bordure de sentier gravillonné. Le cœur de Diane battait la chamade sous le coup d'une brusque montée d'adrénaline et sa respiration rapide était expulsée en panaches blancs d'entre ses lèvres écloses.

Arrivée près des grandes haies, elle se faufila le long du mur et ouvrit la serrure du portillon menant sur la rue, où, à son immense soulagement, l'attendaient Iseabal et Robert Thompson, son mari.

Jusque-là, tout se déroulait sans anicroche !

— Iseabal ! ne put s'empêcher de s'écrier joyeusement Diane en sautant dans les bras tendus de Mlle Anderson – ou plutôt madame Thompson – qui la serra tendrement en retour.

— Faites donc plus de bruit ! Imaginez : être découverts sur le départ ! pesta Robert, l'ex-majordome, en se faufilant lui aussi le long du mur intérieur, derrière les haies, pour saisir les malles et effets de Diane et ensuite les charger sur un vieux coupé tracté par deux percherons qui avaient l'air de dormir sur place.

— Pardonnez-moi, s'excusa piteusement Diane. Où donc avez-vous pu louer cette voiture ? s'étonna-t-elle tout de suite après.

— Pas louée, nous l'avons achetée avec nos deniers ! la renseigna Robert, toujours d'un ton ronchonnant.

— Cela a dû vous coûter fortune ! s'indigna Diane, qui sentait la culpabilité envahir son esprit. Vous n'auriez jamais dû investir dans ce mode de transport, je suis une excellente cavalière et...

— Ne vous faites point de mal, milady, l'interrompit Iseabal en la guidant vers le marchepied déplié et la porte ouverte de la voiture. Nous l'aurions de toute façon achetée pour notre propre voyage. Nous ne sommes plus assez jeunes pour courir les sentiers à dos de montures.

Diane en fut quelque peu rassurée et décida mentalement que les deux mille livres qu'elle détenait iraient au couple dès qu'ils seraient arrivés à destination. Après tout, à l'époque où elle se rendait, cet argent ne lui serait plus d'aucune utilité !

— Merci, souffla-t-elle en faisant volte-face pour contempler ses deux amis. De tout cœur...

Robert baragouina quelques mots inintelligibles en hochant la tête et alla vérifier une dernière fois que toutes les malles étaient correctement harnachées sur le porte-bagages.

L'instant d'après, il donnait le signal de départ en s'installant à la place du cocher tout en prenant fermement les rênes dans ses mains. L'air bougon de l'ancien majordome fit un peu de peine à Diane, qui fronça les sourcils et s'adressa dans un murmure à Iseabal :

— Il ne semble pas heureux de me venir en aide, souffla-t-elle.

— C'est un homme, il est juste inquiet et réfléchit beaucoup trop ! la rassura Iseabal. Cependant, il est du même avis que moi et s'est fait un devoir de vous sortir des griffes du marquis de Wilshire. Ce triste sire a une très mauvaise réputation et d'après ce que nous avons récemment appris, a déjà été marié trois fois !

Diane la dévisagea d'un air déconcerté tandis qu'elles

s'installaient sur les banquettes au cuir troué de la voiture, la lueur des lampadaires à gaz – nouvellement inaugurés sous la houlette de leur inventeur Frédéric-Albert Winsor[4]– de la rue leur permettant de se distinguer chichement à l'intérieur de l'habitacle.

— J'aurais donc été sa quatrième épouse ? Je n'en avais pas connaissance, je le pensais vieux garçon ! Que sont devenues les... anciennes marquises ?

— Toutes mortes dans la fleur de l'âge, répondit lugubrement Iseabal. Chacune à la suite d'un accident et peu de temps après leurs noces. Robert soupçonne Sa Seigneurie d'avoir plus ou moins participé à ces « accidents ». Il dit également que c'est de ces mariages que viendrait la grande richesse du marquis. Fausse celle-là aussi, car l'homme est un joueur invétéré, et de fortune... il n'a en fait que des dettes !

Un doute sournois s'empara de Diane et la poussa à poser la question qui lui brûlait les lèvres :

— Père... était-il informé de cela ?

Une brusque secousse de la voiture sur les pavés de la route empêcha Iseabal de répondre tout de suite, et les deux femmes durent s'accrocher aux montants de l'habitacle.

— Oui, il le savait, dit enfin Iseabal dans un murmure attristé tout en baissant les yeux. Vous êtes le prix d'un jeu, ma douce. Monsieur le comte a joué et perdu aux cartes contre le marquis le soir du bal de lady Warrington et... vous et votre dot en étaient l'enjeu. Robert tient cette information de source sûre.

La lame d'une dague invisible venait d'atteindre le cœur de Diane. Son père l'avait misée au jeu et l'avait perdue...

Ainsi, elle n'était définitivement rien aux yeux de son géniteur. Elle ne pleura pas, sembla se transformer en pierre, jusqu'à ce que d'autres paroles s'échappent de sa bouche en un souffle ténu :

---

4 *Frédéric-Albert Winsor : Inventeur allemand (1763-18 30), précurseur de la mise en service du gaz d'éclairage au Royaume-Uni et en France.*

— Et mère ?

Le long soupir d'Iseabal parla mieux que les mots.

Ainsi donc, sa propre mère l'avait elle aussi, d'une certaine manière, vendue.

Diane n'aurait dû éprouver aucune affliction à cette nouvelle divulgation, néanmoins, tel ne fut pas le cas. Elle se savait non aimée, non désirée, elle aurait dû être un fils, un héritier, mais n'était qu'une imposture aux yeux de ses créateurs.

Ils le lui avaient assez fait sentir, et le lui avaient fait payer, à chaque regard de consternation qu'ils posaient sur elle ou chaque soupir qu'ils poussaient dès qu'elle marchait dans leurs ombres.

Les monstres !

Quelle joie de les livrer au triste sort d'être la risée du beau monde quand celui-ci apprendrait qu'elle avait déshonoré sa famille en s'enfuyant pour se marier ! Cependant, la fulgurante douleur en son cœur ne pouvait être atténuée par cette revanche.

La blessure était profonde et mettrait certainement des années à s'effacer, si ce n'était toute une vie.

Un nouveau cahot plus important sur la route la fit presque tomber de la vétuste banquette et sa cape fourrée s'entrouvrit dans le mouvement, attirant l'attention d'Iseabal sur ses atours.

— Sapristi ! jura celle-ci en arrondissant les yeux avant de pincer ses lèvres déjà minces.

Jamais Diane n'avait entendu sa dame de compagnie blasphémer ainsi, elle l'excusa mentalement en mettant cela sur le compte de la tension nerveuse due à leur fuite.

— Que portez-vous là ? ! s'écria encore Iseabal en désignant de son menton pointu la délicate robe de taffetas bleu sous la lourde cape et les exquises chaussures en chevreau du même ton sur ses pieds fins qu'habillaient de magnifiques, mais futiles, bas de soie. Mais enfin, reprit madame Thompson, le voyage est long milady et le froid sera omniprésent ! À quoi pensiez-vous donc ? Nous ne pourrons guère nous arrêter dans les auberges pour nous réchauffer et nous sustenter avant Édimbourg si nous ne voulons pas attirer l'attention sur nous !

Diane eut l'impression d'être à nouveau une toute petite fille et malgré la basse température ambiante, sentit ses joues lui brûler plus que de mesure.

— Je suis confuse Iseabal, souffla-t-elle en baissant piteusement la tête. Je n'ai pu faire autrement, de peur d'être démasquée et prise au dernier moment, chercha-t-elle à se disculper. Père et mère auraient trouvé bizarre de me voir habillée de pied en cap comme pour affronter les froidures de l'hiver, ils auraient tout de suite soupçonné quelque chose et m'auraient enfermée dans ma chambre sous haute surveillance...

Iseabal leva la main en hochant la tête avec bienveillance.

— Vous avez bien agi. Cependant, reste le fait que ces pauvres briques chaudes et cette couverture rapiécée ne vous tiendront pas à l'abri du froid bien longtemps. Fi... nous nous serrerons l'une contre l'autre avant de grelotter et de nous transformer en statues de glace.

Alors qu'Iseabal continuait de parler, Diane se figea sur place et se mit à fouiller frénétiquement autour d'elle, avant de se jeter à quatre pattes sur le plancher du véhicule et de tâtonner désespérément dans le noir.

— Que faites-vous encore milady ? ! s'agaça Iseabal en poussant un petit cri tandis que Diane lui soulevait ses pieds bottés d'une poigne forte.

— *Il n'est pas là !* couina soudainement Diane, les derniers lampadaires montrant à intervalles réguliers la terreur qui s'était dessinée sur les beaux traits de la jeune femme.

— Calmez-vous, essaya de la tranquilliser Iseabal en posant une main sur son épaule tremblante, avant de manquer tomber et rejoindre sa maîtresse en perdant l'équilibre, alors que Diane s'étalait à nouveau sur le plancher oscillant.

— Mon sac contenant le grimoire ! Je l'ai laissé à la maison de Mayfair, nous devons absolument faire demi-tour pour que je puisse le récupérer !

— Vous n'y songez guère ? ! s'étouffa presque Iseabal en réussissant à réinstaller de force la jeune femme sur la banquette en face d'elle. Il nous est impossible de faire marche arrière maintenant ! C'est trop risqué ! Peut-être l'avez-vous mis dans une de vos malles ? Vous m'avez dit ne point le quitter...

— Je l'avais avec moi dans le bureau de père, lorsque j'ai disposé les lettres, je l'avais aussi quand je me suis dirigée vers le réduit... j'ai posé la bougie sur la console et... Oh mon Dieu ! s'écria Diane en sautant sur ses pieds et en s'étalant de tout son long comme la voiture tanguait dans un virage particulièrement sévère.

Le vacarme fut tel que Robert, du haut de sa place peu enviable de cocher, se mit à tambouriner de son poing sur le toit et gronda de sa forte voix si différente de celle feutrée du majordome qu'il avait été :

— Sacré bon sang ! Mais que faites-vous là-dedans ! Cessez de gigoter femmes, sinon, au prochain virage nous allons verser !

— Occupe-toi de la route Robert et je te fais la promesse que nous ne bougerons plus ! cria en retour Iseabal.

La voiture devait véritablement être très ancienne, car malgré les panneaux de bois qui séparaient les dames de l'ex-majordome, leurs oreilles ne furent pas à l'abri de tous les noms d'oiseaux dont il les invectiva.

Diane en aurait été tout ébranlée, si elle n'avait pas été autant affolée par la perte de son précieux livre.

— Iseabal...

— Non, pour notre bien à tous, nous ne retournerons pas chercher cet objet ! Êtes-vous certaine de l'avoir laissé dans le réduit ?

— Oui, se lamenta Diane en s'effondrant sur sa banquette qui dégagea des remugles de poussière qui ne demandaient qu'à s'échapper de leur abri suranné.

Elles en toussèrent toutes les deux et allèrent de concert baisser la vitre pour passer leurs têtes à l'extérieur du véhicule.

— Mère de Dieu, grommela encore Robert en jetant un coup d'œil vers les deux capuches battues par les vents de la vitesse et en se glissant prestement à l'opposé des femmes sur son siège, essayant par son poids de rééquilibrer le maudit coupé avant que ne se produise un terrible accident. Vous aurez notre mort à tous ! éructa-t-il en tenant ferment les rênes des chevaux. Si nous arrivons en entier au Loch of Yarrows, je promets d'aller tous les dimanches à la messe !

— Fi ! lança ironiquement la voix de sa femme, toujours le nez au grand air, je serai la reine de Saba le jour où cela adviendra !

— J'aimerais bien voir ça ! grommela Robert alors qu'Iseabal et Diane rentraient leurs têtes et refermaient la vitre pour s'asseoir en grelotant, obligeant encore une fois le pauvre cocher à bouger ses fesses pour rééquilibrer la voiture.

« *Espérons que je n'aie pas à danser la gigue ainsi jusque dans les Highlands* », baragouina-t-il encore pour lui même.

Tandis que monsieur Thompson continuait soit de pester, soit de prier silencieusement pour leur salut à tous, les deux femmes reprirent leur conversation là où elles l'avaient laissée, tout en cherchant à se réchauffer l'une et l'autre :

— Milady, le réduit est un endroit rarement fréquenté. Peu de domestiques, et encore moins vos parents, s'y rendent. De plus, ce grimoire ne vous est plus d'aucune utilité et croyez-vous, sincèrement, que même s'il venait à être découvert, quelqu'un puisse être assez fou pour accorder crédit à ce qu'il y a d'écrit ?

Diane en convint en son for intérieur, les paroles d'Iseabal ne manquaient pas de discernement. Néanmoins, être séparée de ce livre lui causait une nouvelle et terrible peine. Elle avait failli dans son rôle de gardienne des secrets.

Le vieux manuel serait, à n'en pas douter, détruit par le feu, car il contenait par trop d'incantations et en bons chrétiens, les personnes qui le trouveraient, penseraient obligatoirement au Malin.

Il fallait se faire une raison, continuer d'avancer, et Diane fit mentalement ses adieux au grimoire des ses aïeules.

— Avez-vous bien suivi le plan ?

La question d'Iseabal, où perçait une pointe d'inquiétude, vint interrompre les sombres songes de Diane qui redressa la tête pour essayer de la dévisager, sauf que de sa dame de compagnie, elle n'apercevait plus qu'une silhouette un peu plus claire dans l'obscurité ambiante, alors qu'ils quittaient Londres et se lançaient sur les grands chemins, direction plein nord.

— Oui, j'ai laissé une lettre à père l'informant que je prenais la fuite avec mon amant pour Gretna Green et j'ai ajouté que... l'élu de mon cœur était un valet de pied !

Madame Thompson éclata d'un rire franc et vivant qui fit sourire Diane et lui permit d'oublier momentanément son angoisse par rapport au vieux grimoire. Elle s'amusa ensuite à narrer haut et fort les mots qu'elle avait adressés au marquis de Wilshire.

Iseabal parut s'étouffer et pleurer de rire à la fois.

— Oh, ma douce ! souffla Iseabal entre deux crises d'hilarité. Vous me surprenez au plus haut point, jamais je n'aurais imaginé, voire espéré, que derrière votre allure si sage, pouvait se cacher une telle coquine ! Ce n'est que rendre la pareille à ceux qui ont agi dans votre dos et le marquis n'en mérite pas moins. Quant à votre père, connaissant son aversion vis-à-vis des classes inférieures, je dirais sans mentir que vous lui avez porté un magistral coup d'estocade !

À ces mots, Diane se sentit partagée en deux ; la fierté d'avoir montré au comte de Waldon combien il s'était trompé sur son compte, et un goût amer dû à une sorte de honte d'elle-même, car elle n'aimait pas régler le mal par le mal. Tout cela poussait au cercle vicieux, sans fin...

Néanmoins, elle reprit d'un ton léger :

— Père et le marquis de Wilshire vont se hâter vers le nord en direction de Gretna Green. Ils feront au plus court en passant par Northampton, Birmingham, pour remonter vers Preston et Carlisle. Tandis que nous, nous emprunterons la route vers le nord également, mais en longeant les côtes de la mer du Nord. Puis droit sur le comté de Caithness. Le temps qu'ils comprennent leur erreur, il sera trop tard pour m'atteindre.

— Vos proches se sont toujours trompés sur votre compte, murmura Iseabal en lui saisissant la main, n'étant pas dupe du ton léger employé par Diane. Vous êtes intelligente, une flamme vive qu'ils ont failli étouffer, une magnifique jeune femme au cœur pur et charitable.

Diane sentit des larmes d'émotion lui monter aux yeux, les mots d'Iseabal la bouleversaient.

Si seulement ses parents avaient été différents, que de belles et bonnes choses ils auraient faites ensemble !

Quelques instants plus tard, elle s'endormait sous le coup d'une intense fatigue, la tête ballottée contre la paroi de la voiture, et Iseabal se mit à songer à l'avenir qui s'annonçait pour lady de Waldon.

Robert et elle avaient économisé leurs gages en totalité depuis qu'ils étaient mariés et même avant, par peur d'être démasqués, et ils avaient réuni assez de livres pour assurer leur existence jusqu'à la fin de leurs jours. Même l'acquisition de cette vieille voiture et des chevaux n'avait pas égratigné leur pécule. Cependant, avec une jeune femme à charge, qu'ils feraient passer pour leur fille, et les besoins qui iraient de paire... ils seraient obligés de vivre un peu moins confortablement qu'ils ne le souhaitaient.

Iseabal se secoua mentalement, après tout, Diane se détacherait facilement de son train de vie qui l'oppressait et trouverait son bonheur dans la chaumière qu'ils avaient achetée dans le village de Cairnryan.

« *Oui, la petite va enfin être heureuse, et nous serons là pour la chérir* », songea tendrement Iseabal en fermant à son tour les paupières pour se laisser dériver vers le sommeil.

Car, il était clair pour elle, comme pour Robert, que le projet de Diane était voué à l'échec.

Pensez donc !

Voyager dans le temps pour tomber dans les bras d'un prince charmant qui serait l'Âme sœur de la jeune femme !

Diane irait sur les terres Saint Clare, ferait son vœu dans le Cercle sacré, et quand elle réaliserait que tout cela n'était, en fin de compte, que du vent... Eh bien, Iseabal et Robert seraient là pour consoler son chagrin et la choyer.

Ce n'était pas vraiment l'avenir que Diane espérait, mais elle serait heureuse ! Et au bout du compte, c'est là tout ce qui importait.

Chapitre 3
Les terres Saint Clare

Après une dizaine de jours d'un voyage pénible, à parcourir plus de six cent cinquante-huit miles, jalonnés de petits accidents le long de leur itinéraire – une roue s'était brisée et avait été remplacée, les deux percherons fourbus avaient fini leur aventure dans une écurie après Édimbourg pour laisser la place à deux nouvelles montures plus jeunes et plus fringantes payées rubis sur l'ongle par lady de Waldon –, et de perte de temps dans une auberge non loin d'Inverkeithing où Diane fut saisie d'une indigestion causée – à n'en pas douter – par un repas avarié, le trio épuisé arriva enfin à destination.

Le temps leur avait au moins épargné la neige qui par miracle, malgré ce mois de décembre avancé, n'encombrait en rien les routes de terre battue et boueuses.

Cela faisait une heure qu'ils cahotaient sur les chemins appartenant au vaste domaine des Saint Clare et Diane restait muette, le nez collé à la vitre, en contemplant les plaines désolées où nulle forêt majestueuse, comme l'avaient décrite ses aïeules, ne venait perturber son champ de vision.

Les villages qu'ils avaient traversés paraissaient eux-mêmes désertés, à l'abandon. Diane avait d'ailleurs profité d'une halte dans une chaumière au toit effondré pour enlever ses chauds habits d'homme, qu'elle portait depuis des jours, et enfiler une tenue plus seyante à une dame. Elle était prête à payer le prix de la morsure du froid pour se présenter à son avantage devant son prince charmant de l'ancien temps.

Évidemment, Iseabal n'avait pas du tout apprécié ce renouveau de coquetterie, mais l'avait laissée faire, les lèvres pincées et le regard sévère.

— Nous arrivons au Loch of Yarrows ! les informa Robert du haut de son perchoir de cocher. De plus, j'aperçois des chaumières et un manoir aux cheminées fumantes ! s'écria-t-il encore joyeusement, l'idée de pouvoir se réchauffer le ragaillardissant grandement.

Même les chevaux parurent hennir de contentement et trottèrent de plus belle en faisant bringuebaler la vieille voiture qui gémissait plaintivement de fatigue.

Diane passa du côté gauche du coupé et posa son regard sur les maisons et le manoir que Robert venait de citer. Effectivement, l'endroit semblait habité et un peu plus loin, derrière les terres verglacées, apparaissaient le Loch of Yarrows et ses berges gelées.

Mais où était le Cercle sacré ? Les ancêtres de Diane le décrivaient dominant le sommet d'une colline proche du château...

Oui, mais voilà : nulle forteresse en vue, et une sorte de brouillard, tombant des hauteurs, ne laissait que deviner les pentes de ce qui pouvait être des élévations montagneuses.

De plus, comble de malchance, de lourds flocons commencèrent à percer le ciel pour danser jusqu'au sol, où ils s'amoncelèrent et formèrent rapidement un tapis d'une blancheur laiteuse.

— Il n'est pas encore midi, que voilà qu'il en paraît cinq heures de plus, marmonna Iseabal. Dieu soit loué, nous sommes arrivés ! lança-t-elle en se secouant et en affichant un beau sourire à l'intention de Diane.

Peine perdue, la jeune femme ne l'écoutait pas et ne la regardait pas. Elle était plongée dans sa contemplation et décontenancée de ne pas trouver le château médiéval protégé de ses douves et de ses remparts de pierres grises, en construction à l'époque du départ de la première *banabhuidseach*.

De tout ce qui avait été dévoilé, décrit dans les plus minutieux détails... il n'y avait rien.

Si... le Loch of Yarrows. Quelle piètre consolation !

La neige s'amassait de plus en plus sur la terre, étouffant les bruits des sabots des chevaux et des roues du vieux coupé. Tout paraissait soudainement feutré.

— Allons frapper à la porte du manoir ! suggéra Robert en ayant stoppé la voiture, sauté de son perchoir, et ouvert la portière du véhicule aux dames pour les aider à descendre en dépliant le marchepied et en leur donnant la main.

Diane grimaça en sentant ses pieds « décorés » de ses fines chaussures en chevreau, s'enfoncer dans la neige froide. Un long frisson glacial traversa tout son corps et la fit trembler violemment.

Robert s'inquiéta bien avant Iseabal qui contemplait ce qui l'entourait d'un air désolé :

— Milady, nous allons vous réchauffer ! Les gens du coin sont peut-être considérés comme des sauvages, ils sont néanmoins réputés pour leur accueil chaleureux, et de plus, je parle très bien le *gàidhlig*[5], s'il en est besoin !

Iseabal, écoutant les derniers mots de son mari, acquiesça et poussa Diane vers l'entrée du manoir d'une chiquenaude sur les reins.

La dame de compagnie eut une mine triste en découvrant l'air déconfit de la jeune femme : voilà, le rêve commençait à s'effriter face à la dure réalité.

Ils n'avaient fait que quelques pas, que la porte s'ouvrit à la volée sur un homme de haute stature, la trentaine, si impressionnant de charisme et de force qu'ils auraient tous fait demi-tour sans le regard avenant qu'il posa sur eux tous.

— Qui va là ? demanda-t-il d'une voix de baryton à l'accent écossais et rocailleuse.

Avaient-ils l'air si « anglais » qu'il s'adresse spontanément à eux dans leur langue ?

— Euh... des visiteurs égarés, lança piteusement Iseabal

---

5   *Gàidhlig : Gaélique écossais.*

en claquant des dents.

— Diane, lady de Waldon ! s'annonça clairement la jeune femme en abaissant sa capuche fourrée de sa tête pour se montrer à l'inconnu.

— Diane ! gronda aussitôt Iseabal, alors que Robert levait les yeux au ciel avant de baragouiner dans sa barbe quelque chose qui avait un rapport avec la stupidité de la gent féminine.

Cependant, l'homme ne faisait aucun cas de lui et de ses dires, ses prunelles d'un bleu océan étaient fixées sur Diane, qu'il dévisageait sans vergogne, un mince sourire se dessinant sur ses lèvres pleines.

Il resta un instant à détailler ses traits délicats, ses cheveux blonds ramenés en une seule natte posée sur son épaule, son beau visage altier en forme de cœur. Il fronça néanmoins les sourcils en apercevant ses habits par l'ouverture de la cape : une simple robe droite de taffetas vert, cintrée sous la poitrine par un bandeau de soie beige, et qui tombait en plissés impeccables sur... des pieds bleuis par le froid, nullement protégés par ces étranges chaussures d'apparat.

L'homme claqua de la langue d'un air contrarié et, alors que personne ne s'y attendait, brailla des ordres dans un patois guttural qui fit sursauter le trio grelottant.

— Que dit-il ? murmura Diane en direction de Robert tout en essayant de contrôler les frissons de son corps.

— Je n'ai pas tout compris, milady, lui répondit l'ex-majordome sur le même ton. Je crois qu'il appelle son clan pour : « *guider la première dame sur les pierres divines* » ? !

— *Naye*, rétorqua le bel homme, ses cheveux mi longs et bruns encadrant son rude, mais plaisant visage. Ce n'est pas tout à fait ça, mes mots disaient : pour escorter notre première dame au Cercle des Dieux, à la ronde des pierres levées.

Puis, s'approchant de Diane et la jaugeant de sa hauteur, il plaça son poing droit sur le cœur, et la salua révérencieusement :

— Milady, je me présente : Ronauld, gardien des terres Saint Clare, et le *Leabhar an ùine*[6] nous a prévenus de votre arrivée.

Déjà, tout autour d'eux, des chaumières et du manoir, apparaissaient d'autres personnes, femmes et hommes qui pour les premières ajoutèrent des capes chaudes sur les épaules des visiteurs et leur firent boire une soupe épaisse de légumes et de pain, et qui, pour les seconds, se saisirent des effets de Diane pour ensuite prendre la direction d'un chemin qui se perdait dans la brume et la neige.

Mais que se passait-il ? Ces gens se comportaient comme s'ils suivaient un plan d'action longuement répété d'avance.

— Je... ne comprends pas ? ! s'écria Diane, en marchant dans les pas du cortège incongru, celui qui s'était présenté comme Ronauld la guidant d'une poigne assurée sur le coude.

Le couple Thompson les talonnait, se collant presque à eux dans un geste purement protecteur vis-à-vis de la jeune femme.

— Je n'ai prévenu personne de mon arrivée et je ne connais pas votre ami, le *Labar*...

— *Leabhar an ùine*, coupa sans brusquerie Ronauld, en la maintenant plus fermement pour l'empêcher de glisser. Lui vous connaît, continua-t-il d'un ton mystérieux en souriant à nouveau.

Dieu ! Le gardien du domaine Saint Clare était tout simplement magnifique ! Si Diane n'avait pas été si persuadée qu'elle dût se déplacer dans le temps pour retrouver son « prince charmant », ce serait pour Ronauld que son cœur se serait entiché.

Les yeux bleus de l'homme s'illuminèrent de malice, comme s'il avait perçu les pensées de Diane, et s'amusant

---

6   *Leabhar an ùine* : Livre du temps, grimoire magique décrit dans « Terrible Awena ».

visiblement de plus belle, il reprit :

— Nous ne pouvons attendre de faire plus ample connaissance, car il est écrit que le voyage doit se faire dès votre arrivée au domaine.

— Oh ! Robert, regarde ! s'étrangla Iseabal en se figeant telle une statue tandis que son mari et Diane, intrigués, se tournaient dans la direction que le doigt tendu d'Iseabal indiquait.

Diane en retint son souffle !

Là, droit devant eux, alors que les premières personnes du cortège s'avançaient vers ce qui s'avérait être la pente ascendante d'une colline, la neige, d'elle-même, se poussait et se tassait pour laisser place à un chemin sous leurs pieds. Un autre fait étrange se produisait : la brume se dissipait et se façonnait autour d'eux à l'instar d'un tunnel creusé dans une montagne.

La magie opérait en ces lieux !

Cette constatation explosa dans l'esprit de Diane, elle avait donc raison, ses aïeules étaient de véritables sorcières blanches !

Ronauld se tourna vers eux et leur fit signe d'avancer. Il n'était pas habillé de la tenue kilt-tunique des vrais Highlanders, mais d'un grand manteau fourré, de braies ajustées d'un cuir épais et sombre qui moulait ses interminables jambes musclées, et de bottes hautes de cuir noir. Cependant, avec ses longs cheveux flottant autour de lui, il était le digne représentant de cette lignée d'hommes des Highlands, exceptionnels et fiers.

— Vous êtes sur des terres où les éléments communient avec certains humains, et inversement, murmura-t-il de son accent rocailleux. N'ayez pas peur et suivez-moi !

Tous reprirent donc l'ascension de la colline invisible, marchant à toucher les murs brumeux du tunnel magique.

— Je le savais, souffla Diane. Tout est vrai !

Ronauld ne répondit pas, s'amusant simplement à lui lancer un clin d'œil presque complice.

— Oh, mon Dieu ! scanda Iseabal en s'accrochant désespérément au bras de Robert.

— J'ai un gourdin dans ma poche, marmonna celui-ci. S'ils touchent à un cheveu de la petite, je les assomme !

— Mon héros, grinça Iseabal qui savait que son homme n'avait aucune chance face au clan, et encore moins contre la magie qui œuvrait autour d'eux.

Ils montèrent ainsi le versant de cette étrange colline, pendant un temps qui leur parut n'en plus finir, bercés par le crissement de leurs pas sur le chemin tamisé de neige et le doux chant inconnu des femmes aux voix pures.

La pente sembla enfin se faire moins abrupte, et alors qu'ils atteignaient une sorte de haut plateau, Diane se figea à nouveau, Robert et Iseabal faisant de même pour éviter de la télescoper.

— Le Cercle ! s'écria-t-elle.

Droit devant eux, la brume désertait le sommet de l'aplomb pour dévoiler un cromlech composé d'immenses pierres levées de tailles différentes. Aucune ne se ressemblait et chacune paraissait vibrer d'une énergie bien vivante.

— Nous voici au Cercle des Dieux, annonça Ronauld alors que ses hommes plaçaient les effets et malles de voyage de Diane sur une grande dalle centrale, au milieu de l'alignement circulaire, et que les femmes faisaient la ronde autour des pierres sans cesser leur chant poignant.

Dans les mains du gardien, après qu'il eut lui-même récité une curieuse mélopée, apparurent des liens de lierre aux feuilles étrangement vertes pour cette période hivernale qu'il tendit par la suite à Diane.

Robert et Iseabal se postèrent devant elle pour faire rempart de leurs corps, tout en s'ingéniant à maîtriser leur peur.

— *Ne touchez pas à la petite !* gronda Robert en sortant son arme provisoire de sa poche pour en menacer Ronauld.

Les yeux bleus de Ronauld, après qu'il eut murmuré

quelques paroles incompréhensibles, s'animèrent de lueurs dorées et le gourdin se transforma en un somptueux bouquet de fleurs champêtres.

— De Dieu ! jura Robert en lâchant les tiges fragiles alors qu'Iseabal paraissait aux portes de l'évanouissement et s'efforçait visiblement de garder le contrôle de son corps et de ses pensées.

Diane resta bouche bée quelques secondes et se baissa d'un geste gracieux pour ramasser la gerbe florale au parfum délicat.

— C'est de circonstance, s'amusa Ronauld. Des fleurs à offrir lorsque le moment de la séparation approche.

— Je... je vais vraiment voyager dans le temps ? souffla Diane en posant ses prunelles sur le beau visage de Ronauld.

— *Aye !* confirma-t-il en opinant du chef. Allez vous asseoir sur une de vos malles. Ces liens de lierre vous relieront à vos effets pour que rien ne se perde sur les chemins du temps.

Bravement, Diane redressa la tête et fit ce que Ronauld venait de lui indiquer, toujours chaperonnée par Iseabal et Robert qui lançaient des regards sombres à l'ensemble des personnes qui les entourait.

Diane en aurait peut-être ri si elle n'avait pas eu autant peur.

Oui, terriblement et soudainement peur !

Toute cette histoire concernant le voyage dans le temps, jusqu'à présent, faisait partie de l'abstrait et pouvait être concevable... dans l'imaginaire.

Néanmoins, face à la réalité, les réactions du corps et de l'esprit se chamboulaient, se télescopaient, faisant naître l'incertitude, le doute et l'angoisse.

Des femmes aux sourires affables attachaient le lierre de malle en malle pour finir par les poser sur les fins poignets de Diane où ils parurent s'enrouler d'eux-mêmes en douces caresses.

— Buvez cet élixir *lass,* murmura gentiment Ronauld

en présentant à Diane une petite fiole.

— Pourquoi ? s'inquiéta-t-elle alors qu'on la couvrait encore de fourrures bien chaudes.

— Pour que vous ne vous évanouissiez pas à votre arrivée dans le Cercle des Dieux en l'an 1341.

— Ne prenez rien Diane ! adjura Iseabal en faisant un pas vers Diane et en se heurtant à une barrière invisible. Partons d'ici, je vous en conjure, milady ! Il est encore temps, ajouta-t-elle, l'inquiétude vibrant dans sa voix.

— *Naye*, il est trop tard, intervint Ronauld en secouant la tête. Nous ne pouvons annuler un choix qui dépend uniquement de la volonté des Dieux !

L'impressionnant gardien sortit deux autres fioles des poches de son manteau et les tendit vers les époux Thompson.

— *Buvez !*

Son ordre avait claqué avec la puissance de mille voix et Diane sentit vibrer tout autour d'elle une forte énergie statique. L'instant suivant, à son grand étonnement, Iseabal et Robert ôtèrent le minuscule cachet de cire qui fermait les flacons et avalèrent leur contenu, aussi sereinement que s'ils sirotaient un excellent thé dans le décor ouaté d'un petit salon.

— Que leur avez-vous fait ? s'écria Diane, faisant un geste pour se redresser, mais ne pouvant plus bouger d'un pouce.

— Ne vous inquiétez pas *lass*, j'ai utilisé un charme pour les astreindre à boire. Cette potion est un philtre d'oubli qui a pour but d'assurer leur tranquillité d'esprit. D'ici peu, ils perdront tout souvenir de vous, et s'en retourneront vivre chez eux l'existence qu'ils ont toujours rêvée de bâtir. Ils conserveront le rappel de tout ce qui s'est passé antérieurement... mais sans vous.

— Je disparaîtrai de leur mémoire ? souffla Diane, les larmes aux yeux tant cette annonce lui faisait mal. Ce sont les seules personnes qui m'aient jamais aimée ! Si je ne suis plus dans leurs pensées... alors, c'est comme si je n'avais jamais été.

— Bien au contraire milady. Une partie de vous restera toujours en eux et là où vous allez, l'amour sera omniprésent, vous êtes désirée et serez choyée comme il se doit. Faites-moi confiance, murmura Ronauld en se penchant sur elle et en lui saisissant affectueusement la main.

Diane accorda ce souhait au gardien. Pour le bien de ses amis, il fallait qu'elle les laisse partir et de son côté, elle ne les oublierait jamais et continuerait de les chérir.

— Ronauld ! Prenez la bourse contenant les livres sterling dans la sacoche qui se trouve à vos pieds, et faites en sorte qu'ils croient que cette somme fait partie de leurs économies ! Je n'aurai pas besoin de cette fortune dans le passé et les Thompson méritent de ne manquer de rien !

Ronauld hocha la tête, se baissa souplement pour saisir ladite bourse et se redressa en souriant à Diane. Il recula sans la quitter des yeux, pas à pas, pour se tenir enfin au-dehors du cromlech.

Tous ceux qui s'affairaient autour de Diane firent de même, quelques femmes et hommes entraînant Robert et Iseabal à leur suite alors qu'ils affichaient des mines hébétées, comme s'ils avaient brusquement perdu l'esprit.

— Le *Leabhar an ùine* nous avait annoncé la venue d'une dame de cœur pour le clan, il ne s'était pas trompé ! fit Ronauld en haussant le ton avant d'ajouter : Dites vos vœux lass et... *math turas* (bon voyage) !

Diane, bouleversée et très émue, essaya de retenir courageusement ses larmes qui voilaient par intermittence les visages des gens qu'elle aimait et de ses hôtes. Elle chercha un instant dans son esprit troublé, les mots qu'elle devait prononcer. La perte du grimoire de ses aïeules aurait pu être dramatique, si les termes n'avaient pas été gravés dans sa mémoire à force de les lire et relire. Alors, après avoir bien réfléchi, Diane reprit la parole d'une voix enrouée :

— Moi, Diane, lady de Waldon, fais le vœu dans ce Cercle sacré, de braver les chemins du temps et de n'avoir aucun répit jusqu'au moment où je trouverai et rejoindrai mon Âme sœur. Celui qui de tout temps est uni à moi, comme je le suis de lui... *Awen* !

À peine avait-elle prononcé ces mots que Diane sentit sa peau la picoter de toute part, les liens de lierre se resserrer autour de ses poignets sans lui faire mal, et dut se protéger le visage de ses mains en écrasant l'odorant bouquet champêtre contre sa poitrine comme un souffle tourbillonnait autour d'elle en soulevant des nappes de cristaux glacés.

L'instant suivant, elle et ses effets disparaissaient et ne restaient plus, pour preuve de son passage, que quelques feuilles de la plante grimpante, vite dissimulées sous une pluie poudreuse blanche, abandonnée par le vent.

— Où sommes-nous ? s'enquit tout à coup la voix d'Iseabal qui dardait son regard aiguisé sur son mari, sur les gens qui les entouraient, et enfin sur le sommet de la colline alors que la brume épaisse cachait à nouveau les pierres levées.

— *Och !* Mes bons ! s'exclama Ronauld l'air faussement soulagé, en tapotant d'un geste réconfortant l'épaule d'un Robert interloqué et à l'expression hagarde. Une chance que nous vous ayons retrouvés dans cette purée de pois !

— Retrouvés ? balbutia Robert qui n'y entendait goutte[7].

— *Aye !* Vous n'avez donc aucune souvenance ? Vous êtes arrivés hier au soir, égarés sur les chemins, et nous vous avons offert le gîte jusqu'à ce que le temps se fasse plus clément pour vous permettre de vous en retourner.

— Ah... bon ? balbutia Iseabal en suivant instinctivement le groupe d'étrangers qui s'engageait sur une pente quelque peu glissante et descendait vers... Où

---

7 « *N'y entendre goutte* » : *Dans l'édition de l'Académie de 1798, cela signifie « ne rien comprendre ».*

sommes-nous ? interrogea-t-elle encore dans un sursaut de lucidité.

— Dans les Highlands, non loin de Wick ! Sur les terres du clan Saint Clare ! Cela aussi, vous l'avez oublié ? lui répondit le beau jeune homme d'un ton légèrement inquiet, leur hôte de marque, à n'en pas douter.

Iseabal couina et fit volte-face vers Robert qui la suivait de près et le fusilla du regard :

— Robert ! Où as-tu donc la tête pour nous avoir conduits à l'opposé des Lowlands et de notre petite ville de Cairnryan ? Nous sommes dans les Highlands, à des miles et des miles de notre destination ! Voilà bien l'erreur des femmes, faire aveuglément confiance à leurs hommes !

— Tu n'avais qu'à t'asseoir à la place du cocher ! riposta vivement Robert. De ce fait, j'aurais été au chaud dans la voiture, et nous serions certainement arrivés en Irlande grâce à tes bons soins !

— En Irlande ! glapit Iseabal. Mauvaise langue ! Comme s'il existait des chemins sur la mer du Nord !

—... tout cas, s'il y en avait réellement, c'est bien là que nous serions ! grommela Robert en faisant la grimace.

— *Mo chàirdean* (Mes amis), tenta de les calmer le gardien, un sourire narquois ourlant ses belles lèvres, et les mains levées en un signe de paix. Rentrons nous réchauffer au manoir et nous restaurer d'un bon repas. Dites-vous bien que sans ce détour, immense, je le concède, nous n'aurions jamais eu l'opportunité de faire connaissance !

Les joues d'Iseabal s'empourprèrent d'embarras et elle baissa dérisoirement la tête. Elle avait honte de son comportement, elle n'avait beau avoir aucun souvenir, ces gens paraissaient amicaux et leur offraient protection et chaleur dans leur foyer. Et eux ? Comment les remerciaient-ils ? En se querellant comme de vulgaires chiffonniers !

— Vrai, marmonna Robert en reniflant et en passant les doigts sous son nez pour ôter la goutte qui le chatouillait. Comment dites-vous vous nommer déjà ?

Le Highlander partit d'un rire franc, tapa sur l'épaule de Robert et leur tourna le dos pour finir de descendre la colline.

— Je suis Ronauld MacKlare... *Veilleur*, ajouta-t-il plus sourdement, ses iris s'illuminant d'éclats inhumains vifs et dorés.

Chapitre 4

Un jour, mon prince viendra...

Diane pensa tout d'abord être victime d'une hallucination : un instant, elle détaillait la haute silhouette de Ronauld, la seconde suivante, c'en était une autre qui s'affichait, beaucoup plus imposante, en ombre chinoise se découpant sur un rougeoyant soleil couchant !

Clignement de paupières : « Ronauld »... brume et « ombre chinoise »... Soleil couchant.

Diane cilla plusieurs fois, pour être certaine de ne pas avoir la berlue. Sans compter que la potion de Ronauld, avait tendance à lui embrouiller sérieusement l'esprit et à la rendre nauséeuse.

Dans le même temps, les liens de lierre se desserrèrent de ses poignets, pour ensuite tomber lentement sur la terre recouverte d'un tapis de neige, avant de se désagréger en une fine poudre verte.

Un léger mouvement de « l'ombre » lui fit à nouveau lever les yeux. La haute stature n'était pas seule, une autre personne, plus petite et menue, était postée à ses côtés et tenait d'une main osseuse un étrange bâton dont la base reposait sur le sol. Lentement, l'extrémité de celui-ci s'illumina, donnant assez de clarté pour que les visages des deux hommes sortent de l'obscurité croissante.

Diane avala sa salive de travers, faillit s'étouffer, et toussota à plusieurs reprises avant de retenir brusquement son souffle comme son regard noisette croisait celui de l'impressionnant colosse. Il avait les iris d'un gris d'une pureté saisissante, cernés d'un anneau plus sombre, les pommettes hautes et saillantes, un nez droit, des lèvres charnues et sensuelles au-dessus d'un menton carré et volontaire... Cet homme... était le plus beau et le plus attirant qu'elle ait jamais vu !

Ronauld l'était aussi, à sa manière, mais celui qui se tenait à quelques mètres de la jeune femme l'était cent fois, mille fois plus... et son charisme animal, sauvage, la fit frissonner de la tête aux pieds.

C'est tout juste si Diane remarqua l'ébahissement du vieil homme à la longue chevelure neigeuse et à la barbe blanche retombant jusqu'au niveau de ses genoux que cachait sa toge de la même teinte immaculée.

Comme ensorcelée, elle se redressa de son trône de fortune, fit glisser de ses épaules l'épaisse couche de fourrures, et avança de trois pas vers le grand Highlander au port altier.

Les mâchoires de celui-ci se contractèrent alors que ses yeux quittaient les siens pour descendre lentement sur les courbes de son corps. La jeune femme se mit à trembler insidieusement, car il lui semblait qu'au lieu de ce regard ardent, c'étaient ses mains qui la touchaient. Cela n'avait vraiment rien à voir avec l'examen que Ronauld avait fait d'elle peu de temps auparavant !

Celui qui lui faisait face actuellement était Apollon, ou aurait pu l'être, et s'avança pour entrer dans le cercle des pierres levées pour la contempler effrontément de la tête aux pieds.

Était-il son Âme sœur ? Le cœur de Diane semblait dire oui en battant à un rythme effréné, cependant... avait-il raison ?

L'homme était grand, tant qu'elle dut basculer la tête en arrière, et portait les cheveux très longs, d'un noir soutenu et soyeux qui fit frémir le bout de ses doigts, alors qu'un impérieux besoin de les toucher s'imposait à elle. Encore une fois, elle détailla son visage racé aux traits qui auraient pu être parfaits, sans la rudesse qu'ils affichaient, et glissa sur ses lèvres... qui appelaient les baisers et promettaient des délices insoupçonnées.

Mais d'où lui venaient de telles idées ?

Diane se rendit compte qu'elle retenait sa respiration depuis un moment et expira voluptueusement pour emplir à nouveau ses poumons d'un air vivifiant.

Son regard descendit encore sur un cou fort, orné d'un torque en or ouvragé de motifs celtes et ciselés. Ses épaules larges et son torse musclé se laissaient entrevoir sous une simple tunique de lin blanc, amplement ouverte sur des pectoraux saillants.

Plus bas...

Taille fine sur hanches étroites qu'habillait le traditionnel kilt des clans, les couleurs mères de celui-ci étant le bleu et le vert foncé. Les cuisses se devinaient athlétiques, alors que seuls apparaissaient les genoux et le bas des jambes, bien campées dans de hautes bottes de cuir noir.

Diane se tenait devant un Highlander, un vrai, puissant, indomptable... un être de légende.

Un être qui ne ressemblait en rien à son prince charmant, un chevalier blond en armure, que Diane s'était imaginé dans ses rêves de fillette énamourée.

Brusquement, de fortes mains se posèrent sur sa taille fine, la faisant derechef retenir son souffle qui, se rendit-elle compte, était on ne peut plus oppressé maintenant !

Non content de l'avoir déshabillée du regard – ce que Diane ne s'était pas privée de faire également –, le Highlander s'était mis à la palper, ses doigts furetant sans gêne aucune sur ses côtes pour remonter sur sa ronde poitrine palpitante.

Diane sursauta, outrée par ce geste indélicat, et fit un bon en arrière comme son esprit reprenait le dessus sur son corps et ses sens ensorcelés.

Refroncement des sourcils et claquement de la langue

d'un air irrité :

— *Och ! Is i mo anam piuthar* (C'est elle mon Âme sœur) ? furent les premiers mots, incompréhensibles pour Diane, qu'il prononça d'une voix terriblement basse et rendue sensuelle par ses intonations gutturales.

Diane ouvrit la bouche pour se présenter, pour énoncer quelque chose, n'importe quoi, mais ne réussit qu'à émettre un faible couinement.

La potion de Ronauld donnait à sa langue une sensation de lourdeur, d'ankylose qui l'empêchait de formuler une seule parole.

— *S dòcha* (Peut-être) ! murmura l'étrange vieillard au bâton lumineux.

« *Que disent-ils ?* », s'interrogea Diane, étonnée de ne pas comprendre un traître mot du dialogue des deux hommes, et nerveuse de se rendre compte que la situation était loin de se dérouler comme elle l'avait rêvée.

Le Highlander ne paraissait pas être heureux de la voir, et cette constatation était horriblement déconcertante, presque douloureuse !

— Nous avons dû faire une erreur, gronda sourdement le « prince pas tout à fait charmant », mais qui exerçait, malgré tout, un sort attractif toujours aussi puissant sur la jeune femme.

Contre toute attente, ces paroles-là furent tout à fait compréhensibles de Diane, et les termes la touchèrent de plein fouet !

— *Och !* Je ne crois pas, fit la voix plus pincée de l'ancien. Si cette dame est là, c'est que vos vœux se sont trouvés, que **vous** vous êtes trouvés ! reprit le vieil homme en insistant sur ses derniers mots.

— Larkin ! J'ai fait le vœu de rencontrer *mo ionmhainn* (ma bien-aimée), pas une donzelle à peine sortie du ventre de sa mère et qui se briserait sous mes assauts tant son corps n'est fait que d'os et de peau !

Les mots étaient bruts et montraient à quel point

l'homme semblait consterné par ce que le destin et ses dieux lui envoyaient. Et Diane réalisait avec horreur que si la magie avait bien opéré pour elle, tel n'avait pas été le cas pour celui qui se tenait devant elle !

Néanmoins, elle ne put émettre aucune protestation, car déjà, le colosse reprenait d'un ton hautain en levant le doigt dans sa direction :

— Ses atours sont étranges et son buste est aussi ficelé qu'une de nos saucisses fumées ! S'il n'y avait pas la rondeur de deux prunes, je douterais sérieusement de son sexe !

— Oh ! Vous dépassez les limites de la bienséance ! s'exclama-t-elle enfin, le rouge lui montant aux joues à la fois sous le coup d'une colère naissante et d'un fort embarras.

Les deux hommes écarquillèrent les yeux de concert et lui firent face dans une attitude assez comique. La jeune femme ne savait pas pourquoi ses paroles les avaient transformés en benêts, cependant, elle en était enchantée.

— Une Anglaise ! cracha le Highlander en reprenant sa posture de guerrier ténébreux, celui qui s'appelait Larkin hochant vivement la tête avant de marmonner :

— *Aye !* Mais il y a certainement une explication ! De plus, son visage m'est assez familier !

— Tes paroles trouvent écho dans mon esprit, car j'ai moi aussi l'impression de la connaître !

Voilà qu'ils recommençaient à déblatérer comme si elle n'était pas là !

— *Nàdarrach* (Normal) ! s'exclama Larkin. Si elle est ton Âme soeur, tu ne peux faire autrement que de la reconnaître !

— *Naye* ! *Fear amaideach* (Homme stupide) ! C'est son visage ! Plus joufflue, avec une corpulence nettement plus rondelette... Ne te rappellerait-elle personne ?

Larkin fit mine de se concentrer en caressant à nouveau sa longue barbe de sa main libre.

— *Naye !* fit-il en claquant de la langue.

— *Niahm* ! Elle pourrait être sa soeur !

Ce prénom prononcé à haute voix fit sursauter Diane, Niahm ! Mais oui, c'était la *bana-bhuidseach* qui avait quitté le clan pour se marier avec le premier comte de Waldon !

— Mon aïeule ! s'écria-t-elle en faisant un pas en avant. Vous parlez d'une de mes parentes !

Décidément, à chaque fois qu'elle ouvrait la bouche, les deux hommes avaient l'air de se statufier ! C'était une chose à retenir et qui lui serait peut-être utile dans le futur.

Malheureusement, pour le présent, la température ambiante avait extrêmement baissé, et Diane s'était mise à grelotter. Il fallait absolument se sortir du pétrin des présentations et que ces deux individus l'amènent dans un abri sûr, où elle pourrait se réchauffer rapidement, et faire le point sur ce qui commençait à ressembler de plus en plus à une mésaventure.

— Je suis Diane, lady de Waldon, descendante de Niahm. Elle et les deux femmes des générations suivantes ont écrit leurs mémoires dans des carnets. Après plus de quatre cents ans passés dans un coffre, je les ai retrouvés et j'ai su que mon destin était de me tenir dans le Cercle des Dieux pour réciter mes vœux, dont celui de rejoindre mon Âme sœur. Et... à qui ai-je l'honneur ?

— Je me présente : Larkin, grand druide du clan Saint Clare, répondit aimablement le vieil homme, comme heureux et rassuré de la tournure que prenait la situation, avant d'adresser un coup d'œil soutenu au Highlander, dans le visible espoir qu'il se présente à son tour.

Voyant que celui-ci ne le faisait pas, Larkin ajouta, toujours sur le même ton :

— Je me tiens aux côtés de notre très estimé laird : Iain Saint Clare, qui vient également de prononcer les vœux de...

— Une descendante de Niahm... Tout s'explique ! coupa ledit laird, l'intonation enjouée de sa voix rauque et sa brusque mine gaillarde ne disant rien qui vaille à Diane.

Et ce sourire... mon Dieu... Ce sourire le transformait

en un ange démoniaque au charme dévastateur.

— *Gu dearbh* (Vraiment) ? s'enquit Larkin, pas très convaincu par ce constat, en glissant le regard de son compagnon à la jeune femme et vice et versa.

— Niahm est une *bana-bhuidseach*, et les *bana-bhuidseach* n'écrivent pas. Néanmoins, si ce que vous avancez est véridique, notre sorcière entichée du compte anglais Willibrad de Waldon aurait trouvé le moyen d'apprendre la calligraphie pour protéger ses descendantes femelles dans le futur, en les faisant revenir sur les terres du clan, si le secret de leur nature réelle venait à être éventé ! Vous... Diane... avez voyagé sur les courbes du temps et vous arrivez, disons, toujours selon vos propos et après un calcul rapide, de l'an 1741...

— Pour être tout à fait exacte, de l'an 1813...

Hochant de la tête après avoir émis un sifflement admiratif en rapport au long voyage de Diane, et se mettant à faire les cent pas devant elle, Iain Saint Clare parut s'exalter au rythme des pensées qui tourbillonnaient dans son esprit.

— *Mar sin* (Donc)... Niahm désirait protéger sa lignée, dont vous faites partie... car vous étiez en danger ! N'est-ce pas ?

Diane, le corps de plus en plus engourdi par le froid, ne comprenait pas où le Highlander souhaitait en venir, à part qu'il ne voulait pas d'elle, sur ce point-là, il était très clair. Cependant, elle répondit par l'affirmative en acquiesçant du menton, car, d'une certaine manière, oui, elle avait été en danger de se marier avec l'odieux marquis de Wilshire qui l'aurait, à n'en pas douter, conduite à son trépas tout comme il l'avait fait avec ses premières épouses.

— Je le savais ! s'exclama Iain, visiblement très soulagé.

L'échange d'un regard perplexe entre Larkin et Diane démontrait que ces derniers ne « savaient » rien du tout, eux !

— Vous, Diane... scanda Iain en la désignant du doigt, n'êtes pas mon *anam piuthar* (âme sœur) !

— No... non ? bafouilla la jeune femme sans se rendre compte qu'elle assimilait maintenant le gaélique écossais comme si c'était sa première langue.

— *Naye !* rit-il en retour et il écarta les bras avant de lancer, comme une révélation : Niahm, indirectement, vous place sous ma protection, et je vous accepte dans le clan ! Votre condition est sans conteste celle d'une lady, vous serez donc traitée comme telle ! Et nous nous dépêcherons de vous unir à un honorable nobliau du coin ! Ainsi, tout est réglé ! Quant à toi, Larkin, fit-il en baissant le ton, les traits de son visage affichant à nouveau la rudesse d'un homme courroucé, je compte sur tes connaissances anciennes combinées à notre magie commune, pour découvrir la bonne mélopée qui fera apparaître **mon** Âme sœur, la vraie ! Et... plus de donzelle à sauver des griffes d'un danger futur ! Une seule me suffit pour l'instant !

Diane n'avait plus froid du tout, elle bouillait littéralement sur place !

Ce... ce mufle d'arrogance ! Ce laird outrecuidant ! Il retournait la situation à sa convenance, car oui, Diane avait bien réalisé qu'elle ne correspondait en aucun cas à ce qu'il attendait de sa moitié et constatait, avec amertume, qu'il avait trouvé une solution farfelue pour se débarrasser d'elle !

Mais que lui reprochait-il ?

Loin d'être orgueilleuse, Diane avait tout de même le souvenir d'avoir été la coqueluche des dernières saisons londoniennes ! Sa sveltesse lui avait valu le surnom de « belle sylphide », on mettait souvent en avant sa carnation pure et sans défaut, sa finesse d'esprit, ses manières impeccables...

Aux yeux de ce laird archaïque, rien de tout cela ne trouvait grâce !

Même si ce constat blessait Diane, elle se surprit à penser, voire espérer, que ce Highlander présomptueux ait peut-être raison sur le fait qu'ils ne soient pas des Âmes sœurs. Car, si tel avait été le cas, ils seraient tombés dans les bras l'un de l'autre, l'attraction forte qu'elle avait éprouvée aurait été réciproque... ? !

Que nenni ! Et voilà que cet homme se faisait, de plus, un devoir de lui trouver un mari !

« *Nonnnn !* », hurla Diane intérieurement.

Plus personne ne déciderait de son avenir !

Crispant les poings autant qu'elle le put tant le froid engourdissait ses doigts, Diane prit sur elle pour rester digne et pour pouvoir parler sans laisser transparaitre sa hargne et sa déception :

— Vous avez certainement raison, acquiesça-t-elle royalement. Tout laird que vous êtes, il est sans conteste que nous n'avons rien à partager. Je suis une lady du futur, vous êtes un seigneur du passé, avec tout ce que cela sous-entend... Il est clair que nous ne sommes pas des Âmes sœurs, que ce sort commun nous a trompés, et que je suis arrivée ici pour trouver... assistance. Ainsi, je vous accorde le rôle de protecteur, pour un temps. Dans un futur proche, j'informerai de ma présence ma parente nouvellement mariée au compte de Waldon, et avec sa permission, j'irai m'installer en sa demeure. Vous voilà également, libéré des désagréments de me trouver un nobliau quelconque pour mari. Je vous épargne cette recherche inutile et vous laisse le temps d'appeler de tous vos vœux une accorte femme joufflue et ventripotente qui... qui... supportera vos... assauts et votre manque de raffinement !

Iain Saint Clare se figea, ou se crispa de rage ? Pourtant, un instant, Diane avait cru voir une étincelle admirative illuminer son regard gris, avant... que le grand druide Larkin ne se mette à ricaner et ne fasse semblant de tousser pour masquer son amusement, tandis que Iain lui lançait une œillade meurtrière.

D'accord, Diane n'avait pas fait dans la dentelle. Mais après avoir traversé l'Angleterre et une partie de l'Écosse, fait un voyage dans le temps, avoir supporté l'impolitesse d'un laird magnifiquement beau, mais aussi magnifiquement stupide, elle pouvait bien s'accorder cette petite escarmouche qui la ferait sortir la tête haute de cette rencontre qui tournait à la pire des tragi-comédies !

« ... *là où vous allez, l'amour sera omniprésent, vous êtes désirée et serez choyée comme il se doit. Faites-moi confiance* », avait annoncé Ronauld...

Il avait menti !

— Ronauld... murmura amèrement Diane, la déception et la tristesse distillant un fluide encore plus glacé dans son sang que celui de la température ambiante.

— Qui est ce... Ronauld ? demanda sourdement Iain, un regard vif posé sur elle.

Pour un peu, on aurait pu le croire jaloux !

Mais, voilà un point qui allait l'aider à garder la tête haute, même s'il lui fallait mentir, chose qu'elle détestait.

— Ronauld de... hum... Wilshire ! Cet homme promis par mes aïeules est mon Âme sœur ! Cela devrait finir de vous rassurer, puisque vous dites vous nommer Iain Saint Clare !

La fable avait été lancée si facilement, presque sans réfléchir !

Ronauld, oui, il aurait pu être sa moitié et devait certainement être un descendant du laird qui se tenait devant elle. De ce fait, pour ne pas utiliser le même patronyme, elle avait lamentablement prononcé celui du marquis honni !

Fermant les yeux un instant, Diane secoua la tête pour se fustiger mentalement.

Longtemps, Iain la déshabilla du regard, avant de sourire ironiquement et de lui faire signe d'approcher.

— Fort bien, nous venons de régler ce quiproquo, murmura-t-il tandis qu'elle arrivait à sa hauteur et que Larkin s'écartait poliment pour lui laisser le passage. Allons au château, vous mourez visiblement de froid...

Diane « mourait » plus que de cela : de désabusement,

de honte, de tristesse, de fatigue... de tout.

Elle jeta un regard en arrière sur ses effets et s'attrista en découvrant le bouquet champêtre aux tiges éparpillées sur la neige. Elle décida de s'abstenir de le ramasser, il resterait là, et serait le digne représentant de ses illusions une nouvelle fois brisées.

—... Les femmes du clan s'occuperont de vous préparer un bain et un repas chaud, ajouta-t-il en la guidant sur le chemin qui descendait vers les terres, uniquement éclairé par la lueur du bâton magique du – pour l'instant – silencieux grand druide. Et j'enverrai mes gardes chercher vos malles. Dès demain, un messager ira au domaine du comte de Waldon pour annoncer votre arrivée. Le comte est un ami, anglais, (Iain dit cela sur un ton de dégoût) mais allié tout de même et un homme de confiance. Quant à Niahm, je vous laisserai le soin de vous présenter... Doit-on aussi quérir votre *Ronald* ?

— *Ronauld* et... non, réussit à articuler Diane. Cela ne sera pas possible, il faut que... hum... je le retrouve en faisant un vœu dans le Cercle des Dieux, c'est écrit et incontournable. C'est ce que j'ai essayé de faire avant d'échouer ici. Nos demandes ont dû se recouper, ce qui explique certainement l'imbroglio du moment. Après cela seulement, je pourrai rejoindre Niahm sur les terres de Cornwall. Elle ne doit rien savoir de ma présence en ces lieux jusque-là. Et je vous saurais gré de me laisser le soin des présentations, le plus délicat sera de lui apprendre qui je suis, car si j'ai bien tout suivi, actuellement, elle ne sait ni lire, ni écrire et lui montrer ses propres notes ne m'aiderait en rien... murmura Diane, d'un air dépité et baissant peu à peu la voix.

— Je le lui expliquerai moi-même, s'il le faut, lui annonça Iain galamment.

Une attitude amicale qui étonna tant Diane qu'elle ne fit plus attention au sol enneigé et glissa. Mais avant même qu'elle ne chute de tout son long, Iain la rattrapa de ses puissantes mains et la souleva dans ses bras musclés, l'emportant aussi facilement que si elle avait été une plume.

À la lueur chiche du bâton, Diane intercepta le regard ébahi du laird tandis que ses doigts qui la retenaient se remettaient à la palper effrontément.

— Oh ! Vous... Arrêtez de me toucher ainsi !

Sourd à son injonction, Iain gronda :

— Si je tenais vos manants en mon pouvoir, je les emprisonnerais pour vous avoir affamée à ce point ! Vous n'êtes faite que d'os ! Dieux, jamais une femme ne serait traitée comme cela sur mes terres !

Des manants ? Non... ses propres parents !

— C'est la mode de mon époque, qui veut que la gent féminine soit tout en sveltesse.

Iain sourit cyniquement.

— La mode ? De vous transformer en squelette ambulant ?

Décidément, les compliments ne faisaient pas partie de son vocabulaire ! Ni la retenue et encore moins le savoir-vivre !

— Ronauld, lui, m'aimera telle que je suis !

Là encore, les mains et les bras de Iain se contractèrent autour d'elle et sa mâchoire se crispa durement.

Pourquoi cette impression qu'il était jaloux ne la quittait pas ? Cela ne se pouvait ! Cet homme était vraiment difficile à cerner, une véritable girouette !

— Gardons espoir pour vous, comme pour lui, qu'il soit de stature modeste, grommela-t-il avant de s'enfermer dans un lourd mutisme.

Voilà qu'il recommençait ses insinuations quant à sa frêle corpulence ! L'ignorer, c'était la meilleure attitude à avoir, ce que Diane décida de mettre en pratique.

Ce fut Larkin qui brisa le silence, seulement entrecoupé du bruit crissant de leurs pas sur la neige.

— Nous approchons du château gente dame, d'ici peu vous serez devant une bonne flambée qui vous requinquera !

Effectivement, dans la nuit en demi-teinte, une ombre gigantesque se dessinait droit devant eux, derrière un pont-levis chichement signalé par deux torches aux flammes fatiguées de lutter contre le vent glacé de ce mois de décembre.

Diane se mit derechef à trembler, cependant plus d'appréhension que de froid. Passé ce pont, dressé au-dessus de douves – de toute évidence profondes –, son destin lui échapperait encore une fois, son mensonge quant à Ronauld serait vite démasqué, et le laird la marierait de toute urgence pour se débarrasser d'elle au plus vite.

Diane avait pensé changer d'existence, trouver le bonheur.

Rien de cela n'était arrivé. Futur, présent, passé... Son chemin de vie restait le même : celui d'une femme soumise au pouvoir des autres et qui jamais ne pourrait s'affirmer.

La tristesse de son destin s'abattit comme une chape de plomb sur ses épaules, et Diane se laissa emporter vers sa nouvelle prison, résignée par le sort qui s'acharnait sur elle.

Chapitre 5

... Et je le détesterai !

Iain avait la sensation étrange et perturbante de tenir un être éthéré des *tertres enchantés*[8] dans ses bras !

Sa soi-disant promise...

Dès qu'elle était apparue dans le Cercle des Dieux, il avait su qu'elle était trop irréelle pour être sienne.

Diane...

Elle était la pureté, la délicatesse, une beauté parfaite avec cette chevelure qui rayonnait dans la nuit comme les éclats dorés d'un soleil d'été... Cependant, bien trop fragile pour être sa moitié !

Après être revenu sur terre et avoir compris qu'elle était une humaine, son jeune corps palpitant contre lui pour preuve absolue, sa détermination à croire qu'elle ne lui était pas destinée s'était faite d'autant plus grande : les Dieux se moquaient de lui et de ses ardeurs en lui envoyant une petite fleur si chétive qu'elle mourrait certainement en couches, tant son bassin était étroit !

Il ne pouvait y avoir qu'une erreur : Larkin s'était sûrement fourvoyé dans la mélopée divine !

Cette superbe femme ne pouvait être l'élue de la prophétie, celle qui tiendrait des éclairs dans ses mains et lui donnerait un fils : l'Enfant des Dieux !

Puis elle avait parlé, et le son de sa voix sensuelle lui avait échauffé le sang, à tel point qu'il s'était statufié pour ne

---

8   *Monde des Sidhes : Lieu céleste ou tertres enchantés, là où demeurent les divinités.*

pas lui sauter dessus comme un loup en rut !

Diane... doux prénom aux sensations sucrées dans sa bouche, quand il le murmurait silencieusement, s'était présentée comme descendante de Niahm !

Et Iain avait tout de suite trouvé son salut en cette situation : elle n'était pas son *anam piuthar*, mais une parente d'une *bana-bhuidseach* qu'il devait secourir. Cette histoire était si cousue de fil blanc, qu'il se surprenait encore lui-même d'avoir proféré de tels mots, néanmoins il fallait qu'il s'en tienne à cette idée ! Largement – et étonnamment – appuyée par la belle, en annonçant son amour pour un certain Ronauld et en le faisant passer, lui, pour un laird aux besoins de goret !

Elle avait voulu le moucher et s'y était fort bien prise !

À peine avait-elle proféré ces mots, qu'une vague de possessivité démesurée avait bien failli balayer son opinion, le poussant à catapulter Diane sur son épaule, pour l'emmener dans sa chambre et la faire sienne à tout jamais !

Au moment présent, la muse de ses pensées échauffées émit une plainte en lui jetant un regard de reproche, alors qu'inconsciemment, l'étau de ses bras s'était encore brutalement resserré autour de son corps délicat.

— Pardon... grogna-t-il en se forçant à relâcher ses muscles tendus, qui manquèrent de se contracter in petto quand la jeune femme passa ses mains graciles et parfumées derrière sa nuque, pour assurer sa position contre son torse.

Les Dieux désiraient-ils le mettre à l'épreuve ?

Il fallait qu'il se débarrasse de son fardeau, si délicieux soit-il, et le plus vite possible !

Un coup d'œil sur Larkin lui apprit que le vieux druide était également sous le charme de la nouvelle venue, son sourire radieux le démontrait. Il n'avait pas cru un traître mot de la fable de Iain, et voyait en Diane la promise que la légende désignait à l'un des plus grands lairds de leur clan.

Oui, Larkin était – à n'en pas douter – conquis, et Iain percevait son incompréhension quant à son comportement.

D'ailleurs, avait-il déjà vu son seigneur et ami d'une humeur aussi massacrante ? Il devait se demander ce qu'il était advenu de la jovialité légendaire de son laird.

Un farouche guerrier, oui, mais également un cœur solitaire qui s'était enfin décidé à recourir à la magie céleste pour s'unir à son Âme sœur.

Et maintenant qu'elle était présente, que faisait-il ?

Il la repoussait !

Il y aurait certainement explication au château dans les temps à venir, et la discussion s'annonçait inévitablement houleuse !

Un ricanement qui ressemblait au bruit d'une vétuste roue de charrette rouillée perça la noirceur environnante.

— Qui va là ? ! gronda Iain, sachant pertinemment quel personnage se tenait dans l'ombre.

Tout comme Larkin, qui venait de se crisper en grommelant dans sa barbe.

— Trouvée, vous l'avez ? cancana une voix stridente, avant que n'apparaisse, dans le halo de lumière, une vieille femme au visage ridé, au nez crochu, et à la bouche édentée.

Elle se tenait, le dos voûté, s'agrippant à un autre bâton fait de bois grossier, entre le trio et la monumentale porte d'entrée de la forteresse.

— Barabal... soupira Iain. *Aye* et *naye !* Mais nous en reparlerons plus tard, nous devons mettre Diane à l'abri du froid. Fais-nous place maintenant !

— Pas tromper de formule, ce vieux fou, faire ? demanda-t-elle encore, claudiquant dans leurs pas, alors qu'ils s'engageaient dans le grand hall du château.

— Tu es toujours aussi charmante, sorcière ! cracha Larkin.

Mais celle qu'il venait d'appeler Barabal, ne l'écoutait plus, et pointait son nez vers le dos de Diane, à l'instar d'un chien flairant un os à moelle.

La jeune femme la dévisageait avec un regard de petite fille ébahie et curieuse.

« *C'est certainement la première fois qu'elle croise la route d'une sorcière de chair et de sang* », s'amusa à penser Iain.

La lady n'allait pas être déçue de cette rencontre ! Cela promettait de futurs moments épiques !

Et ces instants s'annonçaient plutôt d'un genre « imminent » au vu des cris de femmes, d'hommes, et d'animaux qui provenaient de la salle d'apparat. Un bijou architectural que Iain avait édifié après de longues heures de calculs et de dessins ! Le point le plus impressionnant de la construction reposait sur ses voûtes hautes, plus imposantes que celles de la plus grande des cathédrales des chrétiens, faites pour soutenir les tours et étages supérieurs, mais aussi pour cuirasser le château contre toute attaque extérieure.

— Barabal ! Qu'as-tu encore inventé pour me tourmenter ! gronda sourdement Iain en accélérant le pas, la petite mère le talonnant sans effort et ricanant de plus belle sous le regard hostile de Larkin.

— Trouver un logis, pour les animaux d'élevage, tu m'as dit ! Obéir à tes ordres, j'ai fait !

Un hurlement terrible de femme apeurée résonna dans le hall, suivi par les cris plus aigus d'un cochon, comme si celui-ci était sur le point d'être égorgé.

Iain secoua la tête en grommelant, fit le geste de donner Diane à son grand druide, puis se résigna à la poser sur ses pieds, en comprenant que malgré le poids plume de la belle, Larkin aurait été incapable de la porter tant il était âgé.

Diane ne pipa mot, passa ses mains fines sur le tissu aérien de sa robe pour défroisser des plis imaginaires, et darda son regard noisette ici et là de façon détournée, comme s'il avait été impoli de tout détailler ouvertement.

Quelle étrange donzelle les Dieux avaient-ils mis sur la route de Iain ?

Pas une mijaurée, certes non, car elle ne manquait pas de répartie et de caractère !

Une nouvelle criaillerie fit jurer le laird avant qu'il ne

s'élance au pas de course vers l'arche de pierre qui définissait l'entrée de la grande salle !

— Cornes de bouc ! rugit-il, d'autres sons perçants lui répondant en chœur, humains et inhumains.

Et le voilà qui dansait brusquement la gigue en sautillant sur place tandis qu'une canne au cou allongé de colère et ses canetons, passaient entre ses jambes pour chercher refuge le long d'un autre corridor.

La scène en était si pittoresque, que Diane dut poser une main sur la bouche pour retenir un gloussement intempestif.

— Jolis, coins coins être, hein ? susurra Barabal en essayant de faire un clin d'œil, ses lèvres parcheminées grimaçant un mouvement en sens inverse de sa paupière tombante.

— Je vais t'en donner des coins coins ! s'égosilla Iain en tentant encore une fois de faire un pas vers la salle, pour ne réussir qu'à plaquer agilement son corps athlétique le long d'un mur, tandis qu'une grosse vache rousse passait au galop en meuglant à tout va, un guerrier highlander tenant une longe à la main, courant sur ses talons... euh... sabots !

Enfin, le laird disparut à la vue de Diane, de Larkin, et de Barabal qui caressait du bout de ses doigts crochus la natte défaite de la jeune femme, sans prêter aucunement attention à la cacophonie ambiante.

— Beaux cheveux, toi avoir ! Les couper, je peux ? Besoin d'eux pour bonne potion, j'ai !

Le rire clair de Diane s'étrangla dans sa gorge. La vieille *bana-bhuidseach* devait plaisanter !

Apparemment non, puisque sous son regard horrifié, elle sortait déjà une minuscule faucille d'une poche dissimulée dans sa toge crasseuse.

— *Naye !* Tu ne touches pas à la promise ! s'emporta Larkin, en posant son bâton en travers de la lame de l'instrument recourbé, juste avant qu'elle ne sectionne la jolie natte dorée de la lady.

Profitant de ce que son improbable sauveur soit intervenu rapidement et qu'il retienne Barabal, Diane prit ses jambes à son cou et s'élança dans le sens opposé de quelques animaux qui venaient de passer sous son nez.

La scène rocambolesque qui se déroulait dans la grande salle l'arrêta dans sa course ! Jamais elle n'avait vu un tel spectacle : des femmes aux longues robes et jupes faites de tartans étaient debout sur des bancs et des tables à tréteaux bringuebalant sous leurs poids. Des hommes en kilt et des chiens cavalaient dans tous les sens pour essayer d'attraper des poules, des oies, des canards, des cochons à la peau tachetée de blanc et de brun, ou encore des lapins qui ressemblaient beaucoup plus à des lièvres, et d'immenses vaches rousses caractéristiques des Highlands.

Des plumes et du duvet étaient en suspension dans les airs, s'accrochant dans les cheveux ou sur les habits, provoquant la toux de ceux et celles qui les inhalaient, et sur les dalles du sol où de la paille et des herbes odorantes avaient été naguère répandues, il fallait maintenant slalomer entre toute cette ménagerie, des bouses fraîches et autres déjections, des œufs cassés pondus à la hâte, et des détritus divers.

Un fou rire incroyable s'empara de Diane qui eut la pensée fulgurante de n'avoir jamais autant été amusée de toute sa vie ! Sans compter que droit devant elle, au beau milieu de cette magistrale pagaille, un ténébreux Highlander portant le nom de Iain, vociférait des ordres à la ronde pour encourager les siens à se saisir des bêtes, un cochon faisant son poids et frétillant sous un bras, tandis qu'il en retenait un autre par la queue, les pattes antérieures de l'animal battant frénétiquement dans le vide !

Diane se demanda, l'espace d'un instant, s'il était très judicieux pour une lady de sa condition de leur venir en aide, émit un petit cri de joie après réflexion, et se lança elle aussi dans la cohue générale en décidant que c'était une très bonne expérience qui lui permettrait de se libérer du carcan oppressant des convenances et de son obsession de la propreté !

Une demi-heure plus tard, réchauffée par ses mouvements frénétiques, elle s'était débarrassée de sa cape fourrée, avait réussi à y emprisonner quelques lapins apeurés et les avait confiés à un serviteur essoufflé, à la fois de sa course, et d'une nouvelle crise de fou rire partagée avec elle. Ensuite, elle se lança à la chasse aux poules ! Cependant, ces volatiles étaient plus récalcitrants que Diane ne le pensait et semblaient deviner la moindre de ses intentions, sautant à droite alors que Diane partait sur la gauche et vice versa.

Et chose incroyable, *les poules volaient !*

La jeune femme en fut stupéfaite, elle qui avait toujours imaginé que leurs ailes leur étaient inutiles !

Personne ne lui avait jamais communiqué ce fait singulier ! Un poulet se résumait à une fine tranche de viande blanche et à la manière dont une lady devait la découper pour ensuite la manger du bout des lèvres.

Quelle ironie, quand Diane songeait à son ignorance sur un tel sujet, alors que les langues étrangères – le parler et l'écrit – comme le latin, le français, le germanique et l'espagnol n'avaient plus aucun secret pour elle... !

Le temps passa dans la grande salle, les cris se muèrent en francs éclats hilares. Les hommes reprenaient le contrôle de la situation sur cette faune bruyante et amenaient les bêtes capturées dans d'autres endroits qui siéraient mieux à la tranquillité de tout un chacun. Ne restait plus qu'une vache belliqueuse, retirée dans un angle sombre de la salle et qui faisait mine de charger quiconque s'avançait vers elle de trop près.

« *La pauvre ! Les hommes lui font peur* », s'attrista Diane, avant de décider de lui porter assistance.

— Allons ma mignonne, susurra-t-elle en s'approchant lentement de l'imposant animal qui, par intervalles réguliers, fumait littéralement des naseaux. Tu seras mieux dans ta maison, reprit-elle. Avec ta famille, de la paille fraîche, et une montagne de foin pour te remettre de cette soirée... Viens ma petite...

Pourquoi la bête battait-elle du sabot sur le sol ? L'avait-elle comprise et lui répondait-elle joyeusement par ce signe ?

Encouragée, Diane continua :

— Oui ma jolie, tu es une brave fille... Allez viens...

De gros éclats de rire gras se firent entendre à quelques pas dans son dos. Diane releva la tête et jeta un coup d'œil par-dessus son épaule. Un attroupement de jeunes hommes la regardait et se gaussait de ses efforts. Et plus elle encourageait la vache, plus les Highlanders s'esclaffaient.

Essayant de les ignorer, respirant lentement pour maîtriser ses nerfs, elle retourna son attention vers la masse de poils roux... qui souffla bruyamment, baissa le museau... et la chargea.

Le comportement de l'animal l'ébahit tant, que Diane en resta figée sur place, incapable de se mettre à l'abri.

La jeune femme ressentait les vibrations des dalles de pierres sous ses pieds, signe que la vache lui arrivait dessus à une vitesse vertigineuse. Alors que le choc devenait inévitable, Diane fut propulsée dans les airs pour retomber sur des courbes chaudes et musculeuses qui amortirent sa chute, et perçut le son plaintif d'une expiration douloureusement.

— *Outch !* marmonna une voix rauque sous sa poitrine menue. Voulez-vous bien enlever votre genou de mon entrejambe...

— Oh ! s'écria Diane, se rendant compte qu'elle était allongée de tout son long sur le torse du laird, que celui-ci avait le nez niché entre ses seins, et que oui, sa rotule reposait sur une protubérance suspecte.

Diane s'empourpra violemment et se trémoussa pour se soulever, son pauvre sauveur émettant une sorte de plainte qui faisait vibrer sa cage thoracique. Elle avait dû le contusionner sérieusement !

Enfin, elle parvint à se tenir debout et lui tendit la main pour l'aider à se relever. Cependant, ce qu'elle vit retint son geste : Iain se tortillait au sol, non de douleur, mais parce qu'il était saisi d'un invraisemblable fou rire !

Elle ne l'avait pas blessé !

Il se moquait simplement de la situation et d'elle par là-même !

— Oh ! fit-elle encore. Vous... vous êtes stupide ! Je croyais vous avoir fait mal et...

— Tout doux, soupira-t-il en reprenant son souffle et en se redressant souplement pour la dominer de sa haute taille.

Il plongea son regard gris dans le sien, des paillettes amusées illuminant ses iris.

— Comment une femme aussi fine que vous pourrait-elle me blesser ? Bien sûr, le choc de votre genou sur mes bijoux de famille m'a momentanément coupé la respiration, mais ne vous en faites point, je m'en remettrai... Bien mieux que ce pauvre taureau que vous avez insulté en le traitant de vache ou... de *fille*... souligna-t-il, narquois.

Et voilà qu'il pinçait ses belles lèvres, et n'y pouvant plus, repartait pour une nouvelle crise d'hilarité, le torse plié, les mains sur les genoux, le son de sa voix unique presque couvert par celles des autres hommes qui s'étaient joints à leur laird et pouffaient à en mourir.

Ainsi... ils se moquaient tous d'elle !

Diane baissa la tête sur sa tenue, ses chaussures et le bas de sa robe étaient enduits de substances brunâtres et malodorantes, des taches du même ton s'étalaient un peu partout et ses cheveux s'étaient libérés à un moment de la soirée. Diane s'empourpra de honte et de colère.

Elle les avait aidés ! Et comment la remerciaient-ils ? En la ridiculisant !

Comment aurait-elle pu savoir que la vache n'était en fait qu'un énorme taureau ?

Ce n'était quand même pas écrit sur la grande mèche qu'il avait entre ses deux cornes !

Diane avait dû marmonner ses pensées, parler assez distinctement pour que Iain et les autres l'entendent, car au lieu de se calmer, ils se gaussèrent de plus belle.

Serrant les poings, l'allure royale, elle décida de se diriger vers l'immense cheminée de la salle, marchant sans faire une pause, même quand ses pas rencontraient une substance bizarre et spongieuse, et ne s'arrêta qu'à quelques mètres des flammes.

Elle sentit Iain s'approcher d'elle, son magnétisme unique faisant trembler son corps bien malgré elle.

— Hum... fit-il en se raclant la gorge.

Ah ! S'il se mettait à rire à nouveau, elle lui montrerait une bonne fois pour toutes de quel bois elle se chauffait !

— Deux servantes vous attendent à l'entrée de la grande salle, elles vous conduiront vers vos appartements où un bain vous sera préparé et un repas apporté. Il est tard...

— Oui, j'en conviens. Eh bien, je prends donc congé et ne vous ennuierai plus par ma présence !

Elle s'en alla sans un regard pour Iain, les yeux dirigés vers deux femmes aux sourires avenants.

Il n'était pas venu s'excuser, ni la remercier pour son aide, rien... Juste pour lui annoncer qu'elle pouvait se retirer dans ses appartements !

« *Un jour mon prince viendra...* », chantaient les princesses dans les contes enchantés de Charles Perrault.

Fadaises que tout cela !

Diane savait maintenant ce qu'elle aurait clamé à leur suite : « *... Et je le détesterai !* ».

C'est forte de ce refrain qu'elle fredonna en ritournelle dans sa tête, que Diane disparut à la vue de Iain.

Il n'avait pas eu le temps de la remercier, car il avait eu si peur pour elle !

L'espace d'un instant, il avait imaginé son corps fragile transpercé par les cornes du taureau enragé avant de la voir tournoyer dans les airs et de la retrouver brisée, morte sous les sabots de l'énorme animal.

Il avait agi en un centième de seconde, se jetant sur elle pour l'écarter de tout danger, et avait été pris d'un rire nerveux dû au soulagement.

La savoir saine et sauve avait réveillé les images incroyables de ce petit bout de femme qui cherchait à amadouer un mâle reproducteur et teigneux en le traitant de « fille ».

Enfin ! De là où elle se trouvait, il était impossible qu'elle n'ait pas aperçu ses attributs ? Non ? Apparemment non... !

Iain la remercierait demain et lui donnerait quelques cours sur la différence anatomique entre les mâles et les femelles... du monde animalier, cela allait de soi.

Quant à leur rencontre en ce jour, rien n'avait changé !

Elle n'était pas sa promise, même s'il l'avait vue transfigurée par la joie, sublimée par les jolies rougeurs qui s'étalaient sur ses joues et le haut de sa poitrine ronde – peut-être petite mais sans conteste attirante – alors qu'elle s'amusait avec les gens de son clan et courait après les lapins.

Le mauvais coup de Barabal – elle ne perdait rien pour attendre – avait été peaufiné dans le but de mener la vie dure à Iain, cependant, la présence de Diane en avait fait le plus beau des intermèdes.

Iain ne se souvenait plus de quand il avait autant ri.

Peut-être bien... jamais.

Chapitre 6
À l'aube d'un nouvel horizon

« *Oh Dieu, qu'elle interminable nuit !* », Diane se faisait cette réflexion douloureuse en ouvrant difficilement ses paupières lourdes de fatigue.

Longtemps après avoir pris un bain salvateur, s'être restaurée, et le départ des deux servantes qui l'avait abrutie par leurs questions sans retenue – jamais un domestique ne se serait permis un tel passe-droit à Mayfair –, la jeune femme était restée éveillée, faisant le point sur tout ce qui s'était déroulé depuis son arrivée en 1341.

D'abord, le décalage horaire était d'environ cinq heures, cependant, il était difficile de le définir avec précision sans montre ni pendule. Pour cela, Diane se fia juste aux évidences : elle avait quitté Ronauld vers midi, et s'était retrouvée en face de Iain dans un fabuleux coucher de soleil, alors qu'en ce mois de décembre, il faisait nuit aux alentours de 17 heures.

Ensuite, Diane étant toujours insomniaque, son esprit par trop stimulé se tourna vers les visions du paysage entraperçu depuis le Cercle des Dieux : il était à l'exactitude de ce qu'avaient décrit ses aïeules dans les carnets, enfin, de ce que Diane avait pu en juger avant que le manteau nocturne ne recouvre tout. Et pour terminer... ce qui l'avait le plus empêchée de dormir était de se dire continuellement : « *Je suis dans de beaux draps !* ».

Iain Saint Clare démentait farouchement le fait d'être son Âme sœur, et Diane avait vite fini par se convaincre qu'il avait tout à fait raison.

Certes, son cœur battait la chamade en pensant à lui, mais parce que le Highlander l'avait repoussée, ridiculisée, malmenée...

Que nenni ! Elle ne pouvait pas être attirée par lui ! Par son regard intelligent, son visage d'homme-dieu – ce que, indubitablement, il était de naissance –, ses cheveux d'un noir ébène, longs et soyeux, et son corps magnifiquement découplé...

Une chaleur suspecte échauffa le sang de Diane en songeant à la physionomie virile du laird.

— Oh non ! Ne plus penser à lui, je dois l'ignorer, jusqu'à trouver une solution pour rejoindre Niahm... marmonna Diane en se redressant dans son imposant lit – unique meuble de la pièce – et en soulevant les lourdes fourrures qui avaient fait office de cocon chaud lors de ses heures de veille.

— Brrr... s'écria-t-elle encore, le froid humide de la chambre se collant à sa chair et sa chemise de nuit comme une seconde peau poisseuse.

Un rapide coup d'œil vers la cheminée, à peine visible dans la semi-obscurité, lui apprit que le feu était éteint depuis belle lurette, et qu'il fallait absolument en allumer un autre, si elle ne voulait pas mourir d'une congestion pulmonaire !

Sautillant sur les froides dalles du sol, Diane se dirigea tout d'abord vers le volet intérieur, l'ouvrit, et découvrit avec stupeur que la fenêtre était protégée par des gemmaux[9] épais. Iain Saint Clare était de toute évidence très riche, car seuls des propriétaires fort aisés – en cette époque lointaine – jouissaient de tels privilèges.

La lumière d'une aube rosée envahit la pièce et Diane put ainsi repérer assez vite le briquet à amadou disposé non loin d'une pile de petit bois bien sec, prêt à l'emploi.

---

9 *Gemmaux : Assemblage de fragments de verre de couleur au moyen d'un liant incolore vitrifié.*

Bon, fallait-il encore savoir comment allumer un feu !

Diane n'avait jamais eu à s'occuper de cela dans le confort de la demeure londonienne, de plus, le charbon avait depuis longtemps supplanté le bois.

Après plusieurs efforts infructueux, Diane décida d'abandonner et, toujours transie de froid, elle sautilla une nouvelle fois vers ses malles pour en ouvrir une et s'emparer d'une robe style Empire, froissée par le voyage, cintrée sous la poitrine, en velours brun brodé de délicates fleurs jaunes et orange aux encolures et aux manches ballons sur les épaules qui descendaient, très ajustées, sur les bras.

Elle enfila l'ensemble sur une fine chemise de batiste, longue culotte en coton ourlé de dentelles, et bas de soie. Le tout sans corset, puisque Iseabal ne pouvait plus l'aider à le lacer dans son dos et qu'aucune servante ne montrait son bout du nez pour l'assister ! De plus, il n'y avait aucune trace visible d'un cordon de sonnette pour les appeler !

Et voilà que Diane éprouvait encore une vague de tristesse en pensant à sa dame de compagnie et que son esprit se remettait à battre la campagne de ses incertitudes : les Thompson l'oublieraient-ils vraiment ? Leur existence serait-elle digne de leurs espoirs ? Son comte de père n'irait-il pas les trouver pour leur créer des ennuis ?

Un curieux bruit se fit entendre dans la chambre, la sortant de sa torpeur songeuse, et amplifié par le manque de mobilier. On aurait dit que quelques animaux étranges s'éveillaient sous le haut lit à baldaquin de type moyenâgeux.

Des souris ? Des... rats ?

Diane retint un cri de terreur et de dégoût mêlés : elle exécrait ces rongeurs !

Lentement, elle se baissa, sa blonde chevelure hirsute cascadant sur son épaule et son dos gracile. Puis elle saisit d'une main tremblante une bûche un peu plus longue que les autres, enfila une paire de chaussures – qu'importe si elles ne seyaient pas avec sa tenue, le besoin étant de mettre ses pieds à l'abri des dents pointues des maudites bestioles – et s'approcha prudemment de sa couche.

Le bruit de frétillement augmenta et Diane lâcha de surprise son arme improvisée quand une cane nasillarde et sa ribambelle de canetons firent leur apparition de sous le sommier.

Elle semblait la jauger de son cou tendu, en caquetant à tout va, pour aller ensuite, clopinant sur ses pieds palmés, vers la porte que Diane se fit un devoir d'ouvrir.

N'était-ce pas cette famille à plumes qui avait défilé sous le nez du laird au soir passé ? Diane en eut la certitude, sa chambre étant au rez-de-chaussée, dans le corridor où s'était dirigée et, de toute évidence, abritée la cane.

— Bien le bon jour à vous aussi, madame Cancan, s'amusa à répondre Diane alors que le volatile tournait son long bec vers elle pour caqueter une dernière fois d'un air hautain.

Une ombre à sa gauche la poussa à reculer d'un pas, et Diane eut beaucoup de mal à ne pas claquer la porte au nez de la personne qui apparut devant elle : Barabal !

Que lui voulait encore cette étrange vieille femme ?

— Bonjour, réussit à souffler Diane, les doigts crispés sur le battant de bois, le bas de son corps caché par celui-ci et le haut faisant crânement face à la *bana-bhuidseach*.

Pas de réponse...

Barabal la dévisageait de ses petits yeux noirs, luisants et vifs. D'ailleurs, ce qu'elle détaillait avec autant d'ardeur n'était autre que les cheveux de Diane. Encore !

Quand enfin elle se décida à parler, ou plutôt postillonner, ce fut pour émettre un dialogue incompréhensible :

— *Ith, an toiseach, bu chòir ! Gann, tha thu ! Fionnadh, thusa, mi abhair ? Humpf... Mas e bhur toil e ?*[10]

— Pa... pardon ? Non, excusez-moi, mais votre dialecte

---

10 *Traduction : Manger, en premier lieu, tu devrais ! Maigre, tu es ! Cheveux, toi, me donner ? Humpf... S'il te plaît ?*

m'est totalement inconnu !

Barabal hocha la tête avec un horrible sourire, ses yeux brillant encore plus de contentement.

— *Tapadh leat* (Merci à toi) ! s'exclama-t-elle en sortant sa petite faucille.

Diane hurla en la bousculant, et s'élança vivement le long du couloir sombre, dans le but avoué de se débarrasser de ce « parasite » nuisible.

« *Dieu ! Pourvu qu'elle n'utilise pas son maudit bâton pour voler et me rattraper !* », songea Diane, affolée.

Pensée si horrifiante, qu'elle courut deux fois plus rapidement !

Elle ne sut comment, mais ses pas la guidèrent dans les grandes cuisines, où une dizaine de domestiques se figèrent dans leurs mouvements en la voyant apparaître telle une biche en fuite.

Hors d'haleine, apeurée, Diane se pencha en avant en posant les mains sur ses genoux tremblants pour reprendre son souffle, puis dirigea un index agité derrière elle, comme pour prévenir les gens qui l'entouraient de l'arrivée imminente d'un danger.

Elle avait beau déglutir, essayer de parler, seuls des gémissements ténus résonnaient aux oreilles de tous.

— Ba... Ba...

— *A bheil i tinn* (Est-elle malade) ? s'enquit une petite bonne femme rondouillarde qui se frottait les doigts dans un torchon aux couleurs douteuses.

— *Chan eil fios agam* (Je ne sais pas) ! lui répondit une fillette d'une huitaine d'années et qui plumait feue une des poules qui n'avait pas réussi à s'échapper de la grande salle la veille au soir, alors qu'elle était assise sur un tabouret de bois, non loin d'une énorme cheminée à la chaleur insoutenable.

Petit à petit, en même temps que Diane reprenait son souffle, une évidence incroyable se faisait jour dans son esprit : elle n'arrivait plus à assimiler le dialecte des gens du clan !

Hier, elle avait discuté avec tous ceux qui avaient croisé sa route, du laird aux deux servantes qui l'avaient guidée vers ses appartements... Toutes et tous parlaient un langage identique au sien, et maintenant ? Plus rien !

Comment leur expliquer qu'une horrible sorcière, armée d'une faucille, au sourire carnassier et aux yeux meurtriers, était à ses trousses ?

— *Madainn math ! Is mise Seasaidh[11], a' bruich. Ciamar a tha sibh ?*[12]

La femme, « *la patronne de ces lieux* », se dit Diane, avança lentement vers elle, toujours en utilisant le *gàidhlig* pour communiquer avec elle. Puis soudain, plus un seul mot, mais les yeux bruns de la cuisinière s'écarquillèrent de surprise en portant son regard derrière Diane.

Celle-ci sentit un frisson glacial parcourir sa colonne vertébrale et se raidit de tous ses membres : elle était là !

La sorcière à la faucille rouillée !

Iain arriva dans les cuisines au moment même où Barabal levait les mains pour saisir et trancher de la lame recourbée de son instrument, une épaisse mèche des cheveux dorés de Diane.

Il intercepta in extremis son geste et gronda sourdement en fusillant du regard la vieille *bana-bhuidseach*.

— Qu'as-tu donc l'intention de faire ? N'as-tu plus aucune niche à fomenter dans ta chaumière décrépite, pour t'ennuyer ainsi, et persécuter notre invitée ?

Barabal et Diane, prises par surprise, sursautèrent de concert. Aucune des deux ne s'était rendu compte de la présence du laird.

La *Saenmhair* lui fit une onctueuse et vilaine grimace, tandis que Diane tournait vers lui de grands yeux noisette

---

11 *Seasaidh : Jessie en gaélique écossais, diminutif de Jessica.*
12 *Traduction : Bonjour ! Je m'appelle Jessie, la cuisinière. Comment allez-vous ?*

terrifiés.

— Petite mèche, je veux... toute minuscule... minauda Barabal de sa voix aiguë.

— Je vous comprends à nouveau ! s'écria Diane, en posant sa main sur le cœur, et en soupirant profondément de soulagement.

L'instant suivant, elle se mettait à rire nerveusement.

Iain fronça les sourcils d'un air intrigué.

— De quoi parlez-vous ?

Et aux deux femmes de répondre en chœur :

— Jolis cheveux, je dois couper !

— Vos paroles ne sont plus amphigouriques !

Iain leva les mains en soupirant bruyamment tout en les toisant l'une et l'autre de son vif regard gris.

— Suffit ! Ne parlez pas toutes les deux à la fois ! D'abord vous, Diane... Que sous-entendez-vous par cet étrange mot ?

— Pardon ? Oh... amphigourique ? C'est un terme qui a pour synonyme l'incompréhension ! Je me voyais devenir folle ! s'écria la jeune femme en abandonnant l'attitude docte qu'elle venait d'affecter. D'abord, je n'arrivais pas à assimiler une seule des paroles émises par la... *sorcière*, se mit-elle à chuchoter en jetant un coup d'œil prudent sur Barabal et en se penchant vers Iain.

— Ce n'est pas nouveau, personne ne la comprend, coupa-t-il en marmonnant.

— ... Et vos gens me parlaient aussi en des termes inconnus ! reprit Diane, sans tenir compte de l'intervention du laird, tout en désignant de la main la fillette et la cuisinière qui les dévisageaient d'un air déconcerté.

Iain orienta son regard sur ces deux dernières, qui haussèrent les épaules et secouèrent la tête.

— Je n'ai fait que me présenter et nous avons demandé à la prom... hum... jeune dame, si elle se sentait bien !

— Oui, mais dans une langue qui m'est tout à fait inconnue ! se récria Diane.

Il était évident, aux mimiques que s'adressèrent les personnes qui se trouvaient dans ces lieux, qu'ils n'entendaient goutte au comportement étrange de Diane.

Cependant, tout pouvait s'expliquer du fait de ce que la jeune femme était en réalité : la promise !

Car toutes et tous savaient d'où elle venait – du Cercle des Dieux – la nuit ayant été porteuse de mots chuchotés de chaumière en chaumière et de révélations inattendues.

De ce fait, l'ensemble de ses actions, quelles qu'elles soient, pouvait très bien être mis sur le compte de son statut de future première dame du clan envoyée par les divinités.

Elle n'était pas comme eux, elle était spéciale, unique, et la magie l'avait guidée d'on ne sait où vers les terres Saint Clare, pour qu'elle s'unisse à leur laird.

Seasaidh s'était levée en milieu de nuit, avait réveillé ses marmitons, et s'était attelée à la tâche de concocter des mets savoureux pour fêter l'arrivée de la promise. Elle ne l'avait pas encore vue et voulait faire bonne impression grâce à ses meilleurs plats.

Seasaidh s'imaginait la future épouse du laird aussi belle et forte que la légende l'avait prédit, telle une Faë descendue des *Sidhes* et qui brillerait par sa magnificence...

Cependant, quand ce petit bout de femme perdue dans des habits vaporeux, menue et apeurée, avait fait son entrée inattendue dans les cuisines, avec Barabal sur les talons... tous les merveilleux rêves de Seasaidh s'étaient volatilisés.

Oh oui, la promise était belle... Néanmoins, elle paraissait si fragile, si frêle, à l'instar d'une poupée de verre qui risquerait de se briser à tout instant !

Une poupée de verre qui, de plus, s'exprimait par la langue honnie des *sassenach* !

Jusqu'à ce que le laird arrive à son tour, et que le dialogue redevienne compréhensible !

En outre, que faisait la *Seanmhair* avec sa faucille rouillée dirigée vers la tête blonde de la promise ?

— ... Diane, susurra Iain complaisamment. La nuit fut

courte et ne vous a pas conféré assez de repos. Inutile de me contredire, lança-t-il encore en levant les mains comme Diane faisait mine de parler. Vos émotions et la fatigue doivent vous jouer des tours. Quant à toi, *Seanmhair*, gronda-t-il en faisant face à la vieille femme grimaçante. Dis-moi un peu ce que tu souhaites de notre invitée ?

« *Elle s'appelle donc Diane !* », songea Seasaidh en enregistrant cette information dans son esprit, avant de tiquer mentalement... le laird la présentait en tant qu'invitée ? Comment ça ?

— Nia nia nia, toujours expliquer pourquoi, je dois ! cancana Barabal en tenant tête à Iain dans une situation des plus comiques, au vu de sa petite taille. Si promise, elle être, de vos cheveux, la vérité nous saurons !

Iain ouvrit la bouche sans prononcer un seul mot et croisa sur son large torse ses bras musclés aux veines saillantes.

— Que me chantes-tu là !

— De ce que j'ai dit, rien d'autre ! Humpf ! Pas folle je suis, les doutes j'ai senti ! Ses cheveux et les tiens, qui elle est, me révéleront !

— Ceux de Diane ne te suffisent plus ? Il te faut les miens aussi ?

— Une mèche de toi, j'ai ! Depuis ta naissance, je garde ! Humpf !

Le ton supérieur de Barabal émoustilla encore plus les nerfs émoussés de Iain. Ou, était-ce le fait que la vieille *bana-bhuidseach* puisse réellement, par sa sorcellerie, lever le voile sur les incertitudes qui planaient depuis la venue de Diane ?

La magie des divinités ne trompait personne, et si le sort de Barabal confirmait que Diane était son Âme sœur, ils devraient s'unir sans tarder !

Non ! Car cette lady ne vivrait pas longtemps à ses côtés ! Elle trépasserait comme toutes les autres, sa mère comprise, en mettant au monde un bébé bien trop gros pour être porté !

Il devait coûte que coûte protéger la jeune femme de ce futur inexorable !

— C'est pour cela que vous voulez une mèche de ma chevelure ? demanda timidement Diane en fixant Barabal de ses grands yeux lumineux.

— *Aye !* répondit sèchement la *bana-bhuidseach*. Par un charme, cheveux fusionneront ! Si des deux, un seul nait, âmes sœurs, vous êtes. Séparés ils restent, rien à faire ensemble, vous devez !

« *Le sort du lien unique !* », se souvint Iain en crispant les lèvres, un tic nerveux se mettant à battre sur sa mâchoire. Il aurait dû y penser plus tôt.

Cet enchantement était souvent utilisé pour rassurer de futurs mariés dans leur choix de s'unir ou les faire changer d'avis quand celui-ci s'avérait infructueux.

Non !

Pas question ! Il ne voulait pas savoir, et Diane devait s'en aller... très bientôt !

— *Naye !* Diane n'est qu'une invitée, descendante d'une de nos *bana-bhuidseach*. Elle cherchait protection, et je la lui ai accordée. D'ici peu, elle s'en retournera vers son véritable destin.

Barabal couina et siffla entre ses dents comme un serpent, tout en fermant à demi ses paupières tombantes.

— Tête de bois, tu es ! Pas comprendre toi, je peux !

— C'est pourtant évident, intervint Diane, le visage figé et pâle. Votre laird sait, mieux que personne, pour qui son cœur parle, et ce n'est pas pour moi ! Point de peine il faut avoir, car le mien ne lui est point destiné non plus. Mon Âme sœur se prénomme Ronauld de Wilshire, et d'ici peu, le Cercle des Dieux nous réunira par nos vœux !

Iain eut soudainement une furieuse envie de crier, ou de serrer cette petite chose dans ses bras, pour étouffer ses paroles par un baiser brûlant !

L'entendre murmurer le nom de Ronauld lui était tout

simplement intolérable !

Ses réflexions contradictoires, la concernant, le déstabilisaient totalement et il décida in petto de quitter les cuisines pour s'éloigner d'elle, tout en interdisant à Barabal de toucher à un seul cheveu de Diane.

— C'est un ordre ! gronda-t-il encore, en tournant les talons pour sortir de la pièce à la chaleur étouffante.

Ou... était-ce son sang qui était par trop échauffé par ses idées grivoises ? Il ne pensait plus qu'à prendre Diane contre lui !

Il devait s'éloigner d'elle pour le moment, et quelle meilleure façon de l'oublier, que de retrouver ses hommes sur le grand pré d'entraînement ?

Oui, il y passerait la journée, et toutes les autres jusqu'à son départ s'il le fallait, pour ne plus la voir !

Iain n'avait pas fait plus de deux pas dans la cour intérieure du château, qu'il perçut un nouvel appel désespéré de Diane.

L'instant suivant, elle était auprès de lui, son souffle rapide soulevant sa poitrine menue, qui gonflait à peine son étrange corsage.

— Quoi encore ? Barabal aurait-elle enfreint mes ordres ?

— Non ! s'écria Diane, l'abattement marquant ses traits fins. À peine avez-vous quitté les lieux, que tous se sont à nouveau mis à parler dans ce dialecte incompréhensible ! Vous êtes là, tout va... vous disparaissez, et c'est comme si j'étais catapultée au fin fond d'une contrée inconnue !

— Les Highlands !

— Plaît-il ?

— Pas inconnue, *ban-ogha* (petite fille), vous êtes dans les Highlands !

Sur ce, Iain reprit sa route de sa démarche féline et volontaire, affichant de cette façon son intention de mettre un point final à la discussion.

Pas si final que ça... le point.

— Allez-vous me laisser ainsi ? Dans le désarroi de me retrouver sans pouvoir communiquer avec vos gens ?

— Il suffit de faire ce que vous faites en ce moment... grogna Iain sans la regarder.

— Et... que suis-je en train de faire ? s'enquit Diane qui s'ingéniait à le suivre, autant que faire se peut malgré ses petites enjambées.

— Vous parlez le *gàidhlig* couramment depuis ce matin ! En cet instant précis, nos échanges sont en *gàidhlig* !

Le cri de stupeur de Diane lui fit de la peine, et Iain se décida enfin à lui faire face, pour la réceptionner aussitôt dans ses bras, la jeune femme ne l'ayant pas vu s'arrêter et ayant continué sa route.

Outre le désir qui lui retourna brusquement les reins, Iain fut touché de plein fouet par la tristesse qui transparaissait dans son regard et par son air égaré.

Soudainement, il se fit l'effet d'un monstre. Elle avait voyagé dans le temps, s'était enfuie de chez elle pour accomplir ce prodige, se retrouvait dans une époque aux mœurs totalement inconnues pour elle, et lui ? Que faisait-il ? Il s'en lavait les mains !

Il lui avait promis protection, et ce rôle impliquait également qu'il soit à ses côtés pour ses premières journées au sein du clan.

Iain soupira longuement, ce geste faisant se raidir la jeune femme qui en fut blessée encore une fois. Il allait la rejeter, l'envoyer dans ses appartements, lui demander de disparaître de sa vue...

— Venez, suivez-moi ! Cherchons Larkin pour qu'il nous aide à trouver une solution à cette inexplicable situation !

Le plus adorable des sourires naquit sur les lèvres sensuelles de la belle.

En un instant, sous les yeux de Iain, Diane réussit à emprisonner le soleil dans son corps, et à rayonner d'une aura des plus envoûtantes.

« *Och ! Dieux !* », songea Iain au supplice, avant de dire à voix haute, ou grommeler plutôt :

— Allons-y !

— Faisons selon vos désirs ! lança innocemment Diane, tout à son bonheur qu'il s'occupe enfin d'elle.

— Si vous connaissiez mes désirs, vous ne me suivriez pas, marmonna encore Iain en s'imaginant Diane allongée sur son lit et lui tendant les bras dans un total abandon.

— Pardon ?

— Rien...

Chapitre 7
Laissez-moi vous connaître

Là, à l'instant précis où Iain l'avait regardée – vraiment regardée –, il s'était passé quelque chose d'incroyable !
Quelque chose d'indicible et pourtant, de fulgurant !
Diane en avait encore la chair de poule et le bout de ses doigts fourmillait étrangement.
Iain avait posé ses iris clairs sur elle, puis avait écarquillé les yeux, comme s'il la découvrait pour la toute première fois, comme si... elle lui apparaissait enfin belle et désirable !
Cet échange... Diane en avait rêvé toute sa vie ; c'était la communion fusionnelle de l'âme, de l'esprit et du cœur. Une interaction caractéristique aux êtres qui s'aiment.
Son propre cœur, plus rapide que sa conscience à déchiffrer les signes, en pulsait à un rythme effréné.
L'instant d'un battement de paupières, et Iain avait à nouveau affiché cet air hautain et impénétrable qui ne le quittait que rarement, tout en s'écartant d'elle.
Oh ! Il pouvait bien faire l'indifférent, Diane s'en moquait, car elle savait maintenant que son voyage dans le temps l'avait bel et bien guidée vers son Âme sœur, seulement celle-ci, pour une raison qu'elle ignorait, s'évertuait à refuser de le reconnaître.
Un mystère que Diane se promit intérieurement de résoudre.
Voilà aussi pourquoi, malgré l'écart que Iain s'ingéniait

à réinstaurer entre eux, en faisant quelques pas en arrière, Diane se sentait soudainement d'humeur guillerette. Elle se serait envolée d'allégresse, tel un oiseau s'élançant vers le ciel, qu'elle n'en aurait pas été étonnée.

Terminé le temps de feindre qu'elle n'éprouvait rien pour lui, de se torturer l'esprit à savoir si son voyage l'avait emmenée au bon endroit, le regard de Iain avait parlé mieux que les mots, et l'émoi ressenti dans tout son corps, avait dissout le voile de ses propres incertitudes.

Elle croyait le haïr, et se trouvait à comprendre qu'elle était née pour l'aimer. La haine et l'amour étaient des sentiments si forts, si semblables émotionnellement, qu'ils pouvaient berner leur monde jusqu'à ce que la vérité se fasse jour.

Diane n'abhorrait pas Iain... loin de là. Elle s'était simplement protégée de son refus de la considérer comme sa promise, en élevant un bouclier imaginaire sous la bannière de l'aversion.

Comme elle s'était trompée !

— Allons-y ! lança-t-il en interrompant le cours de ses pensées.

— Faisons selon vos désirs ! furent les paroles légères qu'elle prononça, ne pouvant les retenir, toute à la joie de sa découverte.

— Si vous aviez conscience de mes désirs, vous ne me suivriez pas...

— Pardon ?

Avait-elle bien compris ce qu'il sous-entendait ?

— Rien...

Au contraire... « Rien » signifiait la fin, le vide, et Diane aurait souhaité le remplacer par le mot « encore ».

« *Oh oui ! Iain, laissez-moi vous connaître, donnez-moi une chance...* », supplia-t-elle silencieusement, sans se départir de son sourire qui semblait ne plus jamais vouloir s'effacer.

Une facette ignorée de sa personnalité, du genre lutin,

lui donna envie de pousser le jeu jusqu'à lui demander : où l'aurait-il emmenée pour réaliser ses désirs ?

Cependant, une partie plus studieuse le lui interdit, juste avant que les mots ne franchissent ses lèvres.

Diane se sentait si bien, si forte tout d'un coup, pour la première fois maîtresse de son destin, que même la froidure de la saison et la grisaille poisseuse environnante ne purent attaquer sa bonne humeur.

— Ici, vous ne pourrez pas m'accompagner, fit Iain de sa voix rauque et caressante comme du velours.

Et cette voix... était chaude, riche, grave, virile... unique !

— Diane !

— Oui... Iain ?

Non, elle n'en revenait pas ! Était-ce bien la lady rompue aux règles de la bienséance qui venait de l'appeler par son prénom ?

Si elle s'en étonna, Iain Saint Clare aussi, au vu de son haussement de sourcil et de sa mine ébahie.

— Hum... *Och* ! Ici, vous ne me suivez pas ! répéta-t-il en indiquant de son index une sorte de petite cabane en bois qui jouxtait la haute muraille des remparts.

— Oh ? Non ?

— *Naye*, ce sont les latrines, susurra-t-il avec un sourire diabolique, avant de s'engouffrer dans l'habitacle... sans refermer le chambranle derrière lui !

Quelle idiote elle était ! Bien sûr que c'était un cabinet d'aisances ! Et... il n'allait pas... mais si ! Il allait...

Diane s'écarta vivement de l'endroit et de cet homme impossible aux manières de sauvage. Jetant un coup d'œil par-dessus son épaule, elle sentit ses joues s'embraser : il lui tournait le dos et remontait son kilt sur le devant, geste qui souleva le tissu à l'arrière, sur ses cuisses musclées, puissantes, et moula son postérieur pommelé.

— Pommelé... mais détourne tes yeux ma fille ! s'admonesta Diane à voix basse, son corps répondant difficilement à cette injonction.

Pour un peu, c'était comme si Iseabal venait de prendre possession de son être, et de parler à sa place.

Dans tous les cas, si elle avait été là, c'est certainement ce qu'elle l'aurait priée de faire !

— *Madainn mhath* (Bonjour) ! lança un fringuant guerrier highlander, en passant devant elle, tout sourire.

« *Que dit-il ?* », se demanda Diane en affichant une mimique crispée et en hochant la tête, un drôle de glouglou se faisant entendre dans son dos.

— *Hòigh* (Hey) ! fit encore une jeune femme portant un panier de victuailles dans ses bras et qui fila en gloussant sans retenue.

— Hug ! scanda Diane en essayant d'imiter l'intonation de la demoiselle, qui rit de plus belle.

Et ploc-ploc... Fini !

Ah non ! Re ploc ploc, dans son dos !

— *Snog sealladh* (Jolie vue) ! siffla un troisième personnage en kilt et lourd tablier de cuir brun, en brandissant un marteau vers la cabane.

« *Le forgeron* », se dit Diane, en souriant de plus belle tout en étant extrêmement embarrassée de ne pas comprendre tous ces gens, sans compter les bruits dérangeants provenant des latrines, qui la mettaient mal à l'aise !

— Il avait un besoin pressant ! lança-t-elle pour rompre le silence qui venait de s'instaurer.

Le forgeron écarquilla les yeux, puis les plissa et partit en maugréant dans sa barbe, un terme revenant aux oreilles de Diane, qu'elle connaissait très bien maintenant : *sassenach* !

L'Anglaise... oui, c'est ce qu'elle était.

Et tout à coup, elle se vit telle qu'elle leur apparaissait à tous : une étrangère, Anglaise de surcroît, à la tenue débraillée et aux cheveux défaits.

— Nous pouvons y aller ! murmura Iain, si proche dans

son dos, qu'elle en sursauta de surprise.

Elle déglutit péniblement, chercha son regard, mais déjà, il se détournait d'elle et se dirigeait de sa démarche féline vers le pont-levis.

Diane essaya de le rattraper autant que faire se peut, s'essouffla à suivre ses longues foulées nerveuses, et se promit de ne pas s'avouer vaincue, une nouvelle fois, par son indifférence.

— Votre ami ne loge point au château ?

— Trop souvent à ma convenance, marmonna Iain sans se retourner. Il a une petite chaumine près du village, mais son atelier d'archimage se trouve non loin de mon cabinet de travail, dans le donjon nord du château. Et Larkin est plus qu'un ami, il est mon bras droit, le grand druide du clan.

— Oh ! Je vois...

— Vraiment ? Et que connaissez-vous des druides ?

— Que ce sont les prêtres d'une religion païenne et que...

— Païenne ? Le druidisme ? s'exclama Iain en daignant lui faire face, l'air ténébreux tout à coup. Sachez, jeune lady, que notre culture est ancestrale, descendante en droit des divinités, et qu'il n'y a pas plus païens que tous les cultes qui ont court de nos jours ! Nos croyances aspirent à la paix et au partage, tandis que le christianisme, par exemple, donne carte blanche aux bourreaux, exactions en tous genres, guerres, et aux hommes de pouvoir ! Il n'y a pas plus corrompu que la coterie papale et les rois qui ne sont, en réalité, que leurs pions !

Diane se sentit rapetisser sur place au fur et à mesure que le laird s'exprimait fougueusement.

Sans en avoir l'intention, elle avait mis le doigt sur un sujet sensible.

Comment en étaient-ils venus à parler de cela ?

— Je vous prie de bien vouloir me pardonner, si je vous ai offensé, car tel n'était point ma volonté ! le sollicita-t-elle en plongeant son regard noisette dans le sien et en relevant le menton. Il est un fait que je suis peu instruite quant à vos us et coutumes, néanmoins, j'aspire à mieux vous connaître. Tout ce que vous venez de dire est vrai, et je partage également vos points de vue concernant les hommes d'Église. Et oui, j'en conviens, je suis extrêmement ignorante de votre religion, cependant, de ce que j'ai pu lire dans les carnets de mes aïeules, je retrouve comme un écho de mes pensées en cette civilisation ! Et pour tout vous dire, elle me fascine... m'attire... je ne saurais pas vous expliquer...

Les traits du visage de Iain s'étaient détendus et un mince sourire ourlait ses lèvres charnues.

— C'est à moi de m'excuser, lady de Waldon. Nous luttons tous les jours contre des hordes de prêtres fanatiques. C'est comme une gangrène qu'aucun remède ne pourrait guérir. Et le plus affligeant dans l'histoire, c'est que nous ne sommes pas le mal, bien au contraire, et nous aspirons à survivre coûte que coûte, pour que le lien entre les hommes et les Dieux ne puisse jamais disparaître.

Proférant cela, Iain reprit sa route et emprunta un chemin boueux menant vers quelques chaumières à l'écart du village principal.

Il l'avait appelée « lady de Waldon » et non « Diane », quoiqu'il dise qu'il ne lui en voulait pas, il avait à nouveau instauré une muraille entre eux.

— Si le lien venait à être rompu, que se passerait-il ? s'enquit Diane, poussée par la curiosité.

Iain ne répondit pas tout de suite, fit encore quelques pas, puis s'arrêta en levant les bras, ses longs cheveux noirs bougeant en vagues dans son dos, soulevés au gré du vent.

— Tout cela, lâcha-t-il d'une voix vibrante, en désignant de ses mains écartées le magnifique paysage hivernal qui les entourait. Forêts, lacs, terres, montagnes et mers... Tout cela disparaîtrait. Tout serait aspiré dans le Néant.

Diane frissonna violemment.

Était-il fou ? Croyait-il réellement en une telle

catastrophe ? Ce serait comme l'Armageddon mentionné dans le Nouveau Testament, dans le livre de l'Apocalypse ! Mais là, il ne parlait pas de la bible, mais de sa propre confession !

— Vous... vous êtes réellement un homme né d'une union avec les divinités ? ne put s'empêcher de demander Diane, frissonnant d'autant plus.

— *Aye !* Je le suis, fils des Dieux et des hommes. Et vous êtes effectivement dans un sanctuaire de magie, assurément le dernier, grogna-t-il en reprenant son chemin vers une vétuste maison de pierres, au conduit de cheminée fumant sur son toit de chaume.

Ses aïeules avaient consigné tout cela, alors pourquoi Diane avait-elle l'impression de tout découvrir d'un coup ? Parce que les livres menaient à l'imaginaire, à l'abstrait, que l'esprit pouvait modeler, accepter... Néanmoins, quand ils conduisaient à la réalité, un certain moment d'adaptation était nécessaire, pour pouvoir assimiler ce qui n'aurait jamais dû exister.

Un homme-dieu, une religion exécrée et pourchassée par les hommes d'Église, de la magie... Oui, bien sûr que Diane parviendrait à absorber tout ça !

Avec un peu de temps... Tout du moins, l'espérait-elle !

Iain frappa trois coups avant d'entrer dans la maison, sans attendre de réponse de l'occupant.

Larkin était bien là, assis derrière une table centrale qui croulait sous des livres et parchemins. D'ailleurs, partout où Diane posait le regard, il n'y avait que ça : des montagnes de grimoires et de vélins.

Certains s'étalaient par terre, bien trop près à son goût des flammes qui dansaient dans la cheminée.

— Nous avons un nouveau mystère à résoudre, annonça Iain tout de go en poussant d'autres parchemins d'une chaise croulante et en faisant signe à Diane de s'y asseoir.

— Bonjour lady de Waldon, l'accueillit le vieil homme avec un grand sourire qui illumina son visage soucieux et fit briller ses petits yeux noirs.

— Bonjour mon père... Oh... euh... désolée... soupira lamentablement Diane.

Iain pinça les lèvres en lui lançant un regard aigu, avant de tourner vivement la tête, mais pas assez vite pour que Diane ne puisse remarquer l'amusement qui animait ses traits.

Ah ! Elle le faisait rire !

— Grand druide me suffira, ou Larkin, tout simplement, chantonna l'enchanteur. Que puis-je... *encore*.... pour toi ? demanda-t-il à l'intention du laird, tout en tapotant le bois de la table du bout de ses doigts osseux.

Iain passa une main dans ses longs cheveux, cherchant visiblement ses mots, et rapporta ensuite à Larkin l'étrange phénomène qui se produisait à chaque fois que Diane était seule, sans sa présence, avec les gens du clan.

Loin d'en rire, comme l'avait supposé Diane, Larkin se mit à caresser sa barbe blanche d'un air hautement absorbé.

— Hummmm....

— *Aye* ? Une idée ? le questionna Iain.

— Hummm...

— Tu réfléchis à la vitesse d'un escargot, vieil homme !

Larkin grogna quelques mots inintelligibles et fusilla Iain des yeux, avant de se retirer à nouveau dans ses pensées.

— *Larkin !!*

— Iain ! Non de non ! Allez-vous le laisser trouver une solution à notre problème, ou désirez-vous m'avoir à vos côtés du matin au soir ! Car sans vous, le dialogue avec vos gens s'avérera très compliqué, voire impossible !

Quelle mouche l'avait piquée de prendre la défense de Larkin ? Diane n'en revenait toujours pas !

Mais que ce grand Highlander pouvait être énervant par moment !

L'espace d'un instant, celui-ci afficha l'attitude contrite d'un enfant venant d'être sermonné par sa mère, s'ébroua, reprit sa mine de sombre guerrier et ouvrit la bouche pour dire le fond de sa pensée.

C'était sans compter sur Larkin !

— Je te prie de bien vouloir sortir Iain !

— Pardon ? s'étonna celui-ci.

— Dehors, et reste derrière la porte pour revenir dès que je t'appellerai !

— C'est ce que je m'apprêtais à faire, il fait bien trop chaud dans cette chaumine ! lança Iain, l'allure princière, en se dirigeant vers la porte, qu'il claqua bruyamment derrière lui.

— *Droch isean* (Sale gosse) ! gronda Larkin avant de faire signe à Diane de s'asseoir, chose qu'elle n'avait pas faite sous l'injonction de Iain. *Tiugainn, mo pàisde* (Viens, mon enfant) !

Comme il la voyait froncer ses exquis sourcils blonds, Larkin fit la grimace, parla à nouveau en *gàidhlig*, avant d'aboyer le nom de Iain comme s'il se trouvait à mille lieues de là.

Le laird prit son temps pour entrer, jeta un coup d'œil à Larkin, son regard glissant rapidement sur la fine silhouette de Diane auparavant.

— Alors ?

— Elle ne comprend rien !

— Au contraire ! Maintenant oui ! s'exclama le sujet de leur discussion.

— Sors ! ordonna Larkin en direction de son seigneur qui bougonna, et s'en alla en re claquant la porte.

— *Dùin an doras treasa* (Ferme la porte plus fort) ! ironisa Larkin pour ensuite s'adresser de nouveau à Diane... avec le même résultat : une incompréhension totale.

Et Larkin de faire revenir le laird, et de répéter ce manège jusqu'à ce que Iain, à bout de patience, lui enjoigne de cesser de lui demander de quitter les lieux.

Diane gloussait en silence, alors que les deux hommes, debout, face à face – enfin presque, Larkin étant nettement plus petit – se disputaient copieusement en enrichissant leurs diatribes d'étranges noms d'oiseaux...

N'y tenant, plus, les larmes aux yeux, Diane rit à gorge déployée, autant d'amusement, que de déconfiture.

Car, il était clair que la solution au problème ne serait pas trouvée en ce jour !

Et puis... elle avait faim, et soif ! Diane était pourtant habituée à se priver de nourriture, cependant en cet instant, elle aurait tout donné, même pour quelques miettes de pain rassis.

Sa soudaine mine pâle et son soupir ténu alertèrent les deux hommes qui, de concert, s'approchèrent d'elle avec des visages soucieux.

— Diane ?

Tiens, voilà que Iain utilisait son prénom ! Diane en aurait presque ricané, si elle ne s'était pas sentie aussi mal. Des points blancs commençaient à perturber sa vision.

— Lady ? s'inquiéta Larkin.

— J'ai... faim... réussit à murmurer Diane en portant une main tremblante à son front.

— Cornes de bouc ! Depuis quand n'avez-vous point mangé ? gronda Iain, avant de s'agenouiller pour la soutenir de ses bras forts.

— Hier au soir...

— Larkin ! cria Iain, et Diane aurait pu le frapper tant son hurlement résonna sous son crâne.

— Voilà, voilà ! fit Larkin en revenant, d'on ne sait où, avec une grande tranche de pain, du fromage et de la bière de bruyère.

— Mangez, ordonna Iain.

— Je ne peux pas.... je suis trop... faible, se lamenta Diane, aux portes de l'évanouissement.

Ce qui se passa ensuite se déroula comme dans un rêve. Diane se sentit soulever dans les airs, pour atterrir sur des cuisses chaudes et dures, son dos appuyé contre le torse puissant du laird, tandis qu'il l'encerclait dans le berceau de ses bras et lui donnait à manger du bout des doigts.

Les gestes étaient doux, et le premier morceau fut difficile à avaler.

Cependant, peu à peu, alors que les forces lui revenaient, Diane pressait son sauveur de l'alimenter plus rapidement, tel un enfant ouvrant la bouche dans l'attente de sa future cuillère de bouillie.

— Buvez lentement, lui enjoignit Larkin, en lui tendant un hanap de bière ambrée et odorante.

Diane hocha la tête, saisit l'ustensile et se délecta du goût unique, riche, épicé et parfumé du liquide.

— Là, pas si vite, la sermonna gentiment Iain, en essayant d'écarter le hanap.

Diane plongea son regard dans le sien, il n'était plus inquiet, mais rieur, et une main aux doigts nerveux lui massait indolemment le dos.

Dieu, elle était au paradis...

— Merci.

— Ne refaites plus jamais ça, la gronda faussement Iain.

Diane fronça les sourcils en pinçant les lèvres.

— Que ne devrais-je plus faire ?

— Vous lancer à l'aventure sans vous sustenter ! *Mo chridhe* (Mon coeur), c'est une gageure étant donné que vous n'avez que la peau sur les os ! Je sens vos côtes sous mes doigts ! Là... restez tranquille, ajouta Iain en resserrant l'étau de ses bras forts et doux à la fois, alors que Diane cherchait à s'en échapper. Ce n'est point moquerie de ma part, mais l'avis d'un hôte qui se fait du mauvais sang pour son invitée.

Et voilà, il recommençait !

« *Son invitée !* »...

— Il me semble... J'ai trouvé ! ! s'égosilla Larkin, qui s'était écarté pour fouiller dans ses papiers épars. Dame, vous êtes une descendante d'une *bana-bhuidseach... aye...*

mais le lien magique du sang est si éloigné que... Avez-vous aperçu des choses d'ordre... enchanté, depuis que vous êtes ici ? Ou des phénomènes que vous ne vous expliquez pas ?

Où voulait en venir le vieux druide ?

— Non, s'esclaffa nerveusement Diane. À part mon voyage dans le temps et tout ce qui s'y rapporte, tout ce que j'ai pu entrevoir relève du plus simple ordinaire, enfin... je le suppose, pour cette époque.

— Pas de pierres de taille qui planent dans les airs ?

Diane écarquilla les yeux d'ébahissement.

— Non ! Bien sûr que non !

— Pourtant, en ce moment même, la magie est à l'œuvre autour du château, affirma Larkin très sérieux. Nous l'utilisons pour finir la construction du donjon est.

Diane ricana peu élégamment et croisa le regard amusé de Iain.

— Tout à l'heure, quand nous marchions dans la cour intérieure de la forteresse, des pierres, des poutres et autres matériaux de maçonnage, planaient dans les airs au-dessus de nos têtes, confirma-t-il en souriant.

Se moquaient-ils d'elle ?

— Je n'ai remarqué que de la grisaille et vos gens qui allaient et venaient autour de nous ! Ce n'est pas aimable de vous gausser de moi ainsi !

— C'est bien ce que je pensais ! lança Larkin. L'explication est là ! Nos terres sont protégées par des Runes du pouvoir, toute personne venant de l'extérieur ne peut percevoir la magie qui opère ici, et toute personne du clan, hors druide, enfant des Dieux ou *bana-bhuidseach*, sortant du territoire sauvegardé, doit boire un philtre lui permettant de ne pas oublier la magie de son peuple... C'est le seul moyen que les divinités et nos pairs ont trouvé, pour que nos dons perdurent dans le temps sans être dévoilés à la face du monde.

— Oh ! Je vois... murmura Diane, qui avait tant l'esprit embrouillé par toutes ces informations, qu'en fait, elle ne voyait rien du tout.

Iain claqua de la langue sans cesser de la dévisager, son magnifique sourire s'accentuant tant que ses yeux étincelèrent de lueurs amusées.

— *Naye* ! Vous mentez. Qu'as-tu trouvé, Larkin, pour remédier à cela ? demanda-t-il en tournant son beau visage vers le vieux druide.

— Il n'y a qu'une chose qui efface la vision réelle, même pour une descendante de *bana-bhuidseach*, et c'est de ne plus croire en ce que nous sommes. Avez-vous, Diane, été... comment appellent-ils ça... hum... baptisée ?

— Oui, bien sûr ! confirma-t-elle.

— Alors, nous devrons procéder à la cérémonie du *Don de nom*... ajouta Larkin tout guilleret.

Iain poussa une exclamation de surprise qui masqua celle de Diane.

— Gu dearbh (Bien sûr) ! Et ainsi, le lien brisé aura toute possibilité de se restaurer ! Larkin ! Tu es un génie ! Nous réaliserons cette célébration dès aujourd'hui, à la Cascade des Faës !

Était-ce la bière parfumée ou la vitesse à laquelle tout se déroulait, mais Diane en avait derechef le tournis !

— Attendez ! souffla-t-elle. Tout va trop vite ! Qu'est-ce qu'un « *Don du Nom* » ? Allez-vous me sacrifier sur un autel ou immoler quelqu'un d'autre pour restaurer le lien ?

Loin de s'offusquer, les deux hommes éclatèrent de rire simultanément.

— Nous ne sacrifions jamais personne, encore moins des animaux, lui apprit Iain en glissant innocemment une main dans les cheveux dorés de Diane, geste qui lui tira un long frisson de volupté. Ce sont des contes que les ignorants racontent à leur entourage pour nous faire passer pour des monstres. Naye, le Don du Nom est à l'instar d'un baptême, mais il se déroulera en un lieu sacré, et vous pourrez alors voir...

— Voir... ?

Iain hocha la tête.

— Aye ! Voir et ressentir la magie des éléments, le lien sera restauré, et avec de fortes chances, vous pourrez discuter sans problème avec tous les gens du clan.

Diane jeta un coup d'œil incertain vers Larkin qui la dévisageait d'un air paternaliste et qui confirma d'un clignement de paupières les affirmations de son laird.

— Je... D'accord, accepta timidement Diane.

Iain se pencha, comme s'il allait l'embrasser, et se raidit en écarquillant les yeux en se rendant compte de ce qu'il s'apprêtait à faire.

L'instant suivant, il était debout et avait remis Diane sur ses pieds, puis s'écartait d'elle en s'exclamant, avant de sortir de la chaumine :

— *'S fhearr deireadh math na droch thoiseach* (Tout est bien qui finit bien) !

Elle ne l'avait pas compris, et s'en moquait. Diane était à nouveau attristée par son attitude distante et en manque de sa chaleur, de son odeur de cuir et d'air frais, de sa présence... De l'homme, tout simplement.

Larkin en fut grandement peiné et leva le poing vers la porte au battant ouvert.

— *Amadan* (Imbécile) ! cria-t-il après son laird, bien que celui-ci fût déjà loin.

Diane ne sut pas ce que ce mot signifiait, mais l'intonation prise pour le prononcer lui dit que ce n'était certainement pas une douceur, loin de là.

Iain avait tourné les talons, la laissant seule avec Larkin.

Il fuyait... encore !

— Hum... Je vais vous préparer à la cérémonie, ma petite ! N'ayez crainte, je ne vous abandonnerai pas...

Diane en perdit presque le souffle !

Le grand druide venait de s'exprimer dans un latin parfait ! Il avait trouvé le moyen de communiquer avec elle !

Ce magicien avait décidément plus d'un tour dans son

sac !

— Je vous en remercie, Larkin ! lui répondit-elle dans la même langue en faisant quelques pas pour lui prendre gentiment les mains.

De là, tous les deux furent inséparables, et Diane s'émerveilla toute la matinée du savoir incroyable de ce petit homme à l'apparence faussement malingre.

Avant le soir, elle communierait avec les divinités...

À la Cascade des Faës, le sang de ses aïeules, ne serait-ce qu'infime dans ses veines, retrouverait ses pleins pouvoirs... Elle ne serait plus « l'étrangère », mais un membre à part entière du clan Saint Clare.

Elle aurait alors toutes les armes en main, pour apprendre à cerner le personnage de Iain... et découvrir pourquoi il ne cessait de la repousser.

Chapitre 8
Diane, dans tous ses états

Le barrage du dialogue incompréhensible étant brisé grâce au latin, Diane et Larkin purent enfin lier connaissance en toute sérénité.

Le grand druide était un homme jovial, un érudit, une personne que Diane avait plaisir à découvrir.

Si un jour on lui avait dit qu'elle parlerait à bâtons rompus avec un enchanteur, jamais elle ne l'aurait cru, pourtant, en cet instant, c'était bel et bien ce qu'elle faisait.

— Que signifient tous ces traits sur vos parchemins, cela ne ressemble pas à une calligraphie, mais plutôt à des signes ! s'enquit Diane en déroulant doucement un vélin.

Larkin sourit gentiment.

— C'est une graphie propre aux druides, elle est sacrée, dans la mesure où elle a été créée pour communiquer avec nous, par le Dieu de la connaissance : Ogma. D'ailleurs, cette écriture porte son nom, d'une certaine manière, car nous l'appelons « écriture d'Oghm ». Chaque signe est un ogham, issu lui-même des Runes, et les Oghams reflètent la diversité des énergies du monde... Mais, tout cela reste très compliqué à vous expliquer maintenant, alors que nous devons vous préparer au *Don du Nom*. Je ne doute pas que vous appreniez vite, vous êtes très éveillée et avide de savoir. Je vous promets de vous en conter plus, dès que nous aurons le temps comme allié.

Diane laissa le vélin s'enrouler sur lui-même et le posa précautionneusement sur la table.

— J'en serais honorée, père... *grand druide !* s'écria-t-elle, au comble de l'embarras.

— Ne vous tracassez pas mon enfant, la rassura Larkin. Je ne prendrai jamais pour un grief de me faire appeler : père. D'une certaine façon, c'est bien ce que je suis aux yeux du clan, le père druide, sourit-il avant de lui lancer un clin d'œil malicieux.

Diane en fut rassurée et retourna s'asseoir sur son siège de fortune, le dos bien droit et les mains docilement croisées sur les genoux.

— Vous êtes soudain trop sage, *ma fille*, s'amusa Larkin en fourrant dans une besace en cuir quelques papiers et fioles aux liquides ambrés. Je sens que vous bouillez de me demander quelque chose.

— Oui ! s'écria Diane, avant de se ressaisir et d'afficher une attitude faussement détachée. J'ai cru comprendre que les druides, tout comme les *bana-bhuidseach*, ne se léguaient aucune connaissance par l'écrit, que le savoir allait de génération en génération simplement par l'apprentissage oral. Alors... comment se fait-il que vous ayez...

— Les Oghams ? Disons... parce que je ne suis pas aussi fou que mes compatriotes et sorcières ? Tout ce qui m'entoure est sacré, Ogma nous a confié sa science, et je la transmettrai un jour à mon digne successeur. Le temps peut effacer les paroles, mais pas l'écriture.

La sagesse de Larkin touchait profondément Diane et elle décida de s'ouvrir à lui pour parler d'un sujet insaisissable : Iain.

— Pourquoi ne veut-il pas de moi ? furent les mots qui jaillirent de sa bouche, alors que son esprit se concentrait pour formuler la même demande, mais avec beaucoup plus de finesse.

Larkin cessa de s'agiter, posa son regard sur Diane et se mit encore une fois à caresser sa barbe d'un geste lent.

Ce signe, Diane commençait à le connaître ; le grand druide réfléchissait à sa question en évaluant ce qu'il pouvait ou ne pas dire.

L'instant suivant, il s'asseyait sur son siège en face de Diane, derrière la table et les précieux parchemins.

— Savez-vous ce qu'est la peur... ? *Aye*, je le lis dans vos magnifiques yeux. Cette émotion froide et douloureuse, ne vous est pas inconnue. Pour ce que j'en dis, Iain, même s'il est un guerrier farouche, un homme accompli, un brave parmi les braves, tel que l'était Sir William Wallace... a, depuis votre apparition dans le Cercle... peur.

— De moi ? s'étrangla Diane en posant la main sur sa poitrine.

— De ce qui pourrait vous arriver, nuança le grand druide.

Diane ne voyait pas où voulait en venir Larkin, que pouvait-il bien lui advenir, alors qu'elle était enfin libre et en sécurité loin des griffes du marquis de Wilshire ?

— Diane... puis-je vous appeler ainsi ? s'enquit Larkin avant de reprendre la parole après l'acquiescement silencieux de Diane. Nous sommes un peuple de magiciens, il est vrai, et notre histoire n'est malheureusement pas si différente de celle du reste des vivants. Elle est entachée d'évènements qui ont endeuillé notre clan.

Diane mémorisait studieusement les mots de Larkin, ne le quittant pas des yeux, et attendant patiemment qu'il continue.

— Nous n'avons pas le droit d'utiliser des charmes pour sauver la vie d'une personne, ni d'interférer dans le cours de son existence. Les maladies, les accidents... font partie du destin de chacun. Malheureusement, nous avons vu partir nombre des nôtres, et la plupart du temps, ce sont nos femmes et nos enfants que le trépas vient prendre en premier... les plus fragiles. Tout comme l'était Emeline Saint Clare, mère de Iain, morte en couches. Une femme exceptionnelle, douce, qui me manque... énormément. Une dame de stature menue...

Diane écarquilla les yeux... elle savait ce qu'allait

annoncer Larkin !

— Et... vous êtes beaucoup plus frêle qu'Emeline. Par les Dieux, petite, je n'ai jamais vu une personne aussi fragile d'apparence que vous ! Ou alors *aye*, après l'avoir libérée des cachots de Londres ! Ne prenez pas ombrage de mes paroles, vous êtes d'une beauté éclatante, cependant... vous paraissez peu robuste.

« *Larkin ! J'ai fait le vœu de rencontrer mo ionmhainn (ma bien-aimée), pas une donzelle à peine sortie du ventre de sa mère et qui se briserait sous mes assauts tant son corps n'est fait que d'os et de peau !*», étaient les mots que Iain avait prononcés à son arrivée dans le Cercle des Dieux.

Le souvenir de sa voix explosait dans l'esprit de Diane, et ce qu'il avait insinué apparaissait sous un tout nouveau jour !

— Il a peur de me perdre, comme il a perdu sa mère... souffla Diane, le sang désertant son visage en lui conférant une pâleur extrême.

— *Aye*, c'est ce que je pense. Et rusé comme il l'est, il a trouvé la parade parfaite pour vous éloigner de lui en se faisant passer pour le protecteur d'une descendante de *bana-bhuidseach*. Vous êtes apparue dans le Cercle des Dieux lors de vos voeux communs, et si vous n'étiez pas liés, vous et Iain, rien de cela n'aurait été.

— Et je l'ai aidé dans son objectif en lui disant que mon Âme soeur était un autre, du nom de Ronauld ! Que j'ai été stupide ! se lamenta Diane.

Larkin rit doucement.

— Ou plutôt maline ! M'est avis que d'avoir un concurrent ne doit pas lui plaire !

— Nous sommes donc... vraiment faits l'un pour l'autre ?

— Sans aucun doute. Quant à savoir si vous êtes la promise envoyée par les Dieux... l'avenir et la naissance de votre premier enfant nous le diront.

— Comment ?

— S'il est l'Enfant des Dieux... il portera leur marque indélébile sur sa nuque.

Le silence retomba dans la pièce, uniquement brisé par le crépitement des flammes dans le foyer de la cheminée.

— Larkin, ma famille m'a affamée pour suivre la mode de mon époque. Les femmes se doivent d'être sveltes et d'apparence fragile...

— Quelle ineptie ! gronda Larkin. Quel manque de déférence vis-à-vis de la gent féminine !

— Je peux changer ! Je le veux ! Je prouverai à Iain qu'il se trompe et je ferai disparaître sa peur ! lança fougueusement Diane en se mettant vivement debout pour faire face au grand druide.

Celui-ci se renversa sur le dossier de son fauteuil, le bois grinçant à la suite de son mouvement. La seconde d'après, il caressait derechef sa barbe, mais sans avoir le visage concentré, plutôt celui d'un homme heureux à qui la vie souriait franchement.

— Et cela sera une réussite, j'en suis certain ! proféra-t-il avant de taper du plat de la main sur la table. Bon, nous devons maintenant vous préparer à la célébration du *Don du Nom*. Elle se fera en assemblée fermée, à la Cascade des Faës et seuls Iain et moi vous accompagnerons. Si tout se passe bien, ce seront les divinités elles-mêmes qui vous parraineront.

Diane se sentit trembler comme une feuille.

Elle allait rencontrer des Dieux ?

Ohhhh ! Il fallait qu'elle se fasse belle, il fallait qu'elle prenne un bain, il fallait qu'elle s'habille, qu'on lui coiffe les cheveux... et... mais qui lui attacherait son maudit corset ?

— Bien, bien, bien... marmonna Larkin, s'amusant silencieusement de l'état d'agitation qu'il percevait en Diane.

Elle était spontanée, réceptive, vivante... tout se passerait... bien !

C'était plus fort qu'elle, Diane ne pouvait s'empêcher de

vouloir tout peaufiner.

Enfin, « tout », dans son apparence, pour le moins.

Il le fallait ! Car il y avait de grandes chances, que lors du *Don du Nom*, elle aperçoive les Dieux. Même si Larkin lui avait seriné que cela ne serait pas le cas, et qu'elle ressentirait plutôt leur « présence ».

Il avait beau user sa salive, pour Diane, les mots « ressentir » et « voir » étaient pareils.

Voilà pourquoi sa taille et sa poitrine avaient été emprisonnées dans un corset bien trop serré, son corps revêtu de la plus somptueuse de ses robes de bal en mousseline blanche et ruchés perlés, que ses chaussures – conçues plus pour le paraître que pour la marche – lui martyrisaient les pieds, et que depuis des heures, plusieurs servantes s'attelaient à la tâche de donner à ses cheveux l'aspect du plus impeccable chignon natté de tous les temps.

« *Aïe !* », s'écria-t-elle intérieurement, assise sur un tabouret devant un miroir de métal poli qui composait un ensemble avec un magnifique meuble de toilette, et qui ne reflétait pas grand-chose – à part une forme floue –, à son grand désarroi.

— Une poussière ne se glisserait pas entre deux cheveux, maugréa une servante en *gàidhlig* et s'étant présentée à son arrivée, du mieux qu'elle le put vu le manque de compréhension, comme Seindeï[13] (prononcer Shin-dhi), avant de masser ses pauvres doigts engourdis par le dur labeur du coiffage.

Une autre servante claqua de la langue d'un air irrité.

— Si la dame avait des rides au visage, on saurait pourquoi elle souhaite se torturer ainsi et tirer la racine de sa chevelure pour remonter sa peau ! Mais ce n'est pas le cas, loin de là, elle est si jeune ! On dirait maintenant qu'elle porte un masque de cire et ses yeux sont si étirés, que ses paupières ne pourront jamais se fermer !

— Tu as raison Iseabal ! fit Seindeï en étouffant un

---

13 *Seindeï : Prénom inventé pour le roman.*

gloussement et en se tournant de façon à ce que la lady ne puisse l'apercevoir.

Après tout, c'était peut-être la future dame du clan, et Seindeï se devait de lui montrer du respect !

Diane sursauta une fois encore, comme elle l'avait déjà fait quand les quatre femmes qui l'entouraient s'étaient présentées à leur entrée dans ses appartements.

« Iseabal », c'était le prénom de sa gouvernante, et de l'entendre prononcer en ces lieux faisait fortement palpiter son cœur d'émotion.

Pourtant, celle qui le portait en ce jour ne ressemblait en rien à sa chère amie. La femme était plus petite que Diane, aux formes voluptueuses et au sourire ravageur, ses mèches nattées étaient d'un chocolat chatoyant et ses iris, animés de lueurs rusées, étaient d'un magnifique brun ambré.

Sa comparse, Seindeï, était un peu plus grande, les cheveux noirs et les yeux foncés, avec un visage fier et narquois, et son charmant menton pointu accentuait son air facétieux. Un pitre, à n'en pas douter !

— Ealasaid[14], Aureleïn[15], avez-vous bientôt fini de ranger ? s'enquit Iseabal, toujours en *gàidhlig*, à l'intention des deux autres jeunes femmes qui s'affairaient à vider les malles de Diane et à suspendre ses robes et accessoires, dans une armoire et un coffre de lit, que le laird avait fait installer en sus du miroir, d'un tabouret capitonné, et d'une magnifique coiffeuse.

Geste qui avait profondément touché Diane.

« *Ah, ici aussi, c'est Iseabal qui régit son petit monde* », songea-t-elle, non sans malice, en apercevant ladite personne pointer son doigt dans toutes les directions et les tiers suivre ses indications à la lettre.

Diane en aurait bien ri, mais fut dépitée en comprenant que cela lui était impossible, étant donné que ses muscles

---

14 *Ealasaid* : Élisabeth.
15 *Aureleïn* : Auréline.

faciaux étaient retenus prisonniers de son chignon serré !

— Si seulement je pouvais me voir ! s'écria-t-elle à haute voix en se penchant, le nez en avant, à toucher presque l'aïeul de ce que l'on appellerait un jour : miroir.

Dans cette position, le souffle lui manqua à cause de la compression qu'exerçait son corset sur ses poumons, et de nombreux points blancs se mirent à danser devant ses yeux. Cependant, Diane réussit à retrouver son souffle et se redressa pour faire face aux quatre femmes qui la dévisageaient d'un air suspicieux. Son malaise avait-il été perçu ?

Il était clair que les servantes n'avaient pas apprécié les demandes qu'elle avait, tant bien que mal, fait entendre à force de mimes et d'exclamations désespérées. Pourtant, nonobstant cela, une certaine complicité s'était instaurée entre elles et les soubrettes semblaient plus s'inquiéter pour Diane que vouloir se moquer.

— Comment me trouvez-vous ? fit-elle en carrant les épaules et en dessinant sa silhouette, de bas en haut, de ses mains fines.

Iseabal, Seindeï, Ealasaid et Aureleïn se dévisagèrent les unes et les autres à coups de mimiques interrogatives avant de sourire benoîtement et de lui adresser de vifs hochements de tête... qui paraissaient par trop appuyés pour être sincères.

Diane soupira tout en maugréant intérieurement « *Ce n'est pas bon* », et de reprendre in petto le grand peigne délaissé par Seindeï dans sa main, le brandir, et remimer le geste de la coiffer.

— *Och ! Naye !* s'exclama Seindeï en grimaçant son mécontentement.

Dans le même temps, Iseabal se faufila rapidement dans le dos de Diane et lui arracha l'instrument des doigts.

— Plus besoin ! clama-t-elle, toujours en *gàidhlig*, tout en souriant comme l'aurait certainement fait un ange, et en jetant par-dessus son épaule l'ustensile de malheur qui alla s'échouer contre le mur de pierres, près du lit à baldaquin, dans un prodigieux « *Poc* » sonore.

Diane comprit le message, il était clair comme de l'eau de roche, et se mit à rire doucement, enfin, autant que le lui permit la peau distendue de son visage.

« *Elles n'y vont pas de main morte* », songea-t-elle encore, amusée,

en acquiesçant du menton.

Tout de même, un vrai miroir manquait, quant à la rassurer sur son apparence. Néanmoins, Diane allait devoir faire confiance aux servantes.

Un coup puissant fit trembler le panneau de bois épais de la porte, suivi par la voix rauque et unique de Iain :

— Larkin et moi vous attendons dans le hall d'entrée !

L'instant d'après, le bruit de ses pas bottés décrut le long du corridor, jusqu'à disparaître.

Diane respira par à-coups pour calmer ses nerfs soudainement tendus, plus que de mesure, par l'art qu'avait le laird de lui annoncer les choses !

— *Larkin et moi vous attendons...* singea-t-elle en s'efforçant d'adopter une voix de gorge et en répétant mot pour mot les paroles hautement compréhensibles de Iain.

Le gloussement des femmes la fit se détendre un peu, Iseabal lui posa sur les épaules sa lourde cape fourrée à capuche, et pas à pas, Diane se dirigea vers la sortie de ses appartements.

Seindeï lui lança un appel qui ressemblait à un encouragement, Diane la remercia et s'engagea dans le couloir, à la suite du laird.

L'après-midi était bien avancé. À l'extérieur du château, les frimas de l'hiver se ressentaient plus à l'approche de la nuit et Diane bénit intérieurement Iseabal de l'avoir couverte de sa cape, que sans aucun doute, elle aurait oubliée.

Larkin fut le premier à l'accueillir dans le hall, tout de blanc vêtu dans sa toge et son ample manteau de laine immaculée, souriant avec un air paternaliste qui la rassura et la poussa à s'avancer.

Cependant, elle s'immobilisa sur le pas de la grande porte en croisant le regard brûlant de Iain, diablement beau et viril comme à son habitude dans ses atours de Highlander, avec ses longs cheveux noirs ondoyant dans son dos.

Il avait une façon de la dévisager qui la faisait paraître soudainement très petite, et après avoir déshabillé son corps d'une interminable caresse des yeux, son expression se fit étonnée en se posant sur son visage, puis... amusée.

Dieu ! Il semblait sur le point de pouffer !

— C'est ce qui s'appelle : une belle pièce montée ! rit-il en pointant du doigt sa coiffure impeccable.

Et la situation ne s'arrangea pas, quand Larkin lui fit remarquer, d'un air inquiet :

— Vous avez les traits tirés, *ma fille* !

Iain s'en étouffa et partit aux éclats.

Il se moquait ouvertement d'elle !

Diane en fut profondément chagrinée et s'apprêta à faire demi-tour pour courir se réfugier dans sa chambre.

Personne, non, personne ne s'était jamais gaussé d'elle ! Et que ce soit Iain qui le fasse, pour la première fois, lui brisait le cœur. Elle aurait tant voulu lui paraître irrésistible, belle, attirante...

Le mufle !

Tournant le dos, Diane fut rattrapée dans son élan par une poigne puissante s'abattant sur son épaule, et la forçant à se retourner.

Iain la retenait, en essayant d'adopter une attitude plus courtoise, bien que ses lèvres sensuelles fussent par trop pincées – pour ne pas sourire certainement – et que ses yeux gris reflètent encore son prodigieux amusement.

— Que portez-vous là-dessous ? s'enquit-il soudainement, plus sérieusement en fronçant ses sourcils noirs, tout en levant les mains sur les revers de la cape de Diane pour les écarter, alors qu'elle les maintenait fermement de ses deux poings serrés.

— Pas touche ! s'écria-t-elle en bondissant en arrière. N'avez-vous donc aucun savoir-vivre ? Des bonnes manières ?

— *Naye !* lui répondit-il en souriant narquoisement, très fier de lui, et se mettant à tourner autour d'elle à pas lents et mesurés.

S'il attendait de Diane un moment de distraction qui lui permettrait de lui entrouvrir la cape, il se leurrait !

— Avez-vous fini votre manège ? gronda-t-elle en dansant sur ses pieds pour faire face à Iain dans sa ronde infernale.

Il allait la rendre malade ! Le tournis menaçait déjà son esprit !

— Iain ! Il est temps ! intervint Larkin en claquant de la langue pour marquer son agacement.

Le laird glissa un nouveau regard sur la cape et ses yeux se figèrent sur les pieds chaussés de Diane.

Là, il n'avait plus l'air d'avoir envie de rire, du tout ! Et proféra une flopée de jurons qui firent chauffer les oreilles de Diane.

— Cornes de bouc ! Où croyez-vous aller avec ces ridicules ribouis[16] ?

— Ce sont mes magnifiques escarpins que vous traitez vulgairement de ribouis ? s'offusqua Diane.

Iain gronda à nouveau et l'instant d'après, la prenait dans ses bras pour l'enlever avec panache et traverser la cour intérieure de ses longues foulées puissantes.

Derrière eux, Larkin courait presque pour les rattraper.

— Et en plus, nonobstant le fait qu'elle s'est défigurée, elle s'est encore saucissonnée ! railla Iain par-dessus son épaule, alors que ses doigts fureteurs palpaient allégrement sa taille et son bustier à travers le tissu épais de sa cape.

Diane ravala son cri d'indignation, mais se fit un devoir de taper sur les mains baladeuses.

---

16 *Ribouis : (Vieux) Souliers.*

Autour d'eux, les guerriers highlanders et gens du clan ne cachaient aucunement soit leur étonnement, soit leur amusement. Ils s'écartaient sur leur passage très remarqué, comme les vagues refoulant sur le rivage.

— Moi venir avec vous ! cancana la voix inimitable de la vieille sorcière qui les attendait au sortir du pont-levis.

— *Naye* Barabal ! aboya Iain sans s'arrêter, et se dirigeant vers l'orée des bois sombres, sur la gauche du village, presque au pied de la colline où trônait le Cercle des Dieux.

Larkin ne pipa mot, mais redressa le menton en passant devant Barabal et lui adressa un superbe sourire hautain.

— Grande *bana-bhuidseach*, je suis ! Avec vous, je vais ! lança-t-elle en trottinant derrière le trio, sa toge crasseuse se soulevant sur ses bas de laine rapiécés et ses sabots boueux.

S'il n'y avait eu que son apparence de sale... Mais non ! La petite mère empestait à elle seule toute une batterie de porcs ! Ne se lavait-elle donc jamais ?

Diane, le cœur retourné par l'horrible odeur, chercha à abriter son nez dans l'ouverture de la chemise en lin du laird, là où la peau de son torse était chaude... et délicieusement parfumée.

Il sentait le cuir, le musc et le propre. Diane ne put s'empêcher de poser ses lèvres à même cette texture enivrante, pour un peu, elle l'aurait goûtée du bout de la langue.

Un profond gémissement rauque fit trembler la poitrine de Iain, et ce bruit était à l'instar du ronronnement d'un lion que Diane avait vu dans un cirque de troubadours à Londres.

Se rendant compte de ce qu'elle faisait, elle chercha à se dégager, mais ne put le faire, car Iain resserra l'étau de ses bras puissants autour d'elle, la rendant prisonnière de son corps et de son odeur d'homme.

Elle en frissonna de la tête aux pieds, alors que des ailes de papillons semblaient virevolter au creux de son ventre.

Elle leva les yeux vers le visage de Iain, mais buta sur son menton fier, carré, et ses mâchoires crispées. Pourquoi la serrait-il aussi fortement contre lui, alors qu'au vu de son extrême tension, cela ne lui plaisait pas ?

Diane ne comprendrait jamais cet homme !

Cependant, puisque les choses étaient ainsi, elle se permit le luxe de s'imprégner de sa chaleur, de sentir son cœur battre sourdement à son oreille, de chercher à respirer au même rythme que lui... de se l'approprier juste pour un temps et de garder ce souvenir précieusement dans ses pensées.

— Reste là ! marmonnait Larkin dans le dos de Iain.

— Trop tard, il est ! Humpf ! À la Cascade des Faës, nous sommes ! brailla Barabal, toute contente d'elle, en passant devant le trio, son odeur pestilentielle se répandant dans son sillage.

Mais Diane n'y fit plus attention, fascinée par le panorama qui se dévoilait à ses yeux. Ils étaient arrivés au paradis !

Une clairière illuminée d'une lumière céleste, un endroit où la mousse, les herbes, les arbres et les fleurs semblaient s'être figés dans un été éternel. Et là, au cœur de ce joyau de verdure, une cascade bouillonnante et un petit lac aux eaux translucides finissaient de sertir ce décor enchanté.

De plus, en ces lieux, une douce chaleur printanière venait revigorer les corps perclus de froid, ce qui permit à Diane de se détacher de Iain et à celui-ci, de lui ouvrir les bras pour la laisser glisser tout contre lui avant de la libérer.

Au bout de quelques pas... Diane tournoya sur elle-même en levant les mains au ciel, et se mit à rire doucement en fermant les paupières.

Ce qu'elle ressentait ici était indicible, ne pouvait porter de nom, son esprit et son corps semblaient fusionner avec quelque chose... d'extraordinaire.

Elle était plus que prête à procéder au *Don du Nom*.

Chapitre 9
Le Don du Nom

Iain était hypnotisé par la sylphide blonde qui semblait aspirer la lumière du lieu sacré dans son corps, pour ensuite resplendir tel un diamant de la plus belle eau.

Diane était une faë, un être exceptionnel qui paraissait s'épanouir à chaque heure passée dans cette époque et avait l'air, enfin, de se libérer des carcans qui l'avaient jadis oppressée.

Il était sous le charme, mourait d'envie de rompre la distance qui les séparait, tandis qu'elle tournoyait agilement sur la mousse verte et spongieuse, à quelques foulées des rives du bassin que les vaguelettes découlant de la cascade venaient caresser. Iain voulait danser avec elle, jusqu'à en être ivre.

Il fit un pas, puis un autre, avant de s'immobiliser et de sentir son sang échauffé se figer, telle de la glace dans ses veines. Diane venait de laisser glisser la cape de ses épaules et apparut parée d'une robe faite de voiles blancs aux maintiens finement perlés... Cependant, aussi somptueux que fussent ses atours, aussi sublime que puisse l'être la femme qui les portait... rien ne pouvait effacer la trop grande délicatesse de l'ossature et du corps de chair impitoyablement emprisonné sous un corset qui rigidifiait tous ses mouvements.

Diane riait, inconsciente de l'état d'agitation dans lequel Iain était tombé. Puis elle lui fit face, croisa son regard sombre et alors... son aura lumineuse s'éteignit, en même temps que son sourire disparaissait.

Iain s'en voulut de briser cet instant magique, car il savait pertinemment ce qu'elle lisait sur ses traits : courroux, aberration, colère...

Mais quels autres signes son visage aurait-il pu refléter, alors qu'il était témoin d'un tel gâchis ?

Les yeux de Diane s'embuèrent de tristesse, et d'un autre sentiment plus profond, tandis que son souffle se coinçait dans sa poitrine en un piteux hoquet sonore.

— Commençons ! intervint Larkin, inconscient de ce qui se déroulait entre Iain et Diane et en attirant sur lui leur attention.

Ce qui permit à Iain de feindre une froide nonchalance.

— Tracer le cercle, je fais ! trépigna Barabal, après s'être dépêchée de disposer sur le sol herbeux plusieurs objets insolites, nés de la magie de son bâton.

Chose que devina Diane, car la sorcière avait les mains vides quelques secondes plus tôt.

Maintenant, il y avait devant elle trois coupes ; une emplie de Terre pour indiquer le nord, une autre pleine d'Eau pour marquer l'ouest, et la dernière, placée au sud, était chargée de pierres d'encens pour évoquer le Feu. À côté de cela, se trouvaient des plumes au duvet blanc et gris, mis à l'est, pour représenter l'Air.

Les quatre éléments, base de la culture druidique, étaient réunis – Terre, Eau, Feu et Air – aux quatre points cardinaux, et l'heure était venue d'ouvrir symboliquement la porte d'entre le monde des hommes et celui des *Sidhes*, en traçant au sol un cercle imaginaire dans le sens des aiguilles d'une montre.

Ce que demandait à faire Barabal !

— *Naye !* glapit Larkin. Tu as placé les éléments, maintenant, tu t'écartes !

Mais où était passé l'érudit, le vieux sage ? Devant les yeux ébahis de Diane, ne restaient plus que deux personnes âgées qui se chamaillaient comme des petits enfants, en brandissant leurs bâtons de bois, prêts à se taper dessus.

C'était certainement ce qu'ils allaient faire, cependant Iain intervint pour les séparer vivement.

— Barabal, puisque tu es ici, tu te places à l'est, et Larkin trace le cercle, tandis que je me tiendrai à l'ouest ! Une fois l'ouverture de la porte des mondes effectuée, Larkin fera entrer Diane par le nord, où elle restera ! Quant à Larkin, il se postera au sud ! Ai-je été clair ?

Tout penauds (plus le grand druide que Barabal), les deux enchanteurs acquiescèrent en chœur et suivirent à la lettre les consignes de leur laird. Non sans ronchonner en ce qui concernait la *Seanmhair*.

« *Il ne me porte plus aucune attention...* », songea tristement Diane, en jetant une nouvelle œillade discrète sur Iain, qui gardait un air distant et concentré en allant se placer près de la coupe de pierres d'encens et en déposant une sacoche de cuir à ses pieds.

À quoi avaient servi ces heures à apprêter son corps, si celui dont elle désirait un regard émerveillé n'avait que dédain à lui retourner ? !

Le *Don du Nom...*

Ah oui ! Elle n'avait pas fait tout ça pour rien, en définitive. Néanmoins, cette constatation ne lui rendit aucunement le sourire.

Après que Larkin eut tracé son cercle, il vint la chercher pour la placer au nord, avant de se positionner au sud. Comme il le lui avait appris, elle se tourna vers le nord (comme eux tous), les yeux braqués sur la chute d'eau vrombissante qui descendait des hauteurs pour s'échouer en vagues ondoyantes dans le bassin.

Diane tremblait de tout son corps quand Larkin entama la prière destinée aux Dieux. Néanmoins, elle était rassurée de savoir Iain dans son dos, pour pouvoir enfin l'ignorer, et agir comme lui : faire comme s'il n'existait pas !

« *Si seulement je le pouvais...* », soupira-t-elle encore,

dans son for intérieur.

— *Accordez-nous Déités, votre protection et avec votre protection, la force et avec la force, la compréhension et avec la compréhension, le savoir et avec le savoir, le sens de la justice et avec le sens de la justice, l'Amour et avec l'Amour, celui de toutes les formes de vie et dans l'amour de toutes formes de vie, L'Amour des Dieux et des Déesses...*

— *Awen !* répondirent-ils tous de concert, Diane y compris, en suivant les instructions que Larkin lui avait transmises dans la matinée.

Elle était au fait que le *Don du Nom* n'était pas un baptême à proprement parler, mais une ouverture d'esprit. Comme un regard qui naissait sur un monde oublié ou nouveau...

Ce n'est pas parce qu'elle célébrait le *Don du Nom* qu'elle porterait la marque des druides et de leur religion toute sa vie. Non, elle fusionnerait simplement avec les éléments et verrait à nouveau les choses essentielles.

Lors d'un *Don du Nom* pour un nourrisson, la famille était présente, ainsi que le laird, les officiants, et trois marraines ou parrains selon le choix des parents ou le sexe de l'enfant. La célébration se poursuivait par la présentation du bébé aux divinités, les marraines ou parrains soufflaient un vœu chacun leur tour, à l'oreille de l'enfant et le grand-druide ou la grande *bana-bhuidseach* lui donnait un nom censé le définir et le protéger pour toute sa vie terrestre. Son nom pouvait à nouveau être changé lors d'un autre office aux alentours de cinq ans, s'il avait effectué un acte de vaillance, pour que les bardes narrent ses histoires dans le temps.

C'est ainsi qu'était née la légende irlandaise du héros *Cúchulainn*, de son premier nom : Setanta. Renommé Cúchulainn par son grand-père, le grand-druide Cathbad, alors que Setanta accomplissait l'exploit, à l'âge de cinq ans, de tuer le chien gardien des troupeaux du forgeron *Culann*[17].

---

17 *Culann : Dans la mythologie celtique irlandaise, Culann est le forgeron d'Ulster pendant le règne de Conchobar Mac Nessa.*

Enfin, c'était une légende...

« *Un destin extraordinaire... le mien part plutôt en quenouille* », pensa amèrement Diane.

Se secouant pour profiter du moment présent et mettre au loin ses idées noires, elle redressa la tête et se gorgea de la beauté de l'endroit.

C'était comme si, soudain, elle voyait au travers d'autres yeux ; les teintes verdoyantes paraissaient plus fournies ; les feuilles des arbres inexplicablement existantes en cette saison hivernale donnaient l'impression de chuchoter entre elles, les fleurs rivalisaient de couleurs et de panache, et un écureuil très curieux descendit d'un chêne certainement plus que centenaire, pour se tenir devant Diane.

Il était si mignon, penchant sa minuscule tête rousse et poilue sur le côté, pour ensuite la regarder de ses beaux yeux noirs scrutateurs.

Diane rit, et fit mine de s'avancer vers lui, chose qui avait l'air aisée, puisque la petite bête ne semblait pas effarouchée, bien loin de là, au contraire.

— Ne sortez pas du cercle ! l'admonesta la voix profonde de Iain, que l'espace d'un instant, elle avait totalement oublié.

— Où serait le mal ? s'enquit-elle sans se retourner. La célébration arrive à sa fin, non ? Et puis, je ne suis pas un bébé, je n'ai pas de marraines, il ne reste plus qu'à me donner un nom...

— Tout commence... murmura Iain en la faisant frissonner, alors qu'un souffle nouveau venait de se lever dans la clairière.

C'était comme une légère brise d'été, porteuse d'effluves de lilas et d'orangers, et elle eut le mérite d'annihiler l'odeur pestilentielle, empreinte indélébile, de la présence de Barabal.

L'écureuil s'élança sur ses petites pattes et disparut en grimpant dans un autre arbre. Diane scruta encore un moment les branches, espérant presque revoir la minuscule bouille mutine de l'animal, mais rien... il semblait s'être volatilisé.

Le vrombissement de la cascade se fit distant, comme si Diane s'éloignait de l'endroit, alors qu'elle n'avait pas bougé d'un iota.

Intriguée, elle porta son attention sur le rideau d'eau et écarquilla les yeux en découvrant que le liquide translucide s'était plus ou moins figé dans son mouvement de chute. Il ressemblait désormais à un voile blanc-gris étincelant, ondoyant comme l'aurait fait de la soie plus ou moins... transparente ? !

Trois silhouettes évanescentes s'avançaient derrière le tomber cristallin, toutes trois d'allure féminine...

Au fur et à mesure qu'elles approchaient, deux d'entre elles restaient floues, alors que la troisième... apparaissait plus distinctement au regard de Diane.

Une femme de toute beauté, à la posture longiligne et drapée uniquement de sa chevelure noir ébène qui lui descendait jusqu'aux pieds. Son visage était d'une pureté absolue, en forme de cœur. Ses lèvres rouges dessinaient un sourire ensorcelant et au-dessus de son petit nez droit, deux iris améthyste dévisageaient Diane avec un grand intérêt.

Des voix chantaient en une langue inconnue, et la magie que véhiculait leur mélopée était si captivante, si envoûtante, que Diane se sentit ivre d'allégresse, transportée... différente.

— Elles sont venues... chuchota Larkin dans un souffle ténu. Jamais encore, je n'ai vu cela...

L'intonation de sa voix qui s'était cassée sur ses derniers mots en disait long sur son ahurissement.

La brise parfumée caressa la peau de Diane et monta en spirale tout autour de son corps, comme si celle-ci cherchait à ne faire plus qu'un avec Diane.

Et la jeune femme ne demandait pas mieux !

Elle se sentait si bien !

— Diane... souffla une voix douce avec un accent prononcé et mélodieux.

— Diane... reprit une autre voix avec tout autant de suavité et de pureté.

— *Laurelin*[18], sera ton nom dans le monde des *Sidhes*... murmura la déesse aux iris améthyste. Il signifie « *le chant d'or* », car tu guideras plus d'une personne vers la lumière... Un grand destin t'attend...

Dans le dos de Diane, plusieurs hoquets stupéfaits se firent entendre, attirant le regard amusé de la somptueuse divinité.

— Le temps est venu d'énoncer nos vœux...

Encore un « coassement »... décidément, la *Seanmhair* avait du mal à garder ses émotions pour elle !

Les deux formes floues célestes formulèrent leurs vœux dans un dialecte inconnu de Diane, qui les accueillit en remerciant les déités.

Quand arriva le tour de la plus belle des trois, son étonnement se fit grand, car elle n'utilisa pas le langage des Dieux, mais celui des hommes :

— Je fais le vœu de te voir libérée de toute oppression, physique ou morale. Au sortir de la Cascade des Faës, une nouvelle Diane sera née...

Et alors que la brise odorante se faisait plus présente autour de Diane, elle ajouta dans un souffle :

— *Respire*...

Soudain, quelque chose se modifia en Diane, une force inconnue prit le pas sur ses sens, une chaleur insidieuse fit frissonner sa peau, et c'est à peine si elle se rendit compte du changement qui opéra sur son corps.

Sa robe devint légère, aérienne, son corset se volatilisa de sous les tissus pour lui permettre de respirer à pleins poumons, et sa chevelure blonde s'envola dans le vent, également libérée de toute entrave. L'instant d'après, son rire résonnait dans la clairière enchantée, aussi clair et joyeux

---

18 *Laurelin : Prénom elfique, hommage à J.R.R. Tolkien.*

que l'aurait été un chant de rossignol à l'arrivée du printemps.

La divinité aux yeux améthyste joignit son rire au sien, et peu à peu, le silence revint en même temps que la brise qui s'amenuisait pour enfin disparaître.

Diane ouvrit les paupières, sans s'être rendu compte qu'elle les avait fermées. Devant elle, le décor somptueux de la Cascade des Faës redevenait celui qu'il était avant l'apparition des déités, le rideau limpide de la chute d'eau avait repris son cours bruyant, et derrière lui, les silhouettes s'étaient évanouies... Les déesses s'en étaient retournées vers le monde des *Sidhes*.

La jeune femme porta ses doigts tremblants sur ses joues brûlantes, et recueillit, étonnée, quelques larmes cristallines qui s'étaient échappées à son insu...

Pleurait-elle de tristesse ? D'euphorie ?

Elle opta pour la deuxième catégorie, car la plénitude que Diane ressentait en cet instant n'avait réellement rien de commun avec la mélancolie.

— Buvons et mangeons en l'honneur des divinités, qui dans leur grande mansuétude, nous ont fait l'honneur de leur présence, annonça Larkin, un trémolo dans la voix, alors que tous se tournaient vers l'intérieur du cercle pour se faire face.

Et là, le cœur de Diane fit un bond, s'arrêta de battre, et repartit en un tempo saccadé.

Iain la regardait ! Il la dévorait littéralement des yeux !

Il s'accroupit, chercha quelque chose dans son sac de cuir posé à ses pieds, le tout, sans jamais la quitter de ses iris gris pailletés d'étincelles d'or. Il sortit un plat en bois, des pommes, et une outre emplie d'un liquide.

Il fronça les sourcils un instant en tenant dans sa main une petite serpe d'argent. De toute évidence, de devoir rompre le contact visuel avec Diane pour accomplir la tâche qu'il devait faire ensuite, l'agaçait au plus haut point et Iain résolut le problème en employant sa magie pour couper les fruits en quartiers, sans utiliser la lame recourbée.

Larkin se pencha, prit le récipient, et distribua un quart de pomme à Iain et Barabal, avant de lui en proposer un dans un murmure révérencieux :

— Laurelin...

Le vieil homme en avait les larmes aux yeux !

Puis il s'empara de son quart et retourna à sa place. Dans un silence presque parfait, sans le bruit joyeux de la nature qui les entourait, ils mangèrent et remercièrent les Dieux pour le présent consommé.

Diane faillit s'étouffer avec son propre morceau, alors que Iain croquait férocement dans le fruit, son regard farouche toujours posé sur elle. Un désir intense y brillait, et ce désir... c'était pour elle qu'il le ressentait !

Barabal se jeta sur l'outre, fit sauter le bouchon et bascula la tête en arrière pour recueillir la giclée du liquide ambré dans sa bouche, dans un affreux bruit de gorge.

— *Seanmhair* ! gronda Larkin en lui arrachant la gourde de cuir souple, vidée d'au moins la moitié de son contenu.

— Vieux rabat-joie ! Soif j'avais ! grimaça la grande *bana-bhuidseach* en se frottant le menton de sa toge crasseuse pour éliminer les gouttes qui s'y raccrochaient.

— Nous célébrons un événement ! Nous ne sommes pas à l'auberge du village ! N'est-ce pas Iain ?

— Hum... répondit celui-ci qui semblait ne leur porter que peu d'importance.

Larkin en resta bouche bée, étrécit les paupières, et suivit la direction du regard de son laird, pour comprendre ce qui pouvait bien monopoliser son attention : Diane !

Le visage ridé du vieil homme se détendit d'un coup, et un magnifique sourire se dessina sur les fines lèvres.

Ces deux-là ne se quittaient plus des yeux, et il fallait dire que le *Don du Nom* de Diane lui avait particulièrement bien réussi : elle en était rayonnante de beauté et de santé.

Tous burent à leur tour ce qui s'avéra être un alcool de pomme assez sucré... et trompeur, car les effets, pour Diane, furent immédiats : elle en fut légèrement grisée !

Et de se demander la seconde suivante, comment Barabal pouvait encore tenir sur ses courtes jambes avec la quantité ingérée !

Larkin, après une ultime prière de remerciements aux Dieux, ferma la porte d'entre les mondes, en traçant sur le sol un autre cercle imaginaire.

Voilà...

La célébration était finie !

Diane avait côtoyé trois déesses, deux d'entre elles lui avaient donné un vœu inconnu, la dernière... l'avait éveillée à la vie et l'avait nommée : Laurelin...

Et Iain, semblait vouloir la dévorer !

Diane rit à nouveau et à son grand étonnement, s'exclama entre deux éclats :

— J'ai faim ! Par les Dieux, ce que j'ai faim ! Je mangerais bien trois tourtes à moi toute seule !

Iain sourit, mutin, son regard brûlant invariablement posé sur elle. Lui, il aurait bien avalé autre chose que des tourtes ! Pas besoin de mots, plus besoin d'autre chose... l'aura de désir qui l'entourait parlait mieux que tout.

Prise d'une pulsion subite, pour le taquiner – ou le narguer –, Diane se mit à danser sous son nez, toujours en riant, puis s'élança dans la direction du château pour échapper à ses mains qui se tendaient vers elle.

Elle courait vers sa maison... car elle n'avait pas menti sur un point crucial : elle allait dévorer tout ce qu'elle trouverait dans les cuisines, et gare à celui ou celle qui tenterait de l'en empêcher !

Chapitre 10

Oh, hommes stupides !

L'arrivée de Diane dans les cuisines fut une fois de plus très remarquée et ressembla, à peu de choses près, à celle où elle avait été poursuivie par Barabal et sa serpe.

Diane était essoufflée de sa course et ne pouvait prononcer une parole, du coup, elle mima le geste de manger et de se masser le ventre.

Se trouvaient dans l'immense pièce surchauffée toutes les femmes que Diane avait déjà rencontrées auparavant, de la chef cuisinière Seasaidh, aux servantes telles que Seindeï, Iseabal, Ealasaid et Aureleïn...

— Par les Dieux ! Elle semble mourir de faim ! s'écria Seasaidh en guidant Diane vers un banc face à une grande table en bois, alors que les autres s'attelaient à mettre devant elle un tranchoir, un long couteau, et à poser à sa portée plusieurs plats de mets fumants.

Et à Diane de sourire aux anges entre deux souffles précipités, car, elle pouvait enfin comprendre ce que se racontaient ces femmes ! Envolé le *gàidhlig* !

Grâce au *Don du Nom* ?

Il y avait fort à parier que oui !

— *Och !* Qu'a-t-elle fait de notre coiffure ? grommela Seindeï en une exclamation outrée. Dire que j'en ai encore les doigts tout usés et engourdis !

— T'as qu'à te les dégourdir en épluchant les navets, lui retourna Iseabal en lançant une œillade complice à Ealasaid qui pouffa à ses côtés en pétrissant de la pâte à pain.

— Et regarde sa robe ! ! continua Seindeï sur le même ton. Ce n'est pas la même, si ? Elle est bizarre, plus... aérienne, moins ajustée...

Toutes les femmes braquèrent leurs yeux sur le décolleté bâillant de Diane, qui faillit avaler de travers le morceau de fromage qu'elle mâchait avec entrain.

Il était clair qu'elles pensaient toutes que Diane ne les comprenait toujours pas !

Par jeu ou parce qu'elle ne pouvait les détromper – car on ne parlait pas la bouche pleine, n'est-ce pas ? –, Diane décida de les laisser bavasser, et puis il y avait une belle cuisse de poulet à la chair croustillante et fumante qui lui faisait de l'œil. Pour la première fois de sa vie, elle allait en croquer une à pleines dents !

Puis elle s'étouffa pour de vrai, quand elle entendit les paroles que Seindeï prononça par la suite :

— Ohhh... est-ce que vous ne pensez pas que le laird l'aurait *allongée* sur la mousse plutôt que de célébrer le *Don du Nom* ? Elle ressemble en tout point aux filles qui sortent de sa couche après une nuit agitée ! *Naye* ?

« *Fais comme si tu n'avais rien entendu* », se tança intérieurement Diane, qui masqua sa gêne derrière ses mains en toussotant.

Elle savait qu'à nouveau, tous les regards étaient posés sur sa personne, des œillades lourdes et curieuses, qu'elle avait énormément de mal à ignorer.

— Si tu dis vrai, Seindeï, cela signifierait la fin du pacte d'abstinence stupide que les hommes ont passé dans l'espoir que Iain Saint Clare prenne femme rapidement ! Tu parles, voilà plus de cinq périodes lumineuses que ça dure ! Et le laird ne compatit pas du tout à ce geste, il s'en moque ! lança la chef cuisinière en pinçant les lèvres, en même temps que toutes les autres autour d'elle acquiesçaient vivement.

Un pacte d'abstinence ? Voilà que la conversation devenait des plus intéressantes !

— Même pas un baiser échangé depuis tout ce temps...

se lamenta Ealasaid dans un soupir désabusé. Je ne sais pas comment faire alors que mes vingt trois périodes sont passées...

— Pfff... s'exclama Seindeï en haussant les épaules et en secouant la tête. Pour ça, il suffit de t'entraîner un peu !

— Avec qui ? ironisa Iseabal. Le pacte est strictement tenu, aucun homme ne s'approche de nous ! Alors, je répète, avec qui s'exercer ? Avec un mouton ? Un goret ?

Les éclats de rire fusèrent dans la cuisine, et Diane cacha son visage sous ses longues mèches blondes pour que les femmes ne puissent pas deviner qu'elle riait silencieusement avec elles.

— Ha ha ha ! ! Gaussez-vous tant que vous le pourrez, car dès que les hommes seront libérés de leur serment... ils succomberont tous à mes envoûtants baisers !

Et l'hilarité générale de monter d'un cran.

— Seindeï... dis-nous ton secret, pouffa Aureleïn en dessinant quelque chose, du bout des doigts, dans la farine éparpillée sur la table.

Seindeï paradait, son petit menton pointu en avant, et ses yeux bruns pétillaient de malice.

Dans son coin, Diane la regardait à travers ses cheveux, grignotant le reste de sa cuisse de poulet pour s'empêcher de demander à haute voix la suite que toutes attendaient : comment apprendre à embrasser ?

— Je m'entraîne avec les miroirs... ou le coude ! lâcha enfin Seindeï.

Un long silence s'ensuivit, sans exclamation ni amusement, toutes – Diane comprise –, essayaient de s'imaginer apposer leurs lèvres contre un miroir froid, ou leur coude... Ealasaid tenta même de le faire... Pour grimacer rapidement et se moquer de son amie :

— Ça ne donne pas envie !

— Faut y mettre la langue aussi ! Tout est dans le jeu de la langue ! leur apprit Seindeï en pliant le bras, remontant sa manche de tunique, et en embrassant goulûment le creux formé sur sa peau.

Certaines en restèrent coites, ou écœurées. Aureleïn fut tant absorbée par ce qu'elle voyait, que malgré elle, sa bouche suivit dans le vide les mouvements de celle de Seindeï, alors qu'Iseabal claquait de la langue en fronçant les sourcils et en lançant d'un ton narquois :

— Voilà pourquoi je retrouve des traces immondes sur les miroirs des chambres, moi qui pensais que des limaces s'étaient aventurées par là... *naye...* je découvre que c'est simplement Seindeï qui dépose sa salive gluante sur les meubles du château ! !

Ladite personne incriminée releva vivement la tête en faisant la grimace, alors que ses amies s'amusaient d'elle ouvertement.

Ce ne fut qu'en entendant le propre rire de Diane que toutes se turent et se tournèrent dans un bel ensemble surprises vers elle.

— Vous... vous nous comprenez ? bafouilla la jeune Aureleïn, ses joues s'empourprant soudainement.

Voilà, Diane s'était trahie ! Mais comment faire autrement ? Cette joyeuse et farfelue équipe féminine aurait fait rire un troll statufié !

— Oui, confirma-t-elle en pouffant et en posant délicatement les os de la cuisse de poulet sur son tranchoir.

— *Och !* Comment est-ce possible ? s'étonna Iseabal en venant s'asseoir à ses côtés sur le banc, les autres femmes l'imitant en prenant place tout autour de la table.

— Le *Don du Nom* ? avança Seindeï, les yeux pétillant de curiosité.

— Très certainement, murmura Diane dans un souffle en reprenant son sérieux, mais en gardant un sourire léger et rêveur sur les lèvres. Et... en aucun cas en me roulant dans la mousse avec le laird !

— Personne n'a jamais dit ça ! fanfaronna honteusement Seindeï en jaugeant ses acolytes, leur faisant un clin d'œil appuyé, et pointant son menton vers le décolleté de Diane.

— Si, vous l'avez laissé entendre, et ma tenue légère vous a induites en erreur. Ce sont les déesses qui m'ont parrainée qui ont estimé que ma robe était par trop engoncée, de même que pour le reste de mon apparence. Elles m'ont libérée...

Une longue exclamation ébahie et commune fusa dans la pièce où seuls répondirent les craquements secs du bois léché par les flammes dans la cheminée.

— C'est merveilleux, et c'est... murmura enfin Iseabal.

—... un désastre, geint Seindeï, en coupant la parole à son amie et se prenant le visage entre les mains en une mimique boudeuse, les coudes posés négligemment sur la table.

— Les divinités se sont montrées pour un *Don du Nom*, une première depuis des lustres, et toi tu appelles cet événement un désastre ? ! s'offusqua la cuisinière en pointant un doigt accusateur sous le nez de Seindeï.

— *Naye...* pas ça... continua de se lamenter Seindeï. Êtes-vous certaine de ne pas vous être roulée dans la mousse avec le laird ? questionna-t-elle en direction de Diane avec une lueur d'espoir dans ses yeux noirs.

Cette dernière hocha du chef, prête à demander pourquoi le fait qu'elle ne se « roule » pas dans la mousse avec Iain Saint Clare avait tant d'importance pour Seindeï, puis elle se souvint du pacte des hommes, ce que vinrent confirmer les paroles de la femme :

— Alors, c'est cuit ! C'est pas demain que j'embrasserai mon Jason ! *Och ! Mon Jasonnnn...*

Et de s'affaler sur la table, la tête sur les bras en un pathétique acte de tragédie digne de l'histoire de Tristan et Iseut.

— Oh ça va ! rouspéta Iseabal, alors que toutes les autres levaient les yeux au ciel ou riaient en se poussant du coude.

Seule Diane assistait à la scène d'un air attristé. La

pauvre Seindeï paraissait terrassée par la situation, elle devait souffrir le martyre de ne pas pouvoir être auprès de son Jason.

— Jason aujourd'hui, hier c'était Mel, demain ce sera Rob... Il te les faut tous ! continuait d'énoncer Iseabal.

Au grand étonnement de Diane, Seindeï redressa la tête, sans qu'aucune larme ne coule sur ses joues, qu'aucune tristesse ne marque ses traits de chipie. Non, elle levait bien haut son menton et, toujours assise, les poings de part et d'autre de sa taille, partait guerroyer de son langage acéré, contre les paroles moqueuses d'Iseabal.

— *Naye !* Je ne les veux pas tous ! Un me suffira, mais pour savoir qui est le bon, je dois bien les essayer ! Imaginez si je me trompe, je vais me retrouver unie pour la vie à quelqu'un que je n'aimerai pas !

— Seindeï... pouffa Ealasaid. Pour un an et un jour, comme le veut la coutume et non pour la vie, et seulement si... un enfant ne naît pas de cette union !

— Voilà ! L'enfant ! Et si je me retrouve grosse, alors que l'homme n'est pas le bon ? Hein ? Je fais quoi ? Pour toute la vie, je te dis ! !

— Si tu te retrouves grosse de ses œuvres, insinua Seasaidh avec un sourire de travers. Cela voudra dire qu'il aura été... *bon !* Alors, tu n'auras aucune raison de te plaindre !

Et voilà que toutes riaient à nouveau, alors que Seindeï se levait de table en grimaçant et en continuant de narguer tout le monde sur le fait qu'elles n'y entendaient rien et qu'elles finiraient toutes vieilles filles, sauf elle !

Diane s'amusait à l'égal de toutes. Elle avait compris que derrière ces paroles qui ressemblaient à des piques, se cachait une entente riche et amicale. C'était comme un jeu où chacune avait sa place, et étonnamment, Diane se sentait membre à part entière de cette curieuse troupe en jupons.

Tout ce qui se disait par rapport aux relations hommes femmes aurait dû la mettre mal à l'aise, mais non, bien au contraire, elle voulait en savoir plus, apprendre plus...

— Parlez-moi de ce pacte, osa-t-elle demander alors qu'un court silence s'était fait entre deux phrases croustillantes.

— Oh ! Dame... c'est affreux..., se lamenta Seindeï en poussant la cuisinière qui était assise aux côtés de Diane sur le banc et en forçant le passage pour poser ses fesses entre elles deux.

Au vu du sourire moqueur que toutes échangèrent, Diane sut immédiatement que ce qu'allait lui narrer Seindeï, serait de toutes les façons possibles : affreux !

Affreux ? Non... pathétique !

Voilà le terme qui revenait en boucle dans l'esprit de Iain Saint Clare, caché dans le renfoncement sombre de l'alcôve qui jouxtait les cuisines, à l'abri des regards des servantes et... de Diane.

Oui ! Ses hommes étaient pathétiques, nigauds, inconscients... et ils avaient passé ce pacte pour le faire réagir ? !

Eh bien ! Ils s'étaient tous fourvoyés. S'il n'avait pas été là, en ce moment, à écouter en catimini la conversation, jamais il n'aurait ouvert les yeux sur le célibat forcé que les Highlanders de sa garde rapprochée s'imposaient !

Depuis cinq ans ?

Ah ! Les benêts !

Une trentaine de ses hommes, tous dans la fleur de l'âge, s'étaient interdit de toucher à une femme, de s'unir devant les Dieux, jusqu'à ce que lui, Iain, ne le fasse en premier, et ce, en pensant que leur conduite pousserait leur laird à chercher le plus rapidement possible sa promise.

Cependant, Iain n'avait rien vu !

Oh, oui ! Il s'était étonné du comportement irascible de ses Highlanders quand l'été approchait, que les femmes soulevaient plus que de mesure le bas de leurs robes épaisses et que de phénoménaux affrontements s'ensuivaient après leur passage. Il comprenait également, maintenant, pourquoi ses gaillards se jetaient dans le loch gelé, tous les soirs avant d'aller se coucher dans la grande salle, sur leurs paillasses de fortune : par besoin de refroidir leurs ardeurs !

Bagarreurs, agressifs, sauvages, hargneux... Et aussi abstinents que des moines !

Les Highlanders étaient tout ça, sauf des « abstinents » ! ! Iain lui-même recevait dans son lit, plusieurs fois par semaine, les femmes de petite vertu du village ! Alors, comment aurait-il pu se rendre compte de quoi que ce soit ?

Et puis, il y avait eu des unions, des naissances. Oui... mais seulement auprès des villageois, des *bana-bhuidseach* et des druides... Mais, aucun de ses hommes ne s'était passé la bague au doigt !

— Les idiots ! ne put-il s'empêcher de pester avant de retenir sa respiration et de se coller un peu plus au mur de pierres.

Remarque, il se faisait aussi l'effet d'en être un en cet instant, alors qu'il était là, à espionner les femmes et... sa promise.

Un fin sourire gourmand se dessina sur ses belles lèvres.

Il l'avait suivie après leur passage à la Cascade des Faës et ne désirait plus être séparé d'elle pour tout l'or du monde. Quand il l'avait vu entrer par la porte de service dans les cuisines, il avait opté pour faire un petit détour et l'observer à son insu d'un autre point stratégique.

Pourquoi ?

Il ne le savait toujours pas lui même !

Il avait simplement besoin de s'abreuver d'elle, de son rire, de sa présence, et de la voir détendue, en étant elle-même et en pensant être loin de lui.

Diane s'était littéralement métamorphosée lors du *Don du Nom* et cela venait d'elle, et non des trois déesses qui s'étaient présentées quand il ne l'aurait jamais cru possible.

La dernière fois qu'un membre de son clan avait entraperçu des déités, c'était à la bataille de Bannockburn en juin 1314, et il avait juré qu'un Dieu s'était posté près de Robert de Bruce durant les deux jours du combat, le suivant comme son ombre, et le guidant vers la victoire contre l'armée anglaise d'Édouard II. Peu d'Écossais avaient ajouté foi à ses dires, néanmoins, chez les Saint Clare, une légende était née, et personne n'avait mis en doute le récit du guerrier highlander.

De plus, Iain n'avait pas eu besoin de la présence des divinités pour avoir la certitude que Diane était à lui, son Âme sœur, il le savait depuis le début ! Le *Don du Nom* n'avait fait que lui ouvrir les yeux.

Bien sûr, elle était fragile, et alors ? Ils n'auraient pas d'enfants, elle ne périrait pas en couches, car il y avait assez de remèdes pour conjurer toute conception.

Riche de cette résolution, Iain avait décidé que plus rien ne pourrait empêcher leur union. Si ce n'était la jeune femme elle-même.

Ne l'avait-elle pas nargué en dansant sous son nez avant de s'élancer vers le château ?

Bah ! Ce n'était qu'un détail insignifiant ! Aucune damoiselle ne pouvait résister à son charme ténébreux et à sa cour enflammée. Ni aux soins qu'il pouvait prodiguer avec fougue dans un lit... ou tout autre endroit.

Diane serait sienne sous peu, et ses idiots de Highlanders seraient libérés de leur pacte !

Déjà, la femme de ses pensées dialoguait en *gàidhlig* avec ses gens... c'était une grande avancée. Tout allait rentrer dans l'ordre et Iain s'en frottait les mains d'avance.

Jusqu'à ce que...

— Mais, lady de Waldon, j'ai entendu le laird dire que vous n'étiez qu'une invitée, la descendante de Niahm qui aurait voyagé dans le temps pour trouver protection auprès du clan... Alors, comment faire croire à nos hommes que vous êtes la promise tant attendue pour qu'ils brisent leur pacte ?

— Aureleïn, appelle-moi Diane s'il te plaît. Nous pourrions trouver une parade ? Après tout, personne ne sait ce qui s'est passé lors de mon *Don du Nom*, et je peux faire semblant d'être amoureuse du laird ?

— Faire semblant ? s'écria Seasaidh d'un ton outragé. *Och !* Je préfère tourner ma soupe que d'écouter de telles inepties !

« *Brave cuisinière !* », l'applaudit mentalement Iain alors que son visage était encore grimaçant d'avoir entendu les paroles de Diane. « *Faire semblant ! Elle va voir si elle peut faire semblant avec moi !* ».

— Quelle est votre idée ? s'enquit la voix plus mesurée d'Iseabal.

— Et une bonne, hein ? ! Que l'on sorte de cette mouise ! coupa l'inimitable Seindeï.

— Seindeï ! gronda subitement Ealasaid. Pose tes mains ailleurs que dans ma pâte à pain !

— J'me disais bien qu'il y avait quelque chose de poisseux sous mes doigts !

— Ma pâte à pain ? Poisseuse ? Je vais t'en donner du...

— Mesdames, intervint Diane d'une voix douce, mais forte. Il n'est point temps aux chamailleries, mais de trouver de quoi vous sortir de cette situation qui n'a que trop duré !

Dans son coin, Iain hocha de la tête pour approuver Diane. Sa femme savait décidément comment tenir ses troupes ! Un bon point pour elle.

Le sourire détendit à nouveau ses traits, et il sentit l'impatience le gagner dans l'attente de découvrir comment Diane allait faire croire à tout le monde qu'elle l'aimait... Après tout, Iain était un fin stratège, et pourrait toujours retourner le plan de Diane contre elle.

Il croisa bras et jambes, son dos puissant reposant sur la pierre froide, dans l'attente de la suite des événements.

— Voilà, pour que les hommes croient en notre stratagème, il faut qu'ils nous voient le plus possible ensemble...

— Et... c'est tout ? s'impatienta Seindeï. Ça ne marchera pas !

— Pour une fois, elle n'a pas tort, ronchonna Ealasaid alors que Seasaidh grommelait son assentiment tout en tournant une immense louche dans un chaudron fumant.

— Et... je pourrais faire mine de l'embrasser de temps en temps ? ajouta Diane timidement.

— Hun hun ! Toujours pas ! lança l'infernale Seindeï.

— Je... je me baladerai la nuit entre sa chambre et la mienne, en faisant bien attention que ses hommes me voient ?

Iain faillit s'étrangler de rire, tant l'intonation de la voix de Diane était montée dans les aigus alors que sa pudeur toute féminine de jeune vierge revenait au galop.

— Pour le coup, ça pourrait marcher, annonça enfin Iseabal. Tout le monde sait que le laird a un appétit d'ogre en ce qui concerne les femmes. Alors, de vous voir près de sa chambre, les hommes en déduiront que vous êtes forcément sa promise.

— *Aye !* Lui, il en a des visites, alors que les autres nous repoussent ! Les sœurs Boyle viennent dès que le laird les siffle !

— Seindeï ! ! gronda Iseabal.

« *Je vais la tuer !* », éructa mentalement Iain de son côté en serrant fortement les poings.

— Les sœurs... Boyle ? bafouilla Diane. Qui est-ce ?

— Deux sœurs aux mœurs légères qui vivent dans la taverne du village, l'informa Aureleïn.

— Qui sont trop accaparées par le laird pour s'intéresser à mon Jason ! chantonna Seindeï avant de pousser un cri sonore à la suite d'un bruit sourd.

— *Naye*, mais ça ne va pas la tête ? éructa-t-elle l'instant d'après.

— Ne te fais pas d'mal, ta tête est bien trop dure pour que ma louche se torde dessus, par contre, la lame de mon couteau est assez affûtée pour te couper la langue avant que tu ne dises d'autres bêtises ! vociféra Seasaidh.

— Du calme, voyons ! intervint encore une fois Diane. Ce n'est pas comme si cela me faisait quelque chose de savoir le laird avec d'autres femmes.

« *Ah aye ?* », fit une voix moqueuse dans le crâne de Iain.

— Bien, je vais tout mettre en œuvre pour libérer vos hommes du pacte, leur assura Diane en reprenant la parole. De plus c'est bientôt Noël, et nous pourrions organiser une belle veillée où vous pourrez les charmer à votre guise. Je gage qu'à la fin de cette nuit-là, des unions se feront !

— C'est quoi Noël ? demandèrent de concert Iseabal et Ealasaid.

Iain tendit un peu plus l'oreille et se pencha vers la porte pour apercevoir Diane. Assise sur son banc, toute de beauté, elle paraissait néanmoins soudain très mal à l'aise et triturait les os d'un demi-poulet dévoré.

« *Elle a mangé tout ça ? Biennnn...* », se dit-il en reculant pour qu'on ne le découvre pas.

— Oh... euh... Noël. Oui, eh bien... c'est une fête... À l'origine ce sont les Celtes qui l'ont instaurée... enfin... je veux dire que cette fête...

— Quand se déroule-t-elle ? intervint Iseabal, dans le but avoué d'aider la dame du clan à se sortir de l'imbroglio monumental dans lequel elle venait de se fourrer.

— Le 25 décembre au calendrier grégorien... souffla piteusement Diane toute honteuse d'avoir proposé l'idée de célébrer une fête chrétienne chez des druides.

— Cela correspond au solstice d'hiver, que nous commémorons sous le nom d'Alban Arthan, indiqua la jeune Aureleïn.

— Je suis curieuse, avança Seindeï.

— *Naye*... nous ne le savions pas ! s'esclaffa Ealasaid.

— Hein hein hein... ricana Seindeï avant de continuer : c'est quoi, Noël ?

Diane prit son courage à deux mains, et se lança dans ce qu'elle pouvait leur expliquer :

— À la base, c'est bien votre solstice d'hiver, que les chrétiens se sont approprié pour annihiler vos rites. Seulement... Noël, loin de la religion, est un moment magique pour moi, la fête, aucunement le reste. C'est le sapin et ses odeurs uniques, les cadeaux échangés, le lait de poule, la chaleur d'un foyer, une famille et des amis réunis... un rêve que je n'ai jamais pu réaliser, termina de narrer Diane dans un souffle ému.

Iain sentit son cœur s'emballer en percevant la tristesse qui transparaissait dans les paroles de sa femme.

— Du lait... de poule ? bégaya Seindeï.

Et à Iain de rire en sourdine en imaginant la mine écœurée de la servante. D'ailleurs, oui... que pouvait bien être du « *lait de poule* » ? Tout de même pas... ce à quoi il songeait ?

— *Naye*... marmonna-t-il, dégoûté par la vision fugitive d'une volaille traite comme une vache.

— Ohhhh... non ! Ce n'est pas ce à quoi vous pensez, enfin, si c'est cela à quoi vous pensez, parce que...

— Donc, coupa à nouveau Iseabal. Le lait de poule...

Diane rit de bon cœur, heureuse de cette nouvelle intervention, le temps qu'elle remette ses idées en place.

— C'est une recette de boisson chaude, servie le soir de Noël. Elle est à base de lait, de crème, de sucre et de jaunes d'œuf que l'on parfume avec de la cannelle. La plupart du temps, nous y ajoutons aussi soit du rhum, soit du whisky.

— Hummm... fit Seasaidh, qui s'imaginait certainement en train de concocter ce breuvage dans ses cuisines. Cela ressemble un peu au *posset* ! C'est du petit-lait que l'on fait bouillir, auquel on mélange de la bière de bruyère ! Et si nous essayions de préparer ce... lait de poule ? proposa-t-elle de bon cœur.

— *Och ! Naye !* Pas ce soir, il est déjà si tard ! répondit Aureleïn en poussant un bâillement sonore.

— Comment cela, tard ? s'enquit Diane.

Iseabal rit avant de lui retourner :

— Vous n'avez pas vu le temps passer à la Cascade des Faës, c'est toujours comme ça dans les lieux sacrés, le temps s'écoule différemment. Alors *aye*, la lune est déjà en train de descendre pour bientôt laisser place au soleil. Allons nous reposer !

Iain décida de s'éloigner à pas de loup, les femmes allaient arriver par le passage d'un instant à l'autre.

— C'est ça ! Partez ! Je vais ranger la cuisine, nettoyer après vous, faire le pain... et boire un lait de poule ! ronchonna Seasaidh.

Des rires suivirent sa tirade.

— Je vais vous aider, proposa spontanément Diane.

— *Naye !* Une dame n'a pas sa place à récurer les cuisines ! s'offusqua Seasaidh.

— Et si je demeurais pour vous montrer comment confectionner le lait de poule ? lança Diane, d'un ton enjoué.

— Nous restons ! scandèrent les autres femmes dans un concert joyeux.

« *Bien joué a leannan (ma chérie)* », songea Iain en se penchant pour regarder une dernière fois sa promise, pour ensuite se renfoncer dans l'ombre du couloir, et s'éloigner d'un pas guilleret.

Il en aurait dansé la gigue !

— Jason est pas mal, en fin de compte, fit Ealasaid, le son de sa voix se répercutant le long du corridor.

— Chasse gardée ! cria Seindeï. On ne touche pas !

Aux rires qui fusèrent se mêla celui de Iain qui se mit à siffloter avec entrain par la suite, en passant devant deux de ses stupides Highlanders, auxquels il lança un clin d'œil enjoué.

Il devait tout de suite entrer dans le jeu de Diane... après tout, c'était pour le bien des hommes et femmes de son clan.

Qu'ils sachent tous et toutes que leur laird était pris !

Et bientôt, sa promise le saurait également... Et elle oublierait aussi sa fable sur son soi-disant bien aimé de Ramaold, Ranalud... enfin, un nom comme ça.

Chapitre II

Flirt à la mode des Highlands

Espionner les dames de son clan ! Iain commençait à s'amuser beaucoup de ce rôle quelque peu sournois, mais ô combien instructif, qu'il avait endossé depuis la nuit passée.

Au moment présent, alors que les coqs s'étaient égosillés à clamer le nouveau jour depuis un certain temps, il était à nouveau caché dans l'obscurité du couloir du premier niveau, tandis que Seindeï et Iseabal s'activaient à remettre en ordre la chambre seigneuriale... la sienne.

— Elle n'était pas un peu grise, notre lady de Waldon, la nuit dernière ? se moquait Seindeï.

— Comment pourrais-tu le savoir, tu étais roulée en boule à dormir comme une bienheureuse sur la table des cuisines, alors que tu n'avais bu que trois laits de poule ! pouffa Iseabal.

— Mensonges ! Je faisais semblant, pour pouvoir écouter votre conversation !

— Ben voyons ! Et le pigeon s'habille de draps de soie...

— Pfff ! N'empêche... tu crois que c'est vrai cette histoire d'amoureux qui l'attends ailleurs ?

Iain ne put s'empêcher de grogner sombrement en entendant cette histoire, même s'il savait que Diane avait tout inventé.

Iseabal mit un moment à reprendre la parole.

— J'sais pas...

« *Mauvaise réponse* », gronda Iain dans son esprit.

— P't'être ben qu'*aye*, p't'être ben qu'*naye* !

— Tout de même, insistait Seindeï. Elle semble en pincer pour le laird ! Tu as vu ? À chaque fois que l'on prononçait son nom, elle rougissait comme une jouvencelle, et de même quand je parlais des sœurs Boyle, elle se raidissait comme un filet d'eau pris dans la glace !

— Hummm... J'sais pas, je te dis ! L'important, c'est que son plan fonctionne et que nos hommes nous tombent dans les bras !

— Pas Jason, hein ? L'est à moi !

— Tu peux le garder... s'il veut de toi, ajouta sournoisement Iseabal. J'ai quelqu'un d'autre en vue.

Seindeï éclata de rire.

— *Aye,* Keanu ! ! *Mouah, mouah !*

D'après les sons qui parvenaient à Iain, il s'imaginait aisément Seindeï en train de mimer de faux baisers.

Tant qu'elle ne s'en prenait pas à son miroir !

— Et alors ? Il est viril, fort, musclé, les yeux les plus beaux que j'ai jamais vus et des cheveux bruns qui ne demandent qu'à être caressé par mes doigts !

— L'est pas aussi splendide qu'mon Jason... **Outch !**

— Ton Jason... Ramasse l'oreiller, il en faudrait plus pour t'assommer ! Tu devrais bien le surveiller ton homme. Les petites Cassiopée et Mélanie lui tournent autour depuis un bon moment !

— Pfff... Rien à craindre, elles sont trop jeunes et n'ont pas de poitrine ! Jason ne les regardera jamais !

— Je n'en suis pas si sûre, chantonna mielleusement Iseabal.

— J'vais aller leur dire deux mots, moi !

Iain sursauta en entendant les pas rageurs de la servante se rapprocher du lieu où il se tapissait. C'était le moment de partir avant d'être repéré.

— Stop ! Tu m'aides à finir cette chambre avant d'aller refaire le portrait de ces deux innocentes !

« *Móran taing (Merci beaucoup) Iseabal* », se dit Iain, car grâce à son intervention, il avait largement le temps de prendre la poudre d'escampette.

Ou pas !

Seindeï était une vraie tête de mule, ne faisait qu'à sa tête, il aurait dû s'en souvenir, et il se retrouva nez à nez avec elle à quelques pas de la porte de ses appartements.

— Je... viens chercher ma claymore, gronda-t-il en faisant semblant d'arriver du fin fond du couloir.

L'étonnement de Seindeï fit place à de la suspicion, alors qu'elle pointait le menton vers un endroit haut perché derrière le laird.

Cornes de bouc ! La claymore était sagement harnachée dans son étui... sur le dos de Iain.

— L'autre... celle-ci a la lame émoussée !

Iseabal se présenta à son tour, coulant un regard de Iain à son amie et inversement.

L'instant d'après, elles prenaient congé en le saluant rapidement d'une courbette, s'éloignaient en chuchotant comme des conspiratrices, tout en lançant à de nombreuses reprises quelques coups d'œil soupçonneux à son égard.

Iain s'était fait avoir par ses servantes ! Quel pitoyable espion il faisait, si des femmes pouvaient le prendre la main dans le sac aussi facilement que s'il avait été un débutant !

Mais bon, ce n'étaient – justement – que des femmes, et elles ne mettraient pas en doute le fait qu'il venait d'arriver... elles n'y songeraient même pas !

— Une claymore, marmonna Iain en secouant la tête et en passant les doigts dans ses longues mèches noires. *Rud sam bith* (N'importe quoi) ! Elles ne croiront jamais ça !

Et puis, il rit tout bas. Peu importe qu'elles racontent qu'il les ait espionnées. Il savait ce qu'il avait à faire maintenant : retrouver Diane dans la grande salle, où elle devait prendre son petit déjeuner, et se comporter en amoureux transi.

Ce qu'il était...

Et surtout, lui faire oublier cette histoire de Ronauld de malheur. Que son nom ne soit plus que poussière, qu'elle ne s'en souvienne même pas !

Diane se sentait de mieux en mieux, au fur et à mesure que le temps passait, et qu'elle pouvait avaler les œufs au plat que la cuisinière Seasaidh avait gentiment mitonnés à la place d'une infâme bouillie d'avoine.

Sa tête lui faisait moins mal grâce à une potion qu'Iseabal lui avait donnée. Pourquoi avait-elle bu autant la nuit dernière ?

Enfin, autant... deux misérables laits de poule...

D'accord, il était un fait indiscutable : elle ne supportait pas l'alcool et Ealasaid avait eu la main lourde sur le whisky !

Son bain parfumé pris, sa chevelure séchée à la chaleur d'un bon feu de cheminée, habillée d'une tunique et robe en tartan du clan, elle était sortie de ses appartements et s'était courageusement assise à la table d'honneur dans la grande salle... seule... Car l'heure était par trop avancée pour que d'autres convives veuillent encore leur petit déjeuner.

Elle était là, à jouer du bout de son couteau avec le blanc des œufs étalé sur son tranchoir, en se disant qu'une vaisselle en faïence et des couverts auraient été du plus bel effet sur les tables à tréteaux, si elles-mêmes avaient été drapées de nappes immaculées, quand un bruit de pas décidé lui fit lever la tête. Son regard s'accrocha, comme hypnotisé, à celui de Iain Saint Clare qui venait vers elle de sa démarche féline et assurée.

Cet homme était diaboliquement beau !

Il était grand, et paraissait immense par le charisme et la force qu'il renvoyait. Toujours vêtu de sa tenue de Highlander et de ses bottes hautes en cuir noir, Iain était d'autant plus impressionnant.

Et cette tunique qui bâillait sur ses pectoraux saillants, le torque d'or qui brillait sur son cou... ses lèvres qui se courbaient pour afficher un sourire sensuel et gourmand, et ses yeux gris où dansait un feu ardent...

Diane en eut le souffle coupé !

Il lui souriait, il la regardait, et il marchait vers elle à l'image d'un ténébreux Viking venant capturer la belle du donjon !

Non, elle rêvait. Son esprit torturé par l'alcool ne devait pas tourner rond. Diane ferma les yeux très fort, et les rouvrit pour se rendre compte qu'elle se trouvait nez à nez avec Iain, insolemment penché sur elle, de longues mèches noires cascadant autour de son visage sculptural et son regard avide fixé sur ses lèvres tremblantes.

— Iain... ?

La bouche chaude de cet homme était à damner ! Il l'embrassait comme un conquérant, pas en touches timides, mais comme un séducteur sûr de ses talents innés à faire fondre une femme.

Et pour fondre, Diane le faisait en s'agrippant instinctivement aux revers de la tunique de ce fripon de Highlander.

Il avait un goût de sucre et d'épices, ses dents mordillaient les lèvres de Diane et quand elle les entrouvrit, il en profita pour prendre possession de sa bouche et de ses sens. Sa langue plongea en elle, vint à la rencontre de la sienne, lui donna la mesure d'une danse qui transforma son sang en lave incandescente.

Elle brûlait, se consumait, manquait d'oxygène, mais pour rien au monde elle n'aurait voulu que ce moment suprême s'achève. Et pour être certaine que cela ne puisse se faire, Diane lâcha les pans de la tunique pour glisser ses doigts dans les cheveux de Iain et le retenir de toutes ses forces.

Le baiser fougueux devint avide, Iain l'aspirait, la goûtait et Diane se laissa aller à le chercher elle aussi, à pousser sa langue pour mieux le caresser.

Iain grognait, son souffle se faisait précipité. De ses

bras puissants, il souleva la jeune femme et l'enserra contre son torse et son corps tendu. L'instant suivant, ses mains agiles descendaient de son dos à ses reins qui se contractèrent en spasmes électrisants, et finirent leur course sur ses hanches pour ainsi la plaquer contre sa virilité saillante.

Ils étaient dans la grande salle !

À la vue de tous !

Diane réussit à s'écarter de cet Apollon sulfureux, tandis qu'il lui faisait face en crispant les mâchoires et en raidissant les doigts sur sa peau.

Ses traits étaient sublimés par un besoin avide, possessif, et il continuait de grogner sourdement, ce son guttural provoquant d'autres frissons violents dans le corps de Diane. Instinctivement, elle tendit les doigts vers ses pommettes hautes, caressa la barbe naissante de son menton carré, et finit de les promener doucement sur le renflement sensuel de ses lèvres charnues.

Ils étaient presque face à face, et c'est là que Diane s'aperçut que Iain la serrait encore tout contre lui, ses pieds ballottant dans le vide.

— Vous... vous pouvez me poser, bafouilla-t-elle timidement.

Un sourire vint illuminer son visage et ses yeux.

— Et si je ne le souhaite pas ?

— Oh...

Des silhouettes bougeaient loin derrière le dos de Iain, presque dans l'ombre de l'alcôve qui menait vers ses appartements et les cuisines. En regardant mieux, Diane ouvrit la bouche en découvrant Seindeï et Iseabal qui sautillaient littéralement sur les dalles du sol en levant le pouce en l'air, heureuses que la lady soit dans les bras du laird. Un coup d'œil vers un autre point de la grande salle, et Diane vit quatre jeunes Highlanders se frapper les épaules comme s'ils se congratulaient et sourire béatement les uns aux autres !

Hommes et femmes ne pouvaient s'apercevoir de leur place respective, et chaque groupe exultait d'avoir pris en faute leur seigneur et sa promise.

Diane gémit bruyamment et leva à nouveau ses iris sur le visage de Iain... qui riait de sa gêne !

— Posez-moi ! lança-t-elle, plus sèchement qu'elle ne l'aurait voulu.

— Vos désirs sont des ordres, susurra Iain d'une voix rendue rauque par la passion et l'amusement contenu.

Par jeu, il la laissa glisser lentement le long de son grand corps tout de muscles, sourit de plus belle en voyant Diane s'empourprer jusqu'aux oreilles quand sa fière virilité se lova contre son ventre plat, et ce, malgré l'épaisseur des tissus de leurs habits.

Pour échapper à l'ensorcelant pouvoir de Iain, Diane bascula son buste sur le côté et scruta l'endroit où se tenaient les servantes quelques secondes plus tôt : plus personne !

Les quatre Highlanders avaient eux aussi disparu.

— Que cherches-tu *a leannan* (ma chérie) ? fit Iain en se penchant pour murmurer dans le creux de son oreille puis en glissant les lèvres le long de son cou.

Un frisson vertigineux saisit Diane qui puisa dans sa volonté pour s'assurer de pouvoir tenir debout sur ses jambes flageolantes.

— Rien ! dit-elle bien trop vite pour que cela puisse paraître crédible. Pourquoi... pourquoi ce baiser ? Hier au soir, je n'étais pas à votre convenance, et maintenant, c'est... c'est comme si j'étais devenue la plus désirable des femmes !

— Et c'est ce que tu es *mo chridhe* (mon cœur) ! Les déesses m'ont ouvert les yeux et j'ai compris ma méprise ! Après tout, l'erreur est humaine, ajouta Iain en haussant les épaules et en avançant une main pour la poser sur sa joue.

Ce que Diane ne lui laissa pas faire, en reculant vivement.

Ainsi donc, c'était ça !

Le fait que les divinités se soient présentées pour le

Don du Nom l'avait rendue « potable » aux yeux du laird !

Eh bien, pacte stupide des Highlanders ou pas, femmes se mourant d'amour ou pas... Diane n'allait pas tomber dans le piège de Iain. Elle voulait qu'il l'aime pour ce qu'elle était, elle, et non parce que les déités l'avaient honorée de leur présence !

Fronçant les sourcils et pinçant les lèvres, Diane plongea ses yeux noisette dans le gris de ceux de Iain.

— L'erreur est effectivement humaine, cependant moi, il me semble ne pas m'être trompée en vous assurant que vous n'étiez pas mon promis ! Celui qui m'est destiné m'aimera d'un amour inconditionnel, sans intervention des Dieux ! Celui qui m'aimera n'aura pas besoin d'ouvrir les yeux pour comprendre que je suis sienne... il le saura dès le début ! Et celui-là... sera l'homme de ma vie ! Adieu... Iain Saint Clare ! Allez donc retrouver les sœurs Boyle, d'après ce que j'ai ouï dire, elles se languissent de votre présence !

Sur ce, alors que Iain se tenait les bras ballants, Diane en profita pour s'échapper et s'élança vers ses appartements. Elle avait besoin de réfléchir... Et puis, comment annoncer à ses nouvelles amies qu'elle ne pourrait pas s'acquitter de sa promesse de faire semblant d'être attirée par Iain ? Ohhhh... si seulement elle pouvait être elle-même ! Car en réalité, il l'attirait comme un aimant, il lui avait donné son premier baiser, et quel baiser ! Il était dans chaque partie de son corps et de son esprit.

Oui, il fallait qu'elle fasse le point sur tout ça, avant que cet homme ne lui brise le cœur !

De son côté, Iain était encore étourdi par la tirade de Diane. Il n'y comprenait goutte ! Il venait pourtant de lui dire qu'il la considérait enfin comme sa promise, non ? Alors, pourquoi avait-elle pris la mouche ainsi ?

Ahhh les femmes...

Dans son esprit, la lumière se fit jour sur le comportement de certains hommes qui préféraient vivre en ermites plutôt que de devoir passer le reste de leur vie à essayer de survivre avec la présence d'une femme à leurs côtés !

Et puis, avait-elle oublié sa promesse aux servantes ?

C'était une dame, une parole donnée ne pouvait être reprise. Iain se rassura ainsi, et décida, soudain guilleret, de lui faire une cour enflammée, digne d'un grand guerrier highlander !

Il avait des manières, et n'était pas qu'un sauvage !

Diane allait l'apprendre à ses dépens sous peu !

Par quoi allait-il commencer ?

Ah oui ! Par ça...

Diane était si bouleversée, qu'elle se dirigea en foulées rapides vers ses appartements. Oui, eh bien, c'est là que l'ancienne Diane se serait réfugiée pour ruminer et réfléchir pendant des heures, mais la nouvelle... ne rêvait que de manger une pâtisserie pour se changer les idées !

Donc... elle déboula comme une furie dans les cuisines où ses nouvelles amies étaient en train de parader et de chahuter comme des enfants !

Jetant d'un geste nerveux ses longs cheveux blonds derrière ses épaules, elle fit le tour des mets présents sur la grande table, et opta pour une tourte aux pommes et au flan dégoulinant de miel.

Pourquoi pas ?

Elle s'assit résolument devant le plat contenant la tourte et piocha des doigts des portions entières qu'elle se fit un devoir d'avaler goulûment.

Diane ne se rendit même pas compte du soudain silence pesant qui s'était instauré autour d'elle.

Tiens ! Elle avait soif aussi... et il restait du lait de poule !

Pas besoin de hanap, elle boirait au pichet !

— Ne m'avez-vous pas dit qu'elle était alanguie dans les bras du laird ? marmonna Seasaidh du coin de la bouche en lançant un regard sévère à Seindeï et Iseabal.

— *Aye !* répondirent celles-ci de concert.

— *Och !* Alors pourquoi massacre-t-elle ma succulente tourte destinée à notre seigneur et maître ?

Les deux comparses haussèrent les épaules d'incompréhension, et toutes les trois décidèrent de s'attabler autour de Diane qui avait le visage barbouillé de flan et de... lait de poule !

— Par les Dieux ! Elle mange comme quatre ! s'écria Seasaidh, totalement ébahie par le comportement de Diane.

— Et elle vient de vider le pichet de cette maudite mixture ! s'inquiéta sincèrement Iseabal. Était-il plein ?

— *Aye* ! confirma la cuisinière en hochant vigoureusement la tête, ses bonnes joues rouges s'empourprant davantage encore.

De quoi ? Parce qu'elle était en colère, que Diane boive tout le contenu ? Ou parce qu'elle se souvenait des effets secondaires et presque immédiats qu'avait eu le breuvage sur la jeune femme ?

— Pitié... ne la faites pas chanter, supplia-t-elle à mi-voix en direction de ses amies.

— Promis, la rassura Iseabal qui avait encore la ritournelle de l'oiseau dans la tête.

— *Och*, pas question de la faire chanter avant de savoir comment était le baiser ! lança Seindeï. Après tout, elle a maintenant une longueur d'avance sur nous ! Et puis j'en ai assez de lécher les miroirs, c'est froid et ça me donne envie de vomir...

— Et à nous donc... gémit Iseabal en fermant fort les paupières, puis en les rouvrant encore plus vite tandis que l'image de Seindeï, en plein entraînement, se dessinait dans son esprit.

— Mangez doucement ma belle, suggéra Seasaidh en direction de Diane, qui avait les joues aussi tendues qu'une grenouille verte des douves en train de coasser.

— Alors ! C'était comment ce baiser ? lança Seindeï à bout de patience, morte de curiosité.

Diane la dévisagea d'un air égaré, mâcha et déglutit plusieurs fois la portion de tourte qu'elle avait dans la bouche, avant de boire la dernière goutte de lait de poule en basculant la tête en arrière et en la recueillant sur le bout de la langue.

— Seindeï ! ! grondèrent les autres femmes d'un ton unanimement sévère.

— Plaît... tz-il ? bafouilla Diane d'une voix pâteuse.

— *Och, naye...* ronchonna Seasaidh en se dissimulant le visage dans les mains. La voilà à nouveau grise !

— Le baiser ! insista Seindeï.

— Ohhh... hic ! Horrriiibbble...

Pour le coup, aucune d'entre elles ne put cacher sa déconfiture.

— Pourtant, d'après les Boyle, il embrasserait comme un Dieu ! contesta Seindeï.

— Mais tu vas te taire ? s'énerva Iseabal en lui lançant un regard noir et en pointant ensuite Diane du menton.

La pauvre, elle semblait sur le point de fondre en larmes, ses yeux noisette étaient embués, et sa jolie bouche affichait une grimace désespérée.

— Les Moylles ! Pouah ! jeta Diane en s'essuyant le visage de sa manche de lin barbouillée de l'excédent de la tourte sucrée. Ze baizer... étssait...

— *Aye ?* fit en chœur son auditoire.

Diane dodelina de la tête plusieurs fois, avant de reprendre la parole, tandis que son corps tanguait dangereusement sur le banc :

— Il étssait... hooorrriiiblementttt... bion !

Et de s'écrouler la tête la première dans les restes de la pâte, de pommes cuites et de flan.

Seasaidh, Seindeï et Iseabal se levèrent aussi vite que la surprise leur en donna les moyens, déjà, elles bataillaient pour redresser Diane et la faire tenir sur ses jambes.

— La voilà grise de chez grise ! se gaussa Seindeï. Mais au moins, nous savons que le baiser du laird était...

bon !

— Tellement bon que la pauvre vient de se saouler à mort, marmonna Iseabal en glissant un bras autour de la taille fine de Diane, tandis que Seasaidh en faisait de même de son côté. On va la porter ! Pour l'instant, elle ne pèse pas plus lourd qu'une plume. On la débarbouille et on la couche !

— *Aye !* acquiesça vivement la cuisinière alors que Seindeï passait un linge humide sur le visage de Diane.

— Pourvu que quelques hommes de la garde de notre laird les aient vus aussi, pensa à haute voix Seindeï.

— Ohhh... quouiiiii... soupira Diane en redressant difficilement la tête. Pzlein ! Tsou viu !

— Vrai ? s'exclama Iseabal. Tout n'est pas perdu alors ? !

— Nionnn... bour vious... tiou niez ba berdu !

— En route jeune femme, retour à la toilette et au lit ! murmura Seasaidh en avançant à la manière d'un crabe, entraînant Diane et Iseabal dans le mouvement. À cette allure-là, nous ne sommes pas prêtes de gagner la chambre ! ajouta-t-elle en soufflant fortement.

— Elle est amusante cette lady, pouffa Seindeï. Je l'aime bien !

— Nous aussi, répondirent les deux autres.

— J'la comprenais mieux quand elle chantait la nuit passée... commença Seindeï.

— *Naye* ! ! s'exclamèrent encore Seasaidh et Iseabal de concert.

Oh, malheur...

— Unse sansson ? Vii... Mion petsssit doissseau a bris za boléeeee... A bris za, à la bolette... A bris za bolée.... Zest allé ze bettre bur un oranchieeer...

— Seindeï, se lamenta Iseabal qui ne pouvait pas se boucher les oreilles. Quand apprendras-tu à te taire ? !

Ladite personne incriminée se mit à rire en se frappant les genoux et s'esclaffa :

— Jamais !

Et de reprendre les couplets... enfin, ce qui ressemblait à des couplets, avec la belle lady du laird... complètement pompette !

Loin d'être au courant de l'état où se trouvait sa promise, Iain, tout fier de lui, monta dans une petite barque flottant sur l'eau nauséabonde des douves, et rama jusqu'à se tenir sous les fenêtres de la chambre de Diane. Il souriait déjà de la surprise qu'il allait lui faire. Après tout, un laird jouant de la cornemuse pour sa belle, ça ne se voyait pas tous les jours ? !

Il jeta une ancre de fortune pour mettre d'aplomb son embarcation, saisit le volumineux instrument de musique et se mit debout en cherchant son équilibre pendant quelques instants pour ne pas se ridiculiser auprès des siens et tomber dans les douves.

Déjà, sur les rives, de nombreux villageois et Highlanders de sa garde, s'approchaient pour assister à cet incroyable et inédit spectacle.

Iain leur fit une courbette moqueuse, toute de majesté malgré sa stabilité précaire.

Coinçant une partie de la cornemuse sous son bras, il souffla dans le sutel pour remplir la poche d'air, prit les bourdons pour les poser sur son épaule et tint ensuite le levriard... Il était fin prêt à jouer une belle mélodie des Highlands ! Ce qu'il fit alors que ses gens retenaient leur respiration et écoutaient les plaintes émouvantes de l'instrument.

Un peu plus haut, dans la chambre de Diane, les servantes finissaient de la vêtir d'une tunique de nuit, quand le ouin ouin puissant envahit la pièce de ses redoutables tonalités.

— Ohhhhhhh... fit Diane en se bouchant les oreilles et en dodelinant sur ses jambes. Maudsits coin-coin... il me caze les zoreilles ! !

L'instant suivant, avec une rapidité que ses amies ne lui auraient jamais cru posséder, la jeune femme se pencha et empoigna le pot de chambre avant de s'élancer vers la fenêtre qui était, comme par hasard, ouverte !

— *Naye !* Pas le pot de chambre ! s'écria Iseabal en réussissant à saisir le maudit récipient.

Le temps qu'elle se retourne pour aller le déposer sagement à sa place, Seindeï approchait de Diane, le broc de toilette rempli à ras bord dans les mains, de l'eau qui avait servi à la débarbouiller.

— Prenez plutôt cela, proposa-t-elle à Diane.

— Merzi... bafouilla cette dernière en s'emparant maladroitement du récipient, perdant un peu l'équilibre sous son poids, et se dirigeant vivement vers le rebord de la fenêtre.

Diane entendit bien les cris d'Iseabal et de Seasaidh, ainsi que le rire haut perché de Seindeï, cependant, elle n'en tint pas compte, tout ce qui lui importait, c'était de faire taire cet affreux canard qui lui abîmait les tympans de ses forts cancanements.

Prenant son élan, elle jeta l'eau savonneuse à l'extérieur, perdit l'équilibre, et bascula le buste en s'étalant piteusement sur le large rebord de pierre de la fenêtre.

Au moment même où s'arrêtait enfin le maudit bruit, Diane ne put que s'apercevoir de sa méprise : le canard... n'était autre que le laird avec une cornemuse !

Les deux étaient copieusement aspergés du liquide de toilette ! Le regard ahuri que Iain posa sur elle, les cheveux dégoulinants, ainsi que le reste de sa personne, son instrument de musique ressemblant à un vieux chat mouillé, arrivèrent à dégriser un instant Diane.

Une clameur lointaine se fit entendre et lentement, elle leva la tête pour s'apercevoir que tout le clan avait assisté à la scène, et qu'après la stupeur – à l'égale de celle de leur laird – les Saint Clare ne se retenaient plus de rire à gorge déployée !

— Ohhhhh... soupira Diane d'un air déconfit. Ze vais vomir...

Et c'est ce qu'elle fit à la vue de tous, tandis que Iain avait jeté sa cornemuse à toute vitesse dans les douves et ramait puissamment vers les berges. Sans compter que le fait qu'il n'ait pas eu le temps de remonter l'ancre, ne l'aidait en rien dans sa retraite.

— Si vous n'aimiez pas la musique, il suffisait de me le dire ! ! hurla-t-il pour bien se faire entendre. Autant pour moi, marmonna-t-il en touchant la rive et, posant le pied par terre, en glissant sur de la mousse spongieuse. Quoi ! cria-t-il encore en écartant ses bras devant les villageois et ses hommes hilares. Rentrez chez vous ! ordonna-t-il en pestant pour lui-même et en décollant sa tunique savonneuse de son torse.

Et soudain, alors que toutes et tous s'en retournaient en masquant leur amusement derrière leurs mains ou le dos des plus grands... Iain se mit à rire. D'abord doucement, avant de partir aux éclats.

— Ma petite femme a bien du caractère ! ironisa-t-il en s'essuyant les yeux où coulaient des larmes de joie. Si vous doutiez qu'elle était ma promise, maintenant, vous en avez la preuve !

Après tout, faire la cour à la mode des Highlands avait ses avantages... et ses inconvénients !

Il était temps qu'il passe à l'étape suivante. Diane était pleine de surprises... mais pas autant que lui, et il avait une longueur d'avance sur elle !

Chapitre 12

Une fête en échange de ton cœur

— Cesse de rire *bodach* (vieillard) ! gronda Iain, même si lui-même souriait largement à Larkin, qui était assis en face de lui à sa table surchargée de parchemins.

Après avoir fait ses ablutions et s'être changé, Iain s'était tout de suite dirigé vers la chaumière du grand druide, car il avait un deuxième et fabuleux plan de conquête à mettre en place.

Seulement, il avait besoin des conseils de l'enchanteur... et en aucun cas de ses gloussements moqueurs !

— Tssss.... Si tu avais vu... ta tête ! s'esclaffait aux larmes le vieil homme. Et cette pauvre cornemuse... tsss... irrécupérable, ma foi !

— Bien ! Je suis ici pour...

— Et toi qui ramais, et ramais encore, tssss... alors que l'ancre t'empêchait d'avancer ! !

— Larkin ?

— *Aye* ?

— **Silence !** tonna Iain en affichant son air de féroce guerrier.

Peine perdue, si Larkin le dévisagea deux secondes sans s'esclaffer et en clignant des yeux, ce fut pour se gausser de plus belle par la suite, en se tenant le ventre à deux mains.

— J'ai appris depuis que Diane n'était pas dans son état normal, qu'elle avait trop mangé, et m'avait pris pour un canard et...

— Ohhhhh... ohhhh... tssss... un canard !

D'accord, Iain se dit qu'il aurait dû tourner sept fois sa langue dans sa bouche avant de parler, et contemplait d'un air affligé le pauvre vieux qui allait certainement mourir de rire d'ici peu.

Ce n'était pas le moment pour ça, plus tard... mais là, il avait vraiment besoin de lui !

— Que sais-tu d'une fête chrétienne appelée Noël ?

La magie des mots... Ahhh... qu'elle pouvait être puissante parfois !

Pour preuve, Larkin s'était tu et le scrutait de ses petits yeux noirs larmoyants, en ouvrant et fermant la bouche comme un poisson hors de l'eau.

— Pourquoi me demandes-tu cela ?

— Car s'il y a bien quelqu'un dans ce clan au fait des célébrations de ce culte, ce ne peut être que toi ! Et que Diane... en a parlé à quelques femmes, qui m'en ont informé par la suite !

Larkin eut un hoquet d'humour mal contenu en entendant le prénom de la lady, se ressaisit, et fouilla précautionneusement dans ses papiers épars.

— Il me semble... il me semble... mais où ai-je mis ce parchemin... hum...

— Je devrais t'envoyer Iseabal pour t'aider à ranger ce fouillis, grommela Iain en s'impatientant et en pianotant le plat de la table du bout de ses doigts nerveux.

— Personne ne touche à mes papiers ! scanda Larkin en levant le nez bien haut. Il n'y a de fouillis que dans ton esprit, car ici règnent ordre et équilibre.

Ce fut au tour de Iain d'avoir envie de pouffer comme un gamin, mais il se retint, et afficha une mine sombre et dangereuse, celle qui aurait fait plier tous ceux qui auraient cherché à discuter ses paroles... s'ils avaient existé.

Jusqu'à ce jour et... Larkin !

— Noël ? s'enquit Iain.

— Pas de ménage ?

— *Naye*, gronda Iain entre ses dents.
— Tu n'enverras pas Iseabal en ma demeure ?
— *Naye* ! Larkin...
— *Aye* ! Noël, plus anciennement *Nael* ! Donc, c'est effectivement une fête chrétienne, commémorée le 25 décembre au calendrier grégorien, et instaurée par l'Église. Officiellement, pour glorifier la venue au monde de leur enfant Jésus, alors qu'ils n'ont aucune connaissance réelle ou établie quant à son véritable jour de naissance et, officieusement, pour effacer de la mémoire de ceux qu'ils appellent les « païens », les célébrations de leur propre culte. Pour nous, il s'agit de l'Alban Arthan ! Ne me dis pas que tu voudrais faire Noël chez nous ?

— Pas de la manière dont tu crois, l'informa tranquillement Iain avec un geste de la main. Cette fête, pour Diane, ne représente pas la religion, mais tout ce qui tourne autour de l'événement. Elle en parlait d'un point de vue profane, en y voyant simplement une part de magie, l'odeur d'un arbre, un échange de cadeaux...

— Elle parlait ? Je croyais que les femmes du clan t'avaient rapporté que...

— Ça va ! coupa Iain en s'agitant sur son banc, alors qu'il essayait de mettre ses longues jambes plus à l'aise sous la table. Je l'ai entendue, parce que je l'ai espionnée !

— Ohhhh... tsssss...

— Ne ris pas ! Pourrions-nous jumeler l'Alban Arthan et Noël ? Ce serait un geste important pour moi, vis-à-vis de ma promise.

— Parce que Diane est ta promise maintenant ? Hier encore, tu n'en voulais pas !

— Hier, j'étais un idiot ! Un homme qui avait trop peur de certaines conséquences pour prendre dans ses bras celle que les Dieux lui avaient envoyée ! Cependant, c'était hier ! Aujourd'hui, je sais qu'elle est mienne, mais Diane se refuse à moi. Il faut que je lui montre à quel point je me suis trompé, et que je lui prouve mon attachement.

Larkin n'en croyait pas ses oreilles ! Son laird, ce farouche chef de clan, venait de révéler ses faiblesses, ses erreurs, et parlait de tout faire pour les effacer ou les corriger ! Il n'en avait que plus d'admiration pour ce noble Highlander.

Alors oui, pourquoi ne pas faire plaisir à Diane, et permettre dans un deuxième temps à Iain de faire un pas décisif vers elle ? !

Alban Arthan, Noël... après tout, c'était du pareil au même, et les Dieux n'en prendraient pas ombrage, bien au contraire. Ce n'étaient que les hommes qui faisaient des différences et voyaient le mal en tout !

— Il me faudrait plus de renseignements quant au déroulement, je dis bien « profane », de cette fête. Pourrais-tu... espionner davantage ta promise ?

Iain sourit d'un air gourmand, ses beaux yeux gris pétillant d'humour.

— Je vais faire mieux que ça, je compte solliciter son aide pour contrer un pacte que ma garde rapprochée aurait passé pour me pousser à prendre femme au plus vite ! Nous utiliserons Noël pour former des couples rapidement ! Et pour l'amadouer... Je ferai d'une pierre deux coups !

— Pardon ? De quel pacte parles-tu ? souffla Larkin en ouvrant de grands yeux.

Iain soupira profondément et puis, se rassura. Après tout, Larkin venait de lui prouver par sa question que ses hommes avaient été d'une discrétion exemplaire, puisque lui non plus n'avait eu vent de ce qu'ils avaient fomenté.

Aussi, quelle perte de temps que de tout raconter, néanmoins, il se mit en devoir de narrer les « exploits » de ses Highlanders, abstinents depuis cinq ans, et irrévocablement... nigauds !

Mais pourquoi Iain Saint Clare l'avait-il convoquée dans son cabinet de travail ?

« *Pourquoi, comme s'il te fallait une raison à cela !* »,

lança narquoisement une voix dans l'esprit de Diane.

Elle se souvenait de l'avoir aspergé – lui et sa cornemuse – de l'eau viciée de sa toilette et... d'avoir lamentablement vomi dans les douves à la vue de tout le clan ! À quelque chose près, c'était sur la tête du laird qu'elle se serait soulagée !

— Misère..., souffla-t-elle en plaquant les mains sur son estomac mis à mal, alors qu'elle longeait le couloir où se trouvait l'antre du seigneur et maître de ces terres.

Elle allait passer un très mauvais quart d'heure ! Même les convocations de son père ne lui avaient jamais fait autant peur et heureusement pour elle, Iain Saint Clare n'était aucunement au fait qu'elle lui destinait le pot de chambre en premier... Enfin, au canard, pas à lui !

— Quelle idée de jouer de la cornemuse, debout dans une coquille de noix, et juste sous mes fenêtres ! rouspéta-t-elle à mi-voix, alors que les torches enflammées sur les murs de pierres faisaient naître des ombres qui semblaient s'allonger pour venir la narguer.

Dire qu'il faisait déjà nuit !

Elle avait passé l'après-midi à dormir et à boire une nouvelle décoction qu'Iseabal lui avait fait avaler de force, pour la remettre sur pied au plus vite.

Pour ça, elle y était parvenue !

Cela tenait de la potion, certainement, mais beaucoup plus de l'injonction du laird transmise par la suite !

Encore un pas, et voilà qu'elle se trouvait devant la massive porte qui la séparait de Iain.

Diane s'ingénia à respirer calmement plusieurs fois, lissa du plat de la main le tissu de sa robe en tartan, et rejeta dans son dos sa lourde natte dorée.

Elle était prête à faire face à son juge et peut-être... son bourreau.

— Je fais dans le mélodramatique, là ! se moqua-t-elle ouvertement.

Carrant les épaules, et haussant le menton, elle leva son

poing et frappa quelques petits coups sur le battant.

— *Aye !* lui répondit la forte voix de Iain, à peine masquée par le bois épais qui les séparait.

Elle entra... et ne put s'empêcher de détailler cet endroit typiquement masculin. L'ancienne Diane aurait tout fait pour se retenir, mais la nouvelle laissait courir son regard sur les murs, les étagères croulant sous des parchemins, des livres aux reliures de cuir, et sur des cartes finement dessinées qui représentaient L'Écosse, l'Angleterre, l'Irlande, le Royaume de France et les pays jouxtant ce dernier.

Sur la gauche, une immense cheminée était animée d'un feu joyeux et droit devant Diane... se trouvait un imposant bureau en bois de chêne, derrière lequel était assis le charismatique Iain Saint Clare.

La bienséance voulait qu'un homme se lève à l'entrée d'une dame et Diane aurait parié que la politesse l'exigeait également en cette époque reculée. Cependant, là encore, Iain n'en tint pas compte, et s'adossa lentement à son fauteuil, tout en plissant les yeux et en lui faisant un signe du doigt pour lui intimer silencieusement l'ordre d'avancer.

« *Au diable la bienséance ! Pour moi, elle ne représente qu'un poison !* », se fustigea Diane en marchant vers le banc volumineux, face au bureau de travail, et en s'y asseyant avec autant de grâce que s'il s'était agi d'une magnifique bergère Louis XV.

Cet homme était un séducteur, un fripon, un... superbe spécimen de la gent masculine, et certainement le plus beau que Diane ait jamais vu !

Ses longs cheveux noirs recouvraient une partie de son large torse en reflétant le mouvement des flammes dans l'âtre, sa tunique était derechef amplement ouverte sur sa peau... tannée, et les traits de son visage... faisaient pulser le cœur de Diane à un rythme effréné tant ils étaient parfaits, ensorcelants !

Ses yeux gris cherchaient les siens, et pour ne pas paraître lâche, elle se força à soutenir ce regard ardent et inquisiteur à la fois.

« *Ne pas rougir, se contenir, respirer lentement... Oh non, non, non... C'est raté !* », s'affola Diane, de plus en plus mal à l'aise tant le silence était pesant, et la présence de cet homme... aussi... envahissante !

Un feu avait pris possession de son corps.

Était-ce de la magie ?

Cet homme-dieu était-il en train de lui lancer un sort ?

— Sir... Laird Saint Clare, commença Diane en respirant de plus en plus vite. Je vous présente mes plus plates excuses pour... ce malencontreux accident de... mais, voyez-vous ! J'avais si mal à la tête, et je pensais que... alors j'ai jeté l'eau... cependant...

— Un canard, susurra Iain d'une tonalité rauque qui fit frissonner Diane de la tête aux pieds.

Il faisait pleuvoir le chaud et le froid sur elle !

— C'est bel et bien ce que j'ai cru entendre... Néanmoins, à y réfléchir...

— Les sons émis par la cornemuse vous font penser au canard ? lui demanda-t-il dans un murmure profond, tout en basculant doucement le haut de son torse vers Diane, et en posant ses mains sur le bord du bureau.

On aurait dit un lion prêt à se jeter sur sa proie ! Mais, un lion ne souriait pas ainsi juste avant de passer à l'attaque ? D'ailleurs, un lion... ça ne souriait pas du tout !

— C'est... spécial... comme musique, je... l'avoue, bafouilla Diane en s'interdisant de se redresser pour courir vers la porte et s'enfuir. Acceptez-vous mes excuses ?

S'il s'était levé d'un bond, elle aurait pris la poudre d'escampette !

S'il s'était mis à hurler, elle serait tombée au sol, raide morte de terreur !

Mais il se mit à rire, et s'adossa de nouveau à son fauteuil en lançant un joyeux :

— Mais bien sûr ma mie !

Elle en resta bouche bée !

— Plaît-il ? souffla-t-elle, ne pouvant croire que le laird lui accordait son absolution aussi facilement.

Il y avait anguille sous roche !

— Vous êtes pardonnée, *mo chridhe* ! Sans compter que je suis au fait de votre... malaise. État de santé qui vous aurait fait perdre quelque peu vos... moyens !

« *Quoi, quoi, quoi, mais que me serine-t-il là ? !* », s'offusqua Diane mentalement.

— Attendez ! lança-t-elle en levant les mains et en secouant la tête. D'abord, *mo chridhe*, un mot que je ne comprends pas, et... « perdre mes moyens », que sous-entendez-vous par ces propos ?

Sans lui laisser le temps de répondre, s'il l'avait encore souhaité, au vu de son air goguenard, Diane reprit la parole :

— Je n'ai pas perdu l'esprit ! Je me suis sentie souffrante après avoir mangé une tourte aux pommes et au miel !

— Une tourte entière ? ***Ma***... tourte ? ne put s'empêcher de la taquiner Iain.

— Votre nom n'était en aucun cas gravé sur la pâte dorée de ce gâteau et je ne pouvais pas savoir qu'il avait été cuisiné pour vous !

— Et donc... une prodigieuse crise de foie vous aurait fait perdre le fil de vos pensées ?

— Non ! Bien sûr que non ! C'est le lait de poule, trop fortement dosé en whisky qui a eu raison de ma conduite !

Là, ce fut Iain qui se retrouva à la fixer quelques secondes insoutenables, avant de se pencher encore plus vers elle, les yeux pétillant d'humour.

— *A leannan* (Ma chérie)... seriez-vous en train de me dire que vous étiez grise ?

Elle ne répondit pas, cependant, son air de petite fille prise en faute parla mieux que les mots. Iain ne put s'empêcher de s'esclaffer, d'ailleurs, il ne chercha pas à cacher son amusement qui fut si contagieux, qu'au lieu d'en prendre ombrage, Diane se mit à pouffer de concert avec lui.

Quoique, moins vertement ; le château tout entier devait trembler sous la force du rire de Iain !

— Je vous pardonne deux fois plus, en comprenant mieux les choses, réussit-il à dire en recouvrant son souffle, ses lèvres toujours ourlées du plus séduisant et canaille des sourires. À présent que ce point est éclairci, j'ai à vous parler d'un sujet qui requiert de ma part, beaucoup de délicatesse.

« *Et de ruse* », ajouta-t-il en lui-même.

S'agissait-il du baiser ?

Diane ne voulait pas entendre la suite, elle ne pourrait pas feindre de rester stoïque, alors que ce moment intense l'avait propulsée aux portes du monde des désirs... Non, et rien que d'y songer, la chaleur déjà pernicieuse qui s'était répandue dans ses veines se fit lave, incendiant chaque parcelle de peau de son corps...

— Vous rougissez joliment, *mo maise* (ma beauté), susurra Iain en dardant un regard caressant sur les lèvres de Diane, son cou et la charmante rondeur du haut de sa poitrine menue, mise en valeur par une tunique blanche au col en V. Mon âme pour savoir où vous ont conduite vos pensées... souffla-t-il encore, sa voix gagnant en profondeur, se faisant gutturale.

Que lui répondre ?

Diane avait perdu toute faculté de parler !

— Je ne vous cacherai pas le fait que j'ai décidé de vous reconquérir, reprit Iain, le plus naturellement du monde en pianotant de ses doigts le bois épais de la table.

Autant pour la délicatesse ! Diane en avait le tournis...

— Et pour cela, je dois vous prouver mon attachement ! continua-t-il sans la quitter des yeux, gravant dans son esprit les nombreuses nuances que les émotions de la jeune femme faisaient naître sur les traits de son beau visage. Je désire vous démontrer ma bonne foi, et par chance, j'ai eu vent d'un événement qui vous tiendrait particulièrement à cœur : Noël !

Diane émit un hoquet de surprise, et se cramponna des

deux mains au banc sur lequel elle était assise. Qui, des servantes, avait vendu la mèche ?

Et comment Iain pouvait-il lui proposer de célébrer une fête chrétienne ?

Était-ce un piège ? Dans quel but ?

Elle lui était acquise ! Mais lui ne parlait que d'attachement, de bonne foi... en aucun cas d'amour !

— Noël ? Mais comment... Que dira votre clan ? s'inquiéta Diane.

Au subit froncement des sourcils de Iain, Diane sut immédiatement que ce n'étaient pas les mots qu'il attendait !

Que pouvait-elle avancer d'autre ? Il la plaçait dans une situation quasi intenable, et vis-à-vis des Saint Clare, et vis-à-vis de lui.

— Le Noël dont vous rêvez Diane, d'un point de vue profane, jumelé avec le solstice d'hiver. Pour votre plaisir, pour que vos yeux s'illuminent à nouveau comme à la Cascade des Faës, mon cadeau pour me faire pardonner...

Il voulait lui faire plaisir ?

Cet homme avait un don pour la déstabiliser. À l'instant, elle mourait d'envie de se lever pour ensuite se jeter dans ses bras, et le remercier en pleurant de joie ! Noël ! Oh, oui ! Elle en avait toujours rêvé ! Depuis que toute petite, se cachant à l'insu des domestiques, elle les regardait installer un sapin dans les communs, le décorer, et un peu plus tard... s'échanger des cadeaux simples, mais qui déclenchaient tant d'amour et de gaieté au sein du personnel de la demeure. Un moment magique, unique, où les masques semblaient tomber et permettre de voir ce qu'il y avait de meilleur dans l'humanité.

— Alors, oui... souffla Diane, la gorge nouée par une émotion intense. J'accepte votre geste...

Il fallait qu'elle parte, et vite, sinon, il allait être témoin du déluge de ses larmes !

L'instant d'après, elle courait le long du grand couloir, sans que Iain n'ait pu esquisser un pas.

Il était là, debout derrière son imposant bureau, les yeux fixés sur la porte grande ouverte, en se demandant bêtement ce qu'il avait pu dire, ou faire, pour mettre la jeune femme dans un tel état !

— *Gu math* (Bien)...

Soit il venait de la perdre définitivement, soit... il avait fait un pas de géant.

Restait à savoir laquelle de ces deux suppositions était la bonne...

Chapitre 13
Le Bodach na Nollaig

Iain fut vite rassuré : de toute évidence, il avait fait un pas de géant ! Diane et lui étaient devenus inséparables.

Dix jours s'étaient passés depuis leur tête-à-tête dans le cabinet de travail, et depuis, l'un et l'autre couraient pour se retrouver, de l'aurore jusqu'au crépuscule. Tout avait commencé comme un jeu, ils se croisaient par hasard dans l'ombre d'une alcôve, surgissaient à quelques secondes près au même endroit, se rencontraient au détour d'un chemin enneigé...

Le hasard faisait bien les choses...

Le hasard avait bon dos !

Ils se guettaient, cherchaient avidement la présence l'un de l'autre et pour la première fois, se découvraient vraiment au fil des jours allant.

Iain était amoureux de cette petite fleur d'apparence trompeusement fragile dont les connaissances sur nombre de domaines et la joie de vivre ne faisaient que l'enchanter à chaque heure écoulée. Il ne pouvait tout bonnement plus se passer d'elle, de son esprit, de sa beauté pure, et de ce corps aux effluves envoûtants.

Quant à Diane, elle buvait les paroles de celui qui était son promis, l'homme magnifique pour qui elle avait défié le temps, et s'ingéniait à graver les traits virils de son visage dans sa tête, tout en se raccrochant à sa forte présence par peur qu'il ne disparaisse dans un clignement de paupières.

Combien de fois avait-elle failli lui dire « *Je vous aime* » suite à un chaste baiser sur le front ou un autre un peu moins sage, beaucoup plus ardent, qui incendiait son corps comme une flamme l'aurait fait d'un fétu de paille ?
Et lui ?
Que ressentait-il à son égard ? L'aimait-il ?
Lire dans la pensée de l'autre, ce vœu avait largement été sollicité par Iain et Diane, et s'il avait été exaucé... que de quiproquos auraient de cette manière pu être levés.

Ils avaient parlé de tout et de rien, de l'Histoire, des druides et des hommes-dieux, forçant ainsi Diane à bien faire attention à ce qu'elle pouvait dire ou ne pas dire. Le futur ne devait pas être dévoilé, sur ce point, elle en était certaine.

Pour l'heure, en cette matinée du vingt décembre, veille de l'Alban Arthan, ils peaufinaient tous deux l'avancée de la préparation de ce qui s'appellerait désormais : « *Nollaig*[19] ».

Ils déambulaient dans la rue principale du village, Iain portant plus que de mesure Diane pour lui éviter de salir ses bottes dans des trous boueux, et ensuite la mettre à l'abri sur un tapis de neige non souillée par la terre noire, mille fois retournée. Il y prenait plaisir, posait ses mains à outrance sur sa taille fine au travers d'une lourde cape en laine. Et ce geste était devenu si familier, si naturel que Diane n'en prenait jamais ombrage, bien au contraire, elle l'attendait... pour le simple frisson voluptueux que cela lui provoquait.

— Était-ce, à la base, une histoire vraie que celle que vous nous avez contée à la veillée passée ? Celle de ce vieil homme vêtu de rouge ou de vert qui vient distribuer des présents aux enfants et aux grands ? s'enquit soudain Iain après un long silence paisible et harmonieux.

Diane lui coula un regard étonné par dessous ses cils plus sombres que ses cheveux dorés.

— L'histoire de celui que l'on appelle Santa Claus, ou Bonhomme de Noël en France, et que vous m'avez fait

---

19 *Nollaig : Noël en gaélique écossais.*

rebaptiser *Bodach na Nollaig* (Père Noël) ?

— *Aye !* confirma Iain avec un hochement du menton.

— Il semblerait que oui, sourit Diane en détournant la tête et en portant ses yeux au loin vers le loch aux reflets argentés.

— Racontez-moi une nouvelle fois sa légende, susurra Iain en venant caresser de ses lèvres une mèche de cheveux près de son oreille.

Un irrésistible frisson parcourut la nuque puis le dos de Diane et comprima délicieusement ses reins.

Le démon d'homme ! Était-ce vraiment l'histoire qu'il souhaitait réécouter ? Ou, saisissait-il la moindre occasion pour la toucher et lui faire perdre ses moyens ?!

À n'en pas douter les deux, même s'il la dévisageait de ce regard gris où brillaient à la fois l'innocence et la curiosité d'un enfant affamé de beaux récits.

Elle se mit donc en devoir de lui narrer la magie de Noël et de ce bonhomme d'un très grand âge, devenu mythique, qui parcourait en une nuit, sur son traîneau enchanté, des distances inconcevables pour distribuer des cadeaux aux petits et aux proches, à condition qu'ils aient été bien sages.

— Cependant, entre la vraie histoire et la légende contée aux enfants et... aux adultes, grimaça Diane, il y a une énorme différence.

— Comme à chaque fois, ou presque ! s'amusa Iain en lui lançant un clin d'œil coquin.

Faisant mine de ne pas avoir remarqué cette mimique espiègle et charmeuse, Diane reprit :

— Je vous ai aussi parlé du passage où le Saint... euh... *Bodach na Nollaig* avait sauvé la vie de trois enfants d'un village que le boucher prévoyait de tuer et de vendre sur le marché en morceaux bien découpés. Ce que je regrette d'avoir fait peur aux petits, soupira-t-elle à part.

— Ils s'en remettront, Barabal leur a narré bien pire aventure que celle-là!

— Oh, je veux bien vous croire, pouffa Diane en resserrant les bords de sa cape sur son corps pour se protéger du vent froid naissant.

Et puis, elle reprit :

— Ce que je ne vous ai pas raconté, c'est qu'à l'origine, il s'agit de l'histoire dite réelle de Nicolas de Myre, évêque d'Orient, né à Patara en 270 après Jésus Christ. Dans la vraie vie, ce ne seraient pas trois enfants qu'il aurait sauvés du trépas, mais trois soldats de la garde de l'empereur Constantin, promis au bourreau pour ne pas s'être convertis au christianisme. Pour ce geste d'altruisme et de bravoure qui l'a rendu grandement populaire, Nicolas de Myre fut renommé Nicolas de Bari et canonisé après sa mort. Puis, la légende est née, celle que vous connaissez désormais, où il apparaît sous le pseudonyme de *Bonhomme de Noël* en France, *Sinterklaas* aux Pays-Bas, ou encore le très nouveau *Santa Claus* en Angleterre, car cette célébration commence seulement à se propager chez nous... Enfin, je veux dire, à l'époque de mon départ. Cependant, on lui prête également des adéquations avec d'autres êtres mythiques ou divinités, comme celui du lutin *Julenisse* du folklore scandinave, de votre dieu celte *Gargan* appelé aussi *Dagda* en Irlande, et de *Odin*, dieu suprême des Vikings qui descendait sur terre pour offrir des présents aux enfants.

— Votre savoir est sans commune mesure, Diane ! siffla Iain, très admiratif, en faisant rougir la jeune femme.

— Non point, répondit-elle modestement. Il s'agit là d'un sujet que je voulais connaître et pour lequel je me suis plongée dans les livres à la recherche de la moindre information. Tout ce qui me passionne fait l'objet de la même frénésie intellectuelle. Voilà pourquoi je sais effectivement tout de Nicolas de Myre, rebaptisé tant de fois par d'autres peuples après sa mort.

— Toutes ces populations ont, en quelque sorte, célébré un *Don du Nom* pour Nicolas, intervint Iain en fronçant les sourcils tant la coïncidence de cette pratique avec le culte druidique venait de le frapper.

— Oui, ma foi, c'est ce que l'on pourrait dire.

— Il connaissait la valeur de toute vie et de toute chose sur notre terre. Il n'était pas très différent de nous... murmura Iain, songeur.

Diane chercha de nouveau ses yeux, s'arrêta de marcher pour lui faire face et prit ses mains dans les siennes.

— Non... pas si différent, en effet, car vous êtes un seigneur généreux, et vos sujets sont heureux et en bonne santé.

Le regard de Iain se fit plus insistant, ses belles lèvres sensuelles s'étirèrent aux coins, comme s'il hésitait à sourire ou...

— Chercheriez-vous, *a leannan* (mon amour), un autre baiser torride pour quelques mots doux ou compliments échangés ?

Diane écarquilla ses jolis yeux noisette et sentit le feu lui monter derechef aux joues. Tout compte fait, elle préférait quand il passait à l'action sans sa permission plutôt que de lui parler de... ça... avant d'agir !

Les images licencieuses qui naissaient alors dans son esprit la portaient au comble de l'émoi et son souffle se coinçait dans sa poitrine au cœur palpitant.

Aux flammes vives qui faisaient briller les iris de Iain, la jeune femme sut instantanément que c'était cet état qu'il cherchait à provoquer en elle. Un bouleversement passionnel si intense qu'il lui serait impossible de refuser ses ardeurs quand le moment viendrait au conquérant de réclamer son dû !

— Euh... le *Nollaig*... euh... *Bodach*..., bafouilla Diane en déglutissant péniblement, la bouche tentatrice de Iain à deux doigts de la sienne, et leurs souffles communiant dans des panaches de buée blanche.

— Le *Bodach na Nollaig*, susurra Iain.

— Oui, voilà ! Il nous faut en trouver un ! Avez-vous songé à qui pourrait tenir ce rôle ?

— Hum hum...

Douce chaleur sur les lèvres qui s'effleuraient.

Que disaient-ils déjà ?

— ... Et qui désigneriez-vous ?

Et ce fut un baiser plus appuyé, électrisant, alors que la langue de Iain se délectait du parfum de Diane dans une sensuelle caresse.

Elle se laissa aller contre son torse puissant en posant ses mains délicates sur ses pectoraux tendus. Mais alors qu'elle entrouvrait la bouche pour le recevoir en elle, il glissa ses lèvres sur sa joue et alla lui mordiller le lobe de l'oreille.

Diane en soupira presque de frustration.

— Barabal...

Tomber dans le loch aux eaux glacées lui aurait procuré la même sensation qu'en cet instant ! Barabal ? Iain avait bien dit : *Barabal* ?

Diane fit un bon en arrière en se libérant de son étreinte chaude et le regarda comme s'il avait perdu la tête.

— Iain ! Non !

— *Aye !* Elle s'entraîne déjà à jouer son personnage à l'heure qu'il est, rit-il en croisant les bras.

— Non, vous dis-je ! Au pire, elle pourrait être celui que l'on nomme le père Fouettard, le contraire en quelque sorte du *Bodach na Nollaig*, mais en aucun cas elle ne peut représenter ce vieux monsieur bienveillant !

— Si, elle le peut ! Et elle le fera ! Diane, elle sera parfaite... Faites-moi confiance, susurra Iain, charmeur, en faisant un pas pour la reprendre dans ses bras.

Oh non, non, non ! Il n'allait pas une nouvelle fois l'avoir par son charisme de séducteur impénitent et ses baisers affolants !

— Mais... c'est une femme ! s'écria encore Diane dans un vain effort pour avoir gain de cause. Et... oui... les enfants la reconnaîtront tout de suite, à sa façon de parler, au son de sa voix unique... et... à son odeur pestilentielle !

Un éclair amusé fusa dans le regard de Iain,

déstabilisant Diane après sa pitoyable tirade.

Oh, oh ! Le garnement avait préparé sa défense !

— Vous, que mijotez-vous ! voulut-elle savoir en tapotant son torse de son index.

Iain éclata de rire en basculant la tête en arrière, sa longue chevelure noire et soyeuse glissant de ses larges épaules pour voltiger dans son dos au gré des caprices du vent.

— *Mo chridhe*, vous lui donnerez un bain ! Elle sentira... un peu moins fort, et puis c'est le seul moyen d'être certain de tenir la *Seanmhair* en laisse ! Accordez le rôle principal au plus indocile des acteurs et vous serez assuré que la pièce sera jouée de main de maître ! clama-t-il avec conviction et amples mouvements théâtraux.

Il savait de toute évidence de quoi il parlait en digne indiscipliné qu'il était lui-même ! Hum...

Cet homme était rusé comme un renard et Diane en avait perdu ses pensées !

Il fallait admettre, bon gré mal gré, que l'idée de Iain avait de fortes chances d'être une réussite. À quelques nuances près...

Diane sourit et Iain fit la grimace en plissant les paupières.

Intéressant !

— Une femme reste une femme, chantonna-t-elle. Loin de moi le besoin ou l'envie de créer une sorte de ségrégation, néanmoins...

— Tout est réglé ! trancha Iain d'un ton à nouveau guilleret. Nous lui ferons une silhouette bien ronde à l'aide de sacs de jute bourrés de duvet. Les cheveux et la barbe pousseront grâce à une décoction enchantée et sa voix en sera de même transformée. Pour ce qui est de la vêture, Iseabal a mis la main sur une ancienne draperie rouge datant de bien avant ma naissance et Seindeï s'est proposée de confectionner la tenue idéale du *Bodach na Nollaig* !

— Oh misère, souffla Diane en songeant à la jeune et

pétillante servante amoureuse folle de son Jason. Reste à prier pour qu'elle n'ajoute point trop de fioritures aux atours du vieux bonhomme !

— Hum... fit Iain sans pouvoir émettre un mot de plus, un projectile blanc venant de s'étaler sur son visage au même instant.

Une bataille de boules de neige ?

Cela y ressemblait effectivement, tandis qu'une pluie de sphères pleines et immaculées s'abattait sur le corps du laird, momentanément désarçonné par l'attaque.

Diane jeta un regard aux assaillants, une dizaine de petits garnements aux nez rouges – tous de jeunes garçons –, qui riaient et se distribuaient les tâches de qui fabriquerait les munitions et de qui les lancerait.

Mon Dieu ! Le laird allait les étriper ! Il allait être très en colère et les enfants seraient mis sous peu au cachot !

— S'il vous plaît, ne les grondez... pas, acheva-t-elle de plaider dans un souffle haché en s'écroulant dans un fossé enneigé, poussée par un Iain hilare qui préparait en gestes sûrs et rapides, ses propres projectiles.

— Aidez-moi, cornes de bouc ! s'exclama-t-il, tout aussi excité qu'une puce – une grosse puce –, une motte de neige glissant comiquement du sommet de son crâne pour atterrir sur son nez. Fermez la bouche et au travail ! lui ordonna-t-il encore. Je veux autant de munitions que vos petites mains délicates pourront en créer !

Le vaurien ! Diane aurait dû être au fait que cet homme n'aurait jamais fait de mal à un enfant, par contre, ce qu'elle ne savait pas, c'était qu'en en redevenant un lui-même, Iain puisse se transformer en véritable despote !

Quelle idée farfelue passa dans la tête de Diane à ce moment-là ? Elle ne le saurait sans nul doute jamais ! Au lieu de rentrer dans le rang comme une gentille et brave guerrière, elle décida d'utiliser ses « petites mains délicates » comme d'un réceptacle à neige et d'en badigeonner copieusement le visage de Iain.

Surpris, celui-ci qui était accroupi en retrait d'un monticule, perdit l'équilibre, partit en arrière, et s'étala de tout son long sur le beau tapis blanc, tout en entraînant Diane dans sa chute. S'ensuivit ce qui devait fatalement arriver : Iain rendit la monnaie de sa pièce à la jeune femme et tous deux roulèrent sur le sol, bras et jambes emmêlés, dans un joyeux chahut, cherchant l'un et l'autre à reprendre l'avantage et sa revanche.

— Aonghas ! Gad'les ! s'égosilla un petit garçon qui ne devait pas avoir quatre ans. Sont pas 'golos les gands ! Ils zouent pu avec nous ! Pfff...

Le Aonghas en question, huit ans sonnant, flanqué de six copains, s'approcha à l'appel du plus jeune de la bande et contempla d'un air affligé les deux adultes qui s'amusaient sans faire grand cas de leur présence.

— *Dìobhail* (Dommage) ! grogna-t-il dépité. Et si nous allions combattre le vieux dragon Barabal ?

— *Och, naye*... marmonna le petit. Elle m'fait pôr la *Seanmhair*...

— Donald, coupa Aonghas en lui secouant l'épaule. Il est temps que tu deviennes un homme, un vrai ! Alors... Sus à Barabal ! hurla-t-il en s'éloignant en courant, le bras levé, et vivement imité par la bande de compères.

Sauf Donald, boudeur, qui les suivait à distance en traînant les pieds.

— Suce... suce... Sucer quoi, d'abord ! Moi z'aime pô sucer les vieux ! Pis... elle me fait pôr... pis elle pue, bougonna-t-il encore.

— Ah ! Vous voilà beaux ! s'écriait Seasaidh, une heure plus tard, en versant un nouveau litre d'eau chaude dans l'immense baquet en bois que Diane et Iain se partageaient... des pieds.

L'un et l'autre se faisaient face, assis sur des tabourets et enroulés dans des plaids, alors qu'ils se réchauffaient de leur jeu dans les cuisines du château.

— Dès que vos bains respectifs seront prêts, vous courrez vous y jeter ! leur ordonna encore la cuisinière en chef, tandis que le couple s'étouffait de rire. Si vous tombez malades, qui s'occupera de *Nollaig* ? Hein, qui ? tonna-t-elle à nouveau. Vous êtes bien trop vieux pour vous rouler dans la neige comme des *clann* (enfants) !

— Il n'y a pas d'âge pour le jeu, rétorqua Iain en éclaboussant Diane d'un coup de pied dans l'eau.

Celle-ci poussa un cri amusé tandis qu'Iseabal et Seindeï qui ne perdaient rien de la scène, pouffaient elles aussi de leur côté.

Les deux femmes étaient installées à la grande table de la cuisine et terminaient d'emballer dans des carrés de drap de lin, les cadeaux destinés aux fillettes du clan lors du passage du *Bodach na Nollaig*.

Iain cessa de rire et tendit la main vers une poupée de tissu au visage rond, joues teintées de rose, yeux, nez et bouche souriante brodés avec finesse, le tout encadré d'une chevelure en laine de mouton, sagement coiffée et retenue par un beau ruban de soie bleue, tandis que le reste du corps était vêtu d'une merveilleuse petite robe en mousseline jaune... Ce jouet était un cadeau unique, qui allait gonfler le cœur d'une fillette du clan !

— D'où... d'où sortent ces somptueux atours ? demanda Iain, en se raclant la gorge, soudainement nouée par une vague d'émotion pure.

Personne ne lui répondit, cependant, tous les regards convergèrent en direction de Diane qui se tenait tête baissée en face de lui et qui remuait distraitement les pieds en faisant naître quelques remous qui clapotaient dans le baquet rempli d'eau chaude.

— Diane ? souffla Iain, ses doigts caressant la fine robe de la poupée.

Elle releva le menton et porta ses yeux noisette sur le laird qui s'y noya littéralement.

Cette femme était un don ! D'une gentillesse et d'une

bonté hors du commun, et elle le dévisageait presque avec crainte... Mais pourquoi ? Croyait-elle qu'il aurait pu s'offusquer de son geste, alors qu'elle offrait ses richesses personnelles pour le bonheur de son clan ?

Comme elle se trompait ! Chez les Saint Clare toute femme, tout homme et tout enfant étaient égaux en droit, et aucune différence entre les classes sociales n'était de mise !

Diane pensait exactement ça, sa famille l'avait habituée à tant de bassesses et de mépris vis-à-vis des petites gens, que son esprit restait sans cesse sur le qui-vive, même ici, sur les terres des Saint Clare.

Mais Iain n'était pas comme eux, preuve en était de la tendresse qui s'affichait sur les traits ciselés de son beau visage. Oui, il y avait de ça dans ses yeux gris, mais aussi une émotion beaucoup plus profonde...

— *Tapadh leibh a leannan* (Merci à vous mon amour)...

Iain ne put prononcer une parole de plus, cependant, tout ce qu'il ressentait avait été contenu dans la tonalité rauque de sa voix.

Diane en avait le cœur en émoi, même si elle se heurtait, par moment, à une incapacité de traduire ses mots en *gàidhlig*. Il venait sans doute de la remercier...

— Ce n'est pas grand-chose. Mes malles regorgeaient de robes, de rubans et de fanfreluches inutiles et puis ces pauvres poupées auraient eu bien froid sans quelques vêtements à porter.

Iain hocha la tête et posa sa main sur son cœur avant de saluer Diane comme une reine.

Il y avait quelque chose d'incongru à se sentir reine, justement, suite à l'hommage d'un sculptural et somptueux guerrier... qui avait les pieds dans l'eau et était assis sur un modeste tabouret.

Diane se pencha et, impulsivement, déposa un rapide baiser sur la joue râpeuse du laird. Ce simple attouchement fit naître, en ce dernier, un désir fulgurant qui incendia ses reins et tendit brusquement ses muscles.

Iain maudissait la présence des servantes qui ne les quittaient pas des yeux. Si elles n'avaient pas été là, il aurait pris sa promise dans ses bras et l'aurait emportée dans sa chambre pour ensuite la dévêtir, la couvrir de son corps et de caresses, et la faire sienne en s'enfonçant dans...

— Iain ?

Le retour à la réalité du laird, au doux appel de sa dulcinée, lui causa des sueurs froides tandis que sa virilité palpitait d'impatience sous son kilt mouillé.

Il était dans un état d'excitation plus qu'avancé !

Par les Dieux, Diane ne devait en aucun cas s'en rendre compte !

— *Aye*, Diane ? grinça-t-il en s'enroulant d'autant plus dans son plaid.

— Je vous demandais si tout était prêt pour les petits garçons, car je ne vois là que les poupées, réitéra-t-elle en désignant la table d'un geste de la main. Mais... auriez-vous de la fièvre ? s'inquiéta-t-elle soudain, en avançant les doigts dans le but de les apposer sur son front.

Misère ! Elle ne devait pas le toucher ! Ou sinon, il ne répondrait plus de rien !

— *Naye* ! gronda-t-il en se levant brusquement pour sortir agilement du baquet et se diriger vers le couloir en direction de ses appartements. Les jouets sont finis et emballés et... *naye*, je ne suis pas fiévreux ! Pas pour ce que vous croyez, en tout cas, ajouta-t-il pour lui-même en baissant la voix et en disparaissant à la vue des femmes ébahies.

— Saperlipopette ! jura Diane dans un souffle. Mais... qu'ai-je dit ? s'étonna-t-elle encore en portant son regard sur Iseabal, Seindeï et Seasaidh.

Ce fut la friponne de Seindeï qui répondit avec un sourire en coin :

— Demandez-vous plutôt ce que vous avez fait !

— Seindeï ! la rappela à l'ordre Iseabal en lui faisant de gros yeux.

— Quoi ? ! Elle l'embrasse sur la joue, l'allume comme une torche et elle s'inquiète ensuite de ce qui lui prend de tourner les talons ainsi !

— Suffit Seindeï ! coupa la cuisinière.

Un court silence s'installa jusqu'à ce que Seindeï l'intrépide ne puisse plus juguler le flot de ses pensées !

— Il est parti pour ne pas vous sauter dessus, *aye* !

Diane poussa un petit cri de souris en écarquillant les yeux et s'écria :

— Je vous demande pardon ?

— Tu es impossible Seindeï ! marmonna Iseabal d'un air catastrophé. Ta tête est pleine de fantasmes en ébullition et du coup, tu les transposes sur tout ce qui t'entoure...

— *Aye...* mes fantasmes, chantonna moqueusement Seindeï. Ce ne sont pas eux qui tendaient le kilt du laird, genre piquet de tente, soutenant le tissu à l'horizontale !

— Ohhhh ! s'écrièrent ses amies alors que Diane cherchait visiblement à saisir le sens de ces propos.

Quand ce fut chose faite, la jeune lady ne put cacher son immense confusion et sortit à son tour du baquet fumant pour courir vers sa chambre.

— *Och* ! Tu as gagné ! s'exclama Seasaidh l'air bougon. Cette petite est une fille de la haute ! Comment acceptera-t-elle le laird dans son lit maintenant, avec la vision que tu viens de lui donner ! Elle va se faire des idées, la peur du « mâle » va s'emparer d'elle !

Seindeï éclata de rire.

— Bien au contraire ! Elle va en rêver et elle sera tant et si bien curieuse... qu'elle voudra voir ! proféra-t-elle en appuyant sa phrase par un clin d'œil coquin.

— C'est bien ce que je disais tout à l'heure, coupa Iseabal. Tu fantasmes tellement sur ton Jason, que tu penses que tout le monde agit comme toi avec son homme !

— Et je n'ai pas raison ? parada Seindeï en levant le menton bien haut. Toi et Seasaidh n'êtes pas curieuses de ce que vous réservent Keanu pour toi, et Éric pour Seasaidh ?

Hein ? Faites pas les malignes, j'vous connais bien !

La forte rougeur qui apparut sur les joues de ses amies répondit mieux que les mots.

— Voilà ! J'ai « encore » raison ! clama Seindeï en riant sous cape. Et vous verrez, la milady est pareille ! Il y a du feu qui couve en cette petite... *aye !* Vous verrez, je vous dis !

Chapitre 14

Des désirs à exaucer

Le hasard ne faisait pas bien les choses, tout compte fait ! Car en ce matin du 21 décembre au calendrier grégorien, Iain mit un temps fou à « tomber » sur Diane. Bien sûr, l'air de rien, au détour de la grande porte de l'entrée du château.

— Oh ! C'est vous ! s'écria Diane en sursautant violemment quand il se matérialisa à l'instar d'un génie devant elle. Je... je cherche Barabal... pour son bain... hum... Vous aviez raison, elle fera l'affaire. Cependant, il lui faut faire une toilette !

Misère... Mais pourquoi bafouillait-elle tout ce charabia ? Pour une bien bonne explication :

« *Ne pas regarder son kilt, ne pas regardez son kilt...* », psalmodiait-elle dans le secret de son esprit tout en se forçant à fixer un point dans le ciel.

— *Mo chridhe*, je ne suis pas là-haut, mes dons ne me permettent pas de voler, lança Iain, très amusé par la situation. Vous êtes très belle, ajouta-t-il plus sérieusement sans se priver de la déshabiller des yeux.

Diane en fut toute retournée. Elle s'était pourtant vêtue comme à son habitude depuis son *Don du Nom*, d'une robe en tartan et d'une simple tunique, et avait discipliné sans apprêt sa longue chevelure à l'aide d'une natte. C'était la tenue idéale pour donner le bain à Barabal ! Néanmoins, elle avait prévu de se faire plus coquette en prévision de la célébration de l'Alban Arthan qui débuterait dans le milieu de l'après-midi.

De son côté, si Iain ne s'était pas retenu, il aurait glissé ses doigts dans la chevelure dorée de la jeune femme et l'aurait libérée pour humer son parfum délicat.

— Vous aussi, chuchota Diane en sursautant derechef avant de poser la main sur sa bouche.

Au vu de sa réaction, les mots venaient de lui échapper.

— Intéressant, murmura Iain avec un sourire ravageur. Ainsi, vous me trouvez beau !

« *Oh, oui... diablement, horriblement... beau* », soupira Diane en pensée, pinçant les lèvres de toutes ses forces pour qu'elles ne se dévoilent plus contre son gré.

Iain était sublime, farouche, sauvage... indomptable.

Être en sa présence, déclenchait en Diane une irrépressible envie d'être dans ses bras, de le toucher et de... le caresser.

Décidément, les bains froids – plusieurs – n'avaient pas réussi à amoindrir ses pulsions ardentes nées des fantasmes de la nuit passée. Mais pourquoi Seindeï ne s'était-elle pas tue ?

« *Ne pas regarder son kilt...* ».

— *A leannan*, je ne sais que penser, s'amusa Iain. Vous dites me trouver beau et l'instant d'après, vous fermez fortement les paupières en serrant les poings et faisant la grimace. Auriez-vous... un problème ?

« *Non ! Je n'ai pas de problème !* », s'écria Diane intérieurement avant de s'exclamer dans un pitoyable hoquet :

— Tente !

— Je vous demande pardon ? s'enquit Iain en écarquillant les yeux d'étonnement.

Non, mais... non ! Les mots lui échappaient encore ! Mais pourquoi ses songes intimes s'ingéniaient-ils à se transformer en paroles, et ce, au détriment de sa volonté ?

— Je pensais... à ma... tante ! La sœur de ma mère, elle

demeure en France, voyez-vous, et elle excelle dans le domaine de la préparation des soirées mondaines... et...

— Diane... pouffa Iain en croisant les bras sur son torse et en se penchant vers elle.

— Oh ! Il y a encore des pierres qui volent ! lança-t-elle soudainement en pointant l'index vers le ciel.

D'accord, c'était un pitoyable moyen pour détourner la conversation, mais avec un peu de chance, cela pouvait fonctionner !

Iain haussa les sourcils, tourna la tête dans la direction que Diane indiquait et revint poser son regard gris et perçant sur le doux visage innocent de la jeune femme.

— Ce sont les dernières pierres que vous apercevrez. La construction du château sera achevée en ce jour. *Och*, Diane ! Vous en avez vu passer un grand nombre au-dessus de votre charmant minois depuis votre *Don du Nom*. Alors, pourquoi ce brusque intérêt pour des blocs de granit qui se déplacent par magie ?

Iain ne savait plus que penser. Diane paraissait tendue en sa présence, un rien perturbée. Sans compter qu'elle rougissait à chaque fois qu'elle posait ses beaux yeux noisette sur lui, pour tout de suite les lever plus haut. Comme si elle n'osait pas le regarder, comme si... elle était gênée !

Un rire profond naquit dans sa poitrine alors que de fil en aiguille, il venait de comprendre pourquoi sa promise était dans un tel état d'agitation ! Il n'y avait qu'une réponse à cela : la veille, elle avait aperçu le renflement important dû à son membre gorgé de désir sous son kilt mouillé ! Voilà pourquoi elle évitait de baisser les yeux !

Hummm...

— La magie ! Le *Don du nom* ! s'exclama Diane en le sortant de ses songes. J'ai vu de la magie sur les terres Saint Clare juste avant mon voyage dans le temps ! Les nuages se sont même transformés en tunnels pour nous laisser avancer !

Et Diane se mit en devoir de lui narrer ce qui s'était passé lors de son arrivée près du Loch of Yarrows, la procession magique vers le Cercle des Dieux, le lierre vivant, le bouquet de fleurs qui surgissait de nulle part... tout ! Enfin... tout... sauf Ronauld et les quelques changements notoires du décor et de la richesse du clan.

— Intéressant ! Mes descendants sont donc toujours aussi puissants !

Diane pinça les lèvres et hocha vivement de la tête. Il était hors de question de lui dire que son clan se résumait à une centaine d'âmes, que ses terres boisées avaient disparu, ainsi que ce magnifique château qui était, de toute évidence, sa plus grande fierté.

— Cependant, il est exact que sans le *Don du Nom*, il vous aurait été impossible, à vous et vos amis, d'assister à toute forme de magie. Sauf si...

— Oui ? insista Diane.

— Vous ont-ils fait boire quelque chose, une potion, un liquide ambré ?

— Une soupe ! se souvint Diane. Elle était bien chaude et nous a permis de nous revigorer.

Iain éclata de rire et ses yeux gris s'illuminèrent de reflets argentés.

— Oh les filous ! Ce sont bien des Saint Clare ! Une soupe, dites-vous ? *Aye*, ils vous ont fait boire l'élixir de « Vision », pour que la magie apparaisse à votre vue.

— Ohhh... souffla Diane. Cela avait-il tant d'importance ?

— *Aye !* acquiesça Iain plus gravement. Sans cette vision de la magie, seriez-vous allée jusqu'au bout ?

Diane réalisa que non ! La magie l'avait captivée, sans elle, la peur aurait pris le dessus sur ces actions et elle aurait ordonné aux Thompson de vite rebrousser chemin, pour ensuite les suivre dans leur retraite des Lowlands.

Elle ne serait pas ici.

Elle n'aurait jamais rencontré Iain.

Des éclats de voix dans le dos de celui-ci attirèrent leur attention vers le pont-levis. Là-bas se découpaient les silhouettes de plusieurs hommes et femmes vêtus de toges blanches et chacun d'eux possédait un bâton et une serpe.

Les voix appartenaient à Larkin et à un point gris gesticulant devant toute cette clarté de tissus immaculés : Barabal !

— La voilà ! s'écria Diane en se frottant presque les mains, pas parce qu'elle était impatiente de faire la toilette de la petite mère, ça non ! Mais parce qu'enfin, elle l'avait trouvée !

— *Och* ! Ils finiront par s'étriper un jour, gronda sourdement Iain. Barabal ne veut pas comprendre que c'est Larkin qui officie à mes côtés lors de la célébration d'Alban Arthan, et elle va encore retourner s'enfermer dans sa chaumière après avoir semé la pagaille. *Cac* (Merde) !

Diane n'en était pas certaine, cependant, elle aurait juré que sa dernière parole était un gros mot, rien qu'à l'intonation virulente qu'il utilisa pour le prononcer.

Elle le regardait, bouche bée, les yeux écarquillés, situation dont il profita pour la prendre dans ses bras, son corps tendre plaqué contre la dureté du sien, pour ensuite l'embrasser éperdument.

Diane eut le temps de sentir l'odeur de cuir et d'air frais que sa peau exhalait avant de ne plus pouvoir respirer du tout. Elle était dans un étau de force et de douceur à la fois. Les mains de Iain caressèrent son dos en mouvements affolants avant de se poser dans le creux de ses reins pour la plaquer résolument contre lui, tandis qu'il poussait une sorte de feulement sourd et sauvage en approfondissant son baiser. Sa langue l'envahissait toute, allait et venait en une danse enfiévrée que la jeune femme suivit en s'accrochant des deux poings aux plis de sa tunique de lin rêche. Ce baiser les incendiait, les portait au supplice, car ils savaient tous deux, dans une partie de leur subconscient, qu'il devrait s'achever bientôt et que leur désir resterait fatalement inassouvi...

Diane fut la première à reprendre contact avec la réalité en reculant d'un pas chancelant dans les bras de Iain. Leurs respirations oppressées donnaient la mesure de l'intensité du feu qui s'était allumé en eux.

Loin, près du pont-levis, les cris prirent encore de l'ampleur et Iain grimaça, pencha la tête et posa son front contre celui de Diane.

— Hum... Je dois m'en aller *mo chridhe*. J'informerai Barabal de bien avoir l'obligeance de te rejoindre dans la grande salle... sans lui parler du bain ! murmura-t-il en caressant une dernière fois les lèvres de Diane des siennes et en laissant glisser lentement ses mains de sa taille fine.

Venait-il de la tutoyer ? Diane devait rêver !

Iain se dirigeait déjà d'une allure guerrière vers les druides et *bana-bhuidseach* (sorcières), sans se retourner. Cependant, il lança encore par-dessus son épaule un :

— Ne nous attends pas ! La prière sera courte à la Cascade des Faës, mais le temps s'écoulant différemment là-bas, tu ne nous verras pas avant le milieu de l'après-midi !

Plus aucun doute à avoir, Iain tutoyait bien Diane et celle-ci en fut étrangement bouleversée.

Elle ne le quittait pas du regard et ne se rendit en aucun cas compte qu'elle caressait du bout des doigts ses lèvres gonflées du baiser torride du laird. Soudain, elle sourit, eut presque envie de rire, et baissa ingénument les yeux vers son postérieur pommelé que moulait son kilt aux couleurs du clan.

« *Il a le dos tourné, je peux donc l'observer !* », chantonnait une voix de chipie dans sa tête.

Ce qu'elle fit, en notant le doux balancement des hanches qui suivait la démarche féline et décidée de ce superbe spécimen masculin. Dans le même temps, le kilt en faisait de même, le tissu dansait à chacune de ses énergiques foulées et se soulevait légèrement avec le jeu du vent.

Dans les songes de Diane, un vœu facétieux prit forme, un vœu inavouable aussi... : « *Je souhaiterais un peu plus de brise, s'il vous plaît... ».*

De son côté, Iain sentait la caresse chaude du regard de Diane posé sur lui. Et l'histoire de la « tente et/ou tante », lui revint à l'esprit, en le faisant sourire jusqu'aux oreilles.

Après tout, n'était-il pas la plus grande canaille du clan ?

D'un claquement de doigts, il réalisa – sans le savoir – le vœu de Diane, et aida le vent à soulever son kilt qui monta assez haut pour que sa promise ait une vision absolue de son postérieur.

Cela ne dura que le temps d'un battement de cils, mais Iain comprit au hoquet sonore de Diane que celle-ci n'en avait pas perdu une miette !

Il riait sous cape en imaginant son expression !

Et puis quoi ?! Ce n'était pas la première fois qu'il montrait ses fesses ! Il le faisait d'ailleurs souvent à la barbe de ses ennemis, juste avant de passer à l'attaque !

Par les Dieux, que de bons souvenirs !

— Que trouveras-tu à dire, *mo chridhe*, de ces formes-là ? Certainement pas une histoire de « tante », murmura-t-il un brin moqueur avant de se mettre à siffloter joyeusement.

Le bain de Barabal avait été préparé devant l'imposante cheminée de la grande salle et était dissimulé aux regards indiscrets par plusieurs paravents aux panneaux de bois sombre.

Bien que Seindeï parût contrariée de devoir assister aux ablutions de la petite mère, elle ne tint pas sa langue dans sa poche en attendant l'arrivée de celle-ci et questionna sans détour Diane pour son trouble apparent, ses rougeurs suspectes sur les joues, et ses lèvres gonflées.

Néanmoins, Diane tint bon et réussit vaillamment à garder secret ce qui s'était déroulé entre elle et Iain.

Beaucoup d'autres femmes étaient présentes pour leur venir en aide, chose que Diane ne comprenait pas du tout ! Pourquoi fallait-il autant de monde pour faire la toilette d'une vieille dame ? Après tout, quatre personnes auraient amplement suffi !

Les seaux d'eau chaude avaient fini d'être véhiculés de main en main vers la baignoire de bois qu'un drap de lin tapissait. Cela pour éviter à Barabal de se prendre des échardes sous la peau et de ne pas chasser du pied sur le bois rendu glissant par le liquide savonneux.

— Pffff... j'vous dis qu'elle va nous transformer en petites souris bien avant qu'on puisse la mettre dans l'eau ! rouspétait Seindeï, dont le visage était d'une étrange et inaccoutumée pâleur.

On aurait pu croire qu'elle avait peur de Barabal. Bon, d'accord, il fallait avouer que Diane ne se sentait pas rassurée non plus. Mais elle avait une carte à jouer pour que tout se passe bien, et elle comptait l'utiliser sous peu !

Maintenant ! Puisque Barabal venait de franchir presque craintivement l'alcôve menant à la grande salle.

Diane carra les épaules, et se dirigea vaillamment vers celle que l'on appelait aussi *Seanmhair*. À trois pas d'elle, elle crut qu'elle allait faire demi-tour tambour battant. Pas de peur, non, mais parce que l'odeur nauséabonde que dégageait Barabal l'indisposait au plus haut point !

Diane décida de ne respirer que par la bouche, autant que faire se peut, et alla droit au but :

— Barabal, seuls Iain et moi sommes au fait que ce soit vous qui endossiez le rôle du *Bodach na Nollaig*.

— Hein hein... ? couina suspicieusement la grande *bana-bhuidseach*.

— Cependant, lui et moi sommes aussi d'accord sur un autre point. Pour représenter ce bonhomme bienveillant, il faut que vous preniez un bain !

La réaction de Barabal tétanisa Diane.

La petite vieille venait de lâcher son bâton qui chuta sur le sol dallé, avant de pousser un hurlement de détresse. L'instant d'après, elle tirait de ses doigts osseux et recourbés les mèches grises de ses cheveux filasse. Si elle continuait à ce rythme, elle serait chauve d'ici peu !

— *Naye !* Pas mouillée, je dois ! Ou moisir je vais ! geignit-elle encore en se trémoussant comme si elle était victime d'une récurrente douleur abdominale.

Moisir ? Diane avait-elle bien entendu ce mot ?

— Pas de bain, pas de *Bodach na Nollaig* ! coupa Diane en levant haut le menton et en croisant les bras d'un air intransigeant.

— Toute pourrrriiiitttte, être je vais ! Vilaine lady, vous êtes ! coassa Barabal en la fusillant de ses minuscules yeux noirs et brillants.

— Oui, très vilaine ! Mais c'est à vous de décider. Soit vous faites vos ablutions, et vous pourrez endosser le rôle de ce très grand magicien, soit... je demande à Larkin de prendre votre place !

Diane avait à peine prononcé le nom de Larkin que Barabal arrêtait de gesticuler, se redressait de toute sa petite taille, et galopait – plus que courait – en direction des paravents et de la baignoire qu'ils dissimulaient.

Diane était encore à sa place quand elle entendit des hurlements de femmes apeurées et un grand : PLOUF !

Seindeï, Ealasaid, Iseabal et Aureleïn sortirent de derrière les panneaux articulés, aussi trempées que des chiens douchés par une pluie drue, et se pinçant le nez, la bouche grande ouverte pour aspirer un air moins vicié, loin de Barabal.

Diane les dépassa en essayant de dissimuler son amusement, mais ne parvint pas à contenir quelques gloussements sonores.

— Que lui avez-vous dit pour qu'elle saute dans la baignoire, tel un phoque de son rocher dans la mer ? s'étonna ouvertement Ealasaid en passant les mains sur son bliaud mouillé.

Diane lui lança un clin d'œil.

— C'est un secret entre Barabal et moi.

— Bien, et que faisons-nous maintenant ? s'enquit à son

tour Iseabal.

— Et si nous allions frotter le dos de la *Seanmhair* ? proposa joyeusement Diane, en retenant une grimace, chose que ne se priva pas de faire Seindeï avant de devenir verte.

— Seindeï, j'ai oublié de vous dire qu'il reste des guirlandes à préparer dans la cuisine, annonça Diane dans le but avoué de soulager la jeune servante. Seasaidh, Cassiopée, Martine et les autres femmes ont besoin de vos talents.

— *Gu dearbh* (Vraiment) ? J'y vais de ce pas ! cria Seindeï joyeusement en détalant à la vitesse de l'éclair.

— Il me semble que Seindeï ait eu raison, en fin de compte, fit moqueusement Iseabal. Barabal l'a bien transformée en petite souris criarde...

Tout le monde se mit à rire, avant de stopper net et d'afficher des mines écœurées en arrivant devant la baignoire où une Barabal horriblement méconnaissable, se frottait vivement le dos avec une longue brosse, toujours vêtue de sa toge grise qui surnageait autour d'elle dans une eau viciée où flottait ici et là : des carcasses d'insectes, des poux, des brins de paille, feu des plumes, et autres immondices tout bonnement innommables.

Mais qui avait eu l'idée de lui donner un bain ?

Qui ?

Une bonne heure plus tard, après quatre changements intégraux d'eau chaude, Barabal fut séchée et rhabillée d'une nouvelle toge impeccable et bien blanche.

Une fois coiffée, Diane s'approcha d'elle pour la parfumer délicatement d'une goutte d'huile essentielle de rose qu'elle gardait précieusement dans ses malles.

Loin de la remercier, la *Seanmhair* se mit à éternuer et postillonner à tout va :

— Me tuer, toi vouloir ! Puir, ta potion elle fait !

Là, elle allait trop loin !

— Madame, si l'odeur des cochons vous convient à merveille, il n'en est pas de même pour nous ! Je préfère mille fois sentir la rose à votre passage que celle de tous les remugles de la terre ! Dois-je faire venir Larkin ? ajouta-t-elle avec finauderie.

— Nia nia nia ! Humpf... *Naye !* cracha la petite mère avant de prendre ses jambes à son cou, de ramasser son vieux bâton et d'adopter à nouveau l'allure d'une femme très très âgée et le dos cassé par le poids du temps.

— Ah ça ! pesta Diane. Quelle comédienne !

— Et encore, vous n'avez rien vu, soupira la jeune Ealasaid en passant à ses côtés, les bras chargés du linge de toilette. Venez-vous nous rejoindre à la cuisine, milady ? demanda-t-elle timidement en s'arrêtant de marcher pour attendre la réponse de Diane.

— Mais bien sûr ! Tout de suite ! Y a-t-il quoi que ce soit d'autre à porter là-bas ?

— *Och Naye !* Nous nous chargeons de tout ! se récria Iseabal. Suivez donc Ealasaid pour superviser les derniers préparatifs, quant aux décorations de l'arbre.

Diane hocha la tête et alla rejoindre Seasaidh dans les cuisines où les femmes chahutaient joyeusement en parlant de leurs futurs hommes.

Sur ce point-là, les choses avançaient, car les guerriers de la garde rapprochée de Iain avaient enfin franchi le pas pour leur conter fleurette !

— Et toi, Ealasaid ? Ton Viggo t'aurait-il apporté un présent ? demanda une jeune fille du village qui répondait au pseudonyme de Krikri.

Ealasaid resta silencieuse, sourit simplement d'un air rêveur, et alla déposer le linge sale dans un gros chaudron fumant.

De toute façon, elle n'aurait pas eu le temps de parler, car déjà Seindeï paradait, les mains sur les hanches, debout sur un tabouret :

— Mon Jason à moi m'a aidée à porter mes seaux d'eau !

Elle claironnait la nouvelle en posant ses yeux brun

sombre sur la jeune Cassiopée qui haussa sèchement les épaules en terminant une guirlande faite de grains de blé et de touffes de coton.

Mais au bout d'un moment de ce manège, elle lâcha tout de même :

— Pffff... cela ne veut absolument rien dire !

— Oh que *aye* ! Cela veut « tout » dire, contra Seindeï en pointant le menton comme à son habitude quand elle était contrariée.

— *Gu leòr* (Assez) ! scanda Seasaidh en digne reine des lieux. Descends de ton piédestal toi, et viens nous aider à finir ! Il faut tout débarrasser si vous souhaitez manger ce soir ! Vous ! Sortez donc les petits gâteaux du four à pain au lieu de ricaner à ne rien faire ! ordonna-t-elle encore à deux autres femmes du nom de Floriane et Charlotte.

« *On ne peut pas dire qu'il n'y ait pas d'ambiance en ces lieux !* », s'amusa intérieurement Diane.

Les petits gâteaux en question étaient de toutes les formes : étoile, bonhomme, cœur, etc. Ils serviraient également de décoration au sapin de *Nollaig*. Il y aurait aussi des pommes et les fameuses ficelles de grains de blé et coton. Tout était bon pour que « l'arbre » resplendisse de beauté avant l'arrivée tant attendue du *Bodach na Nollaig*.

Diane serra les dents en priant les divinités pour que Barabal prenne son rôle au sérieux, sans faux pas.

Personne ne devait savoir que c'était sur la *Seanmhair* que reposait la réussite de la magie de Nollaig. Il valait mieux qu'il en soit ainsi, sinon, la panique s'emparerait des femmes et des hommes qui avaient participé à la préparation des cadeaux pour les enfants.

Les enfants... ? !

Diane eut un sursaut de conscience et contempla les servantes qui s'affairaient joyeusement autour d'elle.

— À qui sont les enfants du clan si les hommes se sont interdit toute union depuis cinq ans ?

— Aux *bana-bhuidseach* et aux villageois, répondit

spontanément Ealasaid. Le pacte d'abstinence ne les concerne pas. Seuls les guerriers y ont souscrit.

— Ahh... souffla Diane. Et... les sœurs Boyle ? Ont-elles des enfants ?

Mais quelle pensée tortueuse l'avait-elle poussée à demander cela ?

Iseabal la dévisagea avec de grands yeux tandis que Seindeï pouffait à ses côtés.

— *Naye !* ricana celle-ci. Depuis le temps, elles savent utiliser les simples.

— Oh ! fit Diane, l'air de rien. À quoi ressemblent-elles ?

Ce fut la jeune Cassiopée qui lui répondit :

— Elles sont belles, mais comparées à vous, milady, ce qui aurait pu paraître de l'éclat se ternit irrémédiablement. Vous les surpassez toutes deux...

— *Aye !* acquiescèrent de concert toutes les femmes présentes.

Diane fut sincèrement touchée et ses joues rosirent sous le compliment.

— N'empêche, marmonna Seindeï. J'aimerais bien un cadeau pour *Nollaig*.

— Et que serait-il ? voulut s'informer Diane qui dans la mesure de ses possibilités, se promit de la satisfaire.

— C'est plus un vœu qu'un cadeau, souffla Seindeï en baissant les paupières, une pointe de tristesse peu coutumière dans la voix. J'aimerais que le *Bodach na Nollaig* ouvre les cœurs de nos hommes en cette nuit enchantée et qu'au lendemain, des couples s'unissent dans l'amour et le Cercle des Dieux.

Un soupir unanime et rêveur suivit le souhait de la jeune femme. Ah ! Diane eut une grimace dépitée, car en cela, rien ne pouvait dépendre d'elle.

Que de vœux et de désirs restaient à être exaucés. Il n'y avait plus qu'à espérer que la magie de *Nollaig* opérerait sur les terres du clan Saint Clare. Les finitions des préparatifs reprirent dans un silence à peine troublé.

Chacune songeait à son rêve le plus cher, le visage d'un homme apparaissant dans leur esprit, celui pour qui leur cœur palpitait.

Elles étaient toutes à mille lieues de savoir que là, tapie dans l'ombre d'une porte, Barabal qui était revenue sur ses pas, les espionnait et souriait d'avance du beau cadeau qu'elle allait apporter.

Après tout, c'était elle le *Bodach na Nollaig* ! Et pour une fois, elle utiliserait la puissance de sa magie pour réaliser les rêves des membres de son clan.

Elle s'éloigna à pas de chat et sortit du château en frottant ses mains osseuses.

— Bonne potion, préparer je dois ! Hoy hoy hoy ! *Nollaig Chridheil* (Joyeux Noël) !

Chapitre 15
De l'Alban Arthan à Nollaig

L'Alban Arthan, ou solstice d'hiver, était célébré sur les terres Saint Clare depuis des temps immémoriaux, à une époque où les hommes et les Dieux se côtoyaient chaque jour qui passait.

La première partie de cette fête celtique se faisait en comité restreint à la Cascade des Faës, où seuls le laird, les druides et les *bana-bhuidseach* étaient conviés, et à leur retour de ce lieu sacré, se joindrait à eux le reste des membres du clan.

C'est ce moment que tout le monde attendait impatiemment.

Après avoir aidé à transporter les paniers de décorations pour le sapin dans la grande salle, Diane s'était rendue dans ses appartements et avait particulièrement pris soin de sa personne en faisant sa toilette, revêtant une somptueuse robe de bal d'une mousseline aux tons saumonés, et en se coiffant d'un volumineux chignon natté agrémenté d'épingles ornées de perles nacrées. Sa peau resplendissait d'un éclat velouté et faisait ressortir la beauté de ses iris noisette aux reflets dorés.

Diane se rendait bien compte qu'elle avait quelque chose de changé, qu'elle paraissait moins malingre qu'à son arrivée. Le bon air pur des Highlands y était certainement pour beaucoup, mais aussi la nourriture et... l'amour.

En ce jour, elle avait décidé de ne plus masquer ses sentiments, et advienne que pourrait, car il était temps de vivre sans se poser de questions.

Elle rejoignit ses amies sur le pont-levis, bien à l'abri d'une cape fourrée, après avoir remplacé ses petites pantoufles par des bottes de cuir chaudes.

Un fort murmure s'éleva dans la foule qui s'attroupait aux alentours quand le cortège des magiciens, avec à sa tête Iain et Larkin, sortit des sous-bois pour se diriger vers eux.

Cependant, au lieu de continuer leur chemin vers le château, ils tournèrent vers la droite et le grand pré d'entraînement, qu'ils longèrent dans un silence presque pesant.

— Venez, souffla Ealasaid en saisissant le coude de Diane et l'entraînant à sa suite.

— Où allons-nous ? s'étonna Diane.

— À la pommeraie, l'informa Seasaidh qui marchait dans leurs pas. Pour la cueillette du gui !

Effectivement, non loin du pré se situait une large parcelle où avaient été plantés, il y a très longtemps, de nombreux pommiers. Quelques villageois apposaient des échelles contre les troncs, sur lesquelles des druides et des *bana-bhuidseach* grimpèrent vaillamment pour atteindre le gui – reconnaissable par ses petites feuilles vertes et ses minuscules grappes florales blanches – qui poussait sur les branches endormies de ces arbres fruitiers.

Déjà les serpes s'activaient et des sacs de jute étaient échangés pour recevoir la cueillette.

— Étrange, s'enquit Diane en parlant doucement. Je pensais bêtement que le gui était prélevé sur des chênes vénérables.

— *Aye*, aussi ! répondit Ealasaid sur le même ton. Mais on en trouve en plus grande quantité sur les pommiers.

— Il y a une raison naturelle à cela, expliqua Diane, dont une autre passion était celle des plantes. Le gui, *viscum album* de son nom latin, est une sorte d'arbrisseau parasitaire qui perce l'écorce tendre de son hôte pour se nourrir de sa vitalité et se développe ensuite en un organisme touffu.

Quand les pommiers perdent leurs feuilles et s'endorment, lui se réveille et devient ainsi plus apparent aux yeux de tous... Pardon, je me laisse emporter, s'excusa-t-elle en posant le regard sur le petit attroupement composé de ses nouvelles amies qui l'écoutaient avec ébahissement.

— Vous êtes effectivement une descendante de *bana-bhuidseach*... y'a pas ! fit Iseabal. Elles aussi excellent dans le domaine des simples. Êtes-vous certaine... de ne pas avoir de pouvoir en vous ? s'enquit-elle encore, timidement.

Diane secoua la tête en souriant légèrement.

— Oui, certaine. Larkin m'a bien expliqué que ma lignée était par trop éloignée de celle d'aujourd'hui et que les alliances sanguines qui ont eu cours depuis des siècles avaient fait disparaître toute forme de magie dans mon corps et mon esprit. Je ne serai jamais capable de créer un sort ou un enchantement. N'ayez point de tristesse pour moi, les réconforta Diane pour rassurer ses amies. Je ne saurais que faire de ces dons.

— Moi je sais ce que j'en ferais ! s'amusa Seindeï en poussant Iseabal du coude.

Pour ça ! On pouvait lui faire confiance ! Ce que dut se dire le petit groupe qui éclata de rire de concert.

— Et maintenant ? Que font-ils ? demanda Diane qui regardait le manège des druides et *bana-bhuidseach*.

Ce fut Seasaidh qui prit vivement la parole, fière de montrer elle aussi ses connaissances :

— Le gui, une fois récolté, est distribué à toutes les personnes présentes, car il symbolise la survie de l'âme, la continuité de la vie après le trépas visible de la nature. En cette période sombre qu'est l'hiver, le gui devient la clarté qui nous permet d'attendre le retour du soleil et du printemps. C'est, en quelque sorte, le triomphe de la Lumière sur les Ténèbres, le temps de la renaissance après la mort. Les druides et les *bana-bhuidseach* garderont également une grande quantité de ces plantes pour concocter des potions et remèdes précieux.

Diane savoura la chance extraordinaire qu'elle avait de côtoyer réellement des magiciens et d'apprendre leurs us et coutumes.

De loin, elle ne quittait pas des yeux la haute stature athlétique de Iain qui allait et venait entre chaque arbre, pour apporter ou reprendre des sacs vides ou bien remplis.

Cela dura encore un petit moment après lequel on fit passer des bouquets de gui aux uns et aux autres. Diane reçut le sien directement des mains du laird qui ne put malheureusement pas rester avec elle, car le cortège se déplaçait déjà vers le château, où tous devaient se rejoindre dans la grande salle.

— À tout de suite *m'eudail* (mon amour)... susurra-t-il en lui déposant un baiser furtif sur les lèvres.

La chaleur du lieu d'apparat fut la bienvenue pour Diane qui alla se tenir près de la cheminée où, bizarrement, quelqu'un avait étouffé les flammes. Elle comprit pourquoi avec la suite des événements.

Iain arriva, toujours aussi majestueux, portant dans ses bras un immense rondin de chêne à moitié calciné qu'il plaça dans l'âtre.

— Cette pièce de bois provient du grand bûcher allumé lors de l'Alban Eilir, ou solstice d'été, la renseigna cette fois-ci Larkin en ajoutant quelques fagots dans le foyer. Le fait de la rendre au feu, en ce jour où la nuit est la plus longue, permet de libérer toute l'énergie solaire qu'elle a engrangée pour qu'ensuite, nos corps puissent s'en ressourcer.

Dans le même temps, d'un simple mouvement de la main, Iain fit naître des flammes qui coururent allégrement sur la bûche et les branchages qui se mirent à crépiter sous l'effet de la morsure incandescente. Suite à cela, une chaleur extraordinaire et bienfaisante atteignit toutes les personnes qui se trouvaient au château.

Il y eut encore une distribution de morceaux de pommes, ainsi que du cidre que l'on se passait de main en main, et la célébration de l'Alban Arthan fusionna avec celle de Nollaig.

Dans un coin de la salle, non loin de l'âtre illuminé de l'énergie solaire, avait été disposé un immense réceptacle rectangulaire constitué d'un montage de planches de bois. Il contenait une terre sombre, presque noire, à l'odeur riche en humus. Iain se dirigea vers une échelle placée tout contre le bac, la hauteur de celui-ci culminant au niveau des épaules du laird. Après avoir grimpé les barreaux avec une agilité innée, Iain leva son poing fermé juste au-dessus de la terre, chercha le regard de Diane, et quand il l'eut enfin repérée, lui fit signe d'avancer et réclama le silence d'un geste de sa main libre.

— L'Alban Arthan se termine, et pour l'amour de ma promise, Diane, que la fête de *Nollaig* soit !

« *L'amour de ma promise ?* », Diane avait-elle bien entendu ces mots ? En tous les cas, ceux-ci virevoltaient dans son esprit, résonnaient encore et encore à ses oreilles, et lui donnaient le souffle court.

Il... l'aimait ? C'était bien vrai ?

Iain venait-il réellement de le proclamer devant son clan ?

« *Oh, Iain !* », ne put que s'exclamer intérieurement Diane en serrant les mains sur sa poitrine palpitante.

L'instant suivant, Iain fit un trou du bout de sa botte dans la terre et y laissa tomber ce qu'il tenait dans son poing. Un geste renouvelé et désinvolte du pied pour recouvrir la « chose », et il entama une mélopée de sa voix de baryton qui sembla retentir en mille échos de plus en plus forts, de plus en plus envoûtants.

Cette incantation était chargée d'une énergie subliminale et Diane, touchée par l'enchantement des mots inconnus, en fut tout étourdie tandis que des frissons voluptueux parcouraient son corps de la tête aux pieds.

C'était la magie puissante des déités qui s'exprimait par la voix de l'homme-dieu, et celle-ci opéra sous les yeux ébahis de Diane et du clan : une petite tige verte, chétive, sortit de terre, pour ensuite grandir et grandir encore et s'élever vers les hautes voûtes de la salle. Un tronc fit place à la pousse, des branches se déployèrent et une senteur particulière envahit l'endroit...

— Un... sapin ! souffla Diane.

C'était bien un sapin ! Le plus beau et le plus majestueux qu'elle ait jamais vu ! Vivant, fort, ses racines batifolant certainement dans l'imposant bac de terre noire.

Les ramures du conifère prirent tant de volume, que Iain dut sauter de son perchoir à toute vitesse pour éviter de se faire balayer par leur fulgurante évolution. Une fois au sol, il leva son fier visage vers l'arbre, et se mit à rire de la réussite de son exploit.

De son côté, Diane oscillait entre l'envie de faire comme lui, et celui de pleurer... mais de joie ! L'émotion qu'elle ressentait à la suite de ce charme hors du commun était à son comble et son cœur débordait d'amour pour son Âme sœur.

Ce Highlander exceptionnel, ce guerrier farouche, ce coquin de laird avait trouvé le moyen de lui déclarer sa flamme... de la plus belle des façons !

En une marche souple et conquérante, il fendit la foule – ou celle-ci s'ouvrit devant lui – et s'élança droit vers sa promise qui le dévisageait en clignant des paupières pour endiguer ses larmes.

Iain était loin d'elle... et puis... elle fut dans ses bras. Il la portait vers le ciel et la faisait tournoyer avec lui dans une ronde endiablée.

— Diane, ma femme, *tha gaol agam ort !* lança-t-il d'une voix forte et cependant enrouée par sa propre émotion.

Diane le regarda sans comprendre, ou sans oser vouloir comprendre ses derniers mots que son esprit se refusait à traduire.

Ce dont se rendit compte Iain :

— Je t'aime ! scanda-t-il derechef à tue-tête sous la clameur du clan réuni.

Et Diane... en pleura de plus belle ! De bonheur, bien évidemment !

Trois jours s'étaient écoulés à la vitesse de l'éclair depuis l'annonce bouleversante que Iain avait faite à Diane. Trois jours animés où la jeune femme ne trouva pas un instant pour déclarer de vive voix son propre amour pour lui, tous deux étant accaparés par les préparatifs de *Nollaig*, et le laird passant beaucoup de temps loin du château, en aparté avec Barabal.

Ce qui faisait que Diane évoluait sans arrêt entre un bonheur absolu et une vague de tristesse causée par sa frustration de ne pas pouvoir être avec lui.

Alors, elle décida à le lui faire comprendre au travers de regards et de gestes lointains, quand ils se mouvaient dans un même espace mais que la distance était trop importante pour qu'ils puissent s'entendre ou se toucher. Et lui, il répondait toujours par un sourire ravageur qui illuminait les traits virils de son visage altier.

Voilà, nous étions le 24 décembre au soir. Le clan dans son ensemble avait à nouveau trouvé place dans la grande salle où avaient été montées de nombreuses tables sur tréteaux et où les bancs s'alignaient de part et d'autre de celles-ci pour accueillir les convives.

Dans son coin, trônait le sapin roi décoré, et le *Bodach na Nollaig* n'allait plus tarder à faire son entrée.

Diane se rendit compte que les enfants n'étaient pas les seuls à montrer des signes d'impatience devant la nouveauté de cette célébration et l'attente du vieux magicien. Les femmes, les hommes, et même Larkin affichaient clairement leur fébrilité et leur agitation.

Diane était elle aussi fébrile, pour la fête, mais aussi à cause des questions qui tourmentaient son esprit : est-ce que Barabal serait à la hauteur du rôle qui lui incombait ? Qu'avait fomenté la petite mère à l'aide des conseils de Iain ?

Le sourire de fripouille de ce dernier ne lui disait

vraiment rien qui vaille, et il était trop éloigné d'elle pour qu'elle puisse étancher sa soif de curiosité.

Quand enfin ils se tinrent presque à se toucher, assis à la table d'honneur tandis que des mets aux fumets alléchants étaient posés devant eux, là encore, ils se retrouvèrent dans l'incapacité de dialoguer, car le brouhaha ambiant ne le leur permettait pas.

Ils festoyèrent comme des rois, mangèrent du saumon en entrée, de la dinde rôtie et des petits légumes en plat principal, et pour finir, ils se délectèrent d'un dessert que Seasaidh avait innové en hommage au gros rondin de chêne qui avait transmis l'énergie solaire : une sorte de gâteau roulé en forme de bûche emplie d'une crème sucrée et parfumée, le tout nappé d'un coulis sombre de fruits des bois.

Le bruit des voix cessa pendant que tous dégustaient ce mets délicat et Iain en profita enfin pour susurrer quelques mots à Diane :

— *Mo chridhe*, es-tu heureuse ? murmura-t-il en lui effleurant la main et en se penchant vers elle pour lui parler dans le creux de l'oreille.

— Oh oui..., lui répondit-elle, la nuque frissonnant sous la caresse du souffle de Iain. Tant, que j'en suis quelque peu étourdie.

— Ne serait-ce pas plutôt notre bière de bruyère qui serait la cause de ton hébétude ? susurra-t-il taquin, ses lèvres glissant sur le cou de cygne de la jeune femme en direction de son épaule à moitié dénudée.

— Non..., réussit-elle encore à prononcer, le cœur battant la chamade. Iain... Je...

Elle allait dire « Je t'aime », quand les cris survoltés des enfants l'en empêchèrent. Ils couraient tous, filles et garçons, vers la cheminée qui émettait d'étranges grondements, et reculèrent de concert en poussant des exclamations aiguës, tandis que les hautes flammes du feu se transformaient en minuscules pétales dorés qui voltigèrent par la suite dans la grande salle, au-dessus des gens attablés.

Les corolles étaient propulsées par un fort souffle chargé d'effluves odorants, que l'on aurait pu comparer à la brise printanière, et qui provenait directement de l'âtre.

Le spectacle était prodigieusement saisissant !

— *Hoy ! Hoy ! Hoy !* tonitrua ensuite une grosse voix rocailleuse, quelque peu étouffée, et qui ne pouvait être que celle d'un homme.

Diane soupira de soulagement. Maintenant, il ne manquait plus qu'à voir le reste de la personne pour être sûr que Barabal soit vraiment méconnaissable. Déjà, elle avait respecté les consignes : pas de phrases, juste des exclamations ! Bien trouvées celles-ci, soit dit en passant.

La seconde d'après, Diane trépignait autant d'impatience que les enfants... et les adultes. Car eux aussi s'étaient levés de leur banc et se dandinaient de droite à gauche pour voir ce qui se déroulait du côté de la cheminée.

Dans celle-ci, apparut d'abord le bout d'une corde de chanvre, puis des bottes noires légèrement boueuses et un ample pantalon rouge bien rempli par l'imposant popotin de son propriétaire qui cherchait, en se trémoussant, à forcer le passage du conduit – pourtant vaste – de la cheminée.

Vint ensuite le haut du corps, vêtu d'une grande veste du même ton écarlate que le pantalon, et maintenue au niveau de la taille – qui se devinait plus que se voyait – par un large ceinturon de cuir noir. Apparut aussi une longue chevelure neigeuse que couvrait, sur le sommet de la tête, un ample bonnet rouge aux bordures d'une sorte de fourrure immaculée – pour le coup, il fallait souligner que Seindeï s'était surpassée en confectionnant le costume –, et puis soudain... le *Bodach na Nollaig* fut là !

Bien visible de tous !

Enfin, s'il daignait présenter autre chose que son dos, et s'il arrivait à se retourner pour faire face au clan, vu son important embonpoint.

Diane ne put s'empêcher de glousser derrière sa main

en s'apercevant que le *Bodach na Nollaig* se retrouvait piégé dans le foyer. La scène était tellement cocasse !

Puis, on ne sut comment, le *Bodach na Nollaig* réussit à pivoter sur lui-même, non sans mal et forts grognements hargneux.

Par les Dieux ! Quelle potion avait eu le pouvoir de métamorphoser la squelettique petite mère en cette sorte de gros nain joyeux, à la longue barbe, et aux joues roses et rebondies ?

Personne ne pouvait deviner que c'était bel et bien la *Seanmhair* qui se tenait là ! Non, personne !

Diane tourna son regard incrédule vers Iain et chercha ses yeux gris rieurs qui transmettaient littéralement ce message : « *Je te l'avais bien dit !* ».

Il avait eu raison !

Quelles avaient été ses paroles, déjà ? Ah, oui ! Celles-ci : « *Accordez le rôle principal au plus indocile des acteurs et vous serez assuré que la pièce sera jouée de main de maître !* ».

Diane sourit, Iain avait fait des miracles et grâce à lui, et à Barabal, *Nollaig* allait vraiment être magique !

— Hoy ! Hoy ! Hoy ! lança encore le *Bodach na Nollaig* en posant le plat de ses mains boudinées sur son gros ventre bien rond. Cadeaux pour tous, là être !

« *COUAC ! !* »

Iain et Diane grimacèrent de concert devant cette flagrante bévue de la *Seanmhair* ! Il n'y avait qu'elle pour parler en inversant les mots ou les phrases ! Non de non ! Depuis le début de cette aventure, ordre lui avait été donné de ne prononcer aucune parole ! Et cela faisait des jours qu'elle s'entraînait à lancer son « *Hoy ! Hoy ! Hoy !* », seule exclamation que Iain lui avait accordée.

Puis le couple se rassura rapidement, en constatant que personne n'avait fait attention à ce petit écart, les gens étaient bien trop éblouis par la magie du moment.

Sauf Larkin que le couple ne pouvait pas apercevoir,

car il était dissimulé derrière la haute stature d'un colosse aux cheveux sombres et longs, la mine souriante, mais patibulaire, et qui, comme à son habitude ne portait qu'un kilt et ses bottes de Highlander : Jason le fougueux, le fantasme de Seindeï.

— *Och !* Alors ça ! s'étouffa le vieux grand druide en se laissant pesamment retomber sur son banc, tandis que des « Hourras » s'élevaient tout autour de lui.

Il avait reconnu Barabal, et pour la première fois de sa vie, ressentait la morsure de la jalousie ! Comment avaient-ils pu la choisir elle... quand lui aurait fait un bien meilleur *Bodach na Nollaig* ?

— Alors ça ! couina-t-il à nouveau, son ressentiment vis-à-vis de Barabal montant soudainement d'un cran.

La clameur de la foule couvrit ses vociférations quand le nain rouge dodu – pardon, le *Bodach na Nollaig* –, après avoir chanté une interminable mélopée, amusa la galerie en battant de ses mains la mesure d'une musique imaginaire, pour ensuite faire quelques pas dans la salle et s'écarter de la base de la cheminée.

Dans le même temps, apparut à la suite de la corde de chanvre qui pendait toujours dans le vide, une longue file de paquets emballés dans du lin blanc et mis en valeur par de jolis rubans colorés. Les uns après les autres, ils lévitèrent dans les airs pour venir se poser délicatement aux pieds des enfants rendus muets par l'évènement.

C'était bien la première fois qu'ils recevaient des cadeaux, et cette nuit tant attendue depuis presqu'un mois venait concrétiser tous leurs rêves. Le *Bodach na Nollaig* existait et il s'était enfin déplacé sur les terres du clan... parce qu'ici aussi, les enfants étaient gentils !

Leur hébétude devant les présents ne dura guère longtemps et les carrés de lin et rubans volèrent à leur tour dans les airs, arrachés par les centaines de mains fébriles. Au fur et à mesure que les jouets apparaissaient à la vue de tous, fusaient des cris de joie, des exclamations étouffées, et même des sanglots émus que certains petits ne pouvaient contenir.

Jolies poupées, berceaux, claymores et chevaux en bois se dévoilaient les uns après les autres pour ensuite être saisis, soit par les bras aimants des fillettes, soit par les doigts énergiques des garçonnets qui ne songeaient plus qu'à s'amuser avec leurs magnifiques cadeaux, sans omettre de remercier le *Bodach na Nollaig* sous les gros yeux de leurs parents.

Les adultes eurent la surprise de recevoir à leur tour des présents. Des pots en argile fermés à la cire contenant des fruits macérés pour les femmes et des outres de cuir remplies de whisky pour tous les hommes (Barabal avait fait fort et certainement vidé les réserves du château). Néanmoins, la petite mère s'en moquait royalement, comme à son habitude. Après tout, ce n'était pas elle qui avait pioché ici et là de quoi réchauffer le cœur des membres du clan, mais le *Bodach na Nollaig* !

Alors que tous s'amusaient, riaient et chahutaient en goûtant avec méfiance du lait de poule, deux nouveaux cadeaux se matérialisèrent dans la cheminée et se dirigèrent droit vers Diane et Iain.

Ils se dévisagèrent en écarquillant les yeux, car, chacun de son côté, ils avaient eu la même idée : confier un présent à Barabal, qu'elle remettrait à son destinataire lors de la nuit de *Nollaig*.

— Tu... tu n'aurais... pas dû, bafouilla Diane de confusion, mais aussi d'émotion car c'était son premier cadeau de *Nollaig* et qu'il venait de Iain !

— Toi non plus, murmura-t-il. Vas-y... regarde ! lui enjoignit-il tendrement, son sourire charmeur la poussant à agir.

— Oh... euh... oui, chuchota Diane en baissant les paupières.

Elle prit soin de poser son cadeau sur la table devant elle, tira doucement et lentement sur le nœud du lien en cuir qui maintenait l'emballage fermé et sursauta en entendant Iain soupirer bruyamment.

Visiblement, elle n'allait pas assez vite pour lui, ce qui la fit rire et secouer la tête dans une attitude très maternelle. Cet homme exceptionnel était à l'instar des enfants qui jouaient maintenant autour d'eux, il ne souhaitait certainement plus qu'une chose : ouvrir son propre présent ! Cependant, par galanterie, il attendait que Diane découvre le sien en première.

La jeune femme s'activa donc, toujours en riant, avant de retenir son souffle quand apparut une jolie bourse d'un velours suranné maintenue fermée par un cordon doré. Prise par la curiosité, elle délia l'attache et fit glisser dans sa main le lourd objet que contenait le tissu.

C'était un bijou ! Une splendide broche en or finement ouvragé, incrustée de minuscules topazes roses, qui représentait dans son ensemble une délicate fleur de bruyère.

— Elle... est... magnifique, souffla Diane les larmes aux yeux, tandis que Iain s'emparait doucement de la broche pour l'agrafer sur le haut du décolleté ovale de sa robe de bal verte. Merci Iain...

— De beauté, elle n'égalera jamais la tienne, *mo chridhe*. C'est toi qui la rends belle et non l'inverse, chuchota-t-il en se penchant sur Diane pour poser ses lèvres chaudes et avides sur les siennes, ses doigts s'attardant sur la peau tendre près du bijou.

Ce ne fut qu'un simple baiser, presque chaste et trop court, mais Diane en fut immensément ébranlée... avant de sourire à nouveau comme Iain pointait comiquement son index sur son propre cadeau et s'exclamait :

— Je peux ?

— Mais oui ! s'écria joyeusement Diane avant de rire.

Iain ne se le fit pas dire deux fois et se jeta sur le lin qui vola dans les airs pour dévoiler à ses yeux une grande boîte rectangulaire en bois patiné de deux teintes, sombre et plus claire, avec un minuscule loquet sur l'avant en guise de fermoir.

Le visage penché, ses longs cheveux noirs masquant presque son expression, Iain observait la boîte sans plus faire un seul mouvement.

— Ouvre ! l'encouragea Diane, le sourire se crispant sur ses lèvres comme elle réalisait soudainement que son présent pouvait ne pas plaire à Iain.

— C'est... c'est bien un échiquier ? souffla-t-il d'un ton grave et retenu.

Diane fut un peu étonnée que Iain connaisse ce jeu très prisé à son époque, mais après tout, on jouait aux échecs depuis des temps très reculés d'après ce qu'elle savait.

— Oui.

— Mon... hum... Mon père, Cameron Saint Clare, un grand navigateur plus qu'un guerrier highlander, en avait un lui aussi. Quand il n'était pas en train de voguer par-delà les mers, il m'apprenait à y jouer. Ces moments-là... ces souvenirs... sont chéris dans ma mémoire. Un jour, quelques années après le trépas de ma mère, il s'en est allé avec son échiquier à bord d'un de ses navires, il devait rapporter des provisions à une garnison française dont nous sommes, nous les Écossais, des alliés fidèles... mais il n'est jamais revenu.

— Oh, je suis désolée ! lança Diane infiniment attristée en pensant au destin tragique de ses parents. Je peux t'offrir autre...

— *Naye !* se récria Iain en la prenant dans ses bras. Tu viens de me faire le plus beau cadeau du monde ! Et par ce présent, je sais d'autant plus que tu es la promise que les Dieux m'ont désignée, car tous les chemins sont jalonnés de signes, et cet échiquier... en est un ! C'est... un cadeau que je chérirai et qui effacera la peine de mon cœur. Nous jouerons aux échecs, et je te battrai à plate couture, ajouta-t-il avec un clin d'œil narquois. Ensemble, nous créerons d'autres souvenirs heureux. *Tapadh leat, m'eudail* (Merci à toi, mon amour) !

Les yeux gris de Iain brillaient de reconnaissance et de

tendresse. Il se pencha à nouveau dans le but de cueillir un baiser sur ses lèvres... Chose qui ne se concrétisa pas, car le *Bodach na Nollaig* venait de rompre le charme par son tonitruant :

— Hoy ! Hoy ! Hoy !

Pour ensuite ajouter :

— Dernier cadeau, faire je veux !

— Là, Barabal signe son arrêt de mort, gronda Iain entre ses dents.

Cependant, au lieu de se diriger vers le nain rouge dodu, il se figea sur place et écarquilla les yeux.

— *Och* ! Mais que fait-elle ?

Barabal qui s'en était retournée dans le foyer de la cheminée, saisit une sacoche à son ceinturon, l'ouvrit, et fit couler son contenu dans une de ses mains potelées.

C'était une sorte de sable argenté, très scintillant qui, à peine arrivé sur la paume du *Bodach na Nollaig*, s'envola dans les airs pour se diffuser partout dans la grande salle, comme l'avaient fait les pétales jaunes, et retomba en une pluie douce et féérique.

Comment Iain pouvait-il en tenir rigueur à la *Seanmhair* ? Elle désirait simplement partir en beauté, et cette poudre argentée était de toute splendeur. Un bon point pour elle. Le laird la tuerait plus tard !

Mais... qu'il faisait soudainement chaud dans cette vaste pièce !

Iain et Diane, sans se concerter, saisirent leurs hanaps de bière et burent comme s'ils venaient de traverser un désert.

Le ricanement qui suivit, fut plus digne de Barabal que du *Bodach na Nollaig* et dans l'esprit de Iain, une sonnette d'alarme se mit à retentir.

Qu'avait-elle encore imaginé pour se jouer d'eux ?

— Respirer vous devez ! Bons petits vous êtes ! Humpf ! Hoy ! Hoy ! Hoy ! *Nollaig Chridheil* (Joyeux Noël) !

Elle parlait de la poussière argentée ?

Impossible de la rattraper pour lui tirer les vers du nez, déjà le corps grassouillet disparaissait dans le conduit de la cheminée en ronchonnant et en ahannant au rythme des trémoussements de son ample postérieur.

Dans son coin sombre, si elle l'avait pu, Barabal se serait frotté les mains et se contenta de rire entre deux essoufflements, du joli présent qu'elle venait de faire aux hommes et aux femmes. Car seuls eux seraient touchés par la potion.

Celle-ci était à base de gui, d'un morceau très rare de coquille d'oeuf de dragon, et de plusieurs autres ingrédients tenus secrets. Elle avait été très difficile à concocter et lui avait demandé beaucoup de concentration, ce qui, à son âge – plus de cent ans ? Barabal ne s'en souvenait plus – relevait de l'exploit.

N'empêche... elle était parvenue à réaliser la « Poussière des désirs » et avant la fin de la nuit... les appétences des femmes et hommes du clan se concrétiseraient enfin ! Tous !

Le *Bodach na Nollaig* venait de frapper fort !

— Contente de moi, je suis ! Plein de bébés, *Nollaig* prochain, nous aurons ! Humpf !

Chapitre 16
Nuit magique, nuit d'ivresse

Diane avait épouvantablement chaud dans sa robe de bal verte. Le tissu léger et soyeux qu'elle portait sur une simple chemise lui collait à la peau, et sa poitrine était oppressée, comme prisonnière d'un corset. Chose qui ne pouvait être, car elle les avait tous détruits par le feu sous le coup d'un acte impulsif et libérateur, qu'elle ne regrettait nullement, bien au contraire !

Son corps était victime de troubles inédits... Son sang pulsait à ses oreilles en un tempo débridé, sa respiration devenait presque laborieuse, des frissons voluptueux parcouraient sa peau, et en levant les yeux sur ce qui l'entourait, elle constata que le changement qu'elle éprouvait ne se faisait pas seulement en elle, mais également tout autour d'elle.

L'atmosphère s'était considérablement modifiée depuis le départ de Barabal et l'ambiance aussi.

Les familles et les enfants avaient disparu, certainement avaient-ils réintégré leurs chaumières pour profiter des derniers moments de cette nuit magique et à la place, un groupe de musiciens s'était installé non loin de l'estrade où Diane se tenait.

Où était Iain ?

Là...

Elle posa ses yeux sur la grande silhouette virile qui évoluait souplement dans la salle pour aider ses hommes à débarrasser les tables sur tréteaux et à aligner les bancs le long des murs de pierre et ainsi, donner libre espace à toute personne qui souhaiterait danser.

Iain avait remonté les manches de sa tunique sur ses biceps gonflés et Diane éprouva à nouveau des difficultés à juguler les sensations brûlantes qui envahissaient son corps. Elle déglutit péniblement et se surprit à soupirer langoureusement à chaque mouvement des muscles sous la peau tendue. Que n'aurait-elle pas donné, pour suivre du bout des doigts, les veines saillantes qui couraient de ses bras jusqu'à ses poignets... ou encore sur le haut de ses mains... ou...

— Par les Dieux, gémit une voix connue, presque mourante, tout près d'elle. On dirait qu'il fait exprès de me narguer en ne mettant jamais de tunique !

— Qui, Iain ? ne put se retenir de s'écrier Diane, brutalement revenue sur terre grâce à l'intervention de Seindeï et déconcertée par ses propres pensées vagabondes.

— *Naye*, répondit Iseabal. Seindeï parle de son Jason.

— Oh *aye*..., souffla cette dernière. Mon Jason... Regardez comme sa peau luit sur son torse bandé... Hum, je lécherais bien...

— Un miroir ? coupa Ealasaid en rougissant violemment et en espérant que Seindeï se taise !

Elle-même ne pouvait s'empêcher de suivre des yeux le très attirant Viggo. D'ailleurs... Toutes les femmes autour de Diane, y compris elle, s'attardaient sans en perdre une miette, sur chaque mouvement des hanches, des torses, des cuisses râblées à peine dissimulées sous le kilt de leur Highlander respectif.

Et ceux-ci... en jouaient et en ajoutaient, pour avoir eux-mêmes remarqué le trouble des dames.

Néanmoins, s'en amusaient-ils vraiment ?

Plus le temps passait dans la salle, plus ils adoptaient la posture de loups guettant leur proie. Ils étaient tous beaux, sombres, attirants et diablement sexy. Leurs yeux luisaient presque dans la pénombre tamisée et voulue, car une partie des bougies et torches avaient étaient éteintes intentionnellement.

— Ce que j'ai chaud... se plaignit Seasaidh dans un soupir alors qu'elle se tenait un peu plus loin, en s'éventant de la main, ses joues rouges appuyant ses dires.

Ses amies éprouvaient-elles le même embrasement qu'elle ? À l'étonnement de cette constatation suivit une autre pensée incongrue, où Diane se maudissait intérieurement d'avoir omis de mettre au moins un de ses éventails dans ses malles.

Ils n'avaient été que des artifices pour elle, lors des bals mondains de son époque d'origine, mais ici, à l'instant présent, Dieux qu'ils auraient été utiles !

Le tempo du tambour vint enflammer encore plus les sens. D'abord seul, lent, puis de plus en plus soutenu et effréné, suivi au bout d'un moment par le son des flûtes, des violons[20] et des *small pipes*[21] qui se joignirent à lui pour invoquer une musique quasi d'ordre mystique. Des couples enthousiastes se formèrent sur la piste de danse et se mirent à tournoyer, frapper des pieds et des mains, pour virevolter à nouveau en gigues cadencées et endiablées.

Quelques spectateurs, des anciens qui n'avaient de toute évidence aucune envie de réintégrer leur chaumière, applaudissaient ou sifflaient en chœur, ajoutant par ces actes encore plus de vie à cette scène déjà hautement festive.

Diane se surprit elle-même à battre du pied en mesure et à se tortiller sur place en rythme avec la musique qui l'envahissait toute.

Néanmoins, elle fut quelque peu déstabilisée, quand au-delà de la piste de danse, ses yeux croisèrent ceux de Iain qui la fixait, un léger sourire sur ses lèvres sensuelles, tandis

---

20 *Violon dans les Highlands : Autour de la période de la restauration (1660), le violon est arrivé en Écosse et devait devenir, avec les cornemuses, un des deux instruments nationaux.*
21 *Small pipes : Petites cornemuses des Highlands.*

que ses iris gris reflétaient quelque chose de plus sombre, de beaucoup plus impudique.

Et ce bruit du tambour qui l'emplissait, prenait possession de son corps et de son cœur qui pulsait en une cadence frénétique.

— Ohhh... ils s'alignent ! couina la jeune Cassiopée, sans se rendre compte que Diane, ses amies et elle-même se tenaient également sur une ligne.

Effectivement, de part et d'autre de la piste de bal et des danseurs, les Highlanders et les dames se faisaient face dans un bel ensemble coordonné. Les choses devenaient de plus en plus troublantes...

— Par les Dieux ! Ils vont le faire ! s'écria une autre femme prénommée Martine, que Diane avait croisée à de nombreuses reprises.

— Que... que vont-ils faire ? s'enquit celle-ci en balbutiant et en se sentant totalement déroutée par l'attitude incontestablement virile des hommes.

Et pour cause, car à l'instar de l'ombrageux Jason, tous se débarrassèrent de leur tunique de lin blanc en la faisant glisser par dessus leur tête pour la laisser nonchalamment tomber sur le sol par la suite.

— Ils brisent leur pacte ! s'exclama Seasaidh dans un souffle court et les yeux écarquillés par ce qu'elle voyait.

Une équipée de Highlanders beaux comme des dieux, la peau roulant sur des muscles tendus et saillants, et qui ne cachaient plus leur intention de partir à la conquête de leurs femmes.

C'était à en avoir la chair de poule !

— *Och !* fit Iseabal en posant les mains sur sa poitrine tandis que son Keanu, un splendide guerrier à la longue chevelure brune, nattée sur le côté, silhouette fine et athlétique, se détachait de la lignée pour ensuite fendre la foule des danseurs et marcher droit sur elle.

On aurait cru qu'Iseabal allait fondre comme du beurre au soleil, tant son trouble et sa brusque faiblesse physique étaient perceptibles de tous.

Ses jambes fondirent, oui. Elles se dérobèrent sous elle alors que Keanu n'était plus qu'à un pas d'elle.

Cependant, Iseabal ne toucha jamais le sol, son promis la soulevant dans ses bras pour l'emporter loin des regards du clan.

— Ils nous kidnappent à la mode des Highlands ! cria Seindeï, rose d'excitation, sautillant presque sur place, et ne quittant plus son Jason des yeux.

— Ils font... quoi ? s'étouffa Diane en se penchant en avant pour être plus apte à discuter avec la jolie brunette, visiblement très exaltée, qu'Eleasaidh masquait à sa vue.

Soudain, du coin de l'œil, Diane vit apparaître dans son champ de vision la grande stature de celui que tous appelaient : Jason le ténébreux. Et il portait bien son nom ! Sombre, patibulaire, les sourcils noirs et touffus accusant encore plus les traits durs et pourtant harmonieux de son visage aux hautes pommettes.

C'était un colosse ! Une montagne de muscles à lui tout seul, et Seindeï faisait figure de minuscule souris à ses côtés.

D'ailleurs, celle-ci en émit les petits cris quand Jason la souleva aussi facilement qu'un fétu de paille pour ensuite... la jeter sur son épaule comme un vulgaire sac de patates.

Déjà il s'en retournait vers la sortie, d'une grande foulée décidée, et Seindeï s'écriait d'un ton faussement réprobateur :

— Jason ! Oh, Jason ! Pas comme ça !

Pour toute réponse, le colosse frappa son postérieur d'une claque bien sonore en lâchant un ricanement rocailleux, et Seindeï, tête ballante dans le bas de son dos musclé, se mit à glousser d'un air de profonde félicité.

Elle avait enfin ce qu'elle voulait !

Jason l'emportait dans son antre.

Et cette sorte de manège entre femmes et hommes se répéta. Pour Ealasaid et Viggo, Seasaidh et un certain Éric, Ambre, Anne, Gaelle, Krikri, Ketty, Colyne, Stephanie,

Cassiopée, Olivia, Mag, Floriane, Mélanie, Aureleïn, Alice, Cécile, Bruni, Charlotte[22] et tant d'autres demoiselles du clan.

Toutes furent kidnappées à tour de rôle, et à la fin... il ne resta plus que Diane, le son affolant du tambour, beaucoup moins de danseurs, et... Iain au regard ardent et aux traits tendus par un désir impétueux que plus rien ne pouvait masquer.

Et ce désir, au fort trouble de Diane, était en tout point partagé.

Des papillons batifolaient dans son ventre, des ondes à la fois délicieuses et douloureuses avaient pris naissance dans les parties les plus intimes de sa personne, de ses seins à son entrejambe.

Diane se sentait nerveuse, perdue, cependant irrémédiablement ensorcelée et impatiente de découvrir ce qui allait se passer dans les instants à venir.

Avait-il fait un pas ?

Non, il ne bougeait pas. Pourtant, elle avait la sensation étrange de percevoir la caresse langoureuse de ses mains sur son corps qui se tendait telle la corde d'un arc, et éprouvait le besoin de quelque chose de plus accompli... sans savoir de quoi il s'agissait tant ses connaissances dans le domaine de l'amour tenaient de l'ordre du néant.

Dans sa tête, alors que son être n'était plus que lave, ses pensées se faisaient tumultueuses. Un curieux chaos régnait dans son esprit, entre la voix de la conscience qui essayait de la ramener à la raison et une autre voix, fascinante, qui la poussait à s'abandonner sans réserve.

De tout ça résulta une peur, née de l'impossibilité que Diane avait à maîtriser toutes ces pulsions, ces sensations nouvelles, et ses sentiments.

Quand Iain, torse nu – sublime emblème de la masculinité virile absolue –, fit enfin un pas dans sa

---

22 *Tous ces prénoms, pour beaucoup non-gaéliques, sont voulus pour le clin d'œil du roman à ses fans.*

direction, Diane – arrivée au summum de la nervosité – pirouetta sur elle-même et s'élança en sens inverse. Peu importait où la guideraient ses foulées, pourvu qu'elle soit loin de ce lieu et de ce guerrier qui déclenchait en elle un tumulte d'émotions ingérables.

Le son du tambour s'éloigna, mais un autre prit sa place : celui du sang qui pulsait dans ses veines et faisait écho dans ses oreilles.

Elle longea un couloir sombre, tourna à droite, puis à gauche, le tissu aérien de sa robe verte voltigeant comme la bannière d'un drapeau dans son dos.

Là, un mur, ici une impasse. Le château semblait vouloir jouer avec elle et se modifiait à chaque détour d'une alcôve. Dans son immense trouble, Diane ne reconnaissait plus les lieux, ne trouvait plus aucun repère.

Elle était perdue, se sentait égarée !

Mais pourquoi ?

N'avait-elle pas appelé de tous ses vœux, de tout son être, à l'aboutissement de ce moment ?

Être dans les bras de Iain, après avoir fantasmé sur lui des nuits et des nuits durant, n'était-ce pas ce qu'elle souhaitait le plus au monde ?

Oui !

Cependant, la peur de l'inconnu la taraudait et celle-ci était tout bonnement incontrôlable !

La course éperdue de Diane se termina au détour d'un autre corridor qui donnait sur une pièce qu'elle n'avait pas encore explorée. Une petite salle d'apparat, elle aussi réchauffée par le feu d'une cheminée, néanmoins, beaucoup moins imposante que celle qu'elle venait de quitter.

Cependant, Diane ne se rendit compte en rien du décor du lieu, car ses yeux furent irrémédiablement attirés par deux couples à moitié dévêtus qui s'ébattaient là. Deux femmes brunes, des jumelles sans aucun doute au vu de la similitude de leur physique, et deux guerriers highlanders, qui n'avaient de toute évidence pas trouvé chaussure à leur pied après le passage du *Bodach na Nollaig*.

D'abord choquée, Diane se retrouva ensuite comme figée... Immensément troublée par ce qu'elle voyait.

Un des duos se tenait non loin de la cheminée, la femme avait la poitrine haute, pleine, et dévoilée. Ses tétons dressés pointaient fièrement à la lueur des flammes orangées, tandis qu'à genoux devant elle, l'homme lui avait soulevé les jupes sur les hanches et niché son visage dans le creux de ses cuisses. Ce qu'il lui faisait, aux soupirs langoureux de la belle, ne devait en aucun cas être déplaisant.

Diane en ressentit une vive pulsion primitive dans le bas ventre.

Et là, sur la table, l'autre femme était allongée sur le dos, les jambes largement écartées alors que son amant, debout, allait et venait en elle, les mains accrochées à ses cuisses, en fougueux coups de reins.

Cette scène lui fit penser aux bacchanales décrites dans les livres d'histoire de la Grèce antique, où des dames et des hommes se livraient, en toute impunité, à tous types de débordements, notamment à connotations sexuelles.

Diane elle était comme hypnotisée par la folie passionnelle qui embrasait les amants. Par leurs soupirs, leurs râles et les grognements de celui qui se déchaînait et s'enfonçait de plus en plus vite dans le ventre de sa compagne, tandis que celle-ci l'encourageait par ses cris aigus.

Ces femmes, elles n'étaient pas de prime jeunesse, avaient certainement atteint la cinquantaine, cependant leurs corps avaient gardé une beauté aux formes voluptueuses, attrayantes, et leurs visages aux traits fins et aguichants auraient fait céder le plus incorruptible de tous les saints.

Qui étaient-elles ?

Mon Dieu ! Voilà que l'homme qui était à genoux se relevait, saisissait sa compagne en la retournant comme une crêpe et la plaquait ventre contre le mur le plus proche ! En quelques mouvements nerveux et saccadés, il remonta à nouveau les jupes, lui écarta les jambes de son genou, et entra en elle d'un puissant coup de boutoir et fort râlement.

Diane mit sa main sur la bouche pour ne pas faire entendre le petit cri qu'elle venait de pousser. Loin de l'indisposer, même si elle se sentait gênée d'être là, à les contempler, cette scène d'orgie portait son corps à ébullition. Le tissu de sa propre robe frottait la pointe érigée de ses seins et Diane se trémoussait sur ses jambes pour juguler cette douleur pernicieuse qui ne quittait plus le haut de ses cuisses.

Que se passait-il ?

Que lui arrivait-il ?

Depuis que Barabal les avait aspergés de cette pluie argentée, plus rien ne se déroulait normalement. Diane avait l'impression d'évoluer dans un autre monde, où tous les plaisirs et les désirs de la chair pouvaient être concrétisés sans que la morale n'ait aucun mot à dire dans cette histoire.

Soudain, elle sentit un torse puissant, chaud, se coller à son dos. Des mains entouraient sa taille et lui caressaient le ventre en cercle doux et forts à la fois.

Un souffle incandescent dans sa nuque fit courir des frissons le long de sa colonne vertébrale, et inconsciemment, elle se laissa aller en arrière pour savourer la dureté des muscles de l'homme qui venait de la capturer.

Iain...

— Douce Diane, la vision de ces ébats n'est pas faite pour toi. C'est à moi, et à moi seul, qu'incombe le devoir de t'instruire et de t'initier aux jeux de l'amour.

Il parlait d'une voix rauque, langoureuse, captivante... Et Diane bascula sa tête contre son torse, tandis que les lèvres de Iain butinaient la peau tendre de son cou, et que ses mains remontaient insidieusement vers sa poitrine pour la prendre en coupe et la modeler à sa guise.

Elle n'était plus elle... Diane ne se reconnaissait plus !

Elle souhaitait qu'il lui fasse la même chose que ces hommes faisaient à ces femmes. Elle voulait gémir, soupirer et puis crier de plaisir. Et pour le moment, elle mordait ses propres lèvres pour contenir la douleur sournoise qui pulsait en elle et que seul, Iain, pourrait guérir.

— Qui sont... ces dames... ? souffla-t-elle, à son grand étonnement, car Diane se croyait incapable de réfléchir.

Le rire de Iain résonna dans son corps, alors qu'il ondulait doucement des hanches derrière elle, la poussant à le suivre dans cette danse éminemment sensuelle et déroutante.

— Les sœurs Boyle, l'informa-t-il en embrassant le coin de sa bouche, la plaquant plus fortement contre lui et sa virilité palpitante, tandis qu'une de ses mains remontait le bas de sa robe pour que ses doigts puissent être en contact avec sa peau veloutée.

Boyle ? Mais... elles étaient beaucoup plus âgées que Iain ? Diane les imaginait jeunes, aguicheuses, faciles !

Elles étaient tout cela... sauf « jeunes ».

— Elles m'ont dépucelé à l'âge de douze ans, s'amusa à murmurer Iain, ses doigts glissant dans l'ouverture de la culotte de Diane. Elles m'ont appris des tas de choses... hum..., soupira-t-il en atteignant son but, la source moite et chaude au plus secret du corps de Diane.

Celle-ci en sursauta violemment, tant la sensation qu'avait déclenchée sa caresse en cet endroit avait été foudroyante.

Les cris de jouissance dans la grande salle allaient crescendo, tout autant que la respiration de Diane et de Iain qui prenait maintenant plaisir à jouer avec un petit bouton caché dans les replis de sa féminité.

Par les Dieux ! Des ondes sauvages, indomptables, inondaient son ventre. L'endroit que Iain caressait de plus en plus rapidement était en feu et douloureux à la fois. Quelque chose d'irrépressible montait en Diane, quelque chose qui demandait un autre accomplissement et lui coupait le souffle, la poussant à gémir, et gémir encore.

Sans s'en rendre compte, toute prise à la découverte de son plaisir, elle frottait de ses fesses le membre dressé de Iain et suivait les mouvements cadencés de ses hanches.

Il arrêta de l'embrasser dans le cou, sur la joue, et planta ses dents dans la chair tendre de son épaule dénudée, en même temps qu'il entrait en elle de deux doigts.

Sur le coup, Diane en perdit le souffle, crut s'enflammer sur place, et se mit sur la pointe des pieds pour essayer de se libérer de cette présence envahissante, mais ô combien foudroyante. Iain passa un bras autour de sa taille, l'enserra encore plus, et suivit son mouvement en poussant à nouveau dans son fourreau lisse et brûlant. Il allait et venait agilement, frottant à l'extérieur comme à l'intérieur et Diane n'en pouvait plus de cette boule qui grossissait en elle et semblait vouloir faire exploser son corps.

— Regarde-les, lui ordonna-t-il dans un grognement. Laisse-toi faire comme ces femmes, lâche tout !

Les couples s'emboîtaient dans des danses frénétiques, les postérieurs musclés et nus des hommes se déchaînaient au niveau du bassin de leurs compagnes, et celles-ci... hurlaient, se trémoussaient, griffaient le dos de leurs amants, et s'accrochaient à tout ce qui leur tombait sous la main.

Et soudain tout explosa en Diane, une lame de fond la pulvérisa et un long cri se forma dans sa poitrine pour être emprisonné sous le baiser ardent de Iain, sa langue l'envahissant comme ses doigts l'avaient fait peu de temps auparavant.

Il avait cessé ses caresses au moment même de l'orgasme, l'avait retournée dans ses bras et l'avait serrée contre lui dans un étau de force et de fougue.

Loin de se calmer, Diane soupirait et ondulait du bassin. Ce qu'elle venait de vivre était inimaginable et continuait de la bouleverser.

— Ce n'est pas fini, grommela Iain en plaquant son membre contre son ventre palpitant et en lui posant la paume de sa main sur la bouche pour masquer les bruits de sa respiration hachée.

Dans le même temps, il la poussa dans l'ombre protectrice de l'alcôve où ils se tenaient et quelques instants plus tard, les deux couples aux habits réajustés faisaient leur sortie et s'en allaient comme si de rien n'était.

Diane contemplait la haute silhouette de Iain aux contours découpés par la lumière tamisée provenant de la salle. De son visage, elle ne voyait rien, mais l'entendait respirer laborieusement.

— Viens, lança-t-il en lui prenant la main d'autorité et en la guidant à sa suite vers la pièce vide.

Ils allèrent jusqu'à la cheminée, se firent face, et enfin, Diane put le contempler comme elle mourait d'envie de le faire depuis sa fuite inutile.

Une longue mèche noire lui tombait du front jusque sur son torse musclé et lui-même la détaillait de ses yeux gris où brûlait la flamme d'un feu intérieur. Ses mâchoires étaient crispées et ses belles lèvres sensuelles étaient pincées.

Pour un peu, il lui aurait fait peur tant la tension qui l'habitait ressortait par tous les pores de sa peau. Mais une partie audacieuse de sa personne prit le dessus et Diane approcha les doigts de son visage pour écarter les cheveux soyeux sans les relâcher.

Attendait-il ce geste pour pouvoir à nouveau la toucher lui-même ? Son grand corps aux proportions bien découplées tremblait de la rigueur qu'il s'imposait à ne pas lui sauter dessus comme le poussait à faire le désir qu'il avait d'elle.

Il passa ses mains dans la coiffure de Diane, faisant chuter au sol les belles épingles à chignon aux extrémités perlées, s'approcha à nouveau d'elle à se toucher, et se pencha pour poser sa bouche avide sur la sienne.

Diane avait pensé à un baiser fougueux, à l'instar de tout ce qu'il venait de lui faire découvrir. Mais ce fut un baiser doux, langoureux, où sa langue chercha la sienne pour la goûter lentement, la sucer, et bouger en un va-et-vient suggestif que son bassin imita contre le sien.

À nouveau le feu montait en Diane qui ne se rendit aucunement compte du fait que Iain la déshabillait habilement.

Tout comme elle ne s'aperçut pas que lui-même se débarrassait de son kilt et de ses bottes.

Comment avait-il fait ça ?

Par magie ?

Nus, ils étaient chair contre chair, debout sur le tissu de leurs atours, et Iain fit ployer en douceur le corps de la jeune femme pour qu'elle se retrouve allongée sur le tapis de vêtements. Il se coucha sur le côté opposé de Diane et de la cheminée. Son regard allait et venait sur ses courbes fines, indéniablement féminines malgré sa petite taille. Il choisit de suivre le jeu d'ombres et de lumière que les flammes dessinaient sur la peau de Diane, qui gémit à nouveau sous ces attouchements d'une tendresse absolue et puis, il l'embrassa encore.

De plus en plus suavement, avec de plus en plus d'ardeur, poussé par un désir qui se rappelait à son bon souvenir.

— Il faut que je te fasse mienne, murmura-t-il, le visage perdu dans le creux de ses seins tandis que ses doigts recommençaient leur manège dévastateur au niveau de son bas ventre.

— Iain ! s'écria Diane en basculant la tête en arrière et en cédant à la poussée de son genou qui lui écartait les cuisses.

Elle le sentait évoluer au-dessus d'elle, se placer en position de dominant tandis qu'elle avait fermé les yeux de plaisir, et les rouvrit comme il faisait aller et venir son membre épais sur son clitoris à l'aide de la moiteur chaude qui nappait son intimité.

Ce mouvement fit revenir les ondes insoutenables qui l'incitaient à se déhancher, à quémander autre chose...

— Diane, ma femme... gronda-t-il tout contre ses lèvres pour étouffer son cri quand il la prit en une seule et magistrale poussée.

Il était gros et trop grand ! Il lui faisait mal et Diane chercha à se soustraire à son invasion en reculant du bassin.

— Chut... ne bouge pas ! C'est ta première fois et la douleur passera. Tout ira mieux quand tu t'habitueras à ma présence au fond de toi.

Jamais elle ne pourrait se faire à lui ! Elle était menue, et lui... ne cessait de prendre du volume dans son ventre !

Elle le sentait l'envahir encore et encore, comme si jamais il ne pourrait atteindre son but.

Il l'embrassa sensuellement et déplaça ses hanches sans séparer leurs corps. Il regardait l'endroit où leurs sexes s'unissaient et se mit à flatter du bout des doigts le petit bourgeon de désir qui palpitait juste au-dessus.

Diane en soupira de délice et s'alanguit. Il semblait qu'en fin de compte elle se fasse à sa vigoureuse intrusion. Il la caressait en effleurements subtils et à chaque fois qu'il la sentait se détendre, s'enfonçait un peu plus dans son antre en ondulation souple et décidée.

— Ouvre-toi, *mo chridhe*... Plus... encore plus, susurra-t-il dans le creux de son oreille, son torse puissant stimulant la ronde poitrine de Diane en suivant le mouvement d'allées et venues que venaient d'entamer ses hanches.

Diane perdait le souffle à chaque fois qu'il revenait en elle, de plus en plus loin, de plus en plus fort, avant de se retirer et de donner un grand coup de boutoir pour l'investir à nouveau, jusqu'à la garde.

Il l'avait déflorée, l'avait faite sienne, et l'envahissait en la comblant de la présence de son corps. C'était une sensation inédite, troublante, de le sentir si dur, palpitant et tendu au fond de son ventre, et Diane en voulait plus, toujours plus...

— Oui... oui... oui... gémit-elle, emportée par le plaisir, les mains accrochées sur les épaules de Iain qui la clouait au sol par ses puissants assauts et se maintenait à bout de bras au-dessus d'elle.

Ses plaintes, comme le chant des sirènes, ensorcelèrent Iain, qui perdit toute retenue et se mit à lui faire l'amour comme un possédé.

Il avait besoin de la sentir se resserrer autour de son sexe, besoin de toucher le fond de son ventre si chaud. Il voulait qu'elle le sente et qu'elle crie à chacune de ses phénoménales poussées. Il glissait en elle, et elle sur lui, et à chaque mouvement, les ondes brûlantes provoquées par l'orgasme imminent les faisaient trembler d'extase.

Diane l'enserra de ses jambes, suivit comme elle le put ses fulgurantes poussées, toujours plus rapides, toujours plus violentes, et son être se prépara derechef à la sensation d'être pulvérisé par une vague infernale de plaisir.

Elle hurla quand le monde bascula, quand il s'enfonça puissamment une dernière fois en elle et ne se rendit pas compte tout de suite qu'il se retirait pour répandre sa semence sur son ventre en gémissant et râlant de passion dans son cou.

Petit à petit, leurs corps se calmèrent. La fièvre baissa, et la réalité reprit peu à peu ses droits.

Chapitre 17

Le briseur de cœur

Diane se réveilla en battant difficilement des cils, dans une pièce dont elle ne reconnut pas le décor. Celle-ci était indéniablement masculine, au mobilier strict et succinct, où les murs de pierres étaient diaprés d'armes blanches entrecroisées, aux lames visiblement affûtées.

Une chambre de guerrier...

Celle de l'homme à l'odeur enivrante de cuir et de musc qui la tenait bien serrée contre lui : Iain Saint Clare !

Diane retint sa respiration et se figea dans la chaleur de ses bras.

Ils étaient allongés, nus, dans un grand lit aux armatures de chêne brut, bien au chaud sous des draps, des fourrures, et un plaid aux couleurs du clan.

En même temps que son esprit émergeait des limbes du sommeil pour enregistrer ces informations, les souvenirs de leurs ébats et de tout ce qui s'était déroulé avant ceux-ci envahirent sa mémoire en un flash fulgurant.

Par les Dieux, était-ce bien elle qui s'était offerte sans concession, ni état d'âme, au seigneur de ces terres ?

Sans nul doute...

Diane en éprouva un vif embarras et une sensation de malaise. Pas parce qu'elle regrettait ce qui s'était passé, bien au contraire, mais à cause de la manière dont tout cela s'était fait.

Qu'allait penser Iain de sa promise ? Ne l'avait-il pas

trouvée trop facile ?

Elle était une lady, elle avait une conduite à tenir, des règles à respecter ! Une lady, justement, ne devait pas se comporter comme une gourgandine ! Elle aurait dû se détourner de la vision des amants passionnés ! Pourtant, elle n'avait rien fait de tout cela... En cette nuit enchantée, elle s'était laissé consumer, et son esprit ainsi que son corps lui avaient échappé !

Elle avait changé, avait aspiré à connaître la félicité dans les bras de Iain et s'était offerte à lui de sa propre volonté. Il était son promis, son Âme sœur, il avait clamé son amour pour elle... Alors non, elle n'était pas une fille de rien, elle s'était donnée à lui par amour également.

Comme cet acte charnel avait été loin des fantasmes innocents qui peuplaient les nuits de son ignorance virginale !

Un flash à nouveau, et une bouffée ardente parcourut son être, tandis qu'elle se revoyait avec Iain, leurs corps enlacés et ondoyants sur un tapis de vêtements, peau contre peau, lui sur elle, puis lui en elle qui le suppliait en gémissant de la posséder encore et encore à la lueur dorée orangée qui provenait de la cheminée.

Le cœur battant la chamade à ce souvenir intense, Diane prit sur elle pour se calmer et jeta subrepticement un coup d'œil autour d'elle. Ici aussi, un feu répandait sa chaleur dans la pièce et ses flammes baignaient l'endroit d'une douce lumière tamisée.

Cela ne faisait donc pas si longtemps qu'ils étaient arrivés en ce lieu, car Iain avait, de toute évidence, pourvu à alimenter le foyer avant de se coucher auprès d'elle.

Apparemment, il dormait. Sa respiration profonde et calme lui titillait la nuque et les mèches de cheveux qui s'y attardaient. Il avait passé un bras possessif autour de sa taille et les cuisses de Diane étaient prisonnières sous le poids de sa jambe musclée et poilue. Chose qui fit incongrûment sourire Diane. Il la chatouillait !

C'était la première fois qu'elle s'éveillait dans le lit d'un homme et les sensations inédites qui allaient de pair avec cette situation, faisaient que Diane se sentait soudain très différente, comme si elle était devenue une autre.

Parce qu'elle était dorénavant une femme, à part entière.

Brusquement, elle mourut d'envie de contempler Iain dans son sommeil, sans le réveiller, pour enregistrer ses traits dans sa mémoire et l'avoir rien qu'à elle l'espace d'un instant ! Mais pour cela, elle devait lui faire face...

La partie n'était pas gagnée.

Lentement, Diane se contorsionna et se retourna. Le bras de Iain resta à sa place, mais ce fut une autre paire de manches pour glisser sous le poids de sa jambe. Cet homme était fait de roc ! Et décidément oui, ses poils la chatouillaient !

Après moult gesticulations, Diane obtint enfin ce qu'elle cherchait : ils étaient face à face et ses seins se plaquaient à présent contre son torse puissant.

Elle retint son souffle comme il marmonnait, toujours assoupi. Une mèche noire barrait son noble visage aux traits ciselés, d'autant plus beaux dans le repos avec ses longs cils sombres qui ourlaient le contour de ses paupières au-dessus de son nez droit, de sa bouche aux formes pleines et sensuelles, et de son menton carré à la barbe naissante.

Dieux, ce qu'elle aimait cet homme !

Une puissante émotion de tendresse l'envahit en même temps qu'une autre pensée se développait dans son esprit. Une pensée qui lui donnait envie de se lever d'un coup et de danser en chantant sur le lit.

Nue ? Et alors, au diable la pudibonderie !

« *Je suis sa femme !* », criait une voix dans sa tête.

Une douce euphorie avait gagné son âme et Diane glissa les mains sous sa joue pour mieux contempler Iain et s'empêcher de le réveiller en le touchant comme ses doigts lui démangeaient de le faire.

Un étrange sourire coquin dessinait sa bouche.

Diane cilla, et se dit qu'elle avait rêvé, car l'instant suivant, le sourire avait disparu.

Elle reprit donc son observation et baissa les yeux sur son cou. Le torque en or réverbérait la lueur des flammes et les motifs celtiques qui y étaient gravés paraissaient prendre vie, entre ombre et lumière. Cédant au puissant besoin de le toucher, Diane approcha une main hésitante et suivit du bout d'un doigt léger le contour de son épaule large et de son bras aux muscles et veines saillants. Troublée, elle se souvint avoir souhaité faire ce même geste, alors qu'elle se tenait dans la grande salle, juste avant que les hommes ne brisent leur pacte.

Maintenant... le rêve était devenu réalité et il était tout à elle !

Diane se sentit soudain l'âme mutine, et fit glisser son doigt vers ses pectoraux et les mamelons bruns aux pointes durcies.

Iain poussa un soupir langoureux, mais n'ouvrit pas les yeux. Dormait-il toujours ?

C'était à supposer. Alors elle reprit son manège, et s'étonna de sa hardiesse tandis qu'elle continuait sa douce caresse en descendant vers le nombril et la fine toison sombre qui partait en ligne vers un endroit caché sous les fourrures.

— Tu joues avec le feu, *nighneag* (petite)... susurra la voix terriblement rauque de Iain, ses yeux à moitié ouverts sur son ensorcelant regard d'un gris pur.

— Oh ! souffla Diane déconcertée, en voulant reculer sa main, chose que Iain l'empêcha de faire en entrelaçant ses doigts aux siens. Tu ne dormais pas !

— *Naye*, je guettais ton réveil. Tu es si belle quand je te partage avec Morphée, ajouta-t-il en resserrant son emprise autour de sa taille fine pour l'approcher au plus près de lui.

Le forban ! Il faisait semblant de sommeiller depuis le début !

Constatation que vint confirmer la forte protubérance toute masculine qui pulsait virilement contre son ventre velouté. La chaleur empourpra les joues de Diane en prenant conscience de la flagrante preuve du désir que Iain avait pour elle, et le feu qui s'était cantonné à son visage se répandit dans son être comme une traînée de poudre.

Il était plus que prêt à refaire l'amour.

Mais elle, l'était-elle ? Son esprit criait « oui » – pour une fois – et son corps meurtri au creux des cuisses gémissait « répit ».

C'était le monde à l'envers !

Iain dut lire la franche confusion sur son visage, car loin de la brusquer, il l'embrassa avec tendresse en laissant courir sa langue sur ses lèvres pulpeuses.

— N'aie crainte *m'eudail,* je ne te prendrai pas à nouveau. J'ai manqué de retenue, t'ai déflorée avec trop de vigueur, et ton corps doit se reposer.

Diane en fut stupidement désappointée et reconnaissante tour à tour.

— Ma femme, murmura-t-il encore en l'embrassant sur le front, ses joues râpeuses la faisant frissonner sous la rude caresse.

— Oui... dès que nous nous serons unis devant les Dieux.

Pourquoi avait-elle dit ça ? Décidément, elle manquait vraiment de retenue en cette nuit hors du commun.

— Nous le sommes déjà, rit Iain en cherchant son regard noisette. Pas devant les déités, mais devant le clan. Car tu as passé la nuitée sous mon tartan. C'est une union, *mo chridhe* !

Diane, de surprise, se redressa sur le coude, ses seins pointant sous le nez de Iain qui en loucha de gourmandise.

Bien fait !

— Que dis-tu ?

Goguenard, il afficha un sourire canaille et se pencha pour lécher un téton aguicheur d'un rapide coup de langue.

Diane en frissonna violemment, et lutta contre son esprit pour garder la maîtrise de ses pensées. Iain avait annoncé qu'ils étaient unis ! Elle souhaitait comprendre... et faire l'amour aussi, tant pis pour les courbatures. Quel dilemme !

— Il y a une tradition dans les Highlands qui veut que quand un couple dort sous le tartan de l'homme, sa compagne devienne officiellement sienne. Tu es ma femme, la nouvelle dame Saint Clare.

— Véridique ? souffla Diane, infiniment troublée et touchée au plus profond de son cœur, car Iain avait fait en sorte que cette nuit d'amour se termine par une union dans les règles.

— *Aye !* Et demain, ou en ce jour, si nous arrivons à bouger le clan vers le Cercle des Dieux, après la fête de *Nollaig*, nous nous lierons devant les déités !

Diane était aux anges et follement amoureuse de cet homme-dieu incroyable et prévenant !

Et... mais, elle n'avait pas encore dit ce qu'elle éprouvait pour lui ? ! Il fallait qu'elle répare cet impair !

— Iain, je...

— Laird ! ! Il y a un problème qui requiert votre présence dans la grande salle ! Immédiatement !

Diane reconnut in petto la voix lourdement rocailleuse du guerrier qui venait d'interrompre leur aparté.

Il s'agissait sans conteste de la montagne de muscles prénommée Jason.

Iain s'élança hors du lit et des bras de Diane qui remonta les draps sur sa poitrine, plus par froid que par pudeur, car sa chaleur lui manquait déjà cruellement.

— Que se passe-t-il ? s'enquit-elle d'un ton alarmé en s'adossant au gros oreiller de plumes, les sourcils froncés par l'inquiétude, et sa chevelure blonde parant ses épaules d'un manteau de fils d'or.

Iain évoluait devant elle dans le plus simple appareil, large de carrure, taille et hanches fines, et longues jambes musclées et nerveuses.

Il n'avait plus rien de l'amant de la nuit, son corps et son visage étaient tendus. Diane avait devant elle un farouche Highlander qui se préparait comme s'il partait au combat. Et c'est ce changement visible dans son attitude qui avait déclenché en elle une sourde angoisse.

Il devait se passer quelque chose de grave.

Iain disparut derrière une tapisserie sombre, que Diane avait cru être une simple décoration sur le mur de pierres.

Intriguée, elle se leva en s'entourant du plaid et alla vers l'endroit qui titillait son subit intérêt.

C'était un passage vers une autre pièce, une sorte de salle d'eau où Iain, debout dans un baquet de bois, faisait ses ablutions en versant sur lui de l'eau chauffée près d'un brasero.

Même si la vision de ce splendide homme captiva Diane, sa curiosité éveillée l'incita à jeter un coup d'œil sur une semblable ouverture sur le mur voisin et qui était dissimulée, elle aussi, par une tapisserie sombre.

Pas à pas, tournant le dos à Iain, elle s'y dirigea, poussa le lourd tissu, et retint un petit cri ébahi : elle venait de pénétrer dans ses propres appartements !

Mais... comment était-ce possible ? Cet accès, cette pièce qui jouxtait sa chambre et celle de Iain... n'existaient pas la veille !

— Je voulais te faire une surprise, murmura l'homme de son cœur en la prenant dans ses bras par-derrière. J'ai aménagé les lieux pour que tu puisses te rendre à une salle d'eau.

— Et ta chambre..., souffla-t-elle étourdiment.

Iain rit doucement en l'embrassant dans le cou.

— Et mes nouveaux appartements, à vrai dire. Les anciens se situaient trop loin de toi. Nous avons fait quelques modifications tandis que tu étais occupée à la préparation de *Nollaig* et j'ai... déménagé.

Diane pirouetta dans ses bras et trouva son regard

amusé posé sur elle. Ses cheveux étaient mouillés, l'eau glissait en gouttes continues sur ses épaules en tachant la tunique blanche qu'il venait d'enfiler, de marques plus sombres.

Il avait mis son kilt, ses hautes chaussettes et ses bottes... d'où dépassait le pommeau de son *skean dubh*[23].

Vision qui raviva l'inquiétude de Diane.

— Reste ici, *mo chridhe*. Attends-moi au chaud, je ne serai pas long.

Un baiser rapide et déjà il n'était plus là.

Rester au chaud ? L'attendre ?

Non !

Diane avait besoin de savoir, tout comme lui, ce qui se passait en ce château. Après tout, n'était-elle pas la nouvelle dame du clan ?

Diane se dépêcha de faire sa toilette en utilisant les reliquats d'eau chaude laissée par Iain, s'habilla d'une de ses tuniques – beaucoup trop grande –, et drapa le plaid autour d'elle de manière à en faire une jupe longue. La tenue était loin d'être correcte, mais au diable, car le temps pressait. Peu après, elle trouva Iain qui discutait dans la salle d'apparat avec Jason, Keanu, et un nouveau personnage, une sorte de messager inconnu d'elle.

Pour ne pas se faire voir, Diane se retrancha dans l'ombre d'une alcôve.

Un peu plus loin du groupe d'hommes, se tenait aussi Larkin. Il paraissait nerveux, allant et venant en se torturant les doigts.

L'angoisse de Diane monta encore d'un cran.

Si seulement elle pouvait se rapprocher pour mieux les entendre !

Heureusement que les voix avaient tendance à porter sous les hautes voûtes de la grande salle et ainsi, quelques paroles purent être perçues par la jeune femme.

---

23   *Skean dubh : Dague du Highlander.*

— ... elle a mis au monde un quatrième fils et... ne peut quitter son chevet. Les guérisseurs craignent... de notre dame... il ne peut donc... au Royaume de France... il requiert votre aide.

Ce que c'était agaçant de ne pas tout comprendre !

— Jason, emmène notre... se restaurer... vais y réfléchir.

Même la voix de baryton de Iain ne parvenait qu'en monologue aux oreilles de Diane.

L'étranger s'en alla en emboîtant les pas du colosse Jason. Celui qui s'appelait Keanu, Highlander de cœur d'Iseabal, resta aux côtés de Iain. Et comme par miracle, ils s'approchèrent de l'endroit où se tenait cachée Diane.

Non, voyons ! Elle ne se dissimulait pas, elle voulait simplement laisser les hommes entre eux, voilà tout !

— Culum est à nouveau père ! s'exclama presque joyeusement Iain. Et je vais être parrain d'un petit Ewan de Brún !

Ohhhhh ! C'était donc ça ? Mais c'était une bonne nouvelle ? Alors pourquoi ces mines ombrageuses ?

— Je t'accompagne au Royaume de France, lança le beau Keanu.

— *Naye*, tu restes, ainsi que Jason et les hommes. Seul, je passerai plus facilement incognito. Avec la guerre qui fait rage entre les Français et les Anglais, ce ne serait pas le moment de se faire prendre. Il faut que je trouve et ramène l'aîné de Culum. La dernière fois qu'il a eu de ses nouvelles, le jeune Will était toujours au collège des Écossais de Paris.

Iain partait ? Il se rendait en France ?

Diane réfléchit frénétiquement pour se remettre dans le contexte historique de l'époque où ils vivaient. Si elle ne se trompait pas, ils étaient en pleine période de la deuxième Grande Guerre d'Écosse ! Ce conflit avait débuté par l'invasion du pays par l'exilé écossais Édouard Balliol, à la tête des « Disinherited »[24] et d'une armée anglaise, dans le

---

24 *Disinherited : Nom donné aux héritiers des seigneurs écossais dont les domaines avaient été confisqués par Robert Bruce pour*

but de destituer le roi d'Écosse David II Bruce. Les troupes de celui-ci furent battues à la bataille de Dupplin Moore en l'an 1332, brisant ainsi l'accord qui avait mis fin à la Première Guerre : le traité d'Édimbourg-Northampton.

Nous étions en l'an 1341, et cette période de conflit ne verrait pas la fin avant l'an 1357 !

Diane gémit intérieurement, la barbarie des hommes de pouvoir, leur convoitise, leur jalousie créeraient encore bien des combats et de nombreuses pertes de vies sur les champs de bataille qui allaient jalonner le temps.

« *Vite, réfléchis au contexte actuel entre la France, l'Angleterre et l'Écosse !* », s'admonesta Diane en tentant de garder son calme.

Oh ! Non !

En France, nous étions en pleine guerre de Cent Ans ! ! Et par l'alliance qui liait ce pays à l'Écosse et la Norvège, appelée en premier « Auld Alliance » puis « Traité de Corbeil », Iain et le clan étaient, ipso facto, les alliés des Français et d'autant plus... les ennemis des Anglais.

Pour le coup, Diane allait perdre la tête ! Iain ne pouvait voyager en France en ce moment et seul de plus, car le danger était bien trop grand !

Où disait-il devoir se rendre ?

Ah oui, le collège des Écossais à Paris ! Toujours sous le couvert de l'Auld Alliance, des enfants de nobles écossais partaient étudier là-bas, acquéraient la nationalité française en plus de celle d'origine, et renforçaient par leur présence l'union des deux pays.

Et c'est en ce lieu que se trouvait l'aîné de... Diane ne savait plus qui, et que Iain devait chercher ?

C'était de la folie !

— Je voyagerai par la mer du Nord, en tant que pêcheur. Une fois sur les côtes françaises, je rejoindrai nos contacts. Si tout se passe bien, je serai de retour rapidement,

---

leur engagement dans le parti anglais pendant la Guerre d'indépendance.

avec le fils de Culum.

— Les nouvelles de nos hommes là-bas ne sont pas bonnes, intervint Keanu. Je te conjure de nous laisser, Jason et moi, t'accompagner.

— *Naye !* Les temps sont durs dans les Highlands aussi. Il me faut des guerriers de confiance pour protéger notre clan contre une quelconque invasion, et je sais pouvoir compter sur vous deux. C'est pourquoi tu restes ! Fais seller mon cheval, je pars sous peu.

Keanu hocha gravement de la tête, salua son laird en posant le poing sur le cœur, et s'en alla accomplir les dernières directives données.

Diane fit mine de s'élancer vers Iain, plus sombre que jamais et perdu dans ses pensées, quand Larkin se racla la gorge avant de prendre la parole :

— Je suis au fait que le moment est mal venu, Iain, mais il faut que je te mette au courant d'un autre problème important. Il s'agit de Barabal !

— Parle, jeta Iain avec une pointe de lassitude dans la voix.

— Sache que c'est pour votre bien à tous que je m'en vais te conter... ce que j'ai appris... et non parce que je voudrais nuire à la *Seanmhair*.

Iain fit un geste pour qu'il continue tandis que Larkin attendait nerveusement son assentiment.

— Elle vous a tous grugés la nuit passée ! Franchement, pourquoi l'avoir choisie comme *Bodach na Nollaig* ? Avais-tu si peu confiance en moi, pour en attribuer le rôle à Barabal ?

— Bien au contraire cher Larkin, c'était pour mieux avoir un œil sur elle que j'ai jeté mon dévolu sur sa personne. Mais, où souhaites-tu en venir par : « *Elle nous a grugés* » !

Oui ! Diane aussi voulait le savoir !

— Tu ne t'es pas senti différent cette nuit ? susurra Larkin d'une voix mielleuse. Ne s'est-il rien passé qui ait changé le cours de ta vie ? Un désir... qui se serait réalisé ?

Comme Iain le dévisageait en serrant les lèvres et en fronçant les sourcils, Larkin se dépêcha de continuer :

— Barabal, je ne sais comment, a réussi à créer la « Poussière des désirs » ! Plusieurs couples se sont... hum... formés cette nuit ! Je ne sais pas pourquoi elle a fait ça, mais je compte bien le découvrir !

Diane n'y comprenait rien, mais elle remarqua que cette information perturbait prodigieusement Iain.

— Tu es sûr de toi ? souffla-t-il.

— Certain ! Je suis vieux, ce charme ne m'a pas touché, à l'instar des enfants d'ailleurs. Seuls les hommes et les femmes dans la fleur de l'âge en ont été les victimes ! Ce sort, comme tu le sais, agit comme la fusion des éléments ! Quand les Dieux étaient encore présents dans ce monde, ils déclenchaient cette alchimie pour débrider les désirs des humains et s'unir à eux ! Plus rien ne comptait d'autre que la possession des corps ! Tu comprends ?

Si Iain ne le pouvait toujours pas, Diane, pâle comme la mort, savait très bien où voulait en venir le grand druide : si elle et Iain avaient fait l'amour, cela n'avait pu se réaliser que sous l'emprise d'un sortilège très puissant, et Diane revit le moment exact ou cela s'était produit, quand Barabal les avait « piégés » sous une pluie argentée !

Elle les avait envoûtés ! Donc, tout ce qui s'était passé n'avait été l'objet que de chimères et de pulsions primitives ?

Le cœur brisé, l'esprit en ébullition, Diane s'avisa qu'ils n'auraient jamais fini dans les bras l'un de l'autre, sans ce charme !

— Cela ne veut rien dire, Larkin ! gronda Iain. Car tu sais également que cette fusion n'atteint que ceux qui éprouvent une attirance concrète pour une autre personne ! La conscience des actes reste, seules les pulsions sont exacerbées !

— Ce que je devine, c'est que toi aussi tu as succombé à son charme... avec Diane, naturellement ! ironisa Larkin.

— Diane est ma promise ! Tu m'entends ? Et ma femme depuis cette nuit, *aye !* Et là s'arrêtera cette discussion ! Je dois partir et je te charge de tenir ta langue vis-à-vis de Diane et des hommes. Quant à Barabal, je déciderai de son sort à mon retour !

Larkin ne semblait pas très fier de lui, tout à coup. Il avait parlé sous l'impulsion de la jalousie, de la colère, et de cette satanée guéguerre qui le liait à Barabal. Baissant la tête, il tourna les talons et s'en fut hors de la grande salle.

Pour Iain, l'information que Larkin venait de divulguer n'avait que peu d'importance, et quelque part, s'il voulait le reconnaître, il remerciait presque Barabal d'avoir donné un petit coup de pouce au destin. Faire l'amour à Diane, la faire sienne, enfin, avait été le plus beau moment de sa vie. Il ne regrettait rien !

« *Sacrée Barabal !* », se dit-il en souriant et secouant la tête, avant de lever les yeux et de découvrir Diane sous l'alcôve qui séparait la grande salle d'un couloir.

Les traits de son visage étaient défaits et elle le dévisageait avec tant de tristesse, que le cœur de Iain en fut profondément touché.

Par les Dieux ! Elle avait tout entendu !

— Diane..., l'appela-t-il, la main tendue vers elle et en avançant d'un pas.

Avant qu'il ne puisse lui dire quoi que ce soit d'autre, ou même la prendre dans ses bras pour la rassurer, elle s'enfuit en courant et Iain aperçut des larmes sillonner ses joues.

Il fallait qu'il lui parle, nom de nom !

— Tout est prêt, Iain ! lança la voix de Keanu, escorté de Jason.

Mais de toute évidence, le temps ne se prêtait plus à ça !

— Cornes de bouc ! jura Iain en passant nerveusement les doigts dans ses cheveux.

Les deux Highlanders le dévisagèrent avec des yeux ronds.

— Pas vous..., marmonna-t-il. Je vous charge de veiller sur le clan et ma promesse. Gardez-la à l'œil ! lança-t-il encore tandis qu'il se dirigeait vers la sortie.

Il avait foi en Diane, les larmes s'effaceraient et elle se rendrait compte qu'il tenait sincèrement à elle. Il le lui avait dit et prouvé.

Si tout se déroulait bien, il serait de retour d'ici à un mois, et là, il aurait tout le temps de démontrer à Diane que ce qu'ils avaient connu ensemble était loin d'être né d'un sortilège.

Voilà, il passerait son voyage – aller et retour – à imaginer comment et dans quelles positions, il ferait amende honorable auprès de sa belle.

Bon sang ! Cette expédition promettait d'être une torture pour son corps et son esprit !

Chapitre 18
À nous deux, Barabal !

Diane pleurait de tout son corps et se maudissait de ne pouvoir contenir ses larmes intarissables, alors qu'elle n'aspirait qu'à une chose : rester digne !

Iain ne méritait pas ses sanglots !

Elle ne méritait pas cette situation !

« *Bien au contraire ! Fille perdue !* », venait d'ironiser dans sa tête, la voix haut perchée de sa mère qui se trouvait à des centaines d'années d'elle.

Même ici, au-delà du temps, elle arrivait encore à l'atteindre et lui faire mal.

— Diane, secoue-toi ! Ce ne sont que tes propres divagations ! s'admonesta-t-elle vivement, en fouillant dans une malle à la recherche d'un mouchoir.

Il n'y avait d'ailleurs plus grand-chose à fouiller. Elle avait distribué et fait cadeau autour d'elle de presque la totalité de ses affaires. Sauf des carnets de ses aïeules.

— Je ne regrette rien ! lança-t-elle encore pour elle-même. Et voilà que je me mets à parler dans le vide...

On frappa doucement à la porte, et Diane sursauta violemment.

Si c'était Iain, elle ne voulait pas le voir !

— Dame... c'est Seindeï... et Iseabal !

Bien sûr que ce n'était pas le laird, qu'avait-elle espéré ? Ah, parce qu'elle souhaitait que ce soit lui tout de même ?

Peuh !

Il n'avait que faire d'elle, et elle de lui ! Tout était fini !

Serrant les poings après s'être essuyé les yeux et le nez, Diane carra les épaules, et alla ouvrir aux deux femmes.

— Oui ? lança-t-elle, quelque peu hautaine pour masquer sa détresse.

— Tu vois ? J't'avais bien dit qu'elle serait en train de pleurer ! J'commence à la connaître notre lady ! souffla Seindeï en donnant du coude à Iseabal qui se tenait à ses côtés et en entrant dans la chambre sans y avoir été conviée.

— Mais ! Je ne pleure pas ! s'écria Diane, avant d'éclater en gros sanglots qui secouèrent son corps comme lors d'un tremblement de terre.

— *Och, mo pàisde* (Oh, mon enfant) ! s'exclama tendrement Iseabal en la prenant dans ses bras et en la guidant, à l'aide de Seindeï, vers son lit à baldaquin. Il ne faut pas vous mettre dans cet état ! Nous avons tout entendu nous aussi, nous étions cachées pas très loin de vous. Larkin peut dire ce qu'il veut, ce qui s'est passé cette nuit, pour nous toutes apparemment, ne peut se faire sans un réel amour.

— Vous... vous... croyez ? hoqueta Diane en se mouchant bruyamment.

— *Och, aye !* Pardi qu'on le croit ! Larkin n'avait personne pour réchauffer son lit, alors il était jaloux, et a craché des âneries pour se venger de Barabal.

— Ça ne se peut pas, coupa Diane, d'un ton de mourante. Il a dit que les personnes âgées n'étaient pas touchées par le sort de Barabal... Et... mais vous savez maintenant que c'était elle notre *Bodach na Nollaig* ? !

— *Aye*, nous nous en doutions quand même, fit Seindeï avec un clin d'œil. Et pour Larkin, il a menti pour les vieux, certainement ! lança-t-elle joyeusement, dans l'espoir de faire sourire Diane alors qu'Iseabal, derrière le dos de celle-ci, lui faisait la grimace et un signe négatif de la tête.

— Pourtant, il avait l'air sincère ! répondit Diane.

Voilà qu'Iseabal haussait les yeux au ciel, Seindeï et elle devaient changer les idées de la lady et ne pas en rajouter, bon sang !

— Vous savez, intervint Iseabal, Larkin a invariablement l'air très sérieux, ne prêtez plus véracité à tous ses mots.

— Alors ! C'était comment ? s'écria Seindeï, toujours aussi pétillante comme le silence revenait.

— *Naye* ! gronda Iseabal.

Connaissant son amie, elle avait instantanément compris que sa demande portait sur les relations intimes que Diane avait eues avec le laird.

— Quoi ? Je voulais seulement savoir si elle avait concrétisé tous ses rêves, comme nous... Tiens, voilà que tu rougis Iseabal. J'aurais dû te poser la question en premier !

Diane venait de réaliser !

Elles s'enquéraient sur la nuit passée dans les bras de leurs hommes ? !

Mais... cela ne se faisait pas !

— Allez, parle-nous de la claymore de Keanu !

— Jamais ! s'offusqua Iseabal en rougissant de plus belle.

Et pourquoi évoquaient-elles maintenant les épées de leurs Highlanders ? Diane était déroutée et ne parvenait plus à suivre le fil de la conversation.

En tout cas, ses amies avaient réussi sur un point : la stupeur avait tari ses larmes !

On frappa à nouveau à la porte, plus virilement cette fois.

Et si c'était Iain ?

Seindeï sauta agilement sur ses jambes et alla ouvrir pour connaître l'identité de la personne qui osait les déranger.

Ce n'était que son Jason...

« *Décidément dans ce château, il n'y a pas moyen d'être tranquille et malheureuse toute seule !* », bougonna mentalement Diane qui ne se reconnaissait pas au vu de ses sautes d'humeur.

— *Aye ?* questionna Seindeï d'un petit ton sec.

Eh bien ! Où était la belle Écossaise d'hier qui se pâmait devant le colosse ?

La montagne haussa ses épais sourcils noirs en posant les yeux sur sa minuscule femme.

— Iain vient de partir, mais il m'a chargé d'apporter ça pour notre dame, annonça-t-il de sa voix rocailleuse qui faisait vibrer les quatre murs – enfin, plus tout à fait quatre murs – de la pièce.

Il tenait dans sa large main un bout de tunique blanche déchirée, sur laquelle avaient été écrits quelques mots à l'aide d'un morceau de bois calciné.

— Donne !

— Et mon baiser ? quémanda incongrûment le colosse en avançant les lèvres.

— Plus tard, peut-être ! lui répondit Seindeï en lui claquant la porte au nez.

Iseabal et Diane, malgré leur abattement, furent saisies d'une irrépressible envie de rire.

— C'est maintenant qu'il faut les mater ! Il y a que ça de vrai ! Allez, lisez-nous vite ce que le laird vous a écrit !

Sans commune mesure, Seindeï se jeta d'un bond sur le lit.

— Lisez ! encouragea-t-elle encore Diane en lui donnant, très familièrement, un coup de coude.

— Notre lady souhaite peut-être consulter le mot sans notre présence à ses côtés, avança Iseabal en faisant signe du menton vers la porte.

— Penses-tu ! Hein ? Vrai que vous allez nous le lire, insista Seindeï, sans gêne.

Si la situation n'avait pas été aussi dramatique après le départ de Iain, Diane leur aurait certainement demandé de lui laisser un peu d'intimité, mais les choses étant tout autres... elle ne voulait pas que ses amies l'abandonnent. Elle avait désespérément besoin de leur présence, de leur joie, de tout ce qui lui prouvait qu'elle était bien en vie, et non pas morte comme ce cœur en elle qui saignait et lui faisait mal.

Diane plaça le bout de tunique sur ses genoux et le lissa en faisant bien attention de ne pas effacer la fragile écriture.

Les mots agirent comme un baume, et son cœur à l'agonie se mit à nouveau à danser et chanter dans sa poitrine :

« *Tout était réel, voulu, et désiré... Je t'aime. Iain* ».

— La voilà qui pleure encore ! s'inquiéta Seindeï.

— Le manque de tact des hommes ! gronda Iseabal. Je suis sûre qu'il ne s'excuse même pas de son départ précipité...

— Non... bien... au... contraire... hoqueta Diane.

— La voilà qui rit ! couina Seindeï qui la dévisageait comme si elle avait perdu la tête.

— Il me... dit... qu'il m'aime, souffla Diane, entre deux sanglots et gloussements incontrôlables.

— *Awen* ! s'écrièrent ses deux amies de concert.

— Bien ! Il sera vite de retour, vous verrez, la consola Iseabal. En attendant, venez avec nous, Ealasaid est en train de tatouer le corps de son Viggo. Elle dessine divinement bien, et j'ai hâte de découvrir les motifs qu'elle a choisis !

— *Aye*, c'est cela ! se moqua Seindeï. C'est plutôt le Viggo que tu veux mirer !

— Je ne « mire », comme tu dis, plus que le seul homme de ma vie ! s'offusqua Iseabal. Et c'est mon Keanu !

— Allez-y..., coupa Diane. Pour ma part, il faut auparavant que je rende une petite visite à quelqu'un.

Le ton était caustique, la personne que Diane devait rencontrer passerait de toute évidence un mauvais quart d'heure dans l'avenir, et Iseabal comme Seindeï préférèrent s'éclipser à toute vitesse.

Diane avait repris des couleurs, le laird n'était pas parti en la laissant dans l'incertitude quant à ce qu'il éprouvait pour elle... Il était donc à supposer que tout irait pour le mieux jusqu'à son retour !

Ses deux amies envolées, Diane refit sa toilette convenablement, fit disparaître toute trace de peine, s'habilla avec une tunique bien à elle et un bliaud en velours brun. Une natte finit de lui rendre son apparence habituelle de jeune femme irréprochable, à la tenue soignée.

Une apparence...

Car, intérieurement... elle bouillait littéralement de colère.

Diane allait débusquer Barabal dans son antre de sorcière, avant de lui faire sa fête ! Parce que oui, la charme l'avait poussée dans les bras de Iain, mais la révélation de ce fait avait failli briser son cœur ! Barabal ne devait pas jouer avec les sentiments d'autrui !

Mais avant, il fallait trouver un endroit pour protéger son nouveau et fragile trésor qui n'était autre que « le bout de tunique aux mots d'or ».

Elle habitait vraiment cette antique demeure qui menaçait ruine et dont la toiture, en vieux chaume et diverses plantes grimpantes, était chapeautée d'une tourelle ?

Diane n'en revenait pas et s'était figée dans son élan en découvrant la tanière de la sorcière.

Elle était nettement à l'écart des maisons du village, non loin d'un sous-bois, et la neige fraîche ne laissait apparaître que l'empreinte de quelques petits pas lourds et traînants accompagnés de pointillés provenant certainement de la base de son bâton.

Barabal était là, cela ne faisait aucun doute.

Maintenant, Diane devait absolument trouver le courage de frapper à sa porte, et elle se força à revivre en pensée le moment où Larkin avait annoncé le méchant tour qu'elle leur avait joué à tous.

Eurêka ! Ça fonctionnait !

Le sang de Diane s'échauffait !

— À nous deux, Barabal ! marmonna-t-elle d'un ton bagarreur.

En quelques pas, elle fut devant la porte branlante, toute de guingois sur ses gonds rouillés. Diane se demanda l'espace d'un instant s'il était judicieux de se tenir là, au risque de prendre le lourd panneau de bois sur le corps.

Haussant les épaules, elle se dit qu'il fallait tenter le coup et frappa trois fois du poing.

Quelqu'un fredonnait dans la demeure, ou gémissait, ou... oui, chantait ! C'était difficile à définir en vérité, car cela ressemblait un peu à tout ça à la fois.

— Pas là, je suis ! Nia nia nia...
— Si ! Ici vous êtes ! vitupéra Diane, en fermant fortement les paupières de consternation, comme elle se rendait compte qu'elle parlait comme Barabal.

Un long couinement de « joie ? » se fit entendre, le bruit d'une étrange cavalcade, le grincement de la lourde porte que l'on tirait, et la *Seanmhair* apparut dans ses atours de *Bodach na Nollaig*.

Un peu défraîchis, les vêtements, et le bonnet rouge, et taché, tombant sur les yeux noirs de la petite mère redevenue elle-même.

— La lady, venir me voir, elle a fait ! Honneur, ça être ! coassa-t-elle de sa voix unique et sifflante.

Se moquait-elle de Diane ? Persiflait-elle ? Non, selon toute vraisemblance, elle paraissait sincèrement heureuse de sa présence chez elle au vu de la grimace-sourire qui déformait un peu plus les traits de son visage ridé.

— Toi, dehors, rester ?
— Plaît-il ? s'enquit Diane distraitement tandis que son esprit analysait les paroles pour mieux en comprendre le sens.

Barabal ne lui en donna pas l'occasion. Tout aussi frêle qu'elle fût d'apparence, rien ne laissait présager de sa force physique quand elle saisit le poignet de Diane et la fit entrer d'un bond dans la maison.

— Ohhhh... ben ça ! balbutia la jeune femme en tournant sur elle-même pour regarder en panorama tout le fatras qui les entourait.

Diane crut que les murs rapetissaient autour d'elle et

que le plancher se rapprochait et s'éloignait sous ses pieds. Il y avait tant de désordre en ces lieux, qu'elle était sur le point de faire une crise de claustrophobie.

Une forte claque dans son dos lui coupa momentanément le souffle, mais fut salvatrice dans le sens où Diane récupéra d'un coup tous ses moyens.

— Toi, lait de poule veux boire ?

Déjà Barabal claudiquait dans son capharnaüm entre chaudrons aux liquides visqueux recouverts de moisi, pots contenant des insectes, et autres horreurs de la maison des sorcières.

Des crapauds desséchés étaient même suspendus aux poutres de la toiture !

Qu'avait-elle proposé ?

— Non ! cria Diane dans un sursaut de dégoût. Non, merci, ajouta-t-elle plus poliment sur le ton d'une conversation mondaine.

Dieu sait ce qu'elle avait pu adjoindre comme ingrédients à la recette basique du lait de poule !

— Barabal, je viens vous voir au sujet de ce sort que vous avez lancé sur les hommes et les femmes...

La sorcière ricana en basculant son bonnet sur l'arrière du crâne et lui jeta une sorte de clin d'œil.

— Bonne idée, avoir j'ai eu ! Plein de bébés, *prochain* Nollaig, il y aura !

Diane n'en revenait pas !

Si elle avait bien suivi les mots de la *Seanmhair*, celle-ci avait concocté ce charme pour qu'il y ait simplement plus d'enfants pour la fête de l'année à venir ?

Mais... était-elle folle ? Ne se rendait-elle pas compte de toutes les autres conséquences ? Des couples qui ne s'aimaient pas vraiment, des petits qui naîtraient bâtards... Et...

Non, Diane se refusa à réfléchir plus loin, le risque était trop grand pour qu'elle retombe dans une nouvelle vague de mélancolie.

— Barabal ! Vous n'aviez pas le droit de faire ça ! Il faut laisser mère Nature agir en temps et en heure et non pousser les gens dans les bras les uns des autres !

— Qui ça être, mère Nature ? Nia nia nia, humpf ! Trop compliqués les hommes sont ! Vous aider, j'ai fait !

— Vous avez peut-être uni des couples qui n'étaient pas faits pour être ensemble...

— Toi et laird, Âmes sœurs, vous êtes ! Avoir peur, tu ne dois !

Soudain, elle fronça fortement les sourcils, claqua de la langue et claudiqua jusqu'à toucher Diane.

— Pas d'odeur sucrée tu as ! Humpf !

Pourquoi avait-elle l'air si contrarié ?

Non, Diane ne s'était pas parfumée, mais au vu de la réaction de Barabal quand elle l'avait aspergée d'eau de rose, cela n'aurait pas dû la déranger !

— Je n'ai tout simplement pas eu le temps de peaufiner ma toilette, néanmoins, la prochaine fois que je vous rendrai visite, je vous promets de porter quelques gouttes de...

— *Naye !* Pas ça, dire je veux ! Toi, tagada avec le laird, pas faire ?

Et de mimer en galopant sur place dans une danse du plus haut comique, son bonnet bringuebalant à nouveau sur sa tête et lui couvrant la vue. Diane pinça les lèvres pour se retenir de rire.

Tout de même, la pauvre vieille femme n'avait plus tous ses esprits, voilà qu'elle parlait de chevaux maintenant !

— Non. Le laird et moi n'avons point eu l'occasion de faire une promenade équestre. Vous devriez le savoir, puisqu'il était avec vous pour...

— *Och !* Pas stupides canassons, parler je fais ! Mais crac-crac !

Crac... ?

Ohhhh !

Les joues de Diane s'empourprèrent pour de bon quand elle comprit où voulait en venir Barabal ! Cette petite mère était tout bonnement... choquante !

— *Och, aye !* Toi et lui le faire ! Mais pas, le sucre toi sentir ! Dans ton ventre, pas de bébé il y a ! Humpf !

Un bébé ? Enceinte ? Elle ne l'était pas...

Diane chancela et Barabal donna agilement un coup de pied dans un tabouret qui vint in extremis cueillir le poids de la jeune femme.

— Lui revenir, t'en faire un gros ! Bientôt !

Jamais Diane n'aurait songé à... ça, si la *Seanmhair* ne l'en avait pas informée et elle se souvint du moment exact où Iain s'était retiré d'elle pour se répandre sur son ventre.

Si là était la semence de l'homme, alors c'était à l'instar des animaux, et sans copulation totale... pas de petits après l'acte !

Iain y avait pensé, même au sommet de la jouissance, il avait gardé assez de raison pour ne pas l'engrosser ! Il ne voulait pas d'enfant avec elle !

Sans s'en rendre compte, Diane pleurait à nouveau, les larmes glissant sur ses joues et chutant sur le sol de terre battue de la chaumière.

— Pas être triste tu dois, coassa Barabal. Recommencer, vous ferez ! Humpf !

Diane sentit derechef la colère envahir son esprit et s'essuya rageusement le visage en se mettant debout sur ses jambes.

— Non ! Jamais plus il ne me touchera ! Vous aurez vos bébés pour *Nollaig* prochain, mais pas un seul de moi ! Et ne vous avisez plus de me jeter un nouveau sort, où c'est moi qui ferai le vôtre !

Elle chercha à claquer la porte sur elle, gronda de colère en tirant la poignée du panneau récalcitrant qui raclait sur le sol, et finit par lui donner un coup de pied magistral.

Était-ce la force de sa rage, ou plutôt le bois pourri de la porte ? N'empêche que celle-ci se décrocha de ses gonds et tomba lourdement à deux doigts du nez de Barabal qui en hoqueta d'ébahissement.

— Ce n'est qu'un début ! gronda Diane avant de tourner les talons.

Mais au fond d'elle Diane s'en voulait énormément de son comportement. Quelque chose qui n'avait rien à voir avec ce qui s'était passé, déclenchait en elle des puslions hargneuses qu'elle contrôlait difficiliement.

Quelque chose de sournois...

Chapitre IX
Une âme en danger

Quelques jours s'écoulèrent durant lesquels Diane se fit violence à elle-même pour reprendre pied dans la vie et se raccrocher aux mots de Iain, charbonnés sur un bout de tunique :
« *Tout était réel, voulu et désiré... je t'aime, Iain* ».
À force de les lire, de les emprisonner dans sa tête, puis de les murmurer à haute voix, la jeune femme était parvenue à se dire que oui, elle était aimée par Iain, et qu'il ne lui avait pas fait d'enfant parce que justement, il tenait à elle.

Le souvenir de la conversation qu'elle avait eue avec Larkin confirmait cette pensée, car le vieux druide lui avait narré l'histoire tragique de la mère du laird, Emeline Saint Clare, morte en couches parce que de santé trop fragile.

Diane voulait que Iain ait confiance en elle, qu'il la découvre à son retour plus forte physiquement que quand il était parti.

Alors elle prit plaisir à s'alimenter, à marcher et chevaucher longuement pour muscler son corps et elle s'habitua, autant que faire se peut, à son absence.

C'était hallucinant comme tout pouvait changer quand l'être aimé n'était plus présent. C'était à l'instar des couleurs vives et champêtres d'un tableau qui se retrouvait tout à coup placé dans un coin sombre d'une pièce et perdait sa quintessence artistique de par ce malencontreux choix.

Les odeurs et les goûts n'étaient plus les mêmes, la

lumière semblait peiner à se faire, les jours n'en finissaient plus, et les nuits... étaient hantées par les démons de l'absence et les souvenirs tenaces de la vision de deux corps enlacés.

Mais Iain l'aimait et Diane attendait impatiemment son retour pour lui dire ce qu'elle éprouvait pour lui. Car il allait rentrer.

C'était un homme-dieu et, peu importait le danger qui rôdait autour de lui, elle était persuadée qu'il s'en sortirait et déjouerait tous les pièges qui se dresseraient sur son chemin.

Il reviendrait !

D'autres jours passèrent encore, les premiers s'ajoutant aux suivants, faisant place aux semaines, et bientôt, un mois entier s'écoula.

Fin janvier, et Iain n'était toujours pas là.

La vie au sein du clan n'avait que peu changé, à part que des couples s'étaient formés et que des projets d'unions dans le Cercle des Dieux étaient de plus en plus souvent évoqués. Surtout que la célébration d'Imbolc approchait, et quoi de mieux que de solenniser des mariages en cet événement qui symbolisait le passage de la période « sombre » à la période « claire » ?

Sauf que ces têtes de mule d'hommes voulaient que leur laird soit présent, ce qui faisait enrager les femmes, car la plupart s'étaient découvertes enceintes ! Des unions devaient se faire pour que les Dieux protègent les mères et les bébés qu'elles portaient !

Et Diane marmonnait en silence sur la stupidité masculine, tout en croisant les doigts pour que Iain se montre rapidement. Pour le clan... mais aussi parce qu'il lui manquait cruellement.

Loin d'être égoïste ou jalouse et d'envier ses amies, Diane participait à toutes les conversations, même à celles un peu plus intimes que lançait la pétillante Seindeï, jamais en reste d'une dernière pitrerie. Les rires étaient là comme les moments qui demandaient plus de sérieux quant au sujet des enfants.

Diane avait également fait la paix avec Barabal, elle s'était très mal conduite à son égard et s'était à nouveau rendue en sa demeure, mais cette fois, pour faire amende honorable.

Après tout, la petite mère ne pensait qu'à bien faire avec son sortilège, et il était vrai que l'arrivée des bébés mettrait encore plus de vie dans le clan.

Quand elle se présenta chez elle, Barabal venait de sortir, et dès qu'elle vit Diane, elle fit mine de cramponner farouchement sa porte de guingois.

— Pas casser, tu dois ! avait-elle coassé de son inimitable voix criarde.

— Non, n'ayez crainte ! Je suis là pour vous faire mes excuses, Barabal. Je n'étais pas moi-même il y a de cela quelques semaines. Maintenant que mes idées sont plus claires, en fait, je vous remercie pour le coup de pouce au destin que vous avez donné. Mes amies sont heureuses et grâce à elles, au travers d'elles, je le suis aussi.

— *Fìor* (Vrai) ?

Barabal en avait été tant et si bien ébahie, que Diane avait senti naître au fond d'elle une pointe de tendresse pour cette femme hors du commun, à bien des égards.

— Restez telle que vous êtes, Barabal. Je sais maintenant que vous avez un cœur en or. Simplement, vos comportements étranges le masquent un petit peu. Bonne journée à vous.

Elle s'en était allée, le sourire aux lèvres, fière d'avoir écouté sa conscience qui lui criait depuis longtemps de réparer ses torts vis-à-vis de la *Seanmhair*. À l'époque, elle avait parlé et agi sous le coup de la colère et du chagrin, et de quelque chose d'autre qu'elle n'arrivait pas à discerner.

Elle aurait dû se souvenir de cet adage qui disait « La colère est aveugle », car oui, quand elle avait déchargé son fiel sur Barabal, elle ne voyait plus rien d'autre que sa rage et ne pensait plus qu'à rendre par les mots, tout le mal qu'elle éprouvait.

Et puis la neige s'était ensuite remise à tomber et Diane s'était dépêchée de rejoindre Larkin, comme tous les jours, avec l'espoir qu'il lui donnerait des nouvelles de Iain, s'il en avait eu.

Néanmoins, là encore, aucun message n'était arrivé. Larkin, confiant, la rassura en lui disant qu'il devait être très difficile pour Iain de voyager en cette saison et que sûrement, il attendait de meilleurs jours pour rentrer en Écosse.

Bien sûr, la réponse était là. En ce mois de janvier 1342, les fréquentes tempêtes de neige et la très basse température extérieure faisaient geler les eaux des lacs, rendaient les routes impraticables, et poussaient les gens à se blottir bien au chaud dans leurs demeures. Iain ne pouvait voyager et entamer son retour par des conditions climatiques aussi exécrables.

Il allait falloir attendre la fonte des glaces et le redoux.

Février arriva, Imbolc fut célébré sans le laird, aucune union ne se fit, et ce mois qui annonçait la pureté, la renaissance et le renouveau s'effaça comme janvier, pour que mars prenne à son tour le relais.

Le paysage changeait. Le ciel était constamment chargé de gros nuages sombres et argentés qui roulaient sur eux-mêmes comme en un perpétuel conflit des éléments. Et paradoxalement, Diane découvrait que leur ombrageuse beauté ajoutait plus de mysticisme au déjà très impressionnant panorama des Highlands.

Le tapis de neige s'amoindrit en plaques blanches éparses et la vie de la faune et de la flore reprenait tout doucement ses droits. Nonobstant cela, le temps était loin d'être clément, car aux flocons succédèrent des pluies incessantes qui transformèrent la terre en landes marécageuses et boueuses. Pourtant, d'ici à quelques jours – aux alentours du vingt et vingt-deux mars au calendrier grégorien –, une nouvelle fête serait célébrée dans le clan, celle de l'équinoxe de printemps.

Est-ce que Iain serait de retour pour cette occasion ?

Beaucoup se posaient la question et désormais, l'inquiétude grandissait sans que plus personne ne cherche à la cacher.

Jamais Iain n'avait passé autant de temps loin des siens, seul, sans donner signe de vie.

Vers la mi-mars, alors que Jason, Keanu et Viggo terminaient de préparer leurs paquetages et de harnacher leurs destriers dans le but de partir à la recherche de leur laird, un messager arriva enfin.

C'était un membre du clan qui habitait sur la côte est des terres Saint Clare, dans un village portuaire d'où Iain avait pris la mer pour le Royaume de France.

On le vit venir au triple galop, comme si sa monture et lui étaient portés par les ailes du vent. Aucune congère, mare de boue ou trou vicieux dans le sol ne purent endiguer leur célérité.

Il hurlait, le bras levé, et tenait dans son poing une espèce de rouleau blanc.

Diane qui avait accompagné les trois guerriers highlanders par-delà le pont-levis, avait senti son ventre se contracter de peur, en même temps qu'une boule d'angoisse s'était formée dans sa gorge.

La réaction des hommes la fit tout d'abord sursauter, puis la rassura, car eux aussi répondirent en poussant des cris, mais leurs physionomies affichaient clairement une sorte de joie sauvage.

Ce cavalier ne pouvait qu'apporter de bonnes nouvelles !

— Doug ! Descends vite de ton perchoir et conte-nous tout ! avait ordonné Jason en frappant d'une belle claque sonore la cuisse musclée du messager.

Un accueil plus que viril alors qu'en même temps, les quatre guerriers se souriaient, heureux de ces retrouvailles, car apparemment, ils se connaissaient fort bien.

— *Och !* Tout doux l'ami ! Laisse-moi donc reprendre mon souffle !

— C'est à ton cheval que revient ce droit, pas à toi qui n'as fait que le chevaucher ! Alors, parle au plus vite ! avait lancé Viggo le tatoué, un brin moqueur.

Son surnom était né des dessins indélébiles noirs, aux courbes entrelacées et celtiques, qu'Eleasaidh lui avait gravés sur les biceps des bras, et il était à dire que cela lui seyait plutôt bien.

Doug le rouquin – celui-là, il n'avait pas volé son diminutif au vu de sa longue tignasse orangée et hirsute – s'était mis à ricaner avant de sauter agilement au sol et de tendre le parchemin à Diane.

— Il vient tout droit de France, de Charles de Blois en personne. Je me suis permis de l'ouvrir, car il n'était adressé à personne en particulier et ne portait qu'un simple cachet de cire sans armoiries. De plus, nous étions si impatients au village d'avoir un message du laird, que la curiosité m'a poussé à la lecture.

— Les études au collège des Écossais t'auront au moins servi à quelque chose, avait plaisanté Keanu.

Les hommes avaient continué de se jeter quelques « jolis mots », tandis que Diane prenait à son tour connaissance du pli.

La calligraphie était très fine et stylisée, les mots étaient cultivés et fleuris, comme seuls savaient les rédiger les aristocrates français.

C'était effectivement un message du très renommé Charles de Blois, baron de Mayenne, seigneur de Guise, comte baillistre[25] de Penthièvre et duc baillistre de Bretagne.

Il écrivait comment, au retour de Paris et à la demande du roi de France Philippe VI de Valois, Iain Saint Clare, noble Highlander et son jeune écuyer Will de Brún, s'étaient alliés à ses forces armées dans la guerre de succession de Bretagne qui l'opposait à son rival, Jean de Montfort qui

---

25 *Baillistre : Vieux. Tuteur de l'héritier mineur d'un fief servant.*

s'était quant à lui uni au roi Édouard III d'Angleterre et ses troupes.

Ce conflit, expliquait dans le détail Charles de Blois, avait débuté au début de l'an 1341 par la mort du duc Jean III de la maison de Dreux qui ne laissait aucun héritier direct. Il soulignait aussi que tout cela s'était déroulé en une période critique où les souverains de France et d'Angleterre, chacun de leur côté, se disputaient la couronne royale.

Ainsi lui, Charles de Blois, mari de la nièce du duc trépassé et porté par Philippe VI de Valois avait revendiqué de droit le titre. Cependant, le demi-frère de Jean III, Jean de Montfort, le réclamait également et avait fait appel à Édouard III d'Angleterre pour obtenir le renfort de ses troupes et prendre la succession par les armes.

Ce qui devait arriver arriva : ce conflit déboucha inéluctablement sur une guerre civile en Bretagne, les uns soutenant Blois et la France, les autres la cause de Montfort et des Anglais.

Iain Saint Clare avait rencontré Charles de Blois la veille du jour où la ville de Vannes, tout acquise à Montfort, devait être attaquée par ses partisans. Ils avaient donné l'assaut sur la cité à l'extérieur des murailles et livré un rude combat jusqu'à ce que les assiégés demandent une trêve et que le Conseil des bourgeois accepte de se rendre.

Charles de Blois narrait la bravoure, l'intelligence et la force guerrière de Iain, il remerciait le roi et le Seigneur de l'avoir guidé vers lui, car il avait été un allié de choix.

Il avait bien essayé de le garder à ses côtés pour continuer la lutte, cependant ce grand laird avait décliné son offre, car une mission de la plus haute importance requerait ses services ailleurs.

Au moment où il écrivait ces mots, Charles de Blois se trouvait à Carhaix – encore une ville reprise à Montfort et aux Anglais – et remplissait sa promesse donnée à Iain : celle de prévenir sa dame et son clan qu'il était sain et sauf, et ne tarderait pas à embarquer à bord d'un bateau corsaire faisant voile vers l'Écosse.

S'ensuivaient mêmement des remerciements et des cordialités d'usage, et la missive s'achevait sur la signature toute en faste de son narrateur.

Diane jeta un rapide coup d'œil sur la date du courrier et crispa les doigts sur le parchemin, car il remontait à début février, ce qui faisait qu'un mois s'était écoulé et que Iain aurait dû être au château !

Le message avait franchi les blocus des bateaux anglais, est-ce qu'il en avait été de même pour Iain ? Ou avait-il été fait prisonnier ?

Non !

Iain serait là d'un jour à l'autre, d'ici une heure avec de la chance... voire, à l'instant présent ?

Diane porta son regard vers tous les horizons lointains, collines, forêts, chemin venant du loch à la recherche de la haute silhouette de Iain, priant de toutes ses forces pour le voir apparaître... mais rien.

Doug avait mis au courant ses trois amis des teneurs de la missive et ils parlaient entre eux en hochant du menton ou en fronçant les sourcils, bien loin de se rendre compte de l'état d'agitation de Diane. Chose qu'elle se dépêcha d'enfouir au plus profond d'elle-même. Il était hors de question de montrer sa peur devant ces braves guerriers, elle était la première dame du clan, et devait rester digne.

— Notre laird conduira tout d'abord Will auprès des siens, avait dit Doug le rouquin. Si cela est, il se trouve en chemin vers nos terres en cet instant. Donnez-lui encore un peu de temps avant de partir à sa recherche.

— *Aye !* avaient acquiescé de concert Jason, Viggo et Keanu.

Diane, le regard toujours porté sur l'horizon, avait vu apparaître le grand druide. Il se dirigeait vers eux, sa longue cape blanche flottant derrière lui au rythme précipité de ses pas.

Et c'est là, à ce moment précis, que les symptômes d'un

mal qui serait découvert plus tard se manifestèrent...

Larkin était à plus de trois cents pieds de leur groupe et l'espace d'un battement de cils... il se tenait près de Jason, en grande conversation avec lui, Keanu et Viggo ! Tandis que Doug et sa monture s'étaient tout simplement volatilisés dans les airs !

Diane avait porté une main tremblante à son front, ne comprenant pas ce qui venait de se produire. Elle avait eu la dérangeante impression d'avoir fait un minuscule bond dans le temps et que le monde, durant ce phénomène, avait continué de tourner sans elle !

C'était tout bonnement incroyable, pourtant, c'était la seule explication plausible que son esprit torturé s'était acharné à lui donner !

Et les hommes qui ergotaient entre eux, sans se rendre compte de rien !

— ... à l'équinoxe de printemps, Iain, de retour ou pas, il faudra tous vous unir dans le Cercle des Dieux ! rouspétait Larkin en pointant son doigt tour à tour sur les trois guerriers.

« *Combien de temps ai-je été absente ?* », s'était inquiétée Diane, ahurie.

— Nous attendrons Iain ! s'était entêté Jason en croisant les bras sous le nez de Larkin, tant il était grand et imposant.

— *Aye !* Vos femmes et les bébés à venir ne l'attendront pas, eux ! s'était récrié Larkin, car il est clair que leurs tailles qui s'épaississent ne sont pas l'œuvre d'orgies alimentaires, mais plutôt à connotation sexuelle ! Même si personne ne me dit rien, j'ai des yeux ! Croyez-vous que le laird autoriserait un tel manquement à nos coutumes s'il était présent ?

— S'il était là, avait raillé Viggo, nous serions depuis longtemps mariés à nos promises...

— Tu poses encore une fois les yeux sur ma femme, et je te les arrache ! avait grondé sourdement Jason.

— *Aye !* s'était mis à feuler Keanu avec un regard

assassin pour Larkin.

— Messieurs ! s'était écriée Diane, de plus en plus mal en point, et ne supportant plus toutes ces piailleries typiquement masculines. Larkin a raison, vos promises doivent avoir la protection des Dieux et également celle de vos noms. Vous vous unirez donc lors de l'équinoxe du printemps. Que Iain soit présent ou pas ! Je suis la première dame du clan, et en tant que telle, c'est un ordre !

Les quatre hommes l'avaient dévisagée avec stupéfaction, mais tous s'étaient inclinés devant sa volonté. Car oui, elle avait raison sur deux points : un, en l'absence de Iain, c'était à elle qu'incombait le rôle de chef de clan, appuyée par le grand druide, et de deux, les femmes devaient impérativement être placées sous la protection des déités pendant leur grossesse pour que tout se passe bien.

Il n'y avait plus guère de temps pour les caprices des uns ou des autres, et Iain, comme l'avait souligné Larkin, n'aurait pas apprécié que ses hommes se conduisent avec autant de légèreté vis-à-vis des dames.

Convaincue d'avoir été entendue et que sa volonté serait respectée, Diane s'en était retournée vers le château, poussée par un besoin étrange et pressant de retrouver sa chambre et bizarrement, la sensation qui l'oppressait depuis l'épisode du « bond dans le temps » s'était estompée dès lors qu'elle avait refermé la porte de ses appartements sur elle.

Cependant, au cas où elle eût contracté une affection quelconque, elle fit appeler une guérisseuse. Sa peur première était que ses amies puissent tomber malades elles aussi, alors que ce n'était certainement pas le bon moment.

Il fallait que Diane les protège d'elle-même.

— Pas de fièvre, pas de nausées, aucun symptôme visible qui pourrait révéler la présence d'un mal caché, et... vous n'êtes pas grosse, avait murmuré la *bana-bhuidseach* prénommée Cécile qui s'était précipitée à son chevet. J'ajouterais, si vous me le permettez, que votre prise de poids alliée à vos exercices physiques vous a grandement embellie et fortifiée. Vous n'avez plus rien à voir avec la fleur fragile qui est arrivée sur nos terres, il y a quelque temps déjà. Dame... vous êtes en excellente santé !

Diane fut grandement touchée par les mots de Cécile et la remercia chaleureusement. D'autre part, elle avait été rassurée de savoir qu'elle ne mettrait pas en danger ses amies ni les petits qu'elles portaient ! Que la vie était à nouveau belle, car elle allait pouvoir continuer de côtoyer les membres de son clan et attendre Iain entourée de ce cocon familial qu'elle aimait tant.

Et puis, elle avait hâte que Iain la découvre comme Cécile l'avait décrite !

La joie avait chassé ses peurs quant à l'épisode fâcheux de son malaise, et Diane s'était élancée vers les communs, toute heureuse de passer le reste de la journée en très bonne compagnie.

Cependant, sans qu'elle le sache... un mal sournois avait élu domicile en son être. Un mal qui se nourrissait du temps.

Sept jours après la visite de la guérisseuse, Diane commença à inquiéter beaucoup de monde, ses amies en premier :

— Elle ne rit plus, ni ne sourit, et ne mange plus ! s'était alarmée Iseabal en revenant dans les cuisines pour déposer le plateau de mets que Diane n'avait pas touché. On dirait qu'une lourde mélancolie s'est abattue d'un coup sur elle. Tout ça me fait peur, elle va perdre toutes les forces qu'elle s'est échinée à engranger !

— Bah ! Tu t'en fais pour rien, avait lancé Seindeï avec un geste vague de la main. Je serais comme elle si mon Jason n'était pas réapparu. Mourante, la langue pendante, n'attendant qu'un baiser de sa part pour revenir à la vie..., avait-elle ajouté en mimant ses paroles avant de reprendre son sérieux. Tu verras, tout rentrera dans l'ordre dès le retour du laird !

— Et ses absences ? Tu n'as pas remarqué ces longs

moments où la lady semble ne plus être à nos côtés par la pensée ? s'était écriée Seasaidh, la chef cuisinière.

— *Aye*, avait chuchoté Ealasaid. J'ai vu ce phénomène à deux ou trois reprises. Elle est là, à parler joyeusement avec nous, puis plus rien ! Elle a les yeux dans le vague et quand elle revient à elle, elle nous regarde d'un air affolé et s'enfuit dans sa chambre. Il y a quelque chose de louche, je vous le dis !

— Hummm... elle n'a pas touché à son repas ? Vraiment pas ? avait marmonné Seindeï.

— *Naye*, rien de rien, et c'est comme ça depuis hier soir, avait répondu Iseabal. Elle est assise dans son lit, les yeux fixés sur la fenêtre et ne fait aucun geste. Je lui ai placé deux gros oreillers derrière le dos et même là, elle n'a rien daigné dire...

— Il est temps qu'on s'en mêle ! Venez les filles, nous allons élire nos quartiers dans sa chambre, avec tout le bruit que nous ferons, elle ne pourra pas faire autrement que de nous voir et de nous parler ! s'était écrié Seindeï en s'élançant vers le couloir qui menait aux appartements de Diane.

C'est ainsi qu'une trentaine de dames du clan s'installèrent comme elles le purent dans la petite pièce où Diane était alitée.

Mais même là, entourée de toutes ses amies, la jeune femme resta aussi figée qu'une statue, seuls ses cils qui papillonnaient de temps en temps et sa respiration régulière, prouvaient qu'elle était en vie.

La chaleur dans la chambre devint rapidement insoutenable, et Iseabal alla ouvrir les persiennes pour faire entrer l'air pur et riche des Highlands.

— T'es pas folasse ? s'était affolée Seindeï qui venait de prendre la main de Diane dans la sienne. Referme vite tout ça ! La lady, elle est gelée !

— Arrête de raconter des bêtises, elle s'étouffera, comme nous toutes, si l'on n'apporte pas un peu d'air frais dans cette pièce ! avait ronchonné Iseabal.

— Mais puisque j'te dis qu'elle est *GE-LÉE-EUH* ! Sa peau est aussi froide que la glace du loch en pleine période sombre !

Iseabal avait claqué les persiennes pour venir constater par elle-même l'état de Diane.

Seindeï avait raison !

— Vite ! s'était-elle mise à crier. Sortez-moi tout ce que vous pourrez trouver des armoires et couvrez notre Diane avec !

Plus facile à dire qu'à faire, avec trente personnes qui s'affolaient d'un coup et voulaient toutes se rendre au même endroit et au même moment. Il fallut un peu d'organisation, beaucoup de cris et de couinements, de pieds écrasés et de bousculades, pour qu'enfin Diane se retrouve presque submergée par ce qu'il lui restait de robes de soie, de mousseline et de taffetas.

On s'agglutinait autour du lit à baldaquin et Iseabal comme Seindeï décidèrent d'y grimper à leur tour, de chaque côté de Diane.

Sa peau se réchauffait, alors que toutes les femmes étaient en sueur et s'épongeaient le front des manches de leur tunique.

— Que... que faites-vous toutes ici ? avait soufflé Diane comme au sortir d'un rêve. Mais... combien êtes-vous ? Quel est ce nouveau divertissement ? s'était-elle mise à pouffer ensuite. J'étouffe ! Étions-nous en train de jouer à cache-cache ?

— *Naye*... avait marmonné Iseabal en jetant un regard abasourdi à la ronde.

Diane agissait comme si de rien n'était ! Comme si elle ne s'était pas transformée en statue vivante l'espace d'une nuitée et d'une matinée.

Il y avait là matière à réfléchir, et vite !

— Aidez-moi à remettre mes robes dans les armoires ! Elles vont être toutes fripées, et... mais je suis encore en chemise de nuit ? Et...

Et ce fut tout ce qu'elle ajouta avant de reprendre l'attitude d'une personne figée dans le temps.

Comme Diane s'était levée, ce furent ses amies qui l'attrapèrent à bras-le-corps avant qu'elle chute au sol et l'allongèrent sur le matelas et les oreillers.

— *Och !* Voilà qu'ça r'commence ! avait crié Seindeï. Sa peau perd à nouveau de la chaleur ! Ramenez-moi les robes !

Et re chambardement dans la chambre, piaillements et doigts de pieds écrasés.

Encore une fois, Diane revint à elle, sauf que là, elle se mit à dévisager les femmes du clan sans masquer l'angoisse qui la rongeait.

— Cherchez de l'aide, Barabal, Larkin, qui vous voudrez ! Mais dépêchez-vous... avait-elle soufflé avant de se figer à nouveau dans un silence lourd et oppressant, ses yeux vides de toute vie, derechef fixés sur la fenêtre.

Ce fut Cassiopée qui fut désignée pour appeler au secours, elle comme la lady ne portait pas encore de bébé, alors ce serait plus facile et moins dangereux pour elle de courir.

— Vite ! ! s'était mise à crier Ealasaid tandis que Cassiopée hésitait sur le pas de la porte.

Et la jeune femme s'élança avec une grande célérité, comme si elle avait soudainement pris conscience que le temps était devenu leur ennemi à tous et que c'était contre lui qu'il allait falloir lutter.

Chapitre 20
L'épopée de Iain

Iain éprouvait une joie sauvage ! Cela faisait une heure qu'il galopait à vive allure sur ses terres, bénies des Dieux, après presque deux jours d'un voyage harassant, et il sentait l'énergie des éléments l'entourer de toute part. C'était comme si la Terre qui s'éveillait au renouveau, l'Air chargé des odeurs du printemps, le Feu contenu dans les rayons du soleil, et l'Eau qui tombait en fine pluie s'alliaient et fusionnaient autour de lui pour fêter dignement son retour parmi les siens.

Par les Dieux, que cela faisait du bien de se gorger de la vision des paysages familiers, des sentiers perdus dans les bois, des lochs et rivières riches et frétillants de vie, et par delà la dernière haute montagne, il savait qu'il aurait une vue imprenable en contrebas sur le château et le village chers à son cœur.

Et puis... elle serait là !

Diane, sa promise, l'Âme sœur qui n'avait jamais cessé d'être à ses côtés dans ses pensées diurnes et ses rêves nocturnes.

Diane, sa muse, son amour, sa belle qui avait traversé le temps pour qu'ils puissent être unis éternellement.

Il avait songé à elle à chaque instant de son long périple.

L'aller au Royaume de France n'avait posé aucun problème, ni même de trouver Will de Brún qui l'attendait sagement chez un ami de son père à Paris. Le plus difficile et le plus délicat avait été de devoir séjourner quelques jours à la Cour du roi Philippe de Valois. Un homme pour qui, il devait bien l'avouer, il ne ressentait aucune affinité.

Il était français, donc un allié. Mais les souverains étaient bien tous les mêmes, et leurs liens de parenté, proches ou éloignés, ne mentaient pas : l'avidité qui conduisait au pouvoir suprême et la cruauté faisaient partie de leur marque de naissance.

Combien de fois Philippe de Valois avait-il usé de phrases et d'entourloupes pour enrôler Iain dans ses manigances et en faire un guerrier d'élite pour mener ses troupes au combat ? À chaque instant passé à ses côtés, Iain avait dû déployer beaucoup de diplomatie et de finesse d'esprit pour décliner ses offres. Au final, il avait réussi à se sortir des griffes de Philippe, car, en tant que laird, il lui serait bien plus utile en restant dans les Highlands comme soutien sans faille contre les Anglais.

Il promit néanmoins au roi de porter un message de sa part, en Bretagne, à son neveu Charles de Blois qui était en plein conflit avec Jean de Montfort et ses alliés les Anglais.

C'est ainsi que Iain et Will quittèrent Paris à la mi-janvier, un homme et un jeune adolescent ne payant pas de mine, affublés de larges oripeaux, se tenant sur des chevaux décharnés et se mouvant sur les chemins sans se faire repérer.

La France vivait une très mauvaise période, la guerre des rois vidait les coffres du pays, les maigres ressources du peuple s'en allaient pour monter des armées, et peu à peu, la famine et la mort s'étendaient comme peste sur les plaines.

Les « Jacques »[26] qui voyaient leurs terres sans cesse être minorées se retrouvaient – pour nourrir leur famille ou eux-mêmes – à mendier, à travailler dans les villes éloignées pour une subsistance de misère, tandis que d'autres se lançaient dans la rapine et le banditisme de grand chemin.

De ce fait, les routes n'étaient plus sûres, les campagnes

---

26 *Jacques : Ancien surnom du paysan français.*

et les forêts encore moins.

Il fallait que Iain et le jeune Will se fondent dans le décor, qu'ils deviennent à leur tour de simples manants, n'attirant point le regard de gens malintentionnés.

Ils mirent plus de quinze jours pour voyager de Paris à quelques lieues de l'endroit où s'était retranché Charles de Blois. Celui-ci s'apprêtait à assiéger la ville de Vannes pour la reprendre à son ennemi Jean de Montfort et aux Anglais.

Iain remit le message du souverain et apprit à quel point celui-ci s'était joué de lui, car il annonçait à son neveu que le laird écossais et son écuyer avaient été dépêchés en renfort et seraient de la plus grande « utilité » pour la reconquête des terres.

Si Iain avait refusé, Will et lui auraient été faits prisonniers et certainement jugés et exécutés pour haute trahison. De cela, il n'y avait aucun doute, car Philippe de Valois était connu pour avoir envoyé des milliers de gens dans les mains des bourreaux pour bien moins que cela.

En acceptant, Iain serait entré de plein fouet dans un conflit qui n'était pas le sien. Il aurait livré bataille pour le roi, pour Charles de Blois, et contre les Anglais... mais également contre un peuple breton qui se déchirait entre ceux qui soutenaient Blois et les autres Montfort.

À Vannes, ce n'aurait pas été seulement une guerre entre pays ennemis, nobles se querellant pour un titre, des cités et des terres, mais aussi le combat de frères contre frères et de pères contre fils.

Tout cela n'avait aucun sens ! Mais Iain n'avait plus le choix...

Dès lors, son unique but avait été de protéger Will. Dès les premiers assauts à l'extérieur des murailles de la ville, il avait paré toute attaque à la force de ses lames et avait repoussé quiconque s'approchait de trop près de l'adolescent.

Autour d'eux, le monde semblait s'embraser d'une folie où le mal paraissait dominer l'esprit des gens.

Tuer, tuer, et tuer encore.... tout cela pour devenir

maître d'une cité et de ses occupants.

Le conflit sur Vannes se termina en faveur de Charles de Blois, et l'heure de prendre congé de cet aristocrate avait sonné. Celui-ci promit à Iain d'envoyer un messager aux siens pour les prévenir de son proche retour, et lui proposa d'embarquer sur un navire-corsaire qui s'apprêtait à lever l'ancre.

Iain accepta... devant lui.

Car, dès que Charles de Blois tourna les talons pour regagner la ville désormais sienne, Iain et Will se dépêchèrent de se rendre au port, non pas pour monter à bord du vaisseau corsaire, mais pour acheter des vivres et un vétuste bateau de pêche à l'unique voile trouée.

— Pardi, tu n'iras pas loin avec mon batelet[27]... avait marmonné le pêcheur qui avait cédé son embarcation pour une belle petite fortune et qui regardait Iain aller et venir sur le plancher vermoulu.

— Tout cas, n'sautez point là d'dans ! Vous passeriez au travers ! avait-il repris, poussé par le remords d'avoir accepté de l'or pour le prix de deux vies, tant le pêcheur était sûr et certain que cet homme et le jeune n'atteindraient jamais leur destination.

— Ne vous en faites point, l'ami, s'était amusé Iain, alors que Will avait largement pâli et hésitait visiblement à embarquer après avoir jeté au laird les paquetages, les gourdes d'eau douce, et les vivres. Nous irons où les éléments nous pousseront et advienne que pourra !

— *Oïl*... les éléments, avait ronchonné le pêcheur. Qu'ils soient avec vous, vous en aurez bien besoin et d'la chance aussi ! Car si ce n'est pas la mer qui vous prend, ce seront les Anglais avec leur fichu blocus naval dans la Manche ou la mer Celtique ! La première, dame la mer, sera plus clémente en vous offrant une mort rapide, sort envieux que ne vous accorderont pas l'seconds !

— Les Anglais ne nous verront pas. Ils guettent des

---

27 *Batelet : Petit bateau.*

vaisseaux comme ce bateau corsaire justement. Un petit bâtiment de pêche se faufilera au travers des mailles du filet. Will, saute ! s'était exclamé Iain alors que l'embarcation s'éloignait du ponton et que le jeune de Brún hésitait encore à bondir.

Allait-il passer de part en part du plancher pourri ?

Non, le bois se plaignit bien un peu quand il se décida enfin à s'élancer, mais ne céda pas sous son poids.

Ils prirent donc la mer par une fin d'après-midi de grisaille, emplie de crachin iodé, et tandis que Will godillait mollement, Iain s'était attelé à la tâche de recoudre la voile déchirée avec un fil de pêche plus qu'élimé. Si le jeune de Brún doutait sérieusement et visiblement qu'ils puissent arriver sains et saufs sur les côtes d'Écosse, Iain, de son côté, était plus que confiant et s'était même mis à siffloter l'air d'une gigue entraînante.

Grâce à son père, il était un très bon marin et savait manier voile et gouvernail de main de maître.

Ils naviguèrent en longeant les côtes de la pointe Bretagne durant plusieurs jours, puis montèrent tout droit vers le nord et la mer Celtique, avant de parvenir enfin non loin de l'entrée d'un gigantesque bras de mer qui s'étendait jusqu'à la mer d'Irlande, entre les terres irlandaises et anglaises : le canal Saint-Georges.

Iain s'était reposé plus que son saoul en vue de cette étape infiniment délicate et quand il s'était senti ressourcé, avait donné l'ordre à Will de dormir à son tour.

Oh oui, Will de Brún s'assoupit... car Iain y veilla, en ayant recours à un sort. Jamais l'adolescent ne devrait savoir que le laird qui le protégeait était en réalité un redoutable fils des Dieux, et que pour sortir de l'impasse où ils se trouvaient, celui-ci allait utiliser la magie en appelant la puissance des éléments.

Grâce au pouvoir de « vision », Iain avait percé le manteau de la nuit qui se dressait entre lui et les navires anglais et avait ordonné à l'élément Eau de s'apaiser jusqu'à ce que la mer houleuse se fasse aussi calme qu'un lac. Ainsi aucun clapot ne viendrait se briser sur la coque de leur bateau en les signalant à leurs ennemis par l'écume et le bruit qui se formeraient inévitablement sur ses bordées.

Néanmoins, cela n'aurait pas suffi...

Alors Iain en avait également appelé à l'élément Air qui fusionna avec celui de l'Eau pour que naisse une brume épaisse et il la poussa devant lui comme un bouclier, cependant que son embarcation avançait toute seule sous l'effet d'un autre charme. Will et Iain passèrent ainsi à la barbe et au nez des Anglais en voguant aussi silencieusement que possible entre les gigantesques coques des navires, tandis que la brume occultait la vision et atténuait tout bruit qui aurait pu leur être fatal.

Toujours enchanté, tandis que Iain maîtrisait les éléments pour s'éloigner des Anglais, le bateau mit à nouveau le cap plein nord, en direction de l'île de Man.

Combien de temps cela dura-t-il ?

Iain ne s'en souvenait plus, néanmoins il tint jusqu'aux petites lueurs du matin, tira du sommeil Will de Brún après lui avoir transmis la route à suivre dans ses songes, et s'écroula de fatigue dans le fond humide de l'embarcation.

— Iain ! Iain ! s'était affolé Will. Réveillez-vous, je ne sais vers où je dois naviguer !

— Tout est... dans ta tête, Will..., avait murmuré Iain. Calme-toi et laisse-toi guider... barre plein nord....

La dernière pensée de Iain avait été pour Diane et il s'était endormi comme un bienheureux, le sourire sur ses lèvres gercées par le sel et la soif.

Will l'avait réveillé au large des côtes de l'île de Man et s'était à son tour assoupi alors que Iain reprenait le gouvernail.

Là encore, il jeta un sort pour que le bateau qui donnait de sérieux signes de fatigue – l'eau de mer commençait à envahir le plancher – avance plus rapidement en direction du nord et de la vallée de la Clyde qui les mènerait à Glasgow dans les Lowlands.

Ils y parvinrent vers la fin de la journée et à nouveau, Iain tomba dans les bras de Will après s'être dangereusement vidé de ses forces vitales. L'utilisation de la magie se nourrissait de lui et tout homme-dieu qu'il était, s'il n'y prenait garde et dépassait ses limites, il pouvait trouver la mort après avoir plongé dans un profond coma. Will, très inquiet pour le laird Saint Clare, s'était dépêché de transbahuter leurs paquetages et leurs dernières vivres sur le ponton du port et s'était derechef attelé à la tâche de le réveiller.

Dans l'esprit du jeune de Brún, Iain Saint Clare resterait à jamais un surhomme, un guerrier et marin d'une bravoure extraordinaire ! Il n'aurait jamais assez d'une vie pour vanter les mérites de l'ami de son père, et se jura qu'à n'importe quel moment, si ce Highlander hors du commun requérait un jour son aide, il accourrait sans faille pour lui porter assistance. Pour Will qui réussit à hausser le lourd corps musclé auprès des paquetages, une légende était née et il s'empresserait au retour chez lui de narrer les exploits du laird, pour que ses actions soient immortalisées dans le temps à l'instar des plus grands guerriers qu'ait connus l'Écosse.

Iain était revenu à lui, allongé de tout son long sur les planches du ponton, Will à ses côtés, et s'était accoudé pour jeter un œil à la vieille embarcation. Celle-ci, comme si elle avait attendu qu'il reprenne conscience pour lui faire ses adieux, choisit ce moment pour couler dans un bouillonnement d'écume, et Iain lui rendit silencieusement hommage, car aussi vétuste qu'elle eût été, elle les avait tout de même amenés à destination.

Ils passèrent une nuit dans une auberge de Glasgow, achetèrent des montures et de nouvelles vivres et se mirent en route vers le nord et les Highlands.

Ils rentraient enfin au « pays » bien qu'ils fussent déjà

en Écosse.

Et cette idée les galvanisa tant et si bien qu'ils arrivèrent sur les terres des de Brún en un temps record.

L'accueil fut chaleureux et joyeux, à la hauteur de retrouvailles que plus personne n'osait espérer. On s'empressa de leur donner à manger, de préparer des bains et les discussions allèrent bon train jusqu'à ce que Will et Iain narrent leurs aventures.

Les esprits un peu calmés et la fatigue se faisant à nouveau sentir, les uns et les autres se retirèrent pour la nuit.

C'est là que Culum profita d'un tête-à-tête avec Iain pour le remercier une nouvelle fois et lui signifier qu'il serait à jamais son débiteur pour avoir sauvé son fils des griffes d'un pays qui était devenu à sang et à cris.

— Suis-moi, Iain ! avait-il lancé en quittant la salle à manger du château familial. J'ai quelqu'un à te présenter.

Ils longèrent les couloirs et montèrent deux étages pour se retrouver dans la tour est où se situaient les chambres des proches parents.

Culum poussa une porte et tous deux entrèrent dans ce qui s'avéra être la nurserie.

Ils s'approchèrent silencieusement d'un magnifique berceau, tout de bois vénérable, où dormait un beau bébé joufflu, à la tignasse brune et épaisse.

— Iain, je te présente ton filleul, Ewan. Tu as accepté d'être son parrain et ma femme et moi en sommes très heureux. Nous souhaiterions également que tu l'accueilles chez toi dès qu'il sera en âge d'être ton écuyer. Je voudrais que tu fasses de mon fils un homme fier et fort comme tu l'es... Un vrai Highlander. Qu'en dis-tu ?

Iain avait été profondément touché par la demande de son vieil ami, mais en même temps qu'il aspirait à accepter sa proposition, une voix s'élevait dans son esprit pour le mettre en garde :

« Ewan grandira et un jour il sera en âge de comprendre que les Saint Clare ne sont pas des guerriers

comme les autres. Sera-t-il vraiment un homme droit qui saura et pourra garder un lourd secret, ou se retournera-t-il contre nous en annonçant au monde qu'une magie divine est à l'œuvre sur nos terres ? ».

Si les déités avaient choisi d'envoyer Iain à la recherche de Will et d'en faire le parrain d'Ewan, c'est qu'il y avait certainement un objectif derrière tout ça. Le destin de Iain, de son clan, voire même de ce tout petit Ewan, était désormais écrit.

Alors par les Dieux, Iain se devait de suivre les signes et d'accepter la demande de son ami !

— J'en dis que tu me fais là un immense honneur ! s'était écrié Iain de sa voix de baryton qui eut tôt fait de réveiller le bébé avant qu'il ne se mette à pleurer fortement.

Une servante était venue se charger de calmer l'enfant et de l'emmener à sa mère pour qu'elle lui donne le sein et Culum et Iain étaient repartis vers la grande salle, pour fêter avec un peu de retard la naissance d'Ewan.

Iain resta encore trois jours au château pour se remettre totalement de la fatigue du voyage et prit congé de ses amis en leur promettant de revenir leur présenter sa dame.

Diane... Les heures allaient être longues avant de la tenir tout contre lui !

Mais il était enfin là, au sommet de cette montagne, avec une vision panoramique imprenable sur sa propre forteresse, et déjà les cors sonnaient pour annoncer son arrivée, ses éclaireurs l'ayant, à tous les coups, repéré depuis un moment.

Par les Dieux !

Que c'était bon de rentrer chez soi !

Dans un hurlement d'allégresse, il donna du talon dans les flancs de son destrier et galopa au triple galop tant il lui tardait d'être auprès de sa promise et des siens.

Plus jamais il ne partirait aussi longtemps, en tous les cas... jamais plus sans Diane !

Chapitre 21

Le mal du temps

Si Iain avait escompté être accueilli avec autant de liesse – sinon plus – que chez les de Brún, il fut largement déçu, car il n'en fut rien.

Il n'attendit pas que sa monture ait stoppé sa course dans la cour intérieure du château et sauta prestement au sol pour ensuite se diriger vers Jason, Viggo et Keanu qui se tenaient près des écuries et ne faisaient pas mine de bouger.

Ses hommes paraissaient heureux de le voir, certes, mais une ombre planait sur leurs visages tendus, ce qui éveilla son sixième sens et le mit tout de suite sur ses gardes.

Quelque chose ne tournait pas rond !

Sans plus de civilité inutile, il les apostropha :

— Que se passe-t-il ?

Aucun des trois guerriers n'eut le temps de lui répondre, déjà la voix anxieuse de Larkin s'élevait derrière lui pour attirer son attention.

Un long frisson d'appréhension parcourut son dos, et Iain fit volte-face pour découvrir la silhouette du grand druide qui apparaissait dans l'encadrement de la porte d'entrée du château, tandis que ses gens se conduisaient à l'instar de ses guerriers. C'était comme si un sort de pétrification s'était abattu sur son clan !

— Iain ! Par les Dieux ! Tu es enfin de retour... Dépêche-toi de me suivre, nous avons besoin de ton aide !

Et où était Diane ?

Pourquoi n'était-elle pas là à l'accueillir ?

Le son des cors et des cornemuses clamant son retour auraient dû la pousser à se montrer ? !

Diane...

La morsure de la peur atteignit le cœur de Iain en un dixième de seconde. Si sa promise n'était pas en cet instant dans ses bras, c'est que quelque chose de terrible la retenait ailleurs...

Était-elle malade ? Ou... pire... ? Non ! Elle était en vie !

En quelques foulées rapides et nerveuses, Iain rejoignit Larkin et lui emboîta le pas.

— Parle Larkin !

— C'est Diane...

Iain serra les poings fortement, alors que tous les muscles de son corps se tendaient comme la corde d'un arc, en réponse aux deux mots qui sonnaient étrangement comme un glas.

— Est-elle... malade ?

— *Naye*, enfin, je ne le crois pas, chuchota Larkin en retour tout en évitant le regard scrutateur de son laird.

L'angoisse de Iain monta d'un cran. Si elle n'était pas malade, pourquoi ces mines angoissées ? Et sa nervosité empira quand ils débouchèrent dans le couloir qui menait à la chambre de sa promise : de part et d'autre de chaque mur, les femmes et certains hommes du clan s'étaient alignés comme pour former une haie d'honneur, sauf que là encore, les visages étaient graves et les yeux fuyants.

Iain pressa le pas et fit vivement irruption dans les appartements de Diane dont la porte était grand ouverte. Pour un peu, s'il n'avait pas eu de meilleurs réflexes et n'avait pas fait un bond sur le côté, il se serait pris les jambes dans le corps de Barabal, agenouillée au sol, et se serait vautré de tout son long sur elle.

La *Seanmhair*, sans faire cas de lui, ramassait et jetait des runes sur les dalles pour ensuite les consulter avec une grande attention.

— Toujours pareil être ! grommela-t-elle en se grattant le haut du crâne de ses doigts osseux.

Iain se détourna d'elle pour porter son regard sur Diane, assise sagement dans son lit, son buste et sa tête reposant sur un dossier d'oreillers gonflés.

Il resta un instant bouche bée tant elle lui apparut superbe et épanouie. Son esprit se gorgea de ce dont il avait été privé trop de temps : son visage en forme de cœur auréolé de sa somptueuse crinière dorée, ses beaux yeux noisette mis en valeur par de longs cils sombres, sa bouche pulpeuse qui appelait les baisers, et... son corps, uniquement vêtu d'une tunique de nuit et qui avait acquis de charmantes courbes... Cette vision paradisiaque, loin de ce qu'il avait craint, éveilla immédiatement le désir qui sommeillait en lui.

Que ces gens avaient été bêtes de lui donner la peur de sa vie ! Diane était magnifique et resplendissait de santé et de force !

— Diane, souffla-t-il en souriant et s'élançant vers le lit pour la prendre dans ses bras, comme il rêvait de le faire depuis tant de jours.

Cependant, en même temps qu'il s'approchait d'elle, son esprit enregistra certains signes négatifs : Diane ne faisait aucun mouvement, avait le regard fixe en direction de la fenêtre, et n'avait pas réagi à sa présence... On aurait dit une statue !

Iain lui prit la main et son sang se glaça dans ses veines à l'instar de celui de Diane qui n'émettait aucune chaleur corporelle.

— Que... ?

— Elle est ainsi depuis des jours, murmura Larkin dans son dos. Le mal est sournois et je dois avouer n'avoir jamais rencontré un tel phénomène. Pas de signe d'affection ou d'empoisonnement, bien au contraire, Diane est en parfaite santé. Il n'y a juste qu'un petit tout petit changement, ses lèvres commencent à marquer des signes de sécheresse.

Nous ne pouvons plus la faire boire depuis trois jours. Pas de magie non plus, aucune énergie ne circule autour d'elle... Je... Iain... cela dépasse mes compétences.

Iain saisit délicatement le coude de la jeune femme et la força à exécuter quelques mouvements, ce à quoi son corps répondit mollement, sans pour autant qu'elle ne batte des cils ou ne pose son regard sur lui. Ensuite, il exerça un léger pincement sur le dessus de sa main et fut rassuré de voir que la peau ne restait pas marquée, signe d'une déshydratation avancée. Pourtant, selon les dires de Larkin, après trois jours sans ingurgiter une boisson, c'est ce qui aurait dû se produire ! Le corps de Diane semblait évoluer au ralenti...

— Son enveloppe charnelle est là, mais son esprit...

— *Naye*, Larkin ! Plus un mot, laisse-moi réfléchir ! ordonna vivement Iain.

Mais comment faire avec le bruit martelant des runes que Barabal continuait de lancer sur les dalles du sol ?

— Encore ! coassa-t-elle dans un grommellement.

— Cesse ton vacarme ! la houspilla Larkin.

— Si mal être, les runes le dire, feront ! Humpf ! Pas dans tes parchemins, de réponses, tu trouveras !

— Parce qu'il n'y a pas d'explication à chercher ! s'égosilla Larkin.

— Si ! Toujours la même, les runes donnent !

Larkin allait encore répliquer quand le laird lui fit signe de se taire, pour ensuite s'approcher de Barabal et s'agenouiller à ses côtés.

— Qu'indiquent-elles ?

La petite mère grimaça et claqua de la langue d'un air agacé.

— Le temps... pointer le temps, elles font !

Cela ne voulait rien dire !

— Expliquez-moi comment tout cela est arrivé ! Un à la fois ! ordonna Iain comme la *Seanmhair* et Larkin se mettaient à parler en même temps.

Ils lui narrèrent ce que les femmes du clan leur avaient

appris : la mélancolie de Diane, des moments où elle semblait se perdre dans ses pensées, se couper du monde, pour revenir à elle dans un grand état d'affolement avant de courir se réfugier dans sa chambre, à chaque épisode de ce genre.

— Elle nous a exhortées à chercher de l'aide ! s'exclama une voix familière qui venait de la porte d'entrée, toujours grand ouverte.

C'était Iseabal qui fut poussée par Seindeï, bousculée à son tour par d'autres amies de Diane.

En un instant, un petit attroupement se forma dans la chambre tout autour de Iain et Barabal, en forçant Larkin à se poster près d'un mur.

— Quand ? questionna Iain en dépliant sa haute stature pour faire face aux dames et en posant son regard gris et perçant sur elles.

— Il y a quelques jours de cela, souffla Ealasaid très intimidée. Elle était dans le même état que maintenant, mais nous avons réussi à la faire sortir de sa torpeur en la recouvrant de ses robes.

— De... ses robes ? balbutia le laird qui ne comprenait pas où voulait en venir la jeune servante.

— *Aye* ! reprit Seindeï en donnant du coude pour se placer sous le nez de Iain. Elle était gelée ! Alors nous avons eu peur et pour lui apporter de la chaleur, nous avons vidé les armoires de leur contenu pour le poser sur son corps. Il s'agissait en grande majorité des robes de la lady !

— Et elle est revenue à elle ! coupa Seasaidh, la cuisinière, de derrière l'attroupement.

— Oh, pas longtemps ! ajouta Iseabal tandis que toutes hochaient du chef. On l'a découverte parce qu'elle disait étouffer, et elle s'est à nouveau figée, et comme sa peau refroidissait encore, nous l'avons derechef recouverte avec les robes... pour la voir revenir à elle ! Juste assez de temps pour qu'elle se rende compte que quelque chose n'allait pas et nous envoie chercher du secours !

— Montrez-moi ! ordonna Iain. Toi ! Mag, les autres, faites place ! intima-t-il encore avec fermeté, comme toutes faisaient mouvement vers les armoires en essayant d'éviter Barabal qui grognait près de leurs jupes comme un chien enragé.

La jeune femme s'exécuta, saisit les quelques robes de bal de Diane et alla l'en recouvrir.

Diane ne bougea pas, mais Larkin qui touchait son poignet pour prendre son pouls eut un petit tressautement avant de porter de grands yeux vifs sur Iain.

— Les battements de son cœur se sont accélérés l'espace d'un instant !

— Le temps ! Le temps ! Le temps ! se mit à clamer Barabal en basculant son corps d'avant en arrière comme si elle était soudainement en transe.

« *Les robes, le temps, le corps de Diane qui évoluait au ralenti, le cœur qui pulsait plus vite au toucher de ses effets...* », dans l'esprit de Iain, tous ces points se mirent à tourner encore et encore jusqu'à ce qu'une idée folle jaillisse et fasse un peu de lumière au milieu de la tourmente de ses pensées.

— Y a-t-il d'autres vêtements ou objets appartenant à Diane ici séant ? s'enquit-il avec fébrilité en allant lui-même ouvrir un coffre qui s'avéra contenir des plaids et tuniques du clan et se dirigeant nerveusement vers un second qui ne renfermait rien de plus que le premier. Où donc sont passées ses affaires ? s'agaça-t-il de plus belle.

— Diane a fait don de tous ses biens pour la préparation des jouets de *Nollaig*, quant à ses livres et ses calepins, nous les avons rangés dans votre cabinet de travail, laird... à sa demande. La lady craignait de les abîmer, murmura pitoyablement Iseabal qui avait peur d'avoir mal fait.

— Elle n'a rien gardé ?

— *Naye*, laird, chuchota Seindeï. Juste ces quelques robes, de l'eau de fleurs et ses peignes...

— Elle n'a plus rien qui la raccroche à son siècle ! vitupéra Iain qui était de plus en plus certain d'avoir trouvé la solution pour que Diane revienne à elle.

Et par les Dieux ! Pourvu qu'il ait raison !

— À quoi songes-tu ? voulut savoir Larkin.

— Aussi farfelu que cela puisse être, je crois que Diane souffre d'une sorte de « mal du temps ». Elle reprend conscience quand elle est en contact avec des objets de son époque, et perd connaissance sans eux ! Il faut trouver le moyen de...

— De quoi ? Si tu dis vrai, que tes suppositions soient justes, c'est du futur qu'elle a besoin ! Et sans lui, elle ne pourra pas survivre dans notre présent !

— Il suffit de lui rapporter ses effets personnels dans un premier temps ! gronda Iain qui ne voulait pas envisager de renvoyer Diane auprès des siens dans le temps.

— Qui ne sont plus aussi efficaces qu'ils l'ont été, songe aux robes ! insista Larkin avant de reprendre en martelant ses mots : Leur contact ne suffit plus ! *Aye !* Soyons réalistes ! Cette enfant vient du futur et peut-être qu'elle ne peut pas vivre avec nous ! Alors, quoi faire ?

« *Larkin peut avoir raison* », se dit Iain en hurlant de rage dans sa tête. Non, il ne voulait pas perdre Diane, et se battrait pour la garder près de lui.

Mais de quelle manière lui apporter son aide dans l'instant, si elle avait distribué tous ses effets à la ronde ?

Les livres et l'échiquier ! !

— Allez me quérir tous les calepins de Diane et ramenez-les-moi au plus vite !

À peine Iain avait-il ordonné cela, que les femmes s'élancèrent pour remplir leur mission. Quant à lui, il se dirigea vers le panneau de tissu qui masquait l'entrée vers la salle de bain et sa chambre. Une fois dans cette dernière, il l'inspecta d'un regard aiguisé et trouva ce qu'il cherchait : l'échiquier !

Il saisit fébrilement la boîte de jeu et revint sur ses pas.

Cela devait fonctionner ! Il en priait les Dieux !

Doucement, il s'assit auprès de Diane et posa délicatement le lourd objet sur ses jambes allongées qui étaient recouvertes d'un drap et de fourrures.

Larkin, de l'autre côté du lit, eut un petit cri et porta à nouveau ses prunelles brillantes sur son laird.

— Iain, ça fonctionne ! ! Son cœur pulse rapidement et sa peau paraît se réchauffer !

Le propre cœur de Iain battait tant, qu'il lui semblait qu'il allait exploser dans sa poitrine !

Sous le coup d'une impulsion, il se plaça dans le dos de Diane, fit voler les oreillers encombrants et prit son corps dans le berceau de ses bras. Ensuite, il saisit les mains fines de sa promise entre ses doigts et les apposa à plat sur le bois laqué de la boîte de jeu.

Un souffle... Une respiration plus forte...

Et les muscles crispés de Diane semblèrent se détendre.

Elle s'amollissait et se réchauffait tout contre lui.

— Diane... Diane... reviens *mo chridhe*, la supplia-t-il en déposant de doux baisers sur ses tempes et ses cheveux odorants.

Son aura était à nouveau présente, il la ressentait tout au fond de lui, et les sourires qui se dessinaient sur les visages de Larkin et de Barabal ne pouvaient mentir : Diane, sa femme, renaissait à la vie !

— Ronauld ? souffla-t-elle dans un murmure ensommeillé.

Pour le coup... Ce fut Iain qui se transforma en statue vivante et son sang qui se figea en un instant dans ses veines !

Diane avait appelé Ronauld... pas son nom à lui.

— Voilà les livres ! ! crièrent les femmes, de retour de leur quête.

Mais Iain ne les entendit pas. Il se sentait mourir à l'intérieur, car il venait de réaliser qu'en ramenant Diane, il l'avait aussi perdue pour de bon...

Iain s'avisa avec effroi qu'il s'était leurré depuis le début. Ronauld existait bel et bien et son amour pour Diane n'avait jamais été partagé. Et plus la réalité sur leur situation se faisait jour en lui, atrocement douloureuse, plus il se rendait compte de sa méprise. Diane ne lui avait jamais déclaré sa flamme, s'était comportée avec lui comme une tendre amie, jusqu'à cette nuit de *Nollaig* où Barabal et son sort avaient tout fait basculer.

Lui l'avait désirée avec passion, avait voulu la marquer de sa peau, de ses lèvres et de son âme... mais pas elle. Diane avait certainement agi sous le coup de l'enchantement et s'était donnée à lui sans être réellement consciente de ses actes.

Quand il avait compris qu'elle avait tout entendu suite aux révélations de Larkin, il s'était dit qu'elle doutait certainement de ses intentions à lui, et jamais il n'aurait pensé qu'en fait, c'était elle qui comprenait que ses actions avaient été poussées par un charme puissant.

Comme il s'était fourvoyé ! Il avait pris ses sourires et ses gestes pour des signes d'amour et quand il lui avait clamé ce qu'il ressentait, étrangement, jamais elle ne l'avait éconduit !

Il l'avait faite sienne, s'était uni à elle sous les couleurs du clan.

Cependant, tant que leur union ne serait pas célébrée devant les Dieux, il serait libre de la laisser aller à son destin et rejoindre cet homme honni, qu'il croyait être illusion et ne connaissait que de nom : Ronauld.

Par amour, il la sauverait et s'effacerait même s'il devait en souffrir toute l'éternité, et la conduirait à sa véritable Âme sœur.

Tandis que Iain s'efforçait de dompter la douleur qui se transformait en rage au fond de lui, Diane, de son côté, reprenait pied avec l'existence.

Elle eut vaguement le souvenir d'avoir cru entendre la

voix de Ronauld et de s'être étonnée de sa présence, avant que la peur ne la saisisse en pensant être repartie à son époque d'origine. Avait-elle appelé Ronauld ? L'avait-il fait revenir ?

Elle ne le voulait pas ! Être séparée de Iain la tuerait aussi sûrement qu'une dague en plein cœur !

Alors elle avait tardé à soulever ses paupières, puis avait perçu les exclamations d'Iseabal, Seindeï, et de Larkin !

Non, elle n'était pas repartie, elle était bel et bien en l'an 1342, sur les terres Saint Clare !

Elle n'avait plus aucun souvenir entre le moment où elle avait envoyé ses amies quérir de l'aide et l'instant présent où elle ouvrait les yeux pour se voir cernée de ses livres, des calepins de ses aïeules et étrangement... de l'échiquier posé sur ses jambes.

Combien de temps s'était-il écoulé durant ce nouvel épisode d'absence ?

Il y avait quelque chose de dissemblable...

Les femmes n'étaient pas coiffées comme lors de sa perte de connaissance, la luminosité était elle aussi différente et... quelqu'un de fort se tenait dans son dos, tandis que des bras puissants lui enserraient le buste presque à l'étouffer, pour la relâcher prestement.

Et ces effluves uniques de musc, de cuir et d'air pur...

— Iain ? s'écria-t-elle, la voix inexplicablement cassée, comme si sa gorge avait été asséchée, privée d'eau depuis des jours.

Son corps ankylosé ne lui permit aucun mouvement alors qu'elle rêvait de tourner la tête pour faire face à l'homme de sa vie.

« *Oh Dieux ! Faites que ce soit lui, qu'il soit enfin à la maison !* ».

Ses sens et son cœur ne pouvaient mentir, ils avaient reconnu son aura, savaient qu'il était présent !

Une poigne forte lui saisit le bras tandis que quelqu'un

plaçait des oreillers dans son dos, remplaçant la chaleur et la dureté des muscles de celui qui s'était tenu là quelques secondes plus tôt.

— Iain ? appela-t-elle à nouveau, la peur de se tromper tout de même, transformant sa voix en un souffle ténu.

Enfin, il apparut à ses yeux en se mettant debout près du lit. Superbe et encore plus beau que dans ses souvenirs. De toute évidence, cela ne faisait que peu de temps qu'il était de retour au vu de la boue qui maculait ses bottes, ses cuisses musclées et son kilt. Sa tunique était plus beige que blanche et épousait de par son humidité son torse large et puissant. Son visage aux traits fiers et sculptés, encadré de ses longs cheveux noirs, était extrêmement tendu, sombre. Sa bouche aux lèvres sensuelles était pincée et son regard gris argenté, pour aussi animé qu'il l'avait toujours été, avait comme perdu sa flamme vive.

Diane réalisa que son état avait dû l'alarmer plus que de mesure ! Il se tenait séant comme s'il était au chevet d'une morte !

— Iain ! Tu es de retour ! réussit-elle à murmurer avec émotion, luttant pour reprendre le contrôle de ses membres et lui tendre une main tremblante.

Qu'il ignora résolument, tandis qu'un muscle nerveux s'était mis à battre sur sa mâchoire.

L'attitude froide et hautaine de Iain lui glaça les sangs et Diane le dévisagea sans comprendre.

— Lady de Waldon, lança-t-il d'un ton sec, en la saluant d'une inclinaison du buste presque moqueuse. Nous allons stabiliser votre état. Il ne s'agit point là de maladie et pourront user de notre magie pour ce faire, c'est une promesse, et dès que cela sera chose faite, je vous conduirai dans le Cercle des Dieux pour que vous appeliez votre Âme sœur.

Que disait-il ? Avait-il perdu la tête ?

Diane ouvrit la bouche pour lui parler, mais il ne lui en donna pas le temps et quitta la chambre sans un regard en arrière.

Non ! Leurs retrouvailles ne pouvaient se dérouler ainsi !

Elle avait rêvé sauter dans ses bras, s'unir à lui dans une fièvre des corps et ne plus jamais le laisser partir !

Lui dire aussi combien... elle l'aimait.

Quelle ineptie, il était bien trop tard pour cela...

Iain agissait avec elle comme si elle n'était plus qu'une étrangère, indésirable de surcroît !

D'une attitude froide, de quelques mots secs, il avait effacé tout ce qui avait pu un jour exister entre eux.

Diane aurait voulu hurler de douleur, pour s'être si misérablement trompée, et retint difficilement les quelques larmes d'amertume qui embuèrent ses yeux.

— Nous allons rester auprès de vous, dame, chuchota Iseabal qui s'était approchée de son lit et avait minutieusement disposé les livres tout autour de ses jambes.

Ses amies étaient là, toutes, et cherchaient à dissimuler leurs regards peinés en lui tendant un hanap d'eau qu'elle accepta avec plaisir.

Elle ne sut comment elle l'acquit, ni d'où elle vint, mais une énergie s'empara de son être torturé pour lui donner la force de se reprendre et de se conduire avec dignité.

Iain était parti, avait changé d'avis quant à leur histoire durant son voyage, et revenait pour lui faire comprendre qu'elle était indésirable.

Elle remercia les femmes, chercha à parler avec Larkin, mais se rendit compte qu'il avait disparu, ainsi que Barabal, à la suite de Iain. Elle resterait donc dans le vague avec les interrogations qui tourbillonnaient dans sa tête et cette immense douleur qui semblait déchirer son être.

Elle questionna ses amies pour savoir ce qui s'était passé durant son « absence », combien de temps s'était écoulé, et essaya d'étouffer son chagrin en évitant de trop penser à l'attitude de Iain.

Il fallait qu'elle le fasse disparaître de son cœur.

Il fallait qu'elle cesse de souffrir...

Alors que la journée passait, que Diane reprenait des forces en buvant des soupes et des potions – toujours alitée dans sa chambre et cernée par ses livres – et que le laird s'était enfermé dans son cabinet de travail avec Larkin et Barabal, les femmes du clan décidèrent de se réunir dans la cuisine et de faire le point sur ce qu'elles considéraient être « *la pire situation de leur existence !* ».

— J'te dis que tout allait bien jusqu'à son réveil ! vitupérait Seindeï à la barbe et au nez de Seasaidh qui battait sa pâte à pain.

— Bien ? Le laird était dans un état aussi pitoyable que notre lady... ronchonna-t-elle en retour.

— Il avait peur pour elle, coupa Ealasaid.

— Et il était follement amoureux... souffla Alice.

— *Aye !* acquiesça Iseabal. Jusqu'à ce que Diane murmure quelque chose, et là... tout a basculé ! Le laird a changé de comportement du tout au tout ! As-tu entendu ces mots ? questionna-t-elle en direction de Seindeï.

— Avec tout le bruit qui y avait dans la pièce et avec tout ce monde, j'ai eu beau tendre l'oreille, j'ai rien compris !

— Pourquoi ne pas l'interroger franchement ? lança Cassiopée avec candeur.

— C'est ça ! Tu nous vois demander à la lady « *Qu'avez-vous dit pour mettre le laird d'une humeur noire* » ? contra la jeune Anne.

Un brouhaha s'ensuivit et s'éleva jusqu'à ce qu'Iseabal calme les troupes.

— Nous devons faire quelque chose, ces deux-là sont faits l'un pour l'autre, et si nous ne donnons pas un coup de pouce au destin, rien de bon ne sortira de cette histoire. J'y vais !

— *Aye !* clama Seindeï en lui emboîtant le pas.

— Seule !

— Ben pourquoi ?

— Parce que j'ai plus de tact que toi ! chantonna Iseabal en laissant Seindeï bouche bée et désarçonnée derrière elle.

Chapitre 22

Le futur au présent

Mais pourquoi Iseabal tournait-elle autour de Diane en lui posant tant de questions ? Elle avait soi-disant été envoyée par Iain qui lui aurait demandé de ne pas la quitter jusqu'à ce qu'un sort de « stabilité » ait été trouvé.

Ça, d'accord !

Mais... lui avait-il aussi enjoint de l'espionner ? Dans quel but ?

S'il voulait se débarrasser d'elle, en quoi ses sentiments et son état pouvaient-ils le concerner ?

Diane était vraiment déroutée par le comportement de son amie, surtout en cette fin de soirée qui s'éternisait sur une journée au parfum d'amertume.

— Et... vous n'avez vraiment aucune souvenance de vos moments d'absence ?

— Non, souffla Diane pour la énième fois. Tout ce que je souhaite maintenant, c'est pouvoir me lever de ce lit qui m'oppresse et ranger tous ces livres dans les coffres ! Et puis l'échiquier devient vraiment trop lourd, j'aimerais bien le poser par terre !

— *Naye !* Surtout pas ! Le laird a bien dit que c'est grâce à tous ces objets que votre état reste stable !

— Iseabal, soupira Diane, très lasse, la plupart de ces carnets ont été écrits dans une époque proche de celle où nous vivons actuellement, les autres un peu plus tard, alors je ne vois pas en quoi ils me raccrocheraient au XIXe siècle !

Iseabal haussa les épaules en signe d'ignorance et remit une bûche dans le foyer de la cheminée.

— Néanmoins, ces papiers sont tout de même vieux et sont partis à la même époque que moi, donc oui, la possibilité est grande pour qu'ils m'aident à rester éveillée, remarqua encore Diane en réfléchissant et en émettant ses suppositions à haute voix.

— Est-ce que vous pensiez à quelqu'un quand...

— Iseabal ! s'écria Diane qui sentait ses nerfs la lâcher. Je ne me souviens de rien ! martela-t-elle, avant d'être saisie de remords en voyant la peine se dessiner sur le visage ami.

On frappa impatiemment à la porte, et avant même que Diane ne puisse demander qui était là, le battant s'ouvrit sur une Seindeï au sourire d'ange.

Un ange... elle ? !

Non, impossible ! Il y avait certainement anguille sous roche. Le laird avait-il envoyé une deuxième espionne ?

— Alors ? Tu as appris quelque chose ? s'enquit vivement la dernière arrivée avec un coup de menton vers Iseabal.

— Seindeï ! grommela Iseabal en serrant les poings.

— *Och yep !* Rien quoi ! Qui est madame « *j'ai plus de tact que les autres* » ?

— Sûrement pas toi !

— Allez vous deux ! Mettez cartes sur table ! Qui vous envoie ? Que voulez-vous savoir ? Et arrêtez de tourner autour du pot ! se fâcha Diane en agitant ses jambes ankylosées sous le poids de l'échiquier.

— Qu'avez-vous dit au laird quand vous vous êtes réveillée ? Il était là à vous choyer et à vous embrasser, et puis « pouf » l'est devenu l'homme le plus froid et le plus dur du pays ! gronda Seindeï en agitant férocement son index comme une gouvernante l'aurait fait devant un enfant peu studieux.

Tout d'abord, Diane ne comprit rien à rien, sauf que ses

amies allaient trop loin ! Mais tout à coup, les paroles de Seindeï atteignirent son esprit, et ses pensées se mirent à danser et danser encore comme elle enregistrait les informations données : Iain la « *choyait* » et « *l'embrassait* » ?

Diane avait trop peur d'y croire, souffrir d'amour était pire que la mort, de ça, elle en était certaine. La mort viendrait d'un coup, la souffrance perdurerait jusque là.

Mais tout de même... Si ce que disait Seindeï était vrai...pourquoi Iain avait-il changé d'attitude vis-à-vis d'elle, au moment où elle recouvrait ses moyens ?

— *Aye !* Je vois que vous avez bien saisi, continua la servante sur sa lancée, en faisant quelques pas pour s'approcher de Diane, tandis qu'Iseabal l'imitait, prête à la retenir s'il le fallait.

Manquerait plus qu'elle grimpe encore une fois, comme elle avait pris l'habitude de le faire, sur le matelas de la lady !

— J'ai appelé Iain et il s'est détourné de moi, fit piteusement Diane en se remémorant lui avoir aussi tendu la main que Iain avait ignorée.

La douleur de ce souvenir lui arracha un gémissement saccadé.

— *Naye*, ça, nous l'avons tous entendu et vu ! Ce que l'on veut savoir, c'est ce que vous avez murmuré avant, quand il vous serrait contre lui !

Diane porta ses doigts tremblants sur ses tempes, ferma les yeux et fouilla sa mémoire à la recherche d'un événement tangible.

Il y avait eu la frayeur d'avoir cru être retournée à son époque, puis la vision de ses amies à ses côtés, et l'odeur si délicieuse et unique de Iain.

Iain qui ne l'aimait pas...

« *Si c'est ça, pourquoi m'aurait-il embrassée ?* », songea encore et encore Diane à qui le cœur faisait mal, tant il pulsait à un rythme déraisonné.

Il fallait qu'elle se concentre, car elle avait la troublante sensation d'oublier quelque chose...

— Alors ? la pressa Seindeï.

— Tu vas trop loin, grommela Iseabal.

— C'est pour son bien !

La lumière se fit, d'un coup, coupant le souffle dans la poitrine de Diane alors qu'elle écarquillait les yeux et qu'elle se souvenait... de Ronauld ! Il lui avait semblé entendre sa voix et elle avait eu si peur qu'il l'ait ramenée dans le futur... la séparant ainsi de Iain pour toujours.

— Ronauld... s'écria Diane en posant son regard effaré sur ses amies et en s'asseyant bien droite dans le lit.

Iseabal et Seindeï se jetèrent un coup d'œil à la fois étonné et empli d'incompréhension.

— Ronauld ! répéta plus fortement Diane en poussant fébrilement l'échiquier dans le but évident de se mettre debout.

— *Naye !* Vous ne bougez pas ! s'exclamèrent de concert les deux servantes avec des gestes affolés.

— Mais il faut que j'aille trouver Iain ! Il s'agit ici d'un monumental quiproquo ! Dieux, Seindeï, Iseabal ! J'ai murmuré le nom d'un autre homme à mon réveil ! J'ai appelé Ronauld !

— C'est qui celui-là ? demanda la voix de Charlotte en provenance de la porte entrouverte.

Là encore, une, puis deux, suivies de plusieurs femmes du clan, investirent la chambre de Diane sans son consentement.

— On ne vous a jamais dit que c'était mal d'espionner ? couina Seindeï.

Alors là, c'était « la poêle qui se moquait du chaudron » !

Après l'étonnement, Diane se dit que la présence de toutes ces femmes ne pouvait être qu'un geste des déités ! Car elle avait besoin de leur aide.

— On vous a attendue toute la journée dans les cuisines

et comme Seindeï ne revenait pas non plus, du coup... nous avons décidé de venir aussi ! chercha à se justifier la jeune Floriane avec un air frondeur.

— ... c'est qui Ronauld ? lança Ketty trop curieuse pour retenir ses mots.

— Le Highlander qui m'a porté assistance pour voyager dans le temps, peut-être le descendant de Iain lui-même ! Sapristi mesdames, vous allez arrêter de jacasser, de me casser la tête avec vos questions perpétuelles et m'aider à sortir de cette prison faite de matelas et de fourrures ! ! Cherchez vos nécessaires de couture, j'ai une solution pour m'échapper d'ici et partir à la reconquête de votre laird ! Comment a-t-il pu croire que... mon cœur... est à un autre que lui ? bafouilla-t-elle encore, tant cette idée lui faisait mal.

— Ben fallait pas prononcer le nom d'Ronauld ! lança Seindeï du tac au tac.

Diane ferma à moitié les paupières et s'étonna de pester après son amie :

— Seindeï, j'espère que tu cours vite, très vite, car quand je sortirai de cette chambre...

— J'y vais, j'y vais, coupa cette dernière en chantonnant et en souriant jusqu'aux oreilles. Nos nécessaires de couture, vous avez dit ? C'est comme si c'était fait !

Et à Diane d'entendre encore les voix peu discrètes des femmes qui papotaient dans le couloir et qui se congratulaient de leur action réussie !

— J't'avais dit qu'il fallait qu'on s'en mêle !

— Et moi, Seindeï, je t'avais dit de rester dans la cuisine !

— Iseabal, ne sois pas mauvaise joueuse, avec toi, on aurait passé la nuit à tourner autour du pot. Il fallait de l'action, à la mode des Highlands ! trancha Ealasaid.

— Bien, maintenant, on s'occupe du laird !

« *Ah ça ! Certainement pas !* », hurla l'esprit de Diane avant qu'elle ne le fasse oralement :

— Pas un mot à Iain ! ! Cherchez-le...

— Nécessaire de couture... *Aye !* ! répondirent en chœur les femmes du clan, avant de rire aux éclats et de s'éloigner pour de bon.

Le poison de la tristesse et des doutes disparaissait lentement du corps de Diane qui avait encore du mal à se dire que tout était parti d'un quiproquo monstrueux. Elle se mettait à la place de Iain, et aurait agit de la même manière que lui...

L'amour était là...

À elle maintenant de réparer ses torts... grâce à l'aide de toutes ces femmes incroyables, qu'elle ne remercierait jamais assez et à qui elle devait tant : ses amies.

Personne ne dormit cette nuit-là. Diane réussit à faire sa toilette debout dans un large baquet de bois posé au milieu de son immense lit à baldaquin, à s'habiller d'une de ses anciennes robes – puisque celles-ci semblaient avoir un certain pouvoir contre le mal inconnu – et à se coiffer, le tout sous les rires irrépressibles des amies qui l'entouraient, tant la situation avait quelque chose de cocasse.

Inexplicablement, personne n'était fatigué, tout le monde était comme survolté, et l'idée de Diane prenait peu à peu forme : une grande cape avait été totalement modifiée en y annexant et cousant de multiples poches dans lesquelles on glissa les écrits de ses aïeules.

Il s'avéra, avec beaucoup de soulagement, qu'ils étaient suffisants de par leur nombre, à garder Diane dans son état normal.

Et heureusement qu'ils suffisaient ! Le poids de la cape plus celui des carnets étaient déjà assez conséquents, un livre ou encore l'échiquier de plus, et Diane se serait écroulée sous la masse à porter !

— Le soleil se lève ! s'écria Seindeï en jetant un regard sur les vitraux des fenêtres, baignés par une lumière orangée et laiteuse. J'ai faim !

— Et soif ! ajouta en riant Iseabal.

Diane se sentit misérable et égoïste d'avoir accaparé ses amies toute la nuit, sans songer un instant à leur état, après tout, il ne fallait pas oublier que la plupart étaient enceintes !

— Allons nous restaurer, proposa-t-elle en se dirigeant pesamment vers la porte de sa chambre, vacillant légèrement sous la lourdeur de sa cape.

Diane bénit le fait d'avoir pris des forces et des muscles durant l'absence de Iain, et que, étrangement, elle ne les ait pas perdus les longs jours où elle avait sombré dans une sorte de coma éveillé.

Jamais sans cela, elle n'aurait pu supporter cette monstrueuse charge qui tirait sur ses épaules et paraissait vouloir la clouer au sol.

Toutes allèrent se sustenter, et quand Diane estima que le moment était venu, elle prit congé de ses amies en leur intimant gentiment l'ordre de se reposer. Elle, elle avait à faire dans le cabinet de travail du laird !

Car elle était certaine que Larkin, Barabal et lui y avaient passé la nuit et y étaient toujours enfermés.

Elle savait qu'ils cherchaient un moyen d'endiguer le mal dont elle était victime, avaient-ils réussi ? S'ils échouaient... serait-elle séparée de Iain ?

Diane écarta vaillamment sa peur et se dirigea autant que faire se peut dans les escaliers en colimaçon qui montaient à l'étage, vers l'antre du seigneur de ces terres. Quand elle arriva devant la sombre porte du cabinet, Diane était en nage et totalement essoufflée.

Dieux que cette cape était lourde !

À l'intérieur, elle perçut les voix de Larkin et Barabal, mais aussi celle, plus rauque, de l'homme qu'elle devait reconquérir coûte que coûte ! L'appréhension la tenaillait : est-ce que Iain accepterait ses explications et son *mea culpa* concernant l'histoire inventée de Ronauld ? L'aimait-il vraiment assez pour cela ?

— Courage, tout se passera bien, s'exhorta Diane avant

de frapper un petit coup du poing sur l'épais battant et d'entrer sans y être invitée.

Décidément, les manières sans-gêne de Seindeï déteignaient sur elle ! Cette constatation saugrenue eut le don de la faire pouffer de rire, et c'est ainsi que Iain la découvrit devant lui : son rire cristallin résonnant dans la pièce alors que d'apparence, elle avait pris au moins une trentaine de kilos en une nuit !

Il en resta tout bonnement sans voix, avant de sourire comme un benêt, ses yeux gris pétillants trahissant la joie profonde qu'il avait de l'apercevoir, avant de s'assombrir à nouveau en se souvenant que Diane en aimait un autre.

— Vous... vous êtes debout ? balbutia-t-il à la fois de la forte pression qu'il s'imposait pour ne pas la prendre dans ses bras, mais aussi d'ébahissement à la voir se tenir devant lui. Petite folle ! s'écria-t-il soudain en contournant vivement son bureau et en marchant sur elle d'un pas rageur. Retournez dans votre chambre, à l'abri de vos...

— Point la peine ! coupa Diane en ouvrant le devant de sa cape pour que tous puissent découvrir les poches qui y étaient cousues de bas en haut et dont l'extrémité des calepins dépassait.

— Ingénieux, fit Larkin, très admiratif, et rusé, ajouta-t-il avec un franc sourire.

— Cela ne durera pas, gronda Iain qui en son for intérieur était tout de même d'accord en tous points avec le grand druide. Le danger est très présent. Les carnets de vos aïeules ont emmagasiné l'énergie des siècles passés, jusqu'à votre époque, mais quand elle aura disparu, votre état se dégradera à nouveau.

— Nous en revenons au même point, se lamenta Larkin qui avait les yeux cernés de fatigue.

Comme Barabal et Iain... La nuit avait était plus difficile pour ces trois-là que pour les femmes et Diane.

— Nous ne pouvons la renvoyer vers le futur, et ne pouvons faire venir le futur à elle... grommela encore

Larkin.

— De futur, à elle faire venir, possible être ! couina Barabal.

Iain sursauta fortement et posa de grands yeux sur la *Seanmhair*.

— Mais bien sûr ! *Aye*, la solution est là ! Il suffit de créer une incantation qui pourrait attirer des objets du XIXe siècle dans notre époque ! Nous avons passé la nuit à savoir comment renvoyer Diane dans le futur, alors qu'une réponse toute simple était là, juste sous notre nez !

Diane eut un énorme pincement au cœur... Ainsi, Iain n'avait songé qu'à la renvoyer chez elle... à l'éloigner de lui. Il était tant obnubilé par cette idée, qu'il avait occulté une autre solution... mais qui la ferait rester près de lui.

— Iain... il faut que je te parle... murmura Diane, ravalant sa tristesse et en s'approchant de lui, alors qu'il s'était posté près de la cheminée où le feu se mourait de ne pas avoir été alimenté.

— *Naye* ! gronda-t-il entre ses dents et la faisant se figer dans ses pas. Je ne veux rien entendre. Vous ne pouvez pas voyager dans le temps et retrouver votre Âme sœur, ce... Ranuld, tant que vous êtes en danger.

— Ronauld, lança impulsivement Diane et se mordant mentalement les doigts de l'avoir fait quand Iain feula en retour et lui jeta un regard assassin.

C'était un peu mal parti pour qu'elle puisse prendre la parole et démêler toute cette histoire.

— *Raguld*... grommela-t-il avec un sourire carnassier en déformant à souhait le prénom honni. De plus, il y a de fortes chances que ce soit lui qui vienne à vous dans le Cerce des Dieux, à votre appel. Car c'est ici que le temps vous a déposée, et c'est certainement d'ici que vos vœux pour votre promis doivent être lancés. Mais avant, nous allons faire venir des objets de votre temps, l'incantation sera facile à créer et vous nous aiderez.

Iain était une tête de mule ! Diane n'arrivait pas à

trouver un moment pour lui dire qu'il n'y avait pas d'autre promis que lui ! Elle allait le lui faire comprendre, quand ses derniers mots prirent tournure dans son esprit.

— Moi ? ! couina Diane en ouvrant de grands yeux et en posant sa main sur sa poitrine. Je vais vous... aider ?

Iain suivit son geste du regard et ne put quitter la vision, hautement appétissante, de ses seins pleins et ronds qui se dessinaient sous le fin tissu de son décolleté trop ajusté, puisque plus du tout à la bonne taille. Là encore, il serra fortement les poings et la mâchoire à s'en faire mal pour s'obliger à rester froid et ne pas fondre sous la poussée d'un désir fulgurant et ravageur, difficilement maîtrisable.

— Vous serez le fil conducteur de la magie. Votre esprit, tout du moins, reprit-il en lui tournant le dos et en allant s'asseoir derrière son bureau.

— *Aye* ! Magnifique ! Diane songera à une robe de son souvenir, dans le même temps nous lancerons le charme, et l'instant suivant, ledit vêtement se retrouvera chez nous !

— Pas nous ! coupa Iain. Mais moi ! La force vitale pour exercer un tel enchantement devra être considérable et, en tant que fils des Dieux, moi seul ai la capacité et le pouvoir de le faire. Toi et Barabal en mourriez si l'objet « pensé » demandait trop de magie pour voyager dans le temps.

— Le risque, grand être, aussi pour toi ! coassa Barabal en claquant de la langue.

— C'est pour cela que Diane doit songer à des petites choses, de préférence des livres, des bijoux incrustés de diamants, des quartz, des objets en bois... Des choses où l'énergie des éléments demeurerait à travers les âges !

Iain risquait de mourir lors de ce charme ? Une peur panique saisit Diane à cette idée effroyable, lui coupant la parole, la faisant trembler de la tête aux pieds, et créant le chaos dans son esprit : Des petits objets... des bijoux ! Oui, Diane en avait, mais si peu ! Des objets en bois... ses tableaux ? *Trop grands !* Du quartz... Elle n'avait aucune souvenance d'en avoir eu ou possédé, quant aux livres... tous étaient là, sauf le plus important : le grimoire des incantations qu'elle avait oublié à Mayfair.

— Avez-vous compris, Diane ? demandait Iain en la sortant du tourbillon incessant de ses pensées. Vous songerez à des objets, et je vous les ferai parvenir. Privilégiez des effets que vous pourrez porter, des bijoux vous mettraient à l'abri de tout danger pour de bon.

Oui, Diane avait saisi...

— Tu... vous pourriez mourir durant ce... ce...

— Seuls les Dieux le savent, marmonna Iain. Diane, un petit objet à la fois et je ne craindrai rien. Je sais pouvoir avoir confiance en vous, après tout, nous sommes amis !

Des « amis » ?

Jusqu'à cet instant, la peur, le chagrin, la tristesse avaient prévalus sur toutes ses émotions. Mais là, quelque chose de nouveau naquit au fond de Diane, quelque chose qui demandait « revanche » ! Iain, depuis le jour de son arrivée dans le Cercle des Dieux, avait toujours tout tourné à sa convenance, ne la laissant quasiment jamais parler !

Il voulait continuer de croire qu'elle en aimait un autre ? Alors grand bien lui fasse !

Il voulait qu'elle invoque des petits objets ? Elle le ferait pour qu'il reste en vie !

Il voulait qu'elle rejoigne son Ronauld ? Rirait bien qui rirait le dernier !

Quand il constaterait que c'était impossible, car lui seul était son Âme sœur !

Jusque là, Diane allait cesser de se disculper, elle avait fait ça toute sa vie, alors qu'elle n'avait rien à se reprocher... et elle en avait assez ! Avoir murmuré un prénom dans un état second, ne devait pas être condamnable, et Iain n'aurait pas dû douter d'elle !

Oh oui, Iain Saint Clare allait passer un aussi mauvais moment, tout aussi mauvais que celui qu'il lui faisait vivre actuellement.

Et quand la vérité éclaterait enfin, quand cet homme impossible la laisserait parler, elle lui dirait simplement, de toute son âme et de tout son cœur : « *Iain, je t'aime* ».

Chapitre 23

De gueule de bois en surprise...

de taille

Dans le but d'être en pleine possession de ses forces vitales, Iain dormit un jour et une nuit après la dernière entrevue qu'il avait eue avec Diane. Après son départ et au léger sourire de biais qui avait fleuri sur les lèvres bien ourlées de la jeune femme, Iain avait senti monter une pointe d'appréhension en lui, et il avait dû se battre avec son esprit pour trouver le repos.

Quelque chose lui disait que Diane avait une idée derrière la tête, et cela ne lui plaisait pas du tout, mais alors pas du tout ! !

Nous étions à la veille de l'équinoxe de printemps, jour de préparation de la célébration de cette fête, mais également jour fébrile pour les couples qui s'apprêtaient à s'unir le lendemain sous ordonnance de leur laird.

La tension dans le clan était extrêmement palpable, et c'était peu dire. Tout le monde courait de droite et de gauche, il n'existait plus une seule personne à des lieues à la ronde qui savait se déplacer en marchant « lentement » ou qui ne parlait pas aussi rapidement que le galop d'un cheval fou.

Si... il en était encore une : Diane.

Oh, elle aurait agi comme eux tous, si elle en avait eu la

possibilité ! Cependant, le poids de sa cape limitait tout mouvement et elle avait décidé de se réfugier près de l'imposante cheminée de la grande salle pour ruminer son plan de bataille.

Il n'y avait pas que lui qui lui tenait à cœur, mais également la liste des objets qu'elle allait devoir invoquer en présence de Iain. Ne surtout pas oublier que sa vie était en danger et qu'elle dépendait de ses choix.

— Êtes-vous prête ? demanda la voix de l'homme qui hantait ses pensées en la faisant sursauter sur son banc.

Comme d'habitude, elle ne l'avait pas entendu approcher, et comment aurait-ce été possible avec le brouhaha ambiant où l'on déplaçait d'autres bancs et où l'on montait les tables sur tréteaux ?

— Oui, mais Iain... je ne suis pas rassurée, murmura Diane en cherchant ses yeux alors qu'il se tenait à quelques pas d'elle, de profil, comme si sa présence l'incommodait et qu'il n'avait point désir de la regarder.

Si elle avait su...

Elle était loin de l'incommoder, ou plutôt si, d'une certaine manière ! Iain s'était approché d'elle, mais pas de trop près pour ne pas céder à la pulsion de la prendre contre lui et de l'emporter dans un endroit secret, rien qu'à eux. Et puis il s'était figé dans sa marche comme il posait les yeux sur elle, sur son buste penché en avant alors qu'elle lisait un parchemin et tenait une plume dans la main.

Là encore, la vision de sa poitrine qui cherchait à s'échapper d'un haut de corsage trop ajusté l'avait fait déglutir péniblement et il avait failli faire demi-tour pour courir plonger dans les eaux froides du loch !

Cette femme était une torture à elle toute seule. L'avoir eue, possédée, et devoir la laisser partir vers un autre était la pire des épreuves que Iain ait eue à subir de toute sa vie. D'ailleurs, il ne savait pas encore comment il y survivrait, quoique « s'il » y survivait était plutôt à dire.

Cependant, elle était en danger, et il avait déjà perdu

assez de temps à dormir, ou essayer de le faire, pour en gâcher plus. Il l'aimait de toute son âme, et la savoir saine et sauve était tout ce qui devait importer.

Alors, il choisit de se détourner d'elle et de lui adresser la parole comme si de rien n'était.

Pourvu seulement que la vision de sa poitrine veuille bien se décoller de ses rétines !

— N'ayez crainte, si vous suivez mes consignes, tout se passera bien. Venez ! lui enjoignit-il en tournant les talons vers la sortie.

Un étrange bruit dans son dos, une pléiade de jurons qu'une lady n'aurait jamais dû connaître, et le voilà qui se retournait pour fermer fortement les paupières.

— Iain ! Espèce de Highlander aux manières de rustre ! Allez-vous m'aider à me mettre debout ?

Elle jouait avec le feu...

Le poids de sa cape l'avait déséquilibrée, et Diane s'était étalée de tout son long sur le banc, dos au bois, jambes et bras ballants de part et d'autre, et cette maudite... non... aguichante... non maudite poitrine qui semblait le narguer et lui dire : tu me vois, mais tu ne me toucheras pas !

— Oh ciel ! Fichue robe ! jura encore Diane en tirant sur le tissu qui avait découvert la pointe rosée de ses seins.

Iain allait hurler à la mort comme un loup en rut !

D'ailleurs, il avait l'impression de baver à force de retenir le fauve qui s'agitait en lui.

Heureusement qu'il portait des braies en cuir bien ajustées pour la journée. Du reste... pourquoi en avait-il mis ? Jamais il ne faisait cela, même pas durant son voyage au royaume de France !

« *Parce que voilà deux jours que tu es dans un état d'excitation pitoyable* », lui retourna une petite voix dans sa tête.

Il fallait bien admettre que les braies masquaient plus facilement la virilité éveillée d'un homme que le tissu épais d'un kilt !

Sauf que là, même le cuir se tendait à son entrejambe, et que cela n'avait rien de confortable et tout de douloureux !

En trois foulées, il fut sur Diane, l'attrapa par les revers de sa cape et la mit sur pieds à la force monumentale de ses muscles.

C'est vrai qu'elle pesait plus lourd, mais rien non plus d'excessif !

— Ohhhh... merci, souffla Diane, totalement ignorante du brûlant tourment qui incendiait l'esprit et le corps de Iain.

Elle fit un pas en avant et chancela encore.

Les nerfs de Iain étaient prêts à craquer !

— Allez-vous tenir debout, *aye* ? gronda-t-il plus contre lui-même qui sentait que la perte de ses moyens approchait pour la jeune femme empêtrée sous la pesanteur de sa cape.

— Cornes de bouc ! Je voudrais bien vous voir à marcher et dormir avec tous ses livres qui font poids sur vous !

Iain en resta scié. Diane venait de jurer en employant son gros mot préféré. Pour un peu, il en aurait ri... et se mordit la joue pour ne pas le faire.

— Si vous me suivez sagement, petite fille, d'ici peu, vous n'aurez plus à porter le poids des ans...

Sur ce, il tourna derechef les talons et cette fois, ne l'attendit pas. Trop dangereux !

— Dites tout de suite que je suis vieille ! rouspéta-t-elle dans son dos.

Iain ne se retint pas de sourire pour le coup, puisqu'elle ne le voyait pas, et au moins, s'était mise à marcher dans ses pas.

— Simple jeu de mots, milady... simple jeu, répéta-t-il avant de siffler, son côté facétieux reprenant le dessus.

Il leur apparut néanmoins nécessaire, lorsqu'ils atteignirent la cour intérieure, que Diane monte à cheval pour se rendre sur la colline où se tenait le Cercle des Dieux.

Là encore, Iain maudit les nouvelles courbes pulpeuses de la jeune femme qu'il dut aider à porter en selle, à plusieurs reprises, celle-ci glissant sur le flanc de son destrier, le poids des livres l'empêchant de lever la jambe.

— Vous le faites exprès ? gronda-t-il encore à ce moment-là, tandis que sa main caressait par inadvertance la peau veloutée de la cuisse de Diane.

Dans ses mouvements louables pour se mettre à califourchon, sa robe était remontée un peu trop haut, ce n'était tout de même pas de sa faute ?

— Posez vos doigts ailleurs, et j'aimerais bien vous y voir avec...

— *Aye*, je sais, « tout ce poids sur vous », pourtant, en ce moment, c'est bel et bien ce qui se passe puisque je vous porte !

— Ohhhhh ! ! Goujat !

— Pour vous servir, persifla Iain en faisant une courbette, une fois Diane arrivée à bon port.

Le sourire mielleux qu'elle afficha à la suite aurait dû le mettre en garde, d'ailleurs, il sentit les poils sur sa nuque se hérisser comme pour le prévenir d'un danger.

Décidément, elle préparait quelque chose, foi de Saint Clare !

Alors que de son côté, Diane songeait simplement qu'il ne perdait rien pour attendre ! Dès lors qu'il verrait qu'il n'existait pas de Ronauld, en tout cas pas dans son cœur, il faudrait qu'il la supplie de lui pardonner, et elle envisageait sérieusement de le faire courir avec sa cape empesée durant des heures et des heures !

À ce moment-là, ce serait elle qui persiflerait sous son nez !

Enfin, ils arrivèrent au Cercle des Dieux : Diane, le port royal sur sa monture fière et nerveuse et Iain, la mine sombre et ténébreuse des mauvais jours.

Dans le lieu sacré, les attendaient Larkin et Barabal qui avaient insisté pour être présents et venir en aide au laird en cas de danger.

— Ta force ne sera pas optimale, s'inquiétait Larkin en

croisant et décroisant ses mains convulsivement.

— De quoi tu parles ! fit la voix tendue et étouffée de Iain qui bataillait sous les jupons de Diane pour la tenir fermement et la poser au sol depuis sa monture.

— La période n'est pas propice à la magie, la lune entame à peine son premier quart et ne t'apportera pas toute son énergie ! Tu devais attendre qu'elle soit pleine, à la fin de la première semaine d'avril. Ce n'est que dans un peu moins de vingt jours !

— Pas le temps, marmonna Iain en passant à ses côtés pour se diriger vers la pierre centrale du cromlech.

— Est-ce si important ? souffla Diane en arrivant près du grand druide.

— Important, *naye*. Disons qu'une lune pleine renforcerait toutes nos chances et écarterait le danger que Iain s'épuise rapidement.

« *Ou qu'il meure* », songea avec appréhension et pour elle-même la jeune femme en devinant les paroles que Larkin se refusait à prononcer.

— Ne vous inquiétez pas Larkin, j'ai fait une liste, ce ne sont que des petites choses. Je tiens tout autant à votre laird que vous, sinon plus.

Sur ces mots rassurants, Diane alla rejoindre Iain tandis que Barabal traçait au sol un cercle virtuel, tout autour de celui bien réel formé par les pierres levées. C'était le symbole de l'ouverture entre le monde des hommes et celui des Sidhes.

— Tu as fini Barabal ? cria tout à coup Iain en faisant sursauter Diane.

Mais quel besoin avait-il de hausser la voix alors que la *Seanmhair* se tenait non loin d'eux ?

Ah, ces hommes !

— *Aye*, coassa celle-ci en retour.

— Alors, nous pouvons commencer, fit Iain en fermant les yeux pour se concentrer et fronçant ses sourcils avant d'ouvrir les paupières comme Diane poussait un petit couinement misérable.

— *Dé* (Quoi) ? fit Iain en feulant à moitié.

— J'ai... oublié ma liste, ou elle a dû tomber quand je suis montée sur le cheval, ou bien j'ai cru la ranger dans une de ces poches, mais je ne la retrouve pas, s'affola Diane en écartant les pans de sa cape et en faisant gémir de plus belle Iain.

C'était certain, elle voulait sa mort !

Allait-elle mettre hors de sa vue cette poitrine affriolante ? Oui ?

Il le fit pour elle en resserrant les bords du tissu épais, d'un geste sûr et nerveux.

— Tenez ça et... nous n'en aurons pas besoin. Je vous aiderai à ne pas vous tromper ! *Aye* ?

— Oui, souffla Diane si tristement que Iain sentit qu'il allait la prendre dans ses bras pour la rassurer.

Mais non, il ne devait pas le faire, sinon, jamais il ne la donnerait à son Ranuld !

Voilà, il était à nouveau en colère, et tant mieux, ainsi, il aurait les idées claires pour réciter la mélopée magique.

Ce qu'il fit après s'être assuré que Diane ne parlerait plus.

Elle baissait piteusement la tête en mordillant nerveusement ses lèvres.

« *Ferme les yeux, Iain* », se conjura-t-il en répondant à son injonction mentale, avant de se concentrer et de se laisser envahir par la puissante énergie des éléments.

Le moment était venu.

Diane perdait tous ses moyens, un monstrueux trou noir avait élu domicile dans sa tête et il lui était tout bonnement impossible de se souvenir de la liste d'objets qu'elle avait méticuleusement rédigée.

Bon sang de bois ! Qu'y avait-il sur ce parchemin, à part les taches d'encre qui s'y étaient établies sans son consentement ?

Et puis... c'était quoi ces fourmillements qui gagnaient sa peau et la chatouillaient avec assiduité ?

La voix de Iain perça l'affolement de ses pensées, devint plus forte et sembla résonner de mille échos tout autour d'elle. Les fourmillements se transformèrent en ondes palpables, pourtant invisibles, et une douce chaleur bienfaisante tourbillonna à son tour, comme si elle aussi voulait entrer dans la danse, envoûtée par les intonations de baryton de l'homme-dieu magnifique qui se tenait devant Diane.

Avec beaucoup de mal, elle réussit à détourner ses yeux de son visage aimé et si sublime, pour le porter sur son environnement proche. Larkin et Barabal avaient également fermé les paupières et semblaient absorbés par la mélopée magique que Iain récitait dans une langue gutturale et inconnue.

La chaleur ne cessait pas de grimper et soudain Diane se fit la réflexion que si cela continuait ainsi, elle allait suffoquer sous la cape améliorée.

Et puis tout s'interrompit et la voix de Iain, les sons puissants, lui manquèrent brusquement. Cependant, pas longtemps :

— Diane, c'est le moment. Pensez, demandez et... un objet à la fois !

Ça y est ! L'esprit de Diane s'affolait de nouveau !

— Un... une... ohhhh...

— Bijoux, souffla Iain entre ses dents.

— Oui ! Alors... je songe... à la rivière de diamants de ma mère ! Je la vois dans son coffre sur son lit de velours et... je la demande !

Là encore, des ondes intenses et invisibles touchèrent le corps de Diane et l'instant d'après, une somptueuse parure scintillante se matérialisa sur la dalle centrale.

Diane ne put bouger, trop ébahie de découvrir le collier tant prisé de sa mère. Oh la la, la tête qu'elle allait faire en s'apercevant que son précieux bijou s'était envolé !

Iain se pencha, saisit la rivière de diamants entre ses doigts, et après un froncement de sourcils et un pincement des lèvres, la laissa tomber au sol pour la broyer du talon de sa botte.

— **Non !** hurla d'horreur Diane en portant les mains à sa bouche.

Le crissement des éclats des diamants, alors que Iain continuait de les écraser, fit presque pleurer Diane. Mais qu'est-ce qui lui prenait d'agir ainsi ? Allait-il détruire tous les objets qu'elle appellerait dans cette époque ?

— Ce ne sont pas des pierres précieuses, marmonna Iain. Ce ne sont que de simples copies de verre, très bien imitées soit dit en passant.

Diane eut un hoquet de stupeur, et se mit à glousser de manière irrépressible. Les diamants de sa mère n'en étaient pas ? ! Même eux avaient été vendus et remplacés pour satisfaire les vices cachés des Waldon ! Ils jouaient aux cartes, perdaient leur fortune aux tables, mais ne voulaient pas que cela se sache. Diane, comme la véritable rivière de diamants, avaient fait les frais de la maladie du jeu.

— On passe au suivant ? s'enquit Iain avec douceur, ce qui toucha profondément Diane.

— Oui... chuchota-t-elle en essuyant, étonnée, une larme qui lui avait échappé.

C'est de cette façon qu'arrivèrent dans le Cercle des Dieux, quelques flacons de parfum, de minuscules portraits, une plume d'oie, une étole de soie, un spencer beige, un tapis d'Aubusson, un miroir de chevet, une bougie aromatisée... et cela aurait pu continuer longtemps ainsi, si Iain ne s'était pas quelque peu fâché !

— Diane ! ! Aucun de ces objets ne détient assez de force énergétique pour te garder ici !

Venait-il de la tutoyer à nouveau ?

Chose dont il dut prendre conscience également, car il revint très vite au vouvoiement.

— Diane, vous devez penser à des pierres, des bijoux

précieux si vous en avez. Des choses nobles ou faites à partir de matières autrefois vivantes !

Diane hocha de la tête et réfléchit frénétiquement, il avait dit de petits objets ! Peut-être devait-elle viser un niveau plus haut ?

Oh oui !

— Les bijoux de mes aïeules ! s'écria-t-elle tout de go. Mon père les a enfermés dans un coffre blindé de notre demeure de Mayfair ! J'ai toujours su qu'il ne me les donnerait jamais comme il l'aurait dû, puisqu'ils reviennent à la première née de la famille, moi ! Je peux ? Vraiment ?

Iain acquiesça, souriant à moitié et ferma les yeux pour se concentrer sur sa magie.

Apparurent dans les débris de la fausse rivière de diamants, des boucles d'oreille d'opale, des chaînes ouvragées en or, une chevalière en argent et la clef vétuste qui lui avait servi à ouvrir le coffre qui contenait les carnets de ses aïeules. Elle avait aussi pensé au grimoire qu'elle avait oublié à Londres, mais bizarrement, celui-ci ne répondait pas à son appel.

Iain vacilla légèrement, souleva les paupières sur un regard troublé, et après s'être repris, se pencha derechef pour ramasser lesdits objets.

Un sourire conquérant illumina ses traits ciselés et il tendit la main pour poser le tout sur la paume tremblante de Diane.

— Ceci est très prometteur, vous les porterez sur vous à toute heure et en tout temps. Comme les carnets, ils ont traversé le temps et se sont gorgés de l'énergie des siècles. C'est un bon début, Diane.

Un bon début ?

— Encore ? souffla-t-elle d'un air ébahi.

— *Aye*...

— Bien... mais... tu, euh, n'êtes-vous point fatigué ?

— Ne vous en faites pas pour moi, assurez plutôt votre avenir dans ce présent.

D'autres affaires que Diane aimait tant arrivèrent à leur tour dans le Cercle. Des tableaux de jeunes artistes inconnus, de minuscules statues en porcelaine de faïence, et puis... Ah oui, en parlant de bois !

— Ma harpe ! ! demanda-t-elle joyeusement, pour ensuite battre des mains comme une petite fille, tout heureuse de la voir apparaître.

La harpe était vraiment volumineuse avec ses armatures triangulaires en merisier, bien droite sur son socle, et les nombreuses fines cordes tendues, comme un signe de vie, se mirent à scintiller en réverbérant les rayons du soleil qui jouaient à cache-cache entre deux nuages gris.

Diane, infiniment émue, glissa presque timidement le bout de ses doigts sur les cordes pincées qui lui répondirent en une subtile série de notes légères à la pureté divine. Larkin et Barabal s'étaient eux aussi approchés et écoutaient les sons mélodieux, sans plus faire attention à leur laird qui chancela sur ses jambes avant de se reprendre encore une fois.

Déjà, le malaise passait, il s'en était fallu de peu pour que Iain perde connaissance, et peut-être était-il temps d'interrompre le charme. Tous ces objets mis bout à bout, sans compter la harpe, avaient triomphé de ses forces.

Avec les bijoux, les tableaux, et divers autres effets que Diane avait rapatriés, Iain ne doutait plus un instant qu'elle soit à l'abri de ce qu'il appelait : « le mal du temps ».

Soulagé que tout se soit déroulé sans trop de heurts, il ne put s'empêcher de lancer un dernier trait humoristique :

— Une harpe ! ricana-t-il sans méchanceté. Diane, petite joueuse ! Je vous aurais crue plus audacieuse !

— J'ai bien pensé à mon piano-forte, maintenant que vous m'en faites la remarque, mais il aurait été... Iain ? Iain ? ! s'affola Diane en voyant le grand Highlander se plier en deux comme sous le coup d'une formidable douleur, chanceler encore sur ses jambes qui cédèrent sous son poids, avant qu'il ne s'effondre à terre.

Dans le même laps de temps, l'imposant piano-forte de Diane apparaissait au beau milieu du Cercle, sous les cris de Larkin et de Barabal, tandis que la jeune femme se jetait au sol sur le corps inanimé de Iain.

Quelle sotte !

Elle s'était exprimée à voix haute alors que le charme opérait toujours et le piano-forte était apparu !

Dieux ! Elle avait tué Iain !

— Iain, oh Iain... Je t'en prie, parle-moi ! le supplia-t-elle en essayant de le faire rouler sur le dos, alors qu'il était face au sol.

Avec l'aide de Larkin et de Barabal, elle y parvint enfin, dégagea son visage des longues mèches ébène et resta bouche bée devant ce qu'elle aperçut : Iain était conscient et affichait clairement la mine d'un illuminé !

Sans compter qu'il riait bêtement, un rire entrecoupé de hoquets saugrenus.

On aurait dit... qu'il était ivre !

Et voilà qu'il entonnait pâteusement un drôle de chant étrangement incompréhensible – car pourtant en gaélique écossais, langue que parlait désormais couramment Diane – qui fit glousser à son tour la *Seanmhair*, avant qu'elle ne se mette à taper en rythme dans ses mains, et de piailler les couplets du refrain.

— Une chanson paillarde, grommela Larkin en secouant la tête d'un air apitoyé et en foudroyant Barabal de ses petits yeux noirs.

— Larkin ? Que... que lui arrive-t-il ?

— Dame, Iain me paraît plus ivre que mort ! À part cela, il semblerait qu'il aille bien.

Diane était effarée, assommée, dépassée...

La peur qui l'avait saisie en le voyant chuter au sol avait été à deux doigts de la tuer elle-même. Son cœur s'était arrêté de battre !

Et maintenant, il pulsait furieusement sous la montée d'une sourde colère. Cet homme était impossible et allait la rendre folle !

Depuis qu'elle le connaissait, elle n'était plus maîtresse de ses sens, tant il lui en avait fait voir des vertes et des pas mûres !

— Dziannee... murmura Iain en la dévisageant avec des prunelles énamourées et légèrement libidineuses, ses lèvres sensuelles se découvrant d'un sourire coquin sur ses dents blanches. Zi vous laizez vos zolis zoizeaux trop longtsssemps au balcon... ils rizquent de z'envoler...

Larkin hoqueta de surprise et suivit le regard pétillant de malice de son laird pour hoqueter de plus belle et rougir violemment en détournant brusquement la tête.

Qu'est-ce que voulait dire Iain ? Avait-il, seulement, la faculté de penser et de parler correctement ? Et pourquoi Larkin était-il dans cet évident état d'embarras ?

Diane baissa les yeux vers le haut de sa robe de bal, et poussa un cri de petite souris coincée dans un piège à fromage.

Nom de nom ! Son maudit corsage avait presque libéré sa poitrine quand elle s'était penchée et dans l'affolement, elle n'avait rien remarqué !

— Ohhhhh... souffla-t-elle en tirant sur le tissu récalcitrant et en rougissant violemment.

Jamais elle n'avait vécu de situation aussi déplaisante ! Pour cela, il avait fallu qu'elle voyage dans le temps et qu'elle rencontre ce... ce... Highlander aux manières d'ours !

« *Mais aussi les plus belles* », fit une voix dans sa tête, sortie d'on ne sait où, et qui semblait extrêmement s'amuser.

Tout cela était de trop pour les nerfs de Diane.

Et Barabal qui continuait de chanter !

Elle avait échoué dans un pays de fous, et non de magiciens !

— Etttt... hé hé hé... cachééééés... les zoizeaux ! se mit à glousser Iain en avançant les doigts pour ouvrir la cape que Diane tenait farouchement sur sa poitrine. Je vais... les rad'traper !

— Ah ! Bas les pattes ! couina-t-elle. Larkin ! Aidez-moi à porter cette bourrique sur le dos du cheval ! Et Barabal, arrêtez de chanter ! Moi qui croyais que la mort guettait Iain pour un écart, mais non ! Le voilà plus aviné que le pire des ivrognes du village !

— *Aye*, néanmoins, je préfère le voir ainsi que trépassé ! marmonna le grand druide.

Suite à ces paroles, Diane s'en voulut amèrement de son emportement et chassa sa fausse colère.

— Moi également, Larkin... chuchota-t-elle sans plus se retenir de glisser une main dans les cheveux soyeux d'un Iain qui s'était assoupi en ronflant bruyamment. C'est la peur qui me fait dire des choses horribles...

Larkin lui adressa un sourire tout paternaliste.

— Je le sais bien... ma fille. Tenez ! Voilà du secours, ajouta-t-il comme venaient à leur rencontre Jason, Keanu, Viggo et d'autres guerriers highlanders du clan. Ils vont nous aider à porter le laird dans sa chambre et transporter vos... objets... dans la vôtre. Bien que ce...

— Piano-forte, l'informa Diane en voyant que Larkin cherchait à nommer l'imposant instrument de musique.

— *Aye*... « piano-forte » soit plus à même de se tenir dans la grande salle que dans vos appartements. *Naye* de *naye*, Barabal ! Tais-toi ! gronda-t-il soudain alors que la *Seanmhair* piaillait toujours la suite de la chanson paillarde.

— Nia, nia, nia, cracha-t-elle comme un chat avant de chanter plus fort et plus faux.

— ... Ma Diane... je t'aime... souffla Iain dans son sommeil, faisant monter les larmes de la jeune femme à ses yeux.

— Je t'aime aussi... bourrique, souffla-t-elle en retour en souriant tendrement sur ses derniers mots. Et quand tu seras sorti du sommeil, conscient de mes mots, je te les redirai, encore et encore...

Iain se réveilla dans son lit dévasté aux sons tonitruants

des cornemuses et des cors, et grimaça de douleur en prenant sa tête dans ses mains. Le matin s'était levé sur la journée de la célébration de l'équinoxe de printemps, et d'ici peu, il devrait se tenir dans le Cercle des Dieux aux côtés de Larkin, pour unir ses guerriers à leurs promises.

Dieux, que son crâne lui faisait mal, tandis que tous ces bruits parvenaient à traverser les brumes poisseuses qui voilaient son esprit et cherchaient à le torturer sournoisement. C'était tout juste s'il arrivait à compter un plus un !

Il était évident qu'il subissait les tourments d'une monstrueuse, gigantesque gueule de bois ! Avait-il bu plus que de mesure ?

Peu à peu, en serrant les dents et à force de réfléchir malgré les piques douloureuses qui lui vrillaient le crâne, des bribes de souvenirs revinrent ; celles où il se voyait en compagnie de Diane dans le Cercle des Dieux. Tout s'était bien déroulé, jusqu'à ce que... un trou noir ne l'absorbe.

Non, il se mentait... il avait souvenance d'avoir aperçu la poitrine de Diane ! Ou bien était-ce dans son sommeil que cette vision affolante l'avait poursuivi ?

Il avait déjà fait des rêves où il courait sur place, sans moyen aucun d'avancer dans un sens ou dans un autre ou d'autres, encore, où il nageait comme un forcené pour remonter à la surface d'un lac sans pouvoir l'atteindre et se réveillait d'un coup, à bout de souffle...

Maintenant, il pouvait ajouter à ses songes tourmentés, celui de poursuivre deux beaux seins pleins et ronds, aux pointes roses et tendues qui se dérobaient à ses mains alors qu'il était à deux doigts de les toucher !

De tous ses rêves, celui-ci était sans conteste le pire !

Et puis soudain, au-delà des sons émis par les cors et cornemuses, le son d'une musique inconnue lui parvint en notes égrenées et incroyablement pures. Ce n'était pas celui de la harpe qui était apparue avant sa perte de conscience... non. C'était quelque chose de tout aussi envoûtant en étant totalement différent.

Loin de raviver sa migraine, la mélodie l'appelait, et Iain se leva aussi rapidement que son corps perclus le lui permit.

Il enfila simplement son kilt et ses bottes, et partit à la recherche du lieu d'où provenait cette musique céleste, s'il se trouvait en ce monde et pas en celui des *Sidhes*.

C'était doux, lent, rythmé, envoûtant. Une mélodie qui suivait merveilleusement une gamme en allant des basses aux aiguës et ondoyait comme l'auraient fait les vagues léchant une plage de galets ou de sable blanc.

Iain s'étonna de supplier que cet air ne s'arrête jamais tant il l'hypnotisait et emplissait son âme et il s'élança dans le couloir sombre menant à la grande salle, courant après les notes qui se faisaient plus fortes, plus attirantes, et déboucha dans l'immense pièce d'apparat en se figeant net sur place.

Droit devant lui, à une trentaine de pas, se trouvait Diane. Elle était vêtue d'un noble bliaud vert sombre sur une tunique blanche à manches longues. Ses cheveux étaient libres de toute attache, descendaient jusqu'à sa taille fine, et laissaient entrevoir son si délicat profil, et elle portait les bijoux d'opales, d'or et d'argent de ses aïeules.

Diane était assise devant un imposant meuble triangulaire, beaucoup plus haut qu'une table et tenu sur trois pieds, et ses doigts couraient agilement sur une sorte de clavier fait de touches blanches et noires.

Le cœur de Iain s'emballa, suivit les notes en papillonnant, et pour ne pas que la musique s'arrête, pour ne pas que Diane l'aperçoive, il recula peu à peu dans l'ombre d'une alcôve et s'adossa au mur de pierres en fermant les paupières.

Dieux... il ne savait pas quel était cet instrument de musique, mais sa femme en jouait à la perfection et faisait naître en lui une émotion si forte qu'il sentait ses yeux s'embuer de larmes.

Les notes montaient et descendaient et soudain... se

turent.

Et le monde reprit réalité.

Iain baissa lentement la tête et tourna les talons.

Sa femme... non.

Celle qu'il aimerait toujours... oui.

Elle et l'instrument ne faisaient qu'un. Elle avait bien fait de le faire venir en cette époque, même si cela lui avait valu une bonne gueule de bois... et une surprise de taille : l'espace d'un instant, grâce à la musique de Diane, il avait touché les tertres enchantés et avait oublié qu'elle ne serait plus jamais sienne.

Chapitre 24

Ronauld... ou pas

Diane s'était levée aux aurores et avait subrepticement porté ses pas jusqu'à la chambre de Iain, presque voisine de la sienne.

Ce qu'elle avait vu l'avait profondément troublée : les premiers rayons du soleil caressaient le grand corps si parfaitement masculin de Iain qui était couché de tout son long sur le ventre, sublimé dans une nudité des plus totales, alors qu'il dormait d'une respiration lente et régulière.

Elle était restée là, figée, alors qu'elle mourait d'envie d'abolir la distance qui les séparait pour s'étendre à ses côtés et le toucher comme elle rêvait de le faire depuis si longtemps déjà.

Il se serait réveillé, l'aurait prise dans ses bras, et lui aurait fait l'amour encore et encore...

C'était certainement ce qui se serait produit s'il n'y avait pas eu cet immense fossé qui s'était creusé entre eux, à cause d'un stupide quiproquo.

Non, elle ne pouvait le sortir de son sommeil ainsi, elle devait trouver une autre solution pour l'amener vers elle de son plein gré et à ce moment-là, elle effacerait tous les malentendus qui les éloignaient.

Revenant sur ses pas, Diane avait fait ses ablutions en silence, s'était vêtue d'une tunique aérienne aux manches longues et d'un bliaud vert sombre, le tout spécialement conçu pour ses nouvelles formes, s'était coiffée en laissant sa chevelure sans entrave, avait vérifié que les bijoux qui la maintenaient en cette époque soient bien fixés à ses oreilles, ses doigts, et son cou, et avait fini de s'apprêter avec finesse pour faire honneur à ses amies qui allaient se marier sous peu.

Puis elle était partie dans la grande salle pour y prendre une collation légère, n'ayant pas trop d'appétit, et s'était émerveillée d'apercevoir son piano-forte placé à quelque distance de la table seigneuriale où elle se trouvait.

Des curieux tournaient alors autour de l'imposant instrument dont la conception ne verrait le jour qu'en 1758, grâce au génie de Christian Ernst Friederici. Et comment ne pas être ébahi par son volume impressionnant et ses courbes si spéciales ? Même Diane avait souvenir d'avoir agi à l'instar de tous ces gens, quand il avait été livré dans son salon de musique de Mayfair, acheté par des parents non pas intéressés par le besoin de faire plaisir à leur fille, mais plus pour rivaliser d'importance avec les pairs du royaume.

S'ils avaient su combien Diane avait été heureuse à ce moment-là, certainement auraient-ils réfléchi sérieusement à ne point investir dans cet instrument coûteux !

Ne pouvant s'empêcher de se tenir plus longtemps à distance, Diane s'était approchée et les serviteurs s'étaient écartés pour suivre des yeux ses moindres faits et gestes.

Elle avait soulevé le couvercle qui reposait bien à plat sur la table d'harmonie aux formes vaguement triangulaires et l'avait calé sur sa quille de maintien, puis était revenue devant le clavier dont elle avait basculé le rabat qui masquait les multiples touches noires et blanches, pour ensuite chercher du regard un tabouret ou un banc... dernier qui fut vite approché d'elle par les soins de quelques personnes de plus en plus nombreuses à s'attrouper autour d'elle et du piano-forte.

Elle avait souri, les avait remerciés en s'installant, et avait fermé les paupières.

Pas besoin de partitions, la musique que Diane aimait

tant était gravée dans son cœur et son esprit, et ses doigts s'étaient mis à effleurer les notes avec naturel et légèreté.

Diane se mit à interpréter « Air on the G String » de Johann Sebastian Bach[28] et l'émotion la submergea comme à chaque fois que naissaient les sons, avant de s'élever et de l'emplir de leur pure beauté.

Elle joua de toute son âme et fit le vœu silencieux que Iain, dans ses appartements, l'entende et vienne à elle. Cette mélodie était la plus belle des messagères de l'amour qu'elle éprouvait pour lui...

Et puis, il n'y eut plus que la musique... encore et encore.

Diane ne perçut même pas le son des cors et des cornemuses du moment présent qui s'élevèrent au loin, annonçant le début de la célébration d'équinoxe du printemps.

Elle était loin, dans un monde éthéré, et se laissait bercer par le vent de l'insouciance et de la beauté.

Sauf que dans sa tête, de plus en plus fort, une voix lui criait : « *Les mariages !* ».

Deux mots qui lui firent reprendre pied avec la réalité et la poussèrent brusquement à cesser de jouer.

— Ciel ! Mes amies m'attendent ! s'écria-t-elle en se levant du banc précipitamment, avant de se figer dans sa posture comme son regard se portait irrésistiblement vers l'ombre du corridor menant à la chambre de Iain.

Il n'était pas venu...

Diane baissa tristement la tête, souleva le bas de son bliaud pour avancer sur les dalles du sol couvertes d'herbes odorantes et reprit sa marche vers la sortie où une servante lui posa une cape chaude sur les épaules.

Personne ne l'attendait pour la guider vers le Cercle des Dieux et Diane se sentit tout d'un coup très lasse. La musique lui avait fait toucher l'empyrée et voilà que la réalité reconquerait ses droits... froide, vide... sans Iain.

---

28 *Johann Sebastian Bach : Jean-Sébastien Bach en français.*

Nonobstant cela, qui d'autre serait venu la guider vers le Cercle des Dieux où se dérouleraient aussi les unions des couples ? Personne, puisque toutes ses amies, en actrices de premier plan, s'apprêtaient certainement pour leur mariage et l'équinoxe de printemps. Ce dernier était plus un passage qui préparait à la venue d'une des quatre grandes cérémonies religieuses du clan « *Bealltainn* » qui se déroulerait dans un proche futur, aux alentours du 1er mai. Il était donc normal qu'il n'y ait point trop de cérémonial requérant la présence de Diane auprès du clan.

Il ne lui restait plus qu'à suivre les gens qui, comme elle, seraient de simples spectateurs et invités lors des noces.

Tout d'un coup, elle avait hâte de voir le bonheur illuminer le visage des dames. Après tout, elles avaient attendu plus de cinq ans pour s'unir à leurs têtes de mules d'hommes !

« *Mais comment ont-elles eu la force d'être aussi patientes ?* », se demanda in petto Diane, en sautillant de droite à gauche pour éviter quelques flaques de boue, même si ses pieds étaient protégés de bottes en cuir épais.

Une volonté farouche naquit en son for intérieur : à la fin des noces, Iain et elle auraient une sérieuse explication, car elle n'avait pas l'endurance de ses amies, et ne tiendrait pas un jour de plus sans son promis !

Cette nuit, ils seraient ensemble ! Foi de Diane, lady de Waldon !

« *Saint Clare* », corrigea une petite voix dans sa tête.

Et comment ! Iain s'était uni à elle sous les couleurs du clan ! Cette réalité irréfutable allait lui être mise sous le nez et il ne pourrait rien dire contre !

D'un coup, elle se sentit tirer en arrière, juste avant qu'elle ne marche sans faire attention dans un trou d'eau, et fut soulevée dans les airs pour se retrouver dans les bras de celui qu'elle réprimandait par la pensée.

Diane en perdit absolument tous ses moyens et toute verve.

— Il aurait été dommage de salir de si beaux atours, lança Iain en resserrant son étreinte sous ses cuisses et autour de sa taille, comme pour la rapprocher un peu plus de son large torse.

Il venait de se laver, car sa peau tannée, apparente dans l'ouverture de sa tunique blanche, était encore humide de sa toilette et sentait divinement bon. Quant à ses cheveux noirs, pour une fois, ils étaient maintenus sur sa nuque par un lien de cuir et dégageaient ainsi son visage fier au menton carré.

Iain regardait devant lui en portant son précieux fardeau et évitait de poser les yeux sur elle.

Et alors ? Diane s'en moquait, elle était dans ses bras, elle était plus qu'heureuse, et souriait d'ailleurs jusqu'aux oreilles !

— Qu'est-ce qui vous met donc en joie ? s'étonna Iain en se rembrunissant légèrement.

« *Tout, toi, nous !* », faillit-elle crier de bonheur, mais elle se contint et prit le temps de répondre :

— Cette belle journée qui s'annonce, le mariage de mes amies...

— Et de retrouver votre Renould, grogna-t-il entre ses dents.

Voilà qu'il remettait ça ! Et c'était « Ronauld » pas « Renould » !

Pas la peine que Diane le lui rappelle, il s'en moquait.

Diane lui aurait bien tiré les oreilles, mais préféra ronger son frein et afficher une mine indifférente... avant de sourire à nouveau.

Iain était jaloux et en rage !

Bien sûr, puisqu'il pensait toujours qu'elle en désirait un autre.

Il était temps que tout se termine.

— Iain, il faut que je...

— Ne me remerciez pas, je vous avais promis mon aide à votre arrivée, et je tiendrai parole, coupa-t-il encore, royal et faussement nonchalant.

— Mais, Iain...

— Je suppose que vous avez peur qu'il ne soit pas au rendez-vous de la magie, alors que vous voilà apprêtée comme une jolie fleur, mais là encore, je suis certain que vos vœux seront exaucés. Vous êtes ici, c'est donc qu'il doit vous rejoindre sur nos terres, dans le Cercle des Dieux.

Le souhait le plus cher de Diane à l'instant présent, était que Iain ferme sa bouche et cesse de parler ne serait-ce qu'une seconde !

Il lui coupait sans arrêt la parole, comment lui faire comprendre qu'il n'y aurait pas de prétendant pour elle, même s'il y mettait tous les charmes les plus puissants du monde, parce qu'en réalité lui seul était l'homme de sa vie ?

À peine ouvrait-elle les lèvres qu'il recommença son manège, lui parlant de la pluie et du beau temps, de ce qui se déroulerait lors de la commémoration succincte de l'équinoxe du printemps, de l'endroit où elle devrait se placer quand la célébration des unions débuterait...

Il l'agaçait prodigieusement et l'attendrissait tout autant. Cependant ce fut en une lady franchement renfrognée, à la mine boudeuse, qu'elle arriva au pied de la colline où se tenait le lieu sacré.

Là, il la posa, lui prit la main, et l'entraîna de force dans la foule compacte formée par les villageois en fête.

« *Tu vas voir ce que tu vas voir* », ne cessait-elle de se dire en ritournelle dans sa tête.

Vivement que le moment de l'appel de sa soi-disant « Âme sœur » arrive !

Et après ça, en se rendant compte de sa méprise et en laissant enfin Diane parler, viendrait l'heure où son impossible amour allait devoir se racheter une conduite auprès d'elle !

Elle exigerait des baisers, des caresses, des choses auxquelles elle ne pouvait songer sans s'empourprer...

— Avez-vous trop chaud ? s'enquit Iain qui avait jeté un coup d'œil par dessus son épaule et s'étonnait de la rougeur de ses joues.

— Non point, grommela Diane en prenant feu de plus belle, car la vision de deux corps enlacés se faisait plus présente dans sa tête.

Iain fronça les sourcils et fit volte-face pour se poster devant elle, si grand de par sa stature, si proche de par la main qu'il posa sur son front.

— Pas de fièvre... Il serait dommage d'être malade et d'accueillir Runuld avec une quinte de toux, peut-être devrions-nous reporter à plus tard son arrivée ?

Le ton était narquois, irritant...

Ah, ça ! Jamais !

Que l'on en termine avec cet imbroglio pesant, et le plus tôt possible !

— Non ! s'exclama Diane dans un cri du cœur mal interprété par Iain.

— Bien sûr que *naye*, il vous tarde de l'avoir auprès de vous, gronda-t-il l'air de plus en plus sombre. Venez, et que l'on en finisse avec toutes ses unions.

Toutes ?

« *Évidemment, plus de trente couples à marier, cela risque d'être long* », remarqua Diane en son for intérieur.

Eh bien, qu'il en soit ainsi ! Ses amies attendaient ce moment depuis belle lurette, Diane patienterait sagement en attendant son tour.

Effectivement, pas de nouveauté dans la cérémonie de l'équinoxe de printemps qui se déroula à l'instar de celle du *Don du Nom* de Diane. Il y eut une ouverture de la porte entre le mondes des hommes et celui des *Sidhes* par le biais d'un traçage de cercle « virtuel » tout autour du cromlech, puis il y eut la prière aux déités en se tournant vers les quatre points cardinaux affiliés aux éléments, le partage de quartiers de pommes et de cidre, et l'on continua, dans la foulée, sur les célébrations nuptiales.

C'était ce qui s'appelait être une situation « rondement

menée » !

Il y avait trente couples à marier. Il y eut donc sept passages où quatre couples furent unis dans le même temps, et un mouvement final, où seuls deux se placèrent devant le grand druide et Iain. Ces deux derniers n'étaient autres que Jason et Cindy ainsi que Keanu et Isabelle.

Diane ne put retenir la vague d'émotion qui l'envahit en découvrant toutes ses amies, alors qu'elle se tenait à l'écart du Cercle des Dieux en compagnie de Barabal, les *banabhuidseach* et, un peu plus bas, le peuple.

Elles étaient si jolies dans leurs robes immaculées, leurs chevelures libres, une simple couronne de bruyère aux fleurs neigeuses posée sur le sommet de leur tête.

Elles rayonnaient, et leurs Highlanders, pimpants dans leurs plus nobles atours composés de kilts, de tuniques blanches, de *sporrans*, et de bottes noires rutilantes, paradaient avec fierté à leurs bras.

L'amour était là, s'élevait de leurs corps, et partait en vagues chaudes et ondoyantes, pour toucher le cœur de tous ceux qui assistaient au plus important moment de la vie de ces hommes et de leurs belles.

Comme auparavant, Diane fut encore plus émue quand vint l'instant des échanges des anneaux et du main-jeûne, cette antique coutume où on liait les mains des mariés par du lierre ou une bande de tissu aux couleurs de leur clan, pour renforcer leur alliance devant les déités et leur laird.

Diane ne put contenir une larme qui s'échappa et glissa sur sa joue, et en levant les yeux, croisa le regard tendre de Iain, posé sur elle, avant qu'il ne le détourne pour adopter cette attitude lointaine qu'elle commençait à abhorrer.

Là encore, les Highlanders et leurs femmes échangèrent leurs vœux oralement.

Iseabal parla juste après son Âme sœur Keanu qui veillait sur elle tel un noble faucon, le sourire taquin et légèrement tremblant d'émotion, alors que les paroles s'envolaient vers Diane et les invités pour immédiatement déclencher des mimiques attendries :

— L'une de mes amies m'a demandé un jour de lui décrire mon homme idéal, celui que mon cœur et mon âme recherchaient. Je lui ai alors répondu en pouffant qu'il devait être « *fort, bien bâti, charmant, tatoué, drôle, intelligent et avoir une grande, très grande claymore* ».

À ce stade du discours d'Iseabal, les fous rires fusèrent et elle dut attendre que le silence retombe pour poursuivre :

— Le monde réel rencontre rarement celui des rêves, mais un jour, en me promenant sur un chemin de nos splendides landes, bercée par le bruit du vent charriant les parfums divins de nos fleurs de printemps, j'ai découvert la plus belle des roses sauvages. Elle était d'un blanc nacré et son odeur était tellement enivrante, que je l'ai cueillie délicatement, l'ai replantée sur une des rives de la Cascade des Faës en gage, tout simple, de mon dévouement envers nos Dieux. Cela fait, j'ai cru entendre une voix me remercier et me demander « *Quel est ton souhait le plus secret* ». Je me suis alors dit... qu'il fallait vraiment que j'arrête de boire de la bière de bruyère le matin, à jeun (autres éclats de rire dans la foule et joues empourprées d'Iseabal). Cependant, j'ai quand même osé, tout doucement, lui répondre : « *Être chérie par l'être le plus tendre, puissant, et beau que le clan ait jamais porté* (là se fut Keanu qui adressa un regard goguenard à son laird, estimé être le plus bel homme des terres Saint Clare). *Que son amour pour moi soit si fort et si pur qu'il en émette un chant qui serait entendu jusqu'aux tertres enchantés. Qu'il soit également le digne héritier du dieu Lug et de la déesse Brigit, et qu'il m'aime pour ce que je suis, et non pour le paraître* ».

Iseabal se tut une seconde, le temps de lever les yeux sur son magnifique Highlander aux prunelles pétillantes de vie, d'avoir une courte respiration, et de reprendre dans un souffle :

— Et te voilà devant moi, identique à mon humble prière, mon valeureux guerrier, mon prince au cœur d'or, à l'humour et à l'intelligence dévastatrice. Tu es encore plus beau que dans mes rêves et je m'étonne à chaque instant de l'amour que je ressens pour toi (là, le soupir hautement impatient de Seindeï fit renaître quelques gloussements intempestifs). Que par cette cérémonie, remplie de nos affections communes et entourés de nos familles de sang et de cœur, les Dieux bénissent notre union, nos destins enfin liés, dans ce monde et à jamais...

— *AWEN !* cria Seindeï sans attendre l'aval de Larkin, de son laird et du clan tout entier. C'est pas tout ça, marmotta-t-elle comme pour s'excuser, mais j'ai également des choses à dire à mon Jason ! !

Iain masqua son fou rire derrière une de ses grandes mains tannées par le temps et lança à son tour un sibyllin « *Awen* » pour bénir les mots d'Iseabal, tandis que Larkin grommelait dans sa barbe en frappant le sol de la base de son bâton.

De son côté, Iseabal souriait à Keanu tout en grimaçant farouchement dès que ses yeux se posaient sur son impatiente amie. Mais pourquoi avait-il fallu qu'on les unisse dans le même temps ?

Ce fut au tour de Seindeï et de Jason d'échanger leurs vœux, après avoir eu les mains liées par le main-jeûne.

Seindeï laissa parler son Jason... pas longtemps, en quelques mots l'affaire fut faite pour lui :

— Je t'aime, même si tu es une tête de bourrique, et je te protégerai de tout. Voilà ! marmonna sa voix de baryton tandis que ses yeux d'amoureux transi disaient mille fois plus que ses paroles.

Autant pour Seindeï qui resta suspendue à ses lèvres dans l'attente d'autres mots, ne pouvant croire que son colosse avait omis son texte et tout ce qu'ils avaient vu ensemble. Eh bien, si. Il avait oublié ! Haussant les épaules, souriant jusqu'aux oreilles, Seindeï se lança à son tour pour ses vœux :

— Aujourd'hui, je dois te dire, aujourd'hui, je « *veux* »

te dire, que mon cœur tambourine quand je sens ta présence (gloussements d'Iseabal – à charge de revanche –). Que ce n'est que bonheur tous ces jeux de cache-cache avec ces heures de passion qu'on s'arrache en secret. Aujourd'hui, c'est plus qu'hier et bien moins que demain. Car avec toi, ma Muse, la vie promet d'être un long fil de joies. Quand le temps t'enlève de mes bras, alors je ferme les yeux pour te faire apparaître, ce que mima Seindeï de toutes ses forces.

— Je suis là, tu peux les ouvrir, grommela Jason en lançant des regards furtifs à droite et à gauche. Continue !

La jeune femme claqua de la langue et lui aurait certainement tapé sur les doigts si leurs mains n'avaient pas été liées.

— Et c'est alors... euh... *aye !* Et c'est alors que je te vois !

— Normal, je suis devant toi, susurra Jason avec un sourire en biais.

— *Sguir* (Halte) ! Laisse-la parler ! lança Iain d'une voix faussement grondante, alors qu'il se mordait l'intérieur de la joue pour ne pas éclater de rire et rester digne.

Iseabal était aux anges et pouffait devant l'air perdu de Seindeï. À chacune son tour de voir ses vœux livrés en pâture aux mauvais esprits !

— Euh... Le temps, ce misérable, reprit vaille que vaille Seindeï, ne me séparera plus de toi ! Nos cœurs et nos âmes sont réunis, comme aujourd'hui, comme demain, et bien plus après encore !

Tous attendirent d'être certains que l'allocution soit achevée et se dépêchèrent de lancer un « *Awen* » retentissant pour clore l'interminable cérémonie des unions ! L'après-midi était plus qu'avancé et déjà, de nombreux estomacs criaient famine !

Jason jeta sur son épaule une Seindeï vociférante, du fait qu'il n'avait rien retenu des vœux qu'ils avaient appris ensemble, et à son colosse de rire à gorge déployée, car franchement, il s'en moquait comme d'une guigne. Ce qui lui importait le plus était d'être uni à cette chipie de femme !

De leur côté, Iseabal et Keanu prirent le temps de s'embrasser longuement et se mirent à suivre tous les autres couples énamourés vers le château et la salle des banquets. Le monde aurait pu s'effondrer autour d'eux que cela ne les aurait pas dérangé, tout comme ils ne semblaient ne pas percevoir les cris de Seindeï qui ordonnait à son Jason – tête en bas et face à son postérieur – qu'il veuille bien la poser sur ses pieds !

Diane riait et riait encore.

Elle avait vécu une matinée unique, intense, au sein de ce clan qu'elle aimait à la folie et allait suivre la foule, quand la voix impérieuse de Iain la retint... et tout amusement déserta son être.

— Ne tardons pas Diane. À votre tour d'appeler de vos vœux votre promis.

Il avait raison. Le moment était venu d'en finir avec cette tragi-comédie qui les étouffait. Il voulait qu'elle fasse ses vœux ? Elle allait le faire !

Oui, mais, elle ne pouvait pas donner le nom de Ronauld Saint Clare à Iain ? Quoique, pourquoi pas ? Faire croire à Iain que l'un de ses descendants était son véritable promis avait quelque chose de retors et largement jubilatoire. Non, Diane effaça cette idée... trop méchante, trop sournoise. Elle allait appeler... le stupide marquis de Wilshire ! Cette sourde plaisanterie la fit à nouveau sourire, ce qui rembrunit d'autant plus Iain.

— Ce n'est pas le bon moment, gronda Larkin près d'eux, avec une Barabal plus que collante à ses côtés.

Il fallait croire que tous les vœux des mariés avaient mis le cœur de la *Seanmhair* en fête et que, après tout, Larkin ne lui était pas si indifférent que ça.

— Nous sommes trois magiciens dans le Cercle des Dieux et la porte virtuelle n'est pas refermée. Avec l'aura d'énergie qui est encore présente en cet endroit sacré, je dis qu'il n'y a pas meilleur moment ! contra Iain, en grinçant des dents. Diane, c'est à vous...

Oh, homme têtu !

Alors... c'est ce qu'elle fit, tranquillement, enjouée, narguant Iain de toutes les manières qui soient, jusqu'à en papillonner des yeux sous son nez, puisqu'elle savait très bien que rien ne se passerait.

— ... Que mon cher... hum hum..., toussa gauchement Diane en étouffant le prénom de son prétendant avant de reprendre, Wilshire apparaisse en ce temps ! Accordez-moi ce vœu, oh, déités...

Le froncement de sourcils de Iain n'échappa aucunement à Diane. Il devait trouver étrange sa façon de faire ses vœux.

Diane attendit un court instant et marcha dans le Cercle en direction de Iain qui, victime d'un fort frisson, se frictionnait vigoureusement les bras.

« *Oui, c'est toi mon Âme sœur, et l'énergie qui nous relie vient de te le faire comprendre* », se dit Diane en avançant encore.

Jusqu'à ce qu'elle ne le puisse plus, car était apparu, entre Iain et elle et dans une sorte de grondement orageux, le corps énorme d'un homme en guenilles allongé sur la dalle centrale ! Il avait le crâne chauve, le visage porcin aux paupières fermées, et ses doigts potelés empoignaient un gros livre à la couverture de cuir usée par les ans...

Diane crut qu'elle allait perdre connaissance ! Non, ce n'était pas possible, elle vivait un cauchemar éveillé ! Et pourtant tout était bel et bien réel, car à ses pieds... se trouvait l'ignoble marquis de Wilshire ! L'individu qu'elle exécrait le plus au monde et qui, par le plus improbable des hasards, tenait dans ses paumes le grimoire magique de ses aïeules !

De son côté, Iain avait légèrement chancelé sur ses jambes et contemplait, lui aussi, l'inconnu qui était momentanément inconscient et gisait au milieu du cromlech.

Après un instant, il se mit à rire... de dérision,

d'incrédulité, de tout sauf de joie. Diane avait appelé... *ça* ? !

Ce monstrueux homme boudiné qui faisait plus de trois fois son âge et dont l'aura, indéniablement mauvaise, suintait par tous les pores de sa peau ?

Iain leva le regard sur Diane et la trouva figée dans une attitude de frayeur qui lui glaça le sang. Ses mains étaient posées sur ses lèvres comme pour retenir un cri d'horreur, quant à ses beaux yeux noisette... ils étaient exorbités et ne quittaient plus l'inconnu.

Quelque chose d'atroce venait de se passer et Iain sentit le guerrier en lui rugir et lui ordonner d'agir.

— Iain ! réussit à s'exclamer pitoyablement Diane. Oh, Iain ! Cet homme... est un... assassin ! Ce n'est pas Ronauld... mais... *Wilshire* ! ! hurla-t-elle enfin, de tout son corps et de toute la puissance de sa détresse.

Chapitre 25

Oh, malheur !

La peur était traîtresse, pouvait statufier, faire fuir... mais elle pouvait aussi déclencher certains instincts de survie que personne n'aurait imaginé posséder.

C'est de toute évidence ce qui dut arriver à Diane, car sous les yeux effarés de Iain, bien avant qu'il ne saisisse son *skean dubh* dissimulé dans sa botte, la belle avait sauté sur le vieux grimoire que tenait le gros homme en guenilles, et l'avait assommé de plusieurs forts coups sur le crâne, alors qu'il reprenait conscience !

Elle aurait certainement continué de le faire, avec acharnement, si Iain n'était pas sorti de son hébétude et ne l'avait pas soulevée par la taille contre lui.

Ce n'était plus qu'un petit chat enragé, crachant, sifflant, et battant l'air de ses bras comme de ses jambes, en cherchant à atteindre le corps du nouvel arrivant, ce qu'elle fit encore, en lançant les misérables restes du grimoire en grande partie tombé en miettes.

Iain l'enserra un peu plus tout en l'éloignant, calant son dos raidi contre son large torse, et se penchant sur son oreille pour lui murmurer des mots doux, comme il l'aurait fait à un animal récalcitrant pour le calmer.

— Diane, chut... Je suis là, tu es en sécurité, chuchota-t-il inlassablement jusqu'à ce qu'il la sente se détendre et trembler suite au contrecoup émotionnel.

— Iain... il n'y a que toi que j'aime, gémit-elle en

sanglotant soudainement et en basculant d'un air las sa tête contre le creux de son épaule. Oh Dieux ! Je ne voulais que te jouer un mauvais tour et te faire comprendre qu'il n'existait pas de Ronauld dans mon cœur... seulement... toi ! Mais voilà, je ne... comprends pas pourquoi... ce monstre de Wilshire se retrouve dans cette époque... Iain ! hoqueta-t-elle encore dans une plainte poignante, ses forces semblant l'abandonner.

— Explique-moi tout, souffla-t-il en la berçant doucement et en l'embrassant sur la tempe, se remplissant les poumons de son odeur unique qu'il avait crue à jamais perdue.

Diane se focalisa sur les puissants et profonds battements du cœur de Iain qu'elle sentait dans son dos, au travers des tissus de sa robe et de sa cape, pour y calquer sa respiration et le rythme de ses propres pulsions affolées.

Elle avait pensé ne plus pouvoir s'exprimer, mais soudain, ce fut un flot de paroles qui s'échappa de sa bouche, d'abord désordonnées, pour ensuite se faire plus cohérentes. Elle lui parla – chose qu'elle n'avait que très peu faite – des derniers mois de sa vie dans sa demeure de Londres, auprès de ses aristocrates et calculateurs parents, du grimoire aux incantations magiques de ses aïeules, sans qui elle n'aurait pas été là, dans ses bras. Elle narra son triste sort misé à une table de jeu, la publication des bans de son mariage avec le répugnant marquis de Wilshire, pour apprendre par la suite qu'il avait certainement été l'auteur des assassinats de ses trois premières épouses, sans que personne ne puisse le prouver. Diane avait échappé à tout ça, soutenue par des serviteurs de sa demeure, et avait fui vers un destin tout tracé : celui de retrouver son promis sur les terres Saint Clare.

Elle évoqua le nom de Ronauld, et Iain dut prendre sur lui pour ne pas la blesser dans l'étau de ses bras aux muscles crispés. Tout de suite après, elle lui apprit que cet homme avait toutes les chances d'être un de ses descendants, et la stupeur le poussa à saisir les épaules de la jeune femme, et à la faire pirouetter face à lui. Il avait besoin de lire la vérité sur son beau et délicat visage.

Leurs regards se soudèrent immédiatement et le cœur de Iain se mit à battre une furieuse chamade. Elle ne mentait pas !

— Je t'aime Iain, je ne me lasserai jamais de te le dire, et Ronauld n'est qu'un ami. Tout du moins une personne que je considère comme telle. Car sans lui et sa magie, je ne serais pas ici, avec toi !

— Tu l'as... appelé, ne put s'empêcher de s'exclamer Iain en la secouant doucement et en fronçant les sourcils.

À ce souvenir, les yeux de Diane s'embuèrent à nouveau de larmes, tandis qu'un triste sourire se dessinait sur ses lèvres pâles.

— Parce que j'ai cru... entendre sa voix à mon réveil et j'ai eu... tellement peur qu'il m'ait arrachée à toi en me faisant revenir au XIXe siècle ! Je n'ai pas murmuré son nom par amour... mais par effroi... !

Iain en avait le vertige et dévisageait Diane en sachant pertinemment qu'il devait ressembler à un benêt ; les yeux grands ouverts et le menton tombant.

« *Bon sang ! Mais pourquoi a-t-elle mis tant de temps à me détromper ? !* », vociféra-t-il intérieurement avant de le clamer à haute voix.

Quelle ne fut pas sa surprise de voir s'afficher un profond courroux sur le visage de sa belle !

Décidément, les femmes avaient la capacité incroyable de se transformer en girouette émotionnelle en un clin d'œil, et Diane ne faisait pas défaut à ce constat !

— Triple buse ! s'écria-t-elle alors que Iain se sentait aller à un fort amusement. Tu ne m'as pas donné l'occasion de parler ! Jamais !

— Bien sûr que *aye* ! lança-t-il, outré tout d'un coup (autant pour lui, la girouette émotionnelle).

— Ah oui ? Et quand ? fit-elle d'un air farouche, en le

fusillant de ses yeux noisette.

Iain ouvrit la bouche pour se disculper, réfléchit un instant, et dut admettre qu'elle avait raison.

— Ah ! Tu vois ? Tu étais tellement sûr que j'en aimais un autre que tu n'arrêtais pas de me rebattre les oreilles avec son nom, en le déformant de toutes les manières possibles qui plus est ! Honte à toi, un de tes descendants ! Et puis j'en ai eu assez, et je me suis dit que j'allais te prouver ton erreur en ce lieu sacré, puisque c'est ce que tu voulais !

Un long frisson parcourut le corps de Diane, quand son esprit se focalisa sur la venue de Wilshire.

— Toutefois... je ne comprends toujours pas comment cet odieux personnage a pu arriver ici, même si j'ai prononcé son nom, alors que je ne l'aime pas... murmura-t-elle, comme pour elle-même, ses yeux glissant dans le vide et son visage affichant derechef une profonde angoisse.

— Je suis bien placé pour répondre à votre question, très chère ! grinça à ce moment-là la voix nasillarde et hautement moqueuse du marquis de Wilshire.

Diane et Iain avaient eu le tort de ne plus lui porter attention, et se tournèrent vers l'ignoble individu comme une seule personne.

Malgré son poids considérable, et après avoir repris connaissance pour la deuxième fois, Wilshire s'était redressé et pointait maintenant un pistolet à silex[29] sur Larkin et Barabal qui jetaient de méchants regards en direction du couple.

Non, mais ! Il n'était pas trop tôt que ces deux-là reviennent sur terre et prennent conscience de la mauvaise impasse où ils se trouvaient !

La Seanmhair et le grand druide n'avaient jamais vu d'arme comme celle que détenait Wilshire, mais ils

---

29 *Les plus anciens pistolets connus ont été utilisés lors de la bataille de Towton en Angleterre le 29 mars 1461, soit 119 ans après l'histoire de ce roman.*

subodoraient son extrême dangerosité, et à raison !

Le marquis paradait en souriant, une main placée sur son ventre proéminent et l'autre tenant fermement la crosse, en faisant signe aux deux magiciens de rejoindre Diane et Iain, pour les avoir tous dans sa ligne de mire.

Diane perçut le léger mouvement de Iain dans son dos, mais le retint en posant ses doigts sur le haut de sa cuisse.

— Ne bouge pas, souffla-t-elle entre ses lèvres.

Paroles tout de même discernées par Wilshire qui, de toute évidence, avait l'ouïe très fine.

— Vous feriez bien de porter attention aux dires de cette lady, manant ! Si vous ne voulez pas vous retrouver sous peu avec une cervelle à l'état de bouillie d'avoine !

La tension était à son plus haut niveau et Diane savait que Iain ne tiendrait pas compte de ses mises en garde.

Elle était la seule à pouvoir tous les aider, en connaissant mieux l'homme qui les tenait en joue. Elle allait devoir agir rapidement.

Larkin et Barabal laissèrent tomber leurs bâtons de magiciens sur la terre boueuse du Cercle des Dieux et se dirigèrent lentement vers Diane et Iain.

Leur laird, de son côté, tirait discrètement, mais assez fortement tout de même, sur le dos de la cape de Diane, l'invitant par ce geste à se placer derrière lui.

Rien à faire, la jeune femme n'obéit pas à son ordre muet et bien au contraire, s'écarta tout en restant devant lui.

À quoi jouait-elle ?

Iain ne pouvait lancer son *skean dubh* sur l'homme armé, avec Diane en plein milieu de sa trajectoire !

— Diane, grogna-t-il entre ses dents.

Elle lui retourna un infime geste agacé de la main. Enfin, c'est ce qu'il sembla à Iain qui fit un pas avant de se figer, comme le petit cylindre à l'extrémité de la drôle de « poignée » que tenait le gros pouilleux se braquait sur sa tête.

— Vous voilà bien loin de Londres, monsieur, commença Diane comme si elle parlait à un visiteur en promenade dans un parc avec elle. Et dans un triste état, ajouta-t-elle avec une fausse inquiétude pour lui en désignant ses guenilles.

L'étonnement se peignit sur le visage joufflu et couvert de boue de Wilshire, avant qu'il n'affiche un air profondément mauvais.

— Tout cela est de votre faute, lady de Waldon, siffla-t-il. Voyez-vous, après votre départ, et ne vous trouvant nulle part, votre père et moi-même sommes revenus sur nos pas. Que croyiez-vous qu'eût fait ce cher comte, pour ne pas être la risée de ses pairs et ne pas perdre la face, si le bruit de votre escapade s'était répandu ?

Ouh ! La situation se corsait ! Wilshire ressemblait maintenant à un chien enragé, il en bavait de salive mousseuse et des gouttes de sueur dégoulinaient de son crâne glabre.

Diane haussa simplement des épaules en signe d'ignorance.

— Il a profité de ce que je regagne ma demeure londonienne pour me reposer, pour de son côté courir à *Bow Street* et alerter le chef des *Bow Street Runners*[30] en me désignant coupable de votre enlèvement et certainement de votre meurtre ! Oh, très chère, le comte de Waldon ne l'a pas fait pour vous, ricana Wilshire, ses lèvres se retroussant sur des dents jaunes et pourries. Non, en m'accusant ainsi, il masquait votre fuite et il se libérait également de la dette de jeu qu'il me devait, votre sort réel lui incombait si peu !

Diane savait tout cela, mais la méchanceté du marquis lui fit tout de même horriblement mal.

— Et ces imbéciles de *Bow Street* n'attendaient que ça pour me jeter à *Newgate*[31] ! reprit-il plus fort et en

---

30 *Bow Street Runners* : première brigade professionnelle de police à Londres, mise en place par les demi-frères, Henri et John Fielding.
31 *Newgate* : une des plus vieilles et infâmes prisons de Londres.

postillonnant de rage. Ils n'avaient pas de preuves pour les meurtres de mes trois premières femmes... Néanmoins, avec un nouveau témoignage accablant, même sans corps ensanglanté, et venant d'un père éploré... la donne changeait considérablement, et en ma défaveur qui plus est !

— Ainsi donc, vous les avez tuées, ne put se retenir Diane.

— De si délicates et futiles créatures, se moqua Wilshire avec les yeux d'un dément. Elles seraient mortes de toute manière au vu de leur fragile constitution et ne me servaient plus à grand chose, puisque j'avais eu leurs dots. Je n'ai que poussé le destin à consentir plus tôt à leur trépas ! Mais je vois que vous ne correspondez plus du tout au profil de mes victimes, vous vous êtes considérablement épanouie, vos courbes sont... des plus pleines... Je m'amuserai un peu avec vous, tout compte fait !

Diane sentit la nausée l'envahir et perçut un léger mouvement derrière elle. Il fallait qu'elle continue de parler, qu'elle garde l'attention de Wilshire sur elle pour qu'il ne prenne pas pour cible Iain, Larkin ou encore Barabal. Cependant, elle ne savait plus quoi dire ! Et tout le clan était maintenant réuni pour festoyer dans la grande salle du château, ainsi, personne ne viendrait à leur secours !

C'est là que ses yeux se fixèrent sur les restes du grimoire de ses aïeules.

— Par quel drôle de hasard êtes-vous donc devenu le détenteur de ce livre ? s'enquit Diane, fière de sa voix posée, alors qu'elle était morte de peur.

Le marquis prit un air sarcastique et lorgna sur elle son regard méprisant. Il n'était pas dupe de ce que faisait Diane, mais s'amusait comme un petit fou à raconter la manière dont il avait échappé à tout le monde.

— Chez vous, très chère ! À Mayfair ! Quel meilleur asile, que l'endroit où personne ne songerait à me chercher, que la demeure de ma supposée victime ? J'ai réussi à fuir de ma maison en pleine nuit et me suis glissé par la porte ouverte de vos communs. Rien de plus simple ! Et, encore par le plus grand des hasards comme vous le dites si bien, je me suis caché dans un cagibi où j'ai trouvé votre sac qui contenait ce vieux livre. Bien sûr, je n'ai pu rester tapi là, alors je suis descendu à la cave et j'ai lu à la lueur misérable de plusieurs bouts de chandelles, l'histoire incroyable de la prophétie... *votre* prophétie ! Dès que j'ai pu, j'ai puisé quelques livres dans les fonds de votre comte de père, ai volé quelques atours à vos valets, et suis parti vers les terres Saint Clare.

Diane n'en revenait pas de la manière dont tout avait été si facile pour ce monstre. De même que sa venue chez les descendants de Iain !

Pourquoi Ronauld ne l'avait-il pas arrêté ?

— Je vois que vous vous posez encore beaucoup de questions ! fit Wilshire en pointant brusquement son pistolet vers la droite de Diane. Je t'ai dit de ne pas bouger, manant !

Iain leva doucement les mains et se figea sans quitter du regard le marquis, prêt à saisir la moindre occasion de le désarçonner et de mettre Diane à l'abri de son corps.

— Ronauld, que lui avez-vous fait ! s'écria celle-ci, pour détourner l'attention de Wilshire, mais aussi par peur pour son ami et Iain.

— Oh, mais rien ! Un bon bougre d'idiot celui-là ! s'esclaffa-t-il méchamment. Il m'a recueilli chez lui, a gobé tous mes mensonges quant à ma supposée Âme sœur, et m'a même accompagné tous les jours en cet endroit, jusqu'à aujourd'hui, dans l'espoir que le sort qui m'envoie vers vous agisse. Il me disait souvent qu'il fallait que les vœux soient partagés d'un point à un autre du temps... Chose faite grâce à vous, ma mie, susurra-t-il encore avec un regard vicieux. Et présentement, vous allez m'aider à rentrer, je vous traînerai ensuite à Londres sous le nez de vos parents et des *Bow Street Runners*, on me disculpera, on me rendra mes titres et mes terres qui ont été confisquées, nous nous marierons, et... vous mourrez ! C'est aussi simple que ça ! chantonna le monstre en guenilles.

Diane se mit à suffoquer, à la fois d'indignation et d'écœurement vis-à-vis de ce fat calculateur et assassin.

Et maintenant, que faire ?

Comment allait-il réagir quand il apprendrait que de retour au XIXe siècle, il ne pouvait y avoir ?

Alors Diane fit un pas sur le côté, forçant Wilshire à la suivre du bout de son pistolet et le déconcertant par son geste, pas assez néanmoins pour que Iain et les magiciens soient hors de danger.

D'un geste souple des épaules, elle fit glisser sa cape au sol, porta la main à son front, comme sous le coup d'un soudain malaise et se mit à geindre :

— Ce qu'il fait chaud !

— Diane, gronda Iain fulminant de peur et de de colère contre elle.

C'est cet instant que choisit la jeune femme, le moment où le lourd visage du marquis se détournait d'elle pour se poser franchement sur Iain, pour s'élancer hors du Cercle des Dieux, filant et zigzaguant à la fois, et priant que Wilshire soit un mauvais tireur !

Elle entendit une forte détonation dans son dos, une douleur atroce lui vrilla le bras en la déséquilibrant dangereusement. Néanmoins elle se reprit rapidement, ne chuta pas sur le sentier qui descendait vers le château, et se redressa pour continuer de courir.

Elle avait réussi ! Une joie sauvage envahit son être, car désormais, Iain avait les mains libres pour s'occuper de Wilshire : le pistolet à silex ne contenait qu'une seule balle de plomb, et l'imbécile venait de tirer sur elle !

La douleur se faisait de plus en plus cuisante sur le haut de son bras et un liquide chaud et poisseux imbibait sa volumineuse manche autrefois blanche, maintenant zébrée de longues traînées rouges... son sang !

Non, il ne fallait pas qu'elle s'évanouisse !

Dans son dos, elle percevait des cris, des vociférations,

et la forte voix de Barabal qui grandissait, et claquait aux tympans de Diane, jusqu'à la stopper net dans sa course pour qu'elle se protège les oreilles de ses mains en fermant instinctivement les yeux.

Ce qui ne l'empêcha pas d'entendre un formidable grondement orageux, suivi d'un éclair qui illumina les rétines de la jeune femme dessous ses paupières baissées.

Par les Dieux ! Pour un peu, Diane aurait presque pu plaindre Wilshire ! Il avait dû trouver une mort atroce entre les mains d'une *bana-bhuidseach*, d'un grand-druide et d'un puissant homme-dieu aux pouvoirs apocalyptiques enragé d'avoir vu sa promise échapper de peu au trépas !

Diane sut qu'elle était arrivée au bout de ses forces quand un phénoménal étourdissement la saisit. C'est tout juste si elle s'aperçut qu'elle se laissait tomber à genoux sur la terre, heureusement rendue meuble et accueillante par les pluies et la nouvelle herbe de printemps.

Alors qu'elle était au bord de l'évanouissement, la douleur semblant se propager à tout son corps, elle ne put qu'être étonnée de percevoir les couinements perçants d'un cochon, comme si on poussait celui-ci sous le couteau du boucher !

Un cochon ! Sur la colline où se tenait le Cercle des Dieux ?!

La divagation la gagnait... elle avait dû perdre trop de sang.

Pourtant les cris se faisaient de plus en plus forts, proches d'elle, et la terre résonnait d'une cavalcade effrénée. Puis soudain, avec ébahissement, elle *le* vit passer à ses côtés, dans une course éperdue : le plus imposant, le plus gigantesque des cochons qu'elle ait jamais vu !

Il faisait deux fois la taille du plus gros porc du clan, et était tout rose, non pas tacheté de brun et beige, comme ceux qui se roulaient dans la fange de la *souille*[32] !

Diane sut qu'elle avait perdu l'esprit à l'instant où les

---

32 *Souille* : Porcherie.

petits yeux porcins se posèrent sur elle en un appel poignant et silencieux qui semblait dire : « À l'aide ! »

Elle avait déjà vu ce regard quelque part !

Et voilà que Barabal passait à son tour en criant des « *Yihaaaaaaaaaa !* » joyeux, sans faire mine de s'arrêter, et courait en moulinant des genoux pour rattraper le porc, maintenant presque dissimulé dans les ajoncs, et qui n'était plus visible que par sa queue tire-bouchonnée !

Diane ferma à nouveau les yeux et laissa son corps s'amollir pour glisser lentement en arrière.

C'est tout juste si elle s'étonna de ne pas rencontrer le sol et d'être accueillie par des mains robustes et douces à la fois.

— *Mo chridhe !* Larkin, soulève sa chemise, vois d'où vient tout ce sang ! *M'eudail, naye*, reste près de moi ! Ne t'endors pas !

Iain maintenait avec fermeté le corps sans forces de Diane, tandis que le grand druide découvrait une large plaie dans la chair tendre de son bras. Cela saignait beaucoup, cependant la balle n'avait fait qu'érafler les tissus.

— Rien de grave, nous allons soigner tout ça, cautériser la blessure, et notre dame sera vite remise sur pied ! annonçait d'un ton docte Larkin, en pansant la coupure d'une bande de lin arrachée à la longue manche de tunique de Diane.

— *Mo maise* (Mon amour), garde les yeux ouverts, lui ordonna encore Iain.

— Je ne peux pas... souffla-t-elle. Je vois d'étranges choses... comme un cochon géant et... Barabal... et... *Wilshire ?*

Iain se mit à rire sourdement d'abord, puis de plus en plus fort, imité presque aussitôt par Larkin, agenouillé à leurs côtés, et qui se frappait les cuisses de ses mains, comme s'il venait d'écouter une bien bonne bouffonnerie !

— Le cochon... hoqueta Iain.

— Non, je veux savoir où est Wilshire, piailla Diane,

quelque peu vexée qu'ils se gaussent alors qu'elle avait failli mourir et avide de savoir où était le marquis honni.

— *Och* ! Je viens de te le dire ! Wilshire **est** le cochon !

Et voilà que les deux hommes s'esclaffaient de plus belle !

L'information dut être de trop pour Diane qui poussa un petit couinement avant de plonger dans les limbes de l'oubli.

Là au moins, elle n'entendrait plus de bêtises ni de rires intempestifs alors qu'elle était à l'article de la mort... enfin... presque.

Chapitre 26
Oh, joies !

Diane se sentait bien, bercée par une sorte de torpeur qui l'avait portée en un endroit chimérique dont son esprit lui renvoyait les rumeurs, et son imagination rêveuse, les images.

Des oiseaux gazouillaient allègrement de concert avec les paisibles clapotis d'une eau sans cesse en mouvement et au loin, en bruit continu et apaisant, une brise légère et parfumée faisait danser et murmurer les branches touffues d'arbres tout aussi anciens que le monde. Diane les entendait, et les formes et couleurs enchantées de la vie naissaient sous ses paupières closes.

Elle était étendue sur une sorte de tapis souple et moelleux à l'odeur riche des foins fraîchement coupés, jamais litière n'avait paru plus accueillante, et Diane étira doucement son corps de délice.

Pourquoi sortir de ce songe fantastique, alors que tout était si beau et baigné de quiétude ? Peut-être parce que depuis quelques instants, un brin d'herbe facétieux, complice avec la brise, s'amusait à lui chatouiller le bout du nez de manière insistante ?

N'y tenant plus, et sans ouvrir les paupières, Diane chassa l'importun de ses doigts et l'entendit rire d'un son riche et profond, avant qu'il ne revienne à la conquête d'une autre partie de son visage.

L'herbe ne *riait* pas !

Cette contradiction, hautement intellectuelle, eut le don de pousser Diane à battre des cils pour que ses yeux puissent analyser par eux-mêmes la situation.

Il y avait effectivement un brin d'herbe... et un magnifique homme penché sur elle, son visage aux traits fascinants à quelques centimètres du sien, avec son regard d'un gris pur qui pétillait d'amusement.

Iain !

— J'ai bien cru que tu dormirais à n'en plus finir *mo ionmhainn* (ma bien-aimée), murmura-t-il d'un ton rauque et aguichant à la fois.

Dormir ?

Ils étaient tous deux allongés sur un matelas de mousse épaisse, dans une clairière inondée par les rayons d'un soleil omniprésent, où la nature, elle, ne sommeillait jamais, et où le chant d'une chute d'eau vrombissante marquait de son nom cet endroit unique : la Cascade des Faës.

Iain et elle... dans ce lieu sacré ! Alors que la dernière vision de la jeune femme avait été celle d'un cochon géant affolé... et...

— *Wilshire !* s'écria-t-elle en voulant se redresser sur les coudes alors que Iain la maintenait sur leur lit floral par une main forte sur la taille et une jambe puissante posée de travers sur les siennes.

Il eut un air faussement sévère, ses belles lèvres se pinçant en une grimace masquant un sourire canaille, avant qu'il ne reprenne son sérieux et ne grogne :

— Tu n'appelleras plus jamais un autre homme que moi à ton réveil ! Pour cela... je te demande réparation et d'ici peu... à chaque fois que tu t'éveilleras, pour l'infinité d'années de vie et l'éternité à venir... ce sera **mon** prénom que tu prononceras !

Le son rocailleux de la voix de Iain, alors qu'il proférait ces derniers mots, alluma un brasier incandescent dans le corps et les pensées de Diane.

Ses yeux gris d'une pureté incroyable semblaient eux-mêmes animés d'un feu intérieur, et ne quittaient plus les iris noisette de la jeune femme.

Iain se pencha doucement sur elle, ses longues mèches noires se refermant autour de leurs visages pour faire écran à tout ce qui n'était pas eux, et ses lèvres sensuelles se posèrent avidement sur les siennes, entrouvertes, prêtes à l'accueillir...

Leurs souffles se firent précipités et Diane se mit à onduler sur le tapis souple de verdure pour se coller le plus possible aux courbes dures et tendues du corps brûlant de Iain.

Ils étaient nus !

Depuis quand ?

Quelle importance...

La main de Iain, posée auparavant sur sa taille, partait désormais à la conquête des formes voluptueuses de sa belle. Effleurant son ventre à la peau satinée, cueillant un sein rond à la suite d'une caresse, redescendant vers sa taille pour ensuite suivre la cambrure d'une hanche et venant frôler l'intérieur d'une cuisse en touches affriolantes... sans jamais s'arrêter au cœur de la féminité de Diane qui pulsait d'un besoin de plus en plus intense, de plus en plus aigu...

— Iain ! souffla-t-elle en une supplique ténue, entre deux baisers ardents.

Son homme-dieu ne l'entendit pas, ou fit la sourde oreille. Sa langue passa de ses lèvres à son menton qu'il mordilla avec autant de félicité qu'il l'aurait fait d'un fruit délectable.

Diane chercha alors à le retenir, faisant glisser ses doigts de ses reins à ses larges épaules, savourant le roulement de ses muscles sous sa peau bandée, et le faisant gémir profondément quand elle aussi se mit à mordiller sa chair épicée et odorante dans le creux de son cou.

Iain avait cru avoir perdu Diane et s'émerveillait de la sentir onduler sous lui, en étant terriblement réceptive à ses caresses.

Sa femme... depuis toujours !

Cette pensée possessive le galvanisa et il partit sans plus de modération à l'assaut de sa peau, des pointes roses et tendues de ses seins, les grignota tendrement, les lécha, tandis que ses mains allaient à la découverte de ce corps qui s'était prodigieusement épanoui... et qui avait acquis des formes aguichantes, à le rendre fou de désir.

Il ne put contenir un long feulement quand ses doigts trouvèrent son intimité, moite, chaude, prête à l'accueillir et Iain se mit à trembler sous la retenue qu'il s'imposa d'emblée.

Ils n'avaient fait l'amour qu'une seule fois et déjà là, il s'était laissé porter par une passion dévastatrice.

Diane méritait de la douceur...

Sauf que ce n'était pas l'impression qu'elle donnait ! Elle l'encourageait par des baisers enflammés, par ses mains qui allaient et venaient dans son dos jusqu'à ses reins, par ses ongles qu'elle plantait dans ses épaules, et Iain... n'en pouvait plus de se retenir.

— Iain... s'il te plaît... geint-elle en basculant la tête en arrière et en fermant les paupières, pour ensuite hoqueter tandis qu'il entrait deux doigts en elle.

Les reins de Iain se contractaient en spasmes, comme les muscles intimes de la jeune femme le faisaient autour de ses doigts alors qu'il poussait en elle, dans son divin et étroit fourreau.

Iain crut devenir fou, retira sa main, et se pencha derechef pour boire les gémissements d'extase de Diane, les aspirant de ses lèvres, l'envahissant de sa langue, allant et venant à la rencontre de la sienne dans la moiteur de sa bouche, et écartant ses cuisses de son genou pour se positionner au-dessus d'elle... en elle.

C'est là qu'était sa place !

C'est là qu'il désirait demeurer... éternellement.

Se surélevant sur les coudes, entrelaçant ses doigts aux siens de part et d'autre de sa tête, il l'embrassa à nouveau, ardemment, et d'un souple coup de boutoir, s'enfonça en elle d'une profonde poussée.

Le gémissement de Diane qu'il recueillit dans sa bouche avait le goût de l'exaltation, s'il était possible de donner un « goût » à cet état d'esprit.

Allégresse des corps mêlés, plaisir des sens en fusion, vertige de l'union parfaite, portés toujours plus loin, toujours plus fort, pour conduire à une extase absolue et dévastatrice.

C'était vers ce chemin de jouissance que Diane et Iain s'élançaient, leurs corps ondoyant dans un rythme de plus en plus assidu, l'un allant à la rencontre de l'autre avec une volonté farouche guidée par une passion des plus torrides.

La jeune femme enserra Iain de ses jambes et s'accrocha à ses épaules en hoquetant sous la montée ardente des vagues du plaisir. Il l'emplissait toute, l'embrassait encore et encore, et plongeait dans son antre sans aucun répit, avec vigueur, en coups de reins soutenus.

— Viens... viens... feulait-il en la sentant se contracter follement autour de son membre tandis qu'elle l'aspirait dans les profondeurs de son ventre brûlant.

L'orgasme de la jeune femme n'était pas loin et elle se tordait sous ses assauts de plus en plus puissants. Iain avait besoin de sa jouissance, car il en voulait plus, toujours plus, et désirait s'empaler au plus profond de son corps en poussant, et poussant encore à chaque fois qu'il revenait dans sa douce moiteur.

Il se redressa et s'agenouilla entre ses jambes sans se désunir d'elle, l'empoigna pas les hanches pour la rehausser et s'enfoncer dans son ventre sous un angle légèrement différent qui lui permit d'aller encore plus loin. Et alors que son cœur paraissait exploser, que Iain croyait perdre toute retenue sur sa jouissance, Diane se laissa enfin submerger par un prodigieux orgasme qui la fit cambrer les reins en hurlant de plaisir, son corps saisi de soubresauts en subissant les spasmes de la « petite mort »[33].

---

33 *Petite mort : Vieux, veut dire orgasme, mais en plus poétique. Définition du*

— Iain... Iain...

Diane chantait son nom entre deux respirations entrecoupées, le dévisageant de ses grands yeux troublés, et n'y tenant plus, dans un rugissement et en basculant la tête en arrière, il poussa une dernière fois dans un puissant coup de reins qui le foudroya presque au vu de sa phénoménale intensité et se répandit dans son ventre en jets brûlants et salvateurs.

Il n'avait plus peur d'avoir un enfant avec Diane, elle lui avait prouvé maintes et maintes fois sa force. Bien sûr, des craintes il y aurait, cependant... elles seraient pour plus tard.

Car pour le moment, Iain, le souffle saccadé, s'allongeait à nouveau sur Diane en se surélevant sur les coudes pour ne pas l'écraser de son poids et l'embrassait encore et encore en petites touches de tendresse emplies de promesses éternelles.

— *Tha gaol agam ort* (Je t'aime)...

Des larmes d'émotion firent briller les yeux noisette pailletés d'or de Diane, car elle avait compris ce que Iain venait de lui chuchoter en *gàidhlig*, le regard intense et la voix rauque de ses sentiments et de son amour trop longtemps muselés.

— Je t'aime, Iain, souffla-t-elle en retour, une larme glissant sur la peau échauffée au coin de son œil, pour aller se perdre dans sa chevelure de miel étendue comme un oreiller de soie sous sa tête. Je t'aime... répéta-t-elle à nouveau jusqu'à ce qu'il l'embrasse encore et encore, riant avec elle, heureux, le cœur empli d'une joie sauvage.

Petit à petit, Iain et Diane reprirent conscience du monde qui les entourait et de caresses en baisers doux, de sourires en regard croisés, ils se mirent à parler des derniers événements écoulés, après que Diane se fut étonnée d'un fait plus qu'incroyable :

— Je n'ai plus aucune blessure au bras ! fit-elle en se

XVIe siècle employée ici, juste pour mon plaisir d'auteur.

redressant pour s'asseoir, sans aucune pudeur, les jambes sur le côté, et en passant la main sur sa peau... intacte.

Tournant la tête, elle se fit presque un torticolis à force de chercher à regarder l'arrière de son épaule et tira la langue à Iain qui, allongé sur le dos, les bras croisés sous sa tête, se gaussait d'elle avec gentillesse et humour.

Son corps tout de muscles et de perfection s'offrait aux yeux gourmands de Diane, ce qui n'échappa pas à Iain.

— Tu en veux encore ? susurra-t-il d'un ton langoureux.

Déjà ? Il pouvait *déjà* recommencer ?

A priori oui, au vu de sa nouvelle et impressionnante érection.

Diane s'empourpra délicatement alors qu'un dilemme naissait dans sa tête : refaire l'amour ou apprendre tout ce qui s'était passé... voire *comprendre* plutôt.

Ce furent les questions qui l'emportèrent :

— Je croyais qu'il y avait interdiction d'utiliser la magie pour guérir, murmura-t-elle en caressant sa peau intacte, autrefois mutilée, chose qui émoustilla Iain à la lueur des flammes de désir dans ses yeux.

— Ce n'est pas moi qui t'ai soignée, lui répondit doucement Iain. Enfin, pas directement.

— Oh ?

— *Naye*, c'est l'eau de la Cascade des Faës. Elle a des pouvoirs de curation[34] et j'ai nettoyé ta plaie à l'aide d'un bout de tunique que j'avais auparavant plongé dans le bassin. J'ai juste omis de m'en souvenir, et cela... n'est pas un crime. Diane, reprit-il plus sombrement en se redressant souplement sur les genoux pour lui faire face de sa puissante stature et lui prenant le visage en coupe entre ses mains. Tu as agi comme une petite folle, tu n'aurais jamais dû jouer à ce jeu maudit de la distraction. Dieux ! Je l'avais à ma portée et je l'aurais tué de mon *skean dubh* ou de ma magie ! Je t'ai crue mortellement blessée avec tout ce sang qui imprégnait ta tunique ! J'en ai presque perdu la raison ! Plus jamais, tu

---

34 *Curation : Vieux- veut dire « guérison ».*

m'entends ? Plus jamais tu ne te comporteras comme ça !

Diane se mit à trembler rétrospectivement en songeant au monstre de Wilshire qui pointait son arme sur elle et n'avait pas hésité à tirer.

Cependant, c'est avec un doux sourire confiant qu'elle répondit à Iain :

— Il ne m'aurait pas tuée, il avait besoin de moi pour repartir au XIXe siècle, enfin, c'est ce qu'il croyait être possible. Car... ça ne l'est pas, n'est-ce pas ?

— *Naye*, nous en sommes arrivés à cette conclusion, Larkin, Barabal et moi, la nuit où nous cherchions à te faire rejoindre le futur pour te sauver.

— Donc, puisqu'il avait obligation de m'avoir vivante, j'ai choisi de le déconcentrer pour vous laisser une chance de l'avoir et de survivre. Car il est certain que pour vous, pour... toi... il n'aurait pas hésité une seconde à tirer en plein cœur. Et... je ne pouvais pas supporter qu'il te blesse ou te tue... Iain... j'en serais morte en même temps !

— *Mo chridhe*, murmura Iain en se penchant pour l'embrasser et la serrer contre lui en la berçant tendrement.

— Une seule balle dans son pistolet à silex, une seule balle à tirer, répéta Diane dans un souffle. Une fois cette balle perdue en me prenant pour cible, vous aviez alors les mains libres pour vous occuper de ce monstre.

Iain admira le courage et l'intelligence de sa femme, mais il avait le cœur retourné en songeant qu'elle avait pris un trop grand risque et que Wilshire ait pu mal viser et la toucher mortellement.

— Pourquoi l'as-tu transformé en cochon ?

La question de Diane le fit rire et ils se dévisagèrent à nouveau. Elle le contemplait avec une incompréhension presqu'enfantine qui décupla la tendresse de Iain.

— Ce n'est pas moi l'auteur de cet enchantement, là encore, une autre personne m'a pris de court...

— Qui ?

Mais en même temps que Diane l'interrogeait sur ce

fait, lui revinrent en mémoire le son de l'orage, la voix de Barabal qui prenait de la puissance, envahissait ses tympans, et cet éclair qui avait illuminé ses yeux au travers de ses paupières closes...

— Barabal, l'informa Iain.

— Mais...

— Ne te fie pas à son âge, d'ailleurs, elle n'en a pas, d'aucuns ne savent combien de saisons elle a passées en ce monde. Certains disent qu'elle a plus de deux cents ans et moi-même, je l'ai toujours connue telle qu'elle est maintenant. Ne te fie pas non plus à son apparence trompeusement fragile... c'est une grande *bana-bhuidseach*, l'une des plus puissantes qu'il m'ait été donné de côtoyer. Beaucoup la craignent, à raison, et Wilshire aurait dû se méfier d'elle... Comme Larkin et moi d'ailleurs. Qu'allons-nous faire d'un cochon géant, maintenant ?

Iain riait de plus belle, alors que Diane avait la chair de poule en imaginant ce que la *Seanmhair* aurait pu faire d'elle si elle avait pris la mouche... comme ce jour du bain par exemple où la petite mère hurlait à la mort qu'elle allait moisir en touchant l'eau ! Elle aurait pu transformer Diane en ce qu'elle voulait ! Une souris, une araignée, une limace...

— *Mo chridhe !* Tu es toute pâle ! s'inquiéta Iain en cessant de s'amuser pour se pencher sur elle, et en pouffant à nouveau aux éclats quand Diane lui fit part des pensées qui venaient de la saisir.

— *Och ! A leannan* (Ma bien-aimée)... soupira Iain entre deux gloussements qui eurent le don d'effacer la peur de Diane.

— Je suis même partie chez elle et... j'ai cassé sa porte en lançant un coup de pied dedans ! Là aussi elle aurait pu me transformer en... en... grenouille ? couina-t-elle encore en posant ses doigts sur sa bouche, alors que Iain se laissait aller de tout son long sur la mousse, les mains sur le ventre, et riant aux larmes.

— Ce n'est pas drôle ! s'écria Diane, faussement en

colère et fronçant les sourcils en se jetant sur le torse de Iain et en faisant mine de lui marteler les pectoraux de ses petits poings.

— *Och !* Si ! s'étouffa celui-ci en rentrant dans son jeu.

Ils chahutèrent comme des enfants en roulant dans la mousse, à l'orée du bassin aux vaguelettes curieuses, qui venaient s'échouer sur le rivage comme pour participer à leur amusement.

— Que ferons-nous de Wilshire, quand il recouvrera forme humaine ? demanda Diane après un moment alors que Iain avait repris sa place de dominant, en la clouant dos à terre, et en lui tenant les poignets au-dessus de la tête.

Il l'embrassait dans le cou et se redressa en haussant ses sourcils noirs en une mine étonnée.

— Nous ne ferons rien... car il ne redeviendra jamais un homme !

— *Qu... quoi ?* souffla Diane avec ébahissement, n'osant croire en ce qu'elle venait d'apprendre.

— Les sorts de Barabal sont irréversibles. Ce monstre restera jusqu'à la fin de sa vie un cochon.

— En es-tu... certain ? bafouilla Diane. Y a-t-il déjà eu un précédent qui te permette d'affirmer cela ?

— *Aye !* Cela s'est passé il y a quelques années, lors d'une bataille mémorable contre une troupe anglaise. Barabal était des nôtres et n'a pas hésité à utiliser la magie pour me sauver la vie. Le dernier homme, *sassenach* plutôt, à avoir subi son ire, a terminé dans la peau d'une chouette hulotte. Longtemps il est resté auprès de la *Seanmhair* avant de s'en aller vers un autre destin. Nous supposons tous qu'il a dû finir son existence à hululer sous les fenêtres de son roi, victime d'un carreau[35] d'arbalète pour le faire taire, plaisanta Iain en riant à moitié.

Diane sourit en pensant à l'histoire de cet Anglais à plumes et fit ensuite la grimace en songeant au cochon Wilshire.

---

35 *Carreau : Grosse flèche d'arbalète à pointe en losange à quatre pans.*

— Il ne faudra pas le manger, ni le mettre avec d'autres gorets, imagine qu'il fasse des petits, et que...

Iain fut pris d'un nouvel accès d'hilarité.

— *Naye, mo chridhe*, il vivra à l'écart, près de Barabal. Elle s'en occupera, fais-lui confiance !

Diane n'en fut pas du tout rassurée.

Un silence s'installa un moment, avant que Diane, les sourcils joliment froncés, n'énonce à voix haute d'autres points qui la tracassaient :

— Ce sort ne devait pas fonctionner. Je parle de la venue de Wilshire en cette époque, ajouta-t-elle suite à la mine d'incompréhension de Iain. Il n'est pas mon Âme sœur, car c'est toi qui l'es, que les Dieux m'en soient témoins. Alors... comment a-t-il pu parvenir à traverser le temps et comment a-t-il pu répondre à mon appel ? Comment Ronauld a-t-il pu se faire duper par cet immonde personnage ?

— Il s'agit là d'un échange de vœux, dit Iain après réflexion. Il est à noter, dorénavant, que deux humains peuvent se retrouver à travers le temps, sans pour autant qu'ils aient une quelconque affection l'un pour l'autre, en s'appelant simplement. C'est la première fois que nous utilisons ce charme qui remonte à la nuit des temps pour que je rencontre *mo Adam piuthar*.... toi. Cependant, cela nous servira de leçon quant à Wilshire et nous ouvrira bien d'autres possibilités pour les voyages dans le temps... Quant à ton Ronauld... pourquoi l'a-t-il aidé... je ne sais pas.

Diane fut piquée au vif et se redressa comme un coq sur ses ergots.

— Ce n'est pas *mon* Ronauld, et je te le répète, il est très probablement un de tes descendants.

Iain rit et fit une courbette malicieuse qui qui provoqua un sourire de Diane et la détendit. Il se moquait gentiment d'elle.

— Lors de mon arrivée, Ronauld m'attendait. Il avait été prévenu de ma visite par un de ses amis, un certain...

Labar quelque chose...

— Un druide devin, avança Iain.

— De toute évidence, opina Diane. Il en a peut-être été de même pour Wilshire ? Le druide devin lui aura dit de l'envoyer dans le Cercle pour qu'il voyage dans le temps et que nous nous occupions de son cas ? Enfin... pour que Barabal le fasse, pouffa Diane. Ainsi, ce monstre ne sévirait plus au XIXe siècle et serait puni pour ses crimes par la magie des Dieux ?

— Cette hypothèse tient la route, approuva Iain. Car je doute hautement du manque d'intelligence des gens de mon clan, même de celui de mes descendants. Jamais ils n'auraient agi aussi légèrement s'il n'y avait eu une raison valable à cela.

Diane et Iain continuèrent d'énoncer d'autres suppositions, sans savoir qu'ils étaient très proches de la vérité.

Car oui, Ronauld avait bien suivi les directives d'un ordre divinatoire... mais ne venant pas d'un ami, plutôt d'un très ancien grimoire avec une âme propre à lui, une entité vivante qui se nourrissait des termes écrits sur ses pages depuis des siècles. Un grimoire que Diane et Iain ne rencontreraient pas avant des années. Il s'appelait : *Leabhar an ùine* (Livre du temps).

Les amants, à court de mots, refirent l'amour dans le cocon douillet de la Cascade des Faës, se découvrirent encore et encore de mille et une manières.

Ils se baignèrent dans les eaux chaudes du bassin enchanté et finirent par s'habiller en chahutant, poussés par leurs estomacs criant famine à rejoindre le château et ses cuisines.

— Crois-tu qu'ils nous auront laissé quelque mets à manger ? s'enquit Diane, main dans la main avec Iain, alors qu'ils sortaient des sous-bois et que la nuit était omniprésente.

— Nous ne mourrons pas de faim, mo chridhe. Mais

nous nous nourrirons d'autres choses que des plats prévus pour les noces. Nous sommes restés longtemps à la Cascade des Faës, et il se peut qu'un jour ou deux se soient écoulés sur nos terres avant notre retour. C'est ainsi. Le temps passe lentement dans les lieux sacrés.

— Oh ! Oui, j'ai souvenance que tu me l'aies déjà expliqué. Ne verrons-nous plus mes amies ?

Iain sourit et ses dents blanches se reflétèrent sous les rayons de la lune.

— *Naye*, pas pour le moment. Elles ont dû être emportées par leurs hommes dans des endroits secrets, pour quelques jours en amoureux.

— Je suis heureuse pour elles... je suis heureuse pour nous ! Que de joies dans mon cœur, chuchota Diane avec beaucoup d'émotion. Je t'aime, Iain Saint Clare...

Iain la prit dans ses bras, leurs corps enlacés sur le pont-levis menant au château, des torches les éclairant de leurs lueurs chaudes et orangées.

— *Tha gaol agam ort, mo chridhe...* souffla-t-il avant de l'embrasser passionnément.

La vie s'annonçait belle et riche pour eux.

Le destin les avait réunis et leur amour était plus fort que tout... plus puissant que le temps.

Épris l'un de l'autre, affamés, Diane et Iain s'en furent dans les cuisines du château pour se repaître de mets succulents, pour ensuite s'enfermer dans leurs appartements et disparaître pour un long, très long moment...

Trois vœux avaient été donnés à Diane lors de son Don du Nom. Un énoncé en *gàidhlig* par une déesse de toute beauté aux yeux améthyste, et deux autres qui avaient été incompréhensibles, formulés dans la langue des Dieux, tout comme étaient éthérées les déités qui les avaient lancés.

La belle déesse drapée dans sa longue chevelure noire lui tombant jusqu'aux pieds avait dit : « *Je fais le vœu de te voir libérée de toute oppression, physique ou morale. Au sortir de la Cascade des Faës, une nouvelle Diane sera née...* »

Les deux autres vœux furent ceux-ci : « *Je fais le vœu que l'homme de ton cœur affronte ses peurs et se donne à toi de toute son âme* » et « *Je fais le vœu de la force, qu'elle soit ton alliée et te porte sur les chemins de ton destin. Elle sera ta magie et conduira les tiens vers la Lumière...* ».

Et Diane fut renommée : Laurelin... *le chant d'or.*

Épilogue

De l'union de Diane et de Iain, célébrée dans le Cercle des Dieux une semaine jour pour jour après les mariages de leurs propres gens, naquit un beau et robuste bébé. Un petit garçon qu'ils prénommèrent Carron.

Il vint au jour après quelques heures d'un travail que Diane affronta vaillamment – bien mieux que Iain – et sans plus de problèmes que ceux d'un accouchement normal, presque facile.

Cependant, Carron Saint Clare ne portait pas la marque de l'Enfant des Dieux, et même s'il était certain que Diane était l'Âme sœur de Iain, il fut évident que cette grande dame de cœur n'était en aucun cas la femme de la prophétie annoncée par les déités.

Qu'importe, les heureux parents étaient fous amoureux l'un de l'autre et aimaient déjà de tout leur cœur ce petit bout qui venait à son tour bouleverser leurs vies.

Le bonheur était là, intense, parfait...

D'autres enfants vinrent agrandir le clan et Barabal fut comblée de pouvoir endosser son rôle de *Bodach na Nollaig*, encore et encore... sous la haute surveillance de Iain et Diane. Car il était hors de question que la *Seanmhair* qui se baladait avec son cochon rose géant ne charme derechef les membres du clan la nuit de Nollaig. Plus personne n'avait besoin d'un coup de pouce, même infime.

Six ans après la naissance de Carron, un autre petit garçon vint vivre sur les terres Saint Clare. Il était le quatrième fils de Culum de Brún et filleul de Iain.

Il s'appelait Ewan.

Il grandit, devint aussi puissant que son parrain et père de cœur : Iain. Il fut également son bras droit ainsi que son meilleur ami.

Ewan avait accepté la magie et la défendait farouchement. Il était tombé amoureux d'une belle *banabhuidseach* prénommée Isla. Ils s'unirent dans le Cercle des Dieux et eurent à leur tour, deux petites filles.

La première fut appelée Aigneas, la seconde, quatre ans plus tard... *Awena*.

Le temps était venu... La légende de la prophétie allait très bientôt se réaliser.

Post-scriptum : Wilshire eut une longue vie, fit des petits parmi les cochons, et c'est pour cela qu'aujourd'hui, nous remarquons que l'ADN du cochon a quelques similitudes avec celui de l'homme...

Note de l'auteur

À la demande de nombreux fans, je me suis donc relancée avec joie dans l'écriture des histoires du clan Saint Clare… de son prequel !

Ici, nous repartons dans le temps pour apprendre comment Diane et Iain, grands-parents de Darren, ont fait connaissance. Du coup, ce quatrième roman aura réellement plus d'importance aux yeux des lecteurs qui auront lu les premiers tomes de la saga par avance.

Pour replacer le contexte, il faut se souvenir que Diane est une jeune femme de la noblesse anglaise, née en 1793 et qu'elle fut la première des dames du clan, bien avant Awena, à partir à la rencontre de son âme sœur, en utilisant le Cercle des Dieux.

Pour les clins d'œil aux fans, plusieurs prénoms ne seront pas écrits en gaélique écossais dans le roman.

Je remercie tout particulièrement mon comité de lecture et ma correctrice pour leurs nombreuses interventions qui m'ont fait souvent pouffer de rire, pour la grande connivence que nous entretenons depuis des années, alors merci à Thomas, Solange, Dyane, Chriss et ma petite rose noire Mélany.

Bonne lecture à toutes et tous, et merci pour votre chaleureuse fidélité. N'hésitez pas à donner vos avis.

www.ingramcontent.com/pod-product-compliance
Lightning Source LLC
LaVergne TN
LVHW040132080526
838202LV00042B/2882